莫泊桑小说集

The stories of Maupassant

[法]莫泊桑◎著　李妍妮◎译

煤炭工业出版社

·北　京·

图书在版编目（CIP）数据

莫泊桑小说集／（法）莫泊桑著；李妍妮译 . －－北京：煤炭工业出版社，2016（2022.3 重印）

ISBN 978－7－5020－5082－5

Ⅰ.①莫… Ⅱ.①莫… ②李… Ⅲ.①短篇小说—小说集—法国—近代 Ⅳ.①I565.44

中国版本图书馆 CIP 数据核字（2015）第 305397 号

莫泊桑小说集

著　者	（法）莫泊桑
译　者	李妍妮
责任编辑	马明仁
封面设计	左小文
封面插画	严文胜
出版发行	煤炭工业出版社（北京市朝阳区芍药居 35 号　100029）
电　话	010－84657898（总编室）
	010－64018321（发行部）　010－84657880（读者服务部）
电子信箱	cciph612@126.com
网　址	www.cciph.com.cn
印　刷	唐山楠萍印务有限公司
经　销	全国新华书店

开　本　710mm×1000mm$^1/_{16}$　印张　17　字数　230 千字

版　次　2016 年 5 月第 1 版　2022 年 3 月第 5 次印刷

社内编号　7933　　　　　　定价　58.00 元

目 录

墓 碑

这时候，那五位朋友基本上都已经吃完晚饭了，他们五人都是上流社会的人物，并且还都是老成而富有，他们其中的三位已经结婚，只有那二人到现在还是单身。他们几乎每月都要聚聚，感怀年轻时候的往事，吃完饭之后又接着畅叙，就这样一直持续到凌晨两点钟。他们一直都是最亲密的朋友，他们喜欢彼此交往，或许他们都感觉这样在一起真的是自己人生中最美妙的夜晚了。他们在一起的时候几乎是无所不谈，并且凡是巴黎人关心的，或者喜欢的事，他们都会谈论。其实也就和其他大多数沙龙一样，他们谈的话题基本上就是把上午各种报上看到的再抄一遍。

在这五人中最达观开豁的是约瑟夫·德·巴尔东，他目前还是单身，他的生活最地道，却又是最荒唐的巴黎生活。他这个人其实并不放荡，也不堕落，有的只是好奇，他整天都乐悠悠的，还是一个年轻人，因为他才刚到40岁。从最广泛最宽容的含义上讲，他可以说是上流社会人士，他聪明颖慧，但却没有深谋远虑；他什么都知道，可是却谈不上是什么博学多才。他这个人很心思灵巧，却又浅尝辄止。他基本上可以从他的观察、经历，还有他所见所遇所发现的各种事情中，提炼出诙谐而又富有哲理的趣闻以及种种幽默的见解，从而成为满城皆知的才子。

和朋友一起吃饭时，他总是侃侃而谈。每次他都有许多故事要说，人家也希望他说。用不着别人邀请，他自己就会说起来。

你会看见他独自在那儿抽着烟，把臂肘搁在桌上，盘子前还放着半杯香槟美酒，沉浸在经热咖啡一熏就会更显馥郁的烟草芳香中，那感觉真是其乐融融，就像是待在自己家中一样非常自在悠闲，就好像是有些人会在某种场合、某种时刻感觉到就在自己家中一样，又好像是那种很虔诚的信徒到了礼堂一样，却又仿佛那金鱼在鱼缸里一样逍遥。他会一边吞云吐雾一边说："就在前不久，我碰到了一件非常奇怪的事情。"其他几位全部一起说道："请开始讲吧。"然后他便开始了：

我还是听你们的安排吧。我想，在座的各位肯定知道我是经常在巴黎逛，就好像是那些喜欢小玩意儿的人喜欢看那橱窗搜寻一样。但是，我观看的是天下万物和芸芸众生，还有，就是一切过往的人和一切正在眼前发生的事。

我现在要说的事，大概发生在9月，这一天天高气爽，下午，我从家里出来，不知道自己到底要去什么地方。其实这样的事情大家都有过，并且在自己的心中还会有一种隐隐约约的欲望，想去拜访某个花枝招展的女人，然后就会从那些认识的人中找，并且还会一直都思量着把这些人一个一个地进行比较，你一定要琢磨她们能勾起你多大兴趣，又能让你觉得有多大魅力，再看当天具有什么样的吸引力，最后作出决断。可是遇到风和日丽的天气，你往往也是懒得去拜访任何女人。

记得那一天，天气很好，阳光明媚，温煦和畅。我点燃一支烟，浑浑噩噩地来到城外林荫大道。开始信步游荡，突然心中冒出一个想法，为什么我不这样一直走下去到蒙马特尔公墓去看看？

我很喜欢去墓地溜达，到那儿之后，我还能休息一下，生出几分幽思。我这时候需要的正是这种情感。又或者说，那边还有我的几位好友，恐怕这一辈子，今生今世再也见不着他们了，所以本人依旧会时不时地过去看看。

在这蒙马特尔墓地我还有一段肝肠寸断的故事，那是一位情人，并且她对我一往情深，让我一直都紧记在心，于是一想起这娇小女子我便开始缠绵悱恻，而且会无比惋惜……说实话，真是伤感万端……然后呢，我就会去她墓地怀念起伏……可是这时候她已经凋谢。

而且，我之所以爱去墓地，是因为这是诡谲之城，这其中的人难以计数。各位好好想一下吧，在这小小的一块地上到底有多少死者？一代又一代的巴黎人在此住下，天荒地老长眠地下，就这样一直幽囚于狭窄的墓穴之中，而且还是被禁锢于小小的洞穴之中，但是那些活着的人却占据了那么多的地方，吵吵嚷嚷，几乎全部都是昏庸无知之徒。

另外，那些墓地中还有很多小陵墓，几乎和博物馆的收藏有一样的意义。卡芬雅克的墓——其实我根本没有做过比较，但我一看就想起让·古戎的杰作，也就是长眠鲁昂大教堂地下礼拜堂内的路易·德·布雷泽的肖像。在座的各位，几乎全都号称现代派和现实主义艺术，都出自这里。路易·德·布雷泽的身像惟妙惟肖，让人感觉到可怕，恐怖，而且那些真是人垂死抽搐之际一堆已经不能动弹的血肉，但今天在坟墓上粗制滥造的那些雕像却不是这样的，有的只是一副受尽折磨的痛苦模样。

在蒙马特尔公墓还可以看到博丹气势磅礴的陵墓，以及戈蒂耶墓和米尔热墓，一天我看到那儿摆了一个用黄色灰毛菊扎的孤零零的花圈，也不知道是谁摆的。会不会是最近来过的那位穿灰色粗布衣服的老太太，也就是在这附近看门的那个女人？这儿就是米勒的一尊俊俏的塑像，但是他的四周却到处是一片残败脏乱，那个塑像这时候很破旧，而且到处也都已破破烂烂。噢！米尔热，为青春歌唱吧！

在要迈步进入蒙马特尔墓地的时候，我忽然就感到一阵悲伤，实际上这样一种悲伤也不是很让人难受的，在你身体好端端的时候，你还会在心中想："这地方真是非常不错，不过还不是我来的时候……"

当你站在这儿的时候，你就能感到人有生老病死，秋意萧瑟，那种暖洋洋的潮气中还会溢出枯叶的清香，这个时候，那天上的太阳也已变得屏弱、疲惫和乏力，还是会感觉到非常地寂寂索寞，万物最终都泯灭，所以诗意不禁油然而起。

我就这样迈着小步缓缓在墓群之间的小道上走着，这里邻而不毗，并且还不会互相接触的，同时也不会读什么报纸。我就这样自己一个人开始读起墓志来，噢，这真的可以说是这个人世上最有趣的事了。梅亚克也好，拉比什也好，他们几乎从没有像这些墓碑上滑稽的散文那样，可以让我忍俊不禁。在这些大理石板上和十字架上，那个死者亲属还是会诉说他们的惋惜之情，也会祝愿死者在另一世界能够得到幸福，同时又希望能与其重逢再相见，这都是何等的好书，远在保罗·德·科克写的书之上，只是那些话都是吹的！

我真的非常喜欢这个特别的地方，喜欢墓地中那块已经完全荒芜的角落，看上去一片冷清，到处长满了高大的紫杉和柏树，这里全是古代死者的陵墓，其实不用多少时间就可以成为一片新墓地，并且还会把那些从死人遗体中吸取养料的一棵棵绿树砍掉，就这样再一排又一排地葬入新的死者，然后就会铺上一块又一块扁得像饼一样的大理石板。

我在那儿开始了一阵闲逛，感觉自己的身心一下子变得非常轻松，我知道我马上就会感到心烦了，我该去女友的长眠之榻凭吊追思。走到她墓边的时候，我黯然神伤。那个可怜的恋人，她那么温柔，那么白皙，那么清新又那么多情，而现在……如果把墓打开……

我扶着铁栅栏，轻声诉说自己心中的哀愁，可是这个时候，她不一定能听到。我就要离开了，就在这个时候忽然看到旁边墓前跪着一个全身黑色重孝打扮的女子。她戴的黑面纱已经被撩起，我一眼看见一头漂亮的金发，而且她还留着很长的头发，从中缝向两边分开，两鬓紧紧贴在脸上，晚霞下只见她黑色孝服素裹，而头发却熠熠生辉。我就忍不住这样的驻足站下。我想她已经痛不欲生。这个时候，我看见她的双手捂着眼睛，看起来就像一尊沉思的塑像，马上就能肠断魂销，那被掩住的双目就这样一直都是紧紧闭合，海水在冥冥中数着念珠，这样的悲戚伤逝，这个时候，她像是也已弃世去追怀另一死者。没过一会儿，我忽然猜想她会悲咽啜泣，那是因为我看到她后背一直都不停地颤抖着，那感觉就像是风吹杨柳簌簌飘舞。刚开始的时候，她还是轻声抽泣，可是到了后来，她就开始声泪俱下，而且颈部和肩膀也都跟着抽动起来。这个时候，她一下子睁开双眼，眼中噙满了泪水，但是非常地娇娆俏丽，她像是一个疯子一般环视四周，就像是噩梦初醒一样。她见我正在看她，显得满面羞惭，她的双手马上把整个脸捂了起来。这时她就呜呜咽咽地抽搭起来，头慢慢向大理石墓碑垂下。她把前额贴在墓碑上，她的面纱在她头上轻轻飘起，在她哀悼的坟茔皓皓白角上落下，就像是一件孝服。我听得她一声唏嘘，接着便栽倒下来，脸贴在石板上，一动不动地躺着，已经失去知觉。

接下来我很着急地朝她走去，用双手拍她，用嘴轻轻吹她眼皮，并且一边读边上那块字不多的墓志铭："此处长眠路易泰奥多尔·卡雷尔，海军陆战队上尉，阵亡于东京湾。为他祈祷。"阵亡不过发生在几个月前，当时我也非常伤心，扑簌泪下，对她我同样地细心照料。最后，我的努力终于没有浪费，她醒过来了，我那时的神态忧心殷殷，其实我真的不坏，其实我还没有到40岁，这时候从她投来的第一缕眼光我就可以看出，事实上她是一个懂礼貌、感恩的人。她也确实是这样的，所以当时又一次泪如雨下的时候，她的胸膛开始抽搭着，断断续续地讲了她的身世，讲了那军官阵亡东京湾的遭遇，当时他们结婚才一年，他们是恋爱结婚，因为她父母双亡，她的嫁妆仅够法定数目。

我开始安慰她，并且让她振作起来，我扶她起来，挽着她，对她说：

"这儿并不是适合长久待着的地方，走吧。"

她却一直啜嚅道：

"我连路都走不动了。"

"我挽着您走。"

"谢谢，先生，您真是太好了。您来这儿也是凭吊什么人吧？"

"是的，夫人。"

"是位女士？"

"是的，夫人。"

"是一位尊夫人吧？"

"是位女友。"

"爱一位女友就像爱妻子一样，看起来感情没有法律一说。"

"是这样，夫人。"

然后我们一起离开那儿，她偎着我，之后，从墓地出来的路上我几乎是架着她走的。等到我们走出墓地的时候，她看起来已经柔弱无力，所以只是喃喃说道：

"我真的感到快支撑不住了。"

"要不要我们去什么地方吃点儿东西?"

"好吧,先生。"

然后我看到一家餐馆,像这种餐馆基本上都是死者的亲友过来大吃一顿,而且还是个庆贺祭奠完毕的好地方。我请她喝了一杯热茶,她感觉自己好像振作起来了。她的嘴角上影影绰绰还掠过一丝微笑,于是她就开始给我讲起她自己来。听起来非常地凄惨,她一个人孤苦伶仃,在家中日夜形单影只,身边没有任何人听她倾吐衷情,畅叙信念,促膝谈心。

她的神情就很悲伤,就连她说出来的话也非常的情真意切,我听了之后,感触甚深。她年正青春,才二十上下。然后我对她说了几句恭维的话,她听了表现得落落大方,并未假作清高。时间已经不早了,我建议叫辆出租马车送她回家,她满口答应了。上了马车我们身靠身肩挨肩地坐在一起,两人身上的热气透过衣衫交融到一起,人世上撩拨心扉的莫过于此。等那辆马车到了她家楼门口停下来的时候,她很柔声说道:"我家住在五楼,可是,我自己确实没有力气一个人爬这楼梯。而您对我是真好,那么你可不可以扶我上楼回家?"

听到这话之后,我急忙答应。她还在气喘吁吁地慢慢上楼,到了她家门前,她又说道:

"请进去稍坐片刻,我一定要好好地感谢你。"

然后我就走进了屋里,这没有什么说的。

屋里非常简朴,可以说是有点四壁萧然的样子,不过收拾得简洁而整齐。我们在一张不是很大的长沙发上肩靠肩坐下,她又一次对我说如何孤寂。

她拉响绳铃喊女仆给我端一杯饮料,可是到了最后那个女仆也没有出现。我就忍不住地感到高兴,我心想这女仆大概会到明天早上才来,其实也就是大家所说的钟点工。

她已经摘掉了帽子,看起来非常柔情绰约,而且一双明媚的眼睛一直盯着我看,看着那双眼睛晶莹发亮,凝神专注,我马上就产生了一种势不可挡的欲望,最后还是屈服了。我一把搂住她,她一下子就垂下眼帘,我贴在上面吻……吻了又吻……吻了又吻……一次又一次,不知道吻了多少次。

她挣扎着想把我推开,一个劲儿地说:

"行了……行了……行了。"

她说这话到底是什么意思?在这相似的时刻,"行了"至少有两层意思。为了不让她再说话,我吻完她的眼睛然后吻嘴,要是按我的意思给这"行了"作定论。她是并没有怎么反抗的,当我们如此玷辱牺牲于东京湾的上尉之后,相互对望了一眼,我看见她柔心弱骨,脉脉含情,百依百顺的模样,一下子就安心了。

我还是会忍不住很潇洒雅致地献起殷情，看起来既热情飘逸，又额手称庆。就这样大约又叙谈了一个钟头，我问她：

"您是在什么地方吃饭呢？"

"我是在附近的一家小餐馆。"

"就你一个人吗？"

"嗯，是的。"

"那么你能和我一起吃饭吗？"

"去哪儿呢？"

"去林荫大道找一家好的餐馆。"

她开始的时候有点犹豫不决，我再三请她，她就同意了，另外还给自己找了个理由："我实在太……苦闷了。"接着她又说："我这次得换一条颜色浅一点儿的连衣裙。"

然后进了她的卧室。

这时候她还是一身半孝服从卧室出来，看起来小巧玲珑，秀雅妩媚，上下一身灰色打扮，非常简单素净，显然这身打扮一半像是去墓地凭吊，一半像是进城走走。

晚饭的气氛也是非常温馨，她喝了香槟，精神振作了起来，生气勃勃，我送她回家。

就这样，这份在墓地结下的私情存在了差不多三个星期，可是什么好事都有腻的时候，尤其是女人，到了最后我还是借口有事非去外地不可把她甩了。我走的时候落落大方，她也一再向我表示感谢，并且还要我答应，甚至要我起誓，回来后再去找她，她好像真的有点舍不得我了。

之后我又去别的地方追逐情和爱，过了有一个多月，即使曾想再去会会这位情意绵绵的小寡妇，可是最后却没到一定要去的程度，但是在我心里却不能忘了她……我就这样一直思量她，仿佛有什么东西在我心中萦绕，就像是一个不解之谜，又或者是一个心理学上的什么问题，又像是那种绞尽脑汁也解不开的怪问题。

有一天，我突然莫名其妙地想起去蒙马特尔公墓那边找到她，然后我就去那儿找。

我在墓地转了很长时间，在那看到的基本上都是在墓地常见的那类人，也就是尚未把死者忘记的那些活着的人。还有就是那些阵亡于东京湾那位上尉的墓上不见哭丧女，也不见鲜花或者花圈。

就在我在这幽冥都会的另一街区游荡的时候，突然看见一条狭窄的布满十字架的路的尽头走来一对男女，他们几乎是全身上下一身重孝。噢，那真是太匪夷所思！等他们走近的时候，我一眼认出了她。活生生的她。

这个时候她也看见了我，她的脸马上就涨得通红。在我贴面从她身边擦过的时候，她悄悄给我打了一个手势，同时向我使了一个转瞬即逝的眼神，其实她说的那个意思就是："要假装不认识我。"也可能是说："亲爱的，以后再来看我。"

那男子看起来很是体面，英俊挺拔，而且一表人才，佩戴荣誉勋位勋章，五十上下的年纪。

他就这样挽着她，就和我挽着她从公墓出来的时候一模一样。

等我走开的时候，感到非常震惊，忍不住问自己刚才看到的这位坟茔女猎手到底是属于哪一类灵性？难道真的只是个普通女子，一个开了窍的妓女，知道一些男人悲切忧伤，他们的心中还是会难以忘怀某个女人，或者是妻子，又或者是情妇，就这样一直都在梦魂萦绕恋着死者的恩恩爱爱，所以要专门到墓地去猎获他们？是不是就是这么一个人呢，也就仅此一人？还是大有人在？难道这也是一种行当？难道真把墓地当成大街拉客了吗？这可是墓碑呀！难道仅她一人从一种高深的哲学想到如此绝妙的主意，看到墓地能使往日情爱如见如闻，于是专门利用这种怀恋？

我很想知道那一天她又是谁的遗孀。

幸　福

正好是喝茶时间，还没有点燃灯。那座别墅面朝着大海。还有那快要落山的太阳在经过它的时候，会留下一片涂着金粉样的玫瑰色的天空。地中海这时候没有一点儿波纹，非常光滑，在奄奄一息的日光下依然闪着光芒，看上去就像是一只巨大的、非常光滑的金属盘子一样。

右边的远方，纵横交错的山峰在苍白的红色背影上勾画它们黑色的轮廓。

人们这个时候就说起爱情，这个一直都被争论着古老的主题，而且还在重述那些以前已经有人常常说过的东西。黄昏淡淡的伤感使言语变得柔和，还会让人们在心中浮起一阵感动。"爱情"这个词会一直出现，时而由轻柔女性的声音传过去，时而被男人强有力的声音说过来，就好像充满了这个小客厅，像小鸟一样飞来飞去，像灵魂一样在那里游荡。

人们能够一直爱许多年吗？

"能！"一些人坚持地说。

"不能！"还有另一些人肯定地说。

人在不同的情况下就会建立一条界线，还会援引例子。男人和女人，都充满了突如其来而又使人窘迫不安的回忆，他们是不可以引述的，但是却欲言又止。大家看起来非常激动，怀着深深的感动和热烈的兴趣一直谈论着这个既平常又至高无上的东西，这两个生命间的神秘、温情、和谐。

忽然有一个望着远方的人喊道：

"噢！你们快点看那个方向啊，那是什么？"

大家都看到在地平线上，从海中升起灰色的，巨大而又模糊不清的一团东西。

女人们看着就会忽然站起身，很不理解地望着这个突如其来的她们见所未见的东西。

有个人说：

"其实，这是科西嘉岛！在一定的气候条件下出现，人们可以像这样一年看见它二三次，那儿的空气绝对洁净，不过总是有远方笼罩住的水蒸气把它掩藏起来。"

人们这个时候模模糊糊地分辨着岛上的山脊，还会认为看见了山顶的积雪。几乎所有的人都会感到惊奇、不安，被一个突然出现的世界，被这个从海中出来的幽灵吓坏了。大概也会存在像哥伦布一样，出海穿过尚未开发的大洋的人看到和这一样奇怪的景象。

就在这时候，有位老先生，就是刚才一直没有说话，现在说道：

"你们瞧，其实我是见过这座岛的，现在它出现在我们面前，像是它自己要回答我们问过的问题。这种情况就会让我回想起一件奇特的经历。而且我知道一个令人羡慕的例子，也就是那种可以持续的爱情，并且真实得不能再真实的幸福爱情的例子。"

五年前，我在科西嘉岛有过一次旅行。这个荒凉的岛屿比美洲离我们更远，更不被人知道，尽管有时会像今天那样能从法国海岸看到它。

这个时候，您就可以尽情发挥自己的想象力，同样是一个非常混沌的世界，同样是被那些流着湍湍洪水的狭窄山谷分开的大山中的暴风雨。事实上不存在平原，有的是那些花岗石的海洋、高大的松林、栗木林和由灌木丛覆盖的非常大的起伏的土地。其实，这也可以说是一片处女地，也就是那些未耕作的荒凉土地。有时候有人看到一个村庄，就像山顶上的一堆石头。事实上是没有一点的耕作、工业和艺术。人们呢，也几乎都没见过一片雕刻过的石头，加工过的木材，品位简单的纪念物或者祖先们对美丽优雅东西的琢磨。

这个美妙又艰苦的地方给人印象深刻，其实还是对人们称之为艺术的迷人形状的研究继承的无动于衷。

意大利的每座宫殿都充满了艺术品，甚至可以说它本身就是艺术品。在这个地方，那些大理石、金属木料、青铜、铁，还有那些宝石，就足以证明了人类的智慧。古老房屋里最小的旧物品都表现出对这种神圣的担心。意大利对我们所有人来说算是一个非常受人爱戴的神圣的国度，原因就是她为我们表现和证明了创造智慧的努力、伟大、有力和胜利。

可是就在她对面，那些荒蛮的科西嘉岛仍然处于它原始的状态。在那些非常粗陋的房屋中生活的人，对所有不能达到他生存本身或者家庭争吵的事物是一点儿都不关心的。他们仍然拥有未开化种族的缺点和优点，他们非常的粗鲁，并且很爱记仇，就是那种无意识的残暴，可是他们也好客、慷慨、忠诚、天真，并且还会向过路人敞开家门，哪怕是一点点友好的表示也奉献出他们忠诚的友谊。

我记得当时我穿越这个无比美丽的小岛到处游玩，有一个月的时间了，我觉得我几乎到了世界的尽头。在那里是不存在什么客栈，而且还没有酒馆，没有路，并且人们只能通过一些羊肠小道才能抵达挂在山腰上的小村庄。从这些山峰往下看有曲曲弯弯的山涧。到了晚上的时候，人们还会听见那急流深沉的语言，那一直都不会停止的声音还是会不断地从深涧中升起。当你去敲居民的门请求避避夜晚时，他们给你直到第二天所需的生活品，坐在简陋的桌前吃饭，在简陋的屋子里睡觉。等到了早晨的时候，你握一握主人伸出的手，他会一直把你送到村边。

那是在一天晚上，我大约走了十个小时，我来到小山谷深处的一个孤立的小房舍前，我还记得这个小山谷在一法里远的地方，并且是和大海相连的。那两边陡峭的山坡基本上都覆盖着灌木丛，还有那些坍塌的岩石以及那些巨大的树木，就好像两道阴沉的长墙，把这个凄惨的山涧封在了里面。

在茅屋的周围，有几棵葡萄树，以及一个小花园，稍微有些远的地方，还种着几棵高大的栗树。生活用品，对这个贫穷的地方而言，终究是一笔财富。

我记得接待我的女人，年纪很大，看起来非常严肃、干干净净。那个男人坐在一张草椅上，站起身和我打招呼，然后又坐下去，一句话也不说。他的伴侣对我说：

"还要请您原谅他，他已经82岁了，现在耳朵聋了。"

她和我说话的时候，讲一口流利的法语，我很惊讶。

我问她说：

"您是科西嘉人吗？"

她回答说：

"不！其实我们来自于大陆。差不多在这里住有 50 年的时间了。"

每次想到在这个距离人们生活的城市很远、非常阴沉的地方生活了 50 年，我就感到很焦虑和恐惧。一位老牧羊人回来之后，我们就开始吃晚饭，可是晚饭只有一道菜，是一道浓汤，土豆、肥肉和白菜放在一块儿煮。

我们很快就结束了这样一个简短的晚饭，之后我坐在门前，看着那阴沉天气，产生忧郁，让我感觉到自己的心发紧，并且是在某些偏僻的地方，某些悲伤的晚上，在外旅行的人感受的忧伤这个时候就包围着我，那感觉就好像我的生命还有整个世界都将要完结一样。忽然你就能够看到生活的悲惨，而且是离群索居孤零零的。一切的虚无和一直到死都只有靠梦想哄骗，来抚慰心中那黑色的孤独。

那位老妇人在一直存在于最屈从的灵魂深处的好奇心的折磨下，来到我面前。

"这么说，您来自于法国吗？"她说。

"是的，其实我旅行就是为了消遣。"

"那您可能来自巴黎？"

"不，我从南锡来。"

一阵强烈的激动让她感觉心神不安。我是怎么看到的，又或者不如说感觉到这一点的，我自己也不知道。

然后她用很缓慢的声音重复道：

"您是从南锡来的？"

这个时候那个男的就出现在门口，和那些耳聋的人一样面无表情。

她又说道：

"没什么关系，他是不会听见的。"

之后，过了几秒钟，她说：

"那么，您认识一些南锡上流社会的人吗？"

"是的，我基本上认识所有的人。"

"那圣·阿莱兹家呢？"

"我认识，并且还很熟悉，他们是我父亲的朋友。"

"那您的名字是什么？"

我对他说了我的名字。她一直就盯着我看，然后用一种唤起记忆的低声说道：

"对，对，当时我还记得很清楚。那么，布里斯马尔一家呢，他们怎么样了？"

"她们都去世了。"

"啊！西尔蒙家呢？那您认识他们吗？"

"嗯，我认识。而且他们家最后一个人是将军。"

听到了这话之后，她全身都在颤抖，她非常激动、焦虑。不知道是什么感情，模糊、强烈而神圣，也不清楚那到底是一种什么样的需要，这要让她承认，说出一切，谈论那些迄今为止一直埋藏在心底的东西，而且还谈论使她心灵动荡不安的人们的名字。她说：

"是的，亨利·德·西尔蒙，我当然知道。他是我兄弟。"

我抬起头望着她，感到非常惊讶。后来，我一下子想起来了。

从前在洛林的贵族中发生过一件大丑闻。一位年轻的少女，很漂亮、富有，叫苏珊娜·德·西尔蒙，没过多久就被她父亲指挥下的龙骑兵团的一名副官给抢走了。

他是一位非常英俊的小伙子，但却是一个农民的儿子，蓝军服对他很合适。这位军人就去勾引那位上校的女儿。她可能就是在部队检阅时看见了他，便注意到他并且到最后还爱上了他。可是，她到底是怎样同他讲上话的，他们又怎样能够相见、相爱的呢？她怎样敢让他懂得她爱他呢？关于这些，没有人知道。

人们几乎没有任何预感。就在一天晚上，这个军人服完兵役，就和她一起不见了。人们开始一直在寻找他们，可是到了最后却还是没有找到。以后人们再也没有他们的消息，有的人还以为她已经死了。

但是，我却在这个阴森可怕的山谷里看到了她。

于是，这回就到了我开始重提话头：

"是的，我想起来了，您是苏珊娜小姐。"

她听到了这句话，连连点点头说"是"，接着眼泪就滴落下来。她用目光向我指了指那个在茅屋门槛上一直都很安静地坐在那儿一动都不动的老人，对我说道：

"就是他。"

我能明白她一直都爱着他，一直用那种被迷惑的眼光看着他。

我询问道：

"您以前幸福过吗？"

她用一种从心底发出的声音回答说：

"噢！是的，我现在真的很幸福。因为他使我非常幸福。我从来没有什么可后悔的。"

就这样一直看着她，我感到非常悲伤，同时为爱情的力量感到非常吃惊！

这个富有的姑娘一直都跟着这个男人,就是因为这个农民,也变成了农民。她让自己的生活没有奢华,没有任何形式,没有魅力。她让自己屈从他那些简朴的习惯,而且她一直爱着他。就这样,她成了一个穿粗布裙、戴便帽的庄稼汉的妻子。她坐草椅,在木桌边用陶质的盘子吃水煮白菜、土豆和肥肉,在他身旁的草褥上睡觉。

她以前从不想什么别的东西,心里只想着他!放弃那些项链、衣料、高雅柔软的椅子、裹着墙饰的温暖的香气四溢的房间、惬意柔和的鸭绒被,对于这些,她从来都不会后悔。除他以外,她从来不需要任何别的东西。只要他在那里,她就什么也不想要。

她年轻的时候,就抛弃了生活和社会以及养育她、爱她的人们。她独自一人和他来到这个荒蛮的山谷。他对她来说就是一切,而且是那种人们梦想的一切、不断等待的一切、无限希望的一切,想要的一切。他使她的生命自始至终充满了幸福。

她没有比现在更幸福的时刻了。

整个夜晚她都一直躺在简陋的床上,听着跟他走得那么远的女人的老兵那嘶哑的呼吸声,我呢,这个时候也在想着这个奇特而简单的奇遇,思考着这用如此少的东西筑成的如此充实的幸福。

天亮了,我握握这对老夫妻的手,便离开了。

讲故事的人这时候就不说话了。一位妇女说:

"其实都一样。她的理想真是很容易满足,她的需要太原始,要求也太简单。她是个蠢女人。"

这时候,另一位女士用缓慢的声音说道:

"这有什么关系!她起码还是很幸福的。"

在远处的地平线上,科西嘉岛立马陷入黑暗,然后便慢慢沉进大海,抹去了它那巨大的影子。它的出现就像是为了亲自讲述它在海岸的庇护下的这对微不足道的情人的故事。

晚 会

萨瓦尔先生实际上是凡尔农的公证人,他非常喜欢音乐。他很年轻,但是却已经秃了顶,他非常认真地刮胡子。他看起来有点胖,却显得很自然。他没有戴老式眼镜,相反,他戴着一副金夹鼻眼镜。其实他还是很活跃,很殷勤，很欢快的，在凡尔农被人看作是艺术家。他拉小提琴，开音乐晚会，演奏新的歌剧，弹钢琴。

他的嗓音是被人们称之为温柔的那种，听起来很细小，感觉就像细线一样，他把它使用得非常到位，当他细声唱完最后一个音符，所有人嘴里都喊道："好哇！真是太完美了！真是太令人惊叹！令人羡慕了！"

他是巴黎一家音乐出版商的订户，那个出版商给他寄来所有的新剧目。他时不时地会给本城的上流社会发一些小请柬，上面这样写道：

"请您参加星期一晚上在公证人萨瓦尔先生家里《萨依丝》的首场演出。"

还有几个天生唱歌好听的军官组成了一个合唱队，有两三个本地的夫人也参加演唱。然后那个公证人很稳妥地充当乐队指挥，乐队队长有一天在欧洲咖啡馆里谈到他时说：

"噢！萨瓦尔先生，说起来那真是一位大师。他最终没有把艺术当成他的终生职业真的是件很不幸的事情啊。"

只要人们在沙龙里提起他的名字，总有人说：

"他实际上不是一个业余爱好者，而是一个艺术家，一个真正的艺术家。"

然后就会有两三个人对此非常地相信，并且还会一直重复道：

"噢！是的。他就是一个真正的艺术家。"很强调"真正的"这个词。

几乎每次只要有一个新作品在巴黎的大剧院上演，萨瓦尔先生一定会去做一番旅行。

去年的时候，按照他的喜好，他想去听《亨利八世》。他就会乘一趟在4点半抵达巴黎的快车，而且还决定乘坐零点35分的列车回来，这样一来就可以避免在旅馆过夜。他在自己家里的这个时候，已经穿上了晚会的礼服：黑衣服，白领带，另外用一件领子翻起的大衣把这套礼服遮掩在下面。

他一直是这样，一踏上阿姆斯特丹大街，就会感到十分喜悦，他心想：

"这很明显，巴黎的空气和任何地方都不同。它有一种说不出且道不明的辛辣、刺激、迷醉，还会给人一种要蹦蹦跳跳和做别的事情的奇怪愿望。自从我踏上这块土地，我马上会感到自己像是刚刚喝了一瓶香槟酒。在那些艺术家们中间，人们在这座城市里能够过一种怎样的生活啊！还有那些当选者，那些享受着被指派在这样一座城市中生活的伟人们是多么幸运！他们的生活是怎样的丰富多彩啊！"

他制订了一些计划，还希望能够认识几个非常出名的人物，这样也是为了方便在凡尔农谈论他们。就是在他来巴黎的时候，不时地在这些人家里度过一个晚上。

这个时候突然就有一个念头打动了他。他以前曾听人说起过环城的林荫大道上有一些小咖啡馆，在那里聚集着一些已经很出名的画家、文人，甚至还有音乐家。然后他就开始缓步向蒙马而特走去。

这时他有两个小时的时间，他就是想出去看一看，他走过最后一批波希米亚人经常去的那个啤酒馆，看着人们的脑袋，尝试着猜出谁是艺术家。最后，他受了店名的诱惑，走进了"鼠死"咖啡馆。

这时候有五六个女人把胳膊支在大理石桌子上，低头小声地谈着她们的爱情交易，还有那个吕西和奥尔当斯的争吵，奥克达夫的卑鄙无耻。实际上她们是成熟的女性，看上去不是太胖就是太瘦，而且很疲惫，精力衰竭。人们这个时候就都会猜想她们是秃顶，她们像男人一样喝着大杯大杯的啤酒。

萨瓦尔先生在离她们不远处坐下，一直等待着，因为喝苦艾酒的时间快要到了。

这个时候过来了一位高个子男青年，就坐在他身边的位置上。那个老板娘叫他"罗曼丹先生"。那个公证人浑身一震。是否就是刚刚在最近一次沙龙中获得首奖的那个罗曼丹？

年轻人这个时候，挥手叫来侍者：

"你马上给我开晚饭，之后叫人把 30 瓶啤酒和我今天早晨订的火腿送到格里希大道 15 号我的新工作间去，我们等会儿就要去办进宅酒。"

萨瓦尔先生听到这话，马上叫人端来晚餐。他脱下大衣，露出晚礼服和白领带。

他的邻座一点儿都没有注意，拿起一张报纸读了起来。萨瓦尔先生在旁边望着他，很想去和他讲话。

这个时候两个身穿红色天鹅绒上装的年轻人，留着像亨利三世那样的胡须，一起走了进来，坐在罗曼丹对面。

第一位说道：

"就是今晚吗？"

罗曼丹和他握握手说：

"我很相信你，老兄，并且所有人都会到场。我已经有鲍纳、纪约姆、日尔魏克斯、贝劳、埃贝尔、杜埃兹、克莱汉和让·保尔·劳郎斯。这会是一个非常精彩的节目。并且还有女人，你看吧，几乎全部的女演员，基本上都没有例外，并且几乎全部是今晚没事儿干的女演员。"

咖啡馆老板这个时候也靠上来说：

"这样的进宅酒，你们会常常办吗？"

画家回答道：

"我很信任你，每三个月办一次，在结束的时候。"

萨瓦尔先生这个时候不能再忍受了，然后用犹豫不决的声音说道：

"很抱歉打扰您，先生，我听见有人叫您的名字，我很想知道您是否就是罗曼丹先生，在最近的那次沙龙中我很钦佩你的作品。"

艺术家回答道：

"就是我本人，先生。"

公证人作了一番措辞讲究的恭维，同时也表明一下他是有学问的人。

画家完全被他吸引住了，很客气地就回答他，他们就这样的聊开了。

罗曼丹的话题又回到进宅酒上，还很详细地介绍了节目的宏伟华丽。

萨瓦尔先生这个时候也开始询问他要接待的所有人的情况，并且补了一句：

"其实对一个局外人来说，这真的算是一个非同寻常的好机会，可以一下子遇到那么多的名人，并且还是聚集在一个像您这样有品位的艺术家家里。"

罗曼丹真是心服口服了，回答说：

"如果这能使您感觉到很开心的话，那么就请来吧。"

萨瓦尔先生愉快地接受了邀请，他心想：

"我会有时间观看《亨利八世》。"

两个人都用完了餐，那个公证人一直要求付两个人的账，希望回报邻座的恩赐。同时他也为穿红色天鹅绒上衣的两个年轻人付了酒钱，然后就和画家一起出了咖啡馆。

他们在一栋不太高却非常宽阔的房屋前停下，这座房屋整个一楼像是一个无尽的暖房。并且还是六个工作间排成一排，面对着大道。

罗曼丹第一个走进去，上了楼，打开一扇门，划着一根火柴，点燃了蜡烛。

他们来到一间巨大的房间里，这里的家具只有三把椅子，两个画架和几幅顺着墙放在地上的草图。萨瓦尔先生非常震惊，站在门口一动不动。

画家说道：

"我们有地方，可是却百废待兴。"

他看着那高高的、光秃秃的屋子，那个天花板已消失在黑暗中了。他开始宣布：

"我们终于可以利用这个工作间的一大部分。"

他沿着屋子转了一圈，很认真地看着它。之后，他又说道：

"实际上我有个情妇，她可以来帮帮我们。就是用织物装饰房屋，没人能和女人相比。但我今天把她打发到乡下去了，同时也是想在今晚摆脱她。并不是说她使我讨厌，只能说是过分地使用她，她呢，可以说是有些支撑不住了。这个时候对我来说，也会使我的客人们很不自在。"他思索了一会儿，又补充道："她是一个好姑娘，就是有些不方便。如果她知道我接待客人，会把我的眼睛揪出来。"

萨瓦尔先生这个时候还是一动不动，他不懂。

艺术家走近他说：

"既然我邀请您，您帮我点儿忙吧。"

公证人宣布：

"请按您的意愿来安排我，我会听从您的吩咐。"

罗曼丹脱下他的礼服说：

"好吧，公民，开始干活吧。现在我们要开始清扫工作间。"

这儿有一副画架，画布上画着一只猫，他走到架子后面取出一只用得很旧的扫帚。

"拿着，您把地扫一扫，我去弄一弄照明灯。"

萨瓦尔先生拿起扫帚看了看，开始了笨手笨脚地打扫木地板，掀起一阵尘土风暴。

罗曼丹这个时候很生气，阻止他说：

"您难道不知道该如何去扫地吗，真是活见鬼了！喏，瞧我的。"

然后，他就开始卷走他面前的一堆灰色垃圾，看着好像他就是干这一行的。接着他把扫帚递给公证人，叫他照着做。

没过五分钟，一阵尘烟弥漫在工作间。罗曼丹不得不问道：

"您现在在在哪里？我不能看见您了。"

萨瓦尔先生咳嗽着走过来。画家对他说：

"您要怎样干才可以做好分枝吊灯？"

这位看起来有些晕了，询问道：

"什么分枝吊灯？"

"照明用的分枝吊灯嘛，那上面还燃着蜡烛。"

公证人不懂得，然后他回答道：

"我一点儿都不知道。"

画家这个时候就开始跳起来，打着响指：

"好吧！我这回是找到办法了，阁下。"

之后他更加沉稳地说道：

"您身上现在有五个法郎吗?"

萨瓦尔先生回答:

"有。"

艺术家又说:

"好吧。那么您现在去给我买五个法郎的蜡烛,而我呢,就到箍桶匠那里去一趟。"

之后他就把穿着礼服的公证人推出门外。五分钟后,他们又回来了。一个带回来一把蜡烛,另一个则带回一个桶箍。那之后,罗曼丹探入壁柜,拎出二十来个空酒瓶,把它们呈花冠状拴在桶箍上。然后下楼向门房解释他已得到老夫人的厚意,还会为她的猫儿画一幅画,放在画架上,之后就向他借一把梯子。

他带着一把梯凳上来,询问萨瓦尔先生道:

"您是不是很灵活?"

另一位好像不清楚,回答说:

"当然很灵活。"

"好吧,那么您现在就登上梯凳,把这个吊灯拴在天花板的环上。然后在每一个瓶子里放一根蜡烛,点燃它们。现在我告诉您,对于照明,我真的可以说是一个天才啊。我看呢,您还是脱下您的礼服嘛,见鬼!您这副样子真的很像个仆人。"

门突然被打开,一个女人出现在他们面前,两眼闪闪发光,停在门口。

罗曼丹听到了这话之后,用惊恐的目光望着她。

等了大约有几秒钟,她双臂抱在胸前,用尖厉、震颤、愤怒的声音说道:

"啊!真是一个非常肮脏的家伙,你认为这样就可以把我甩掉吗?"

罗曼丹没有回答。她又说道:

"啊!无赖,你做出亲和的样子把我打发到乡下去。看看我怎样来安排你的节目,是的,同时也是我去接待你的朋友……"

她非常生气地说道:

"我现在就要把这些酒瓶和蜡烛扔到他们脸上去……"

罗曼丹先生却很温柔地说:

"玛蒂尔特……"

这个时候已经发动起,要倒空她粗话的筐子,还要倒空她责难的口袋,这一切就像是垃圾一样从她嘴里流出来。而且她说话的语气还很急促,感觉就像争着先出来一样。她还会嘟嘟哝哝,结结巴巴,冷嘲热讽,忽然又恢复正常的声音,甩出一句辱骂,一句粗话。

然后他抓住她的双手，可是她一点儿都没有感觉到。她甚至好像没有看见他，只顾忙着讲话，以此来减轻心中的痛苦。突然，她哭了，泪流了出来，但她仍然没有停住抱怨。这个时候词语的语调就变成了叫喊，然后变成了假声，变成了弄湿的音符。之后，那个抽噎一下子打断了她，她又说了两三回，忽然间被一阵窒息止住了，最后在泪雨中缄默不语。

他把她拥在怀中，吻着她的头发，连他自己也变得非常温柔了。

"玛蒂尔特，我的小玛蒂尔特，你认真听我说，你应该平静。你知道，我这次举办这个聚会，其实就是因为我在沙龙中获得的奖章，需要感谢这些先生。我是肯定不能接待女人的，我想你应该明白这个才是。并且和艺术家们在一起可不像和一般人那样。"

她听到这句话的时候，哭着结结巴巴地说道："可是你为什么不早点告诉我呢？"

然后他又说道：

"其实是为了不让你生气，不让你难过。你就听我说，我再把你送回家去，然后你要很乖、很安静，平静地待在床上等我，等这里一切结束的时候，我就会马上回去。"

她低声埋怨道：

"好吧，可是，你不能再这样做，行吗？"

"好的，我在这里向你保证。"

他转向刚刚把吊灯挂好的萨瓦尔先生：

"亲爱的朋友，我五分钟之后回来。如果在我离开的这段时间里有人找我，您会为我尽主人之谊，对吗？"

然后他拖着玛蒂尔特走了，她一直抹着眼泪，一下又一下地擤着鼻子。

萨瓦尔先生这个时候一个人留下来，把他周围的东西都整理得井井有条，他点燃蜡烛，等待着。

他等了一刻钟，接着半个小时，一个小时。罗曼丹还没有回来。忽然之间，从楼梯上传来一阵令人惊恐的声音，听上去像是由20张嘴齐声叫喊出的一支歌和像普鲁士军团那样有节奏的脚步声。而那种有规律的步伐震动着整个房屋。这时候那个门忽然被打开了，出现了一群人，男人、女人手挽着手，两两成对，有节奏地敲击着鞋跟，依次进入工作间，宛如一条正在展开的蛇。他们喊着：

"人马上进入我的住宅。真是好孩子、好士兵！……"

萨瓦尔先生感到非常狂热，穿着盛装站在吊灯下。这群人看到了他，就叫喊道："一个仆人！一个仆人！"然后他们就开始围着他转，并且还把他封在大喊大叫的圈子中。人们拉起手，发疯一样的开始了绕圈跳舞。

他试着说明情况：

"先生们……先生们……女士们……"

可是，这个时候人们根本不听他的，旋转着、跳跃着、怪声高唱着。

最后，舞停了。

萨瓦尔先生说：

"先生们……"

有一个金发高个子青年，他的胡须一直长到了鼻子上，打断他的话：

"您的名字是什么，我的朋友？"

公证人有些惊慌失措，说道：

"我的名字是萨瓦尔。"

这个时候有个声音喊道：

"其实你是想说你叫巴蒂斯特吧！"

这个时候又有个女人说：

"你别烦这个小伙子了。他会生气的，其实他也是拿钱为我们服务，不该被我们嘲笑的。"

萨瓦尔先生注意到每个客人都带着食物，有人带着酒，还有人拿着肉糜。另外，这个带来一块面包，那个带来一只火腿。

这个时候，就有一个金发高个子青年把一只巨大的香肠放到他怀里，命令道：

"快些拿着，到墙角去把冷餐准备好。你要把酒放在左边，把食品放在右边。"

萨瓦尔就有些昏了头，喊道：

"可是，先生们，现在我是一个公证人！"

就这样安静一阵后，大家像发疯一样的笑了。这个时候就有一个生性多疑的先生询问道：

"您怎么会在这里？"

他还作了解释，并且叙述他去歌剧院的计划，他是怎样从凡尔农出发，怎样到达巴黎，还有就是他的整个傍晚。

人们都围绕他坐下来听他讲述，并且会用一些词引他谈下去，称呼他施埃哈萨德。

罗曼丹还没有回来，这个时候，其他的一些客人都到了。然后人们向他们介绍萨瓦尔先生，还让他再讲一次他的故事。但是他拒绝了他的要求，人们逼他讲。人们把他捆在一把椅子上，让他夹在两个女人中间，并且她们还不停地灌他喝酒。他一直都喝着、笑着、讲着，到了最后还大声地唱起了歌。他想和椅子跳舞，但摔倒了。

从这时开始，他把一切都忘记了。他好像感觉到人们脱了他的衣服，让他睡觉，可是他心里很难受。

他醒来的时候，天已经大亮，他躺在壁柜里的一张床上，其实他并不知道壁柜里还有张床。

这个时候，走过来一位老太婆，她手里拿着一把扫帚，她看见他醒了过来便很怒气冲冲地望着他。最后她说道：

"浑蛋！滚吧！浑蛋！你怎么能让自己醉成这个样子！"

他一屁股坐起来，感觉到自己浑身都很不自在。他询问道：

"我这到底是在哪里啊？"

"您这是在哪儿？浑蛋！您喝酒喝醉了。您立刻会逃走，比逃还快哩！"

他想起床。但他这个时候是赤身裸体躺在床上，并且他的衣服不见了。他说道：

"夫人，我……"

过了一会儿，他想起来了……怎么办？他开始询问道：

"罗曼丹先生到现在还没有回来吗？"

"您想不想马上就逃走呢，至少别让他在这里找到您！"

萨瓦尔先生显得非常尴尬，宣布说：

"我没有衣服了，它们都被拿走了。"

他必须要等待，并且还要解释他的情况，他还要通知他的朋友，借钱买衣服穿。一直到晚上他才离去。

每次当人们在凡尔农的漂亮沙龙中谈音乐时，他总是很权威地大声说，绘画是一种很下等的艺术。

复 仇 者

安托尼·勒耶先生娶寡妇玛蒂尔特·苏里夫人为妻子的时候，他已经爱了她10年了。

苏里先生以前是他的朋友，而且还是老校友。勒耶很喜欢他，就是感觉他有点蠢。他常说："这个可怜的苏里，事实上很傻。"

苏里娶了玛蒂尔特·杜瓦尔小姐为妻子的时候，勒耶感到非常惊讶，还有些气愤，那是因为他对她也有些爱慕之情。她就是女邻居——那个拥有一小笔财产退隐起来的老服饰用品商的女儿。她看上去非常漂亮，细腻，聪明。但她也是因为钱才嫁给了苏里。

勒耶这个时候却另有计划，他开始追求他朋友的妻子。他呢，说实话是外表长得很好看，也很聪明，并且很有钱。他还很自信能成功，可是到了最后他却没有成功。那之后，他完全爱上了她，变成了一个由于和丈夫的亲密关系而谨慎、腼腆和尴尬的爱慕者。苏里夫人那时认为他对她不再怀有胆大妄为的想法，她成为他坦诚的朋友。就这样持续了九年。

但是在一天早晨，送信的人给勒耶带来可怜夫人的一句令人震惊的话：苏里由于动脉瘤破裂刚刚死亡。

他感到很惊恐，身体颤动了一下，那是因为他们是同龄人。可马上，就有一种深深的喜悦、一种卸去重负的感觉，还有就是无限的欣慰，深入他心。苏里夫人这时候也自由了。

然而，他很善于表现出一副刚刚好的痛心的神情。他实际上是在等待着时机，并且还要遵守所有的礼节。15个月后，他娶了这个寡妇。

实际上人们认为这一举动很自然，甚至可以说是慷慨，是一个好友和正直的人的行为。

最后，他一定会变得很幸福。

他们一直生活在最亲密的关系中，其实在刚开始的时候就相互理解，相互欣赏。其实他们之间并不存在什么秘密，她们会相互诉说他们内心深处的想法。说实话，勒耶现在就是在以一种平静和信任来爱恋着他的妻子。他爱她，感觉就像是爱一个温柔忠诚的同伴，一个知己，一个同类。可是在他心里仍然对去世的苏里怀有一种无法解释的、奇特的仇恨，因为他是第一个占有这个女人的，并且还占有了她的青春和灵魂，这样就让她失去了诗意。事实上对去世丈夫的回忆损害着活着的丈夫的幸福。可是对死去的人的妒忌现在几乎没日没夜地袭扰着勒耶的心。

他有时候也会说起苏里，并且打听千百种他的隐私和不为人知的细节，其实他很想了解有关他的习惯和个人的一切。他对他的嘲笑会一直追逐他到坟墓深处，并且还得意扬扬地提及他的怪僻，甚至还在强调他的滑稽可笑，这样就会突出他的缺陷。

他有时候在房屋的另一边喊他妻子：

"嗨！玛蒂尔特？"

"我来啦，我的朋友。"

"那你就过来和我说句话。"

她会一直微笑着走过来，她知道他又要谈起苏里，就迎合一下她这个新夫无害的癖好。"那么你就来说说看，你还记不记得有一天苏里向我证明矮个子到底要怎么做才可以比高个子更招人爱。"

他从刚开始一直都在讲一些令矮个子很不高兴的事，私下里却对他勒耶这个高个子很有利的想法。

勒耶夫人会让他感到他自己很有道理，她就从心底里笑出来，温和地嘲笑一番已故的丈夫，这样就可以使这位新夫得到很多大的欢乐。最后他还会补上一句：

"其实都一样，这个苏里，真是呆头呆脑。"

他们看起来真的很幸福，非常幸福。并且这个勒耶还会用各种方式向他的妻子表达他那一直都没有平静的爱情。

一天晚上，他们两个人都由于青春的活力而激动得久久不能入睡，勒耶就用双臂紧紧拥抱着他妻子，热吻着他。忽然，他询问道：

"你说说看，亲爱的。"

"嗯？"

"苏里……其实，我想要问你一些难以回答的问题。苏里他很……很爱你吗？"

然后她给他深深一吻，喃喃说道："没你那么爱我，我的猫咪。"

他那男人的自尊心得到了满足。然后他接着说："他也许是有点……呆头呆脑……是吗？"

她不回答，只是狡黠地微微一笑，把脸藏在她丈夫的脖子下面。

他一直都询问道："那么到了晚上的时候他一定会让你厌烦吧，嗯？"

这一次，她很坦率地回答说："噢！是的！"

就是这句话，他再一次把她拥抱在怀中，轻声说道："看哪，多么粗鲁的家伙！我想，你和他并不幸福吧？"

她回答说："不，其实不是天天都这样令人愉快的。"

勒耶感到很满意，在他的思想中对他妻子过去的处境和现在的处境形成了一种对自己比较有利的比较。

他沉默一会儿，愉快得一身轻松，询问道：

"你说说看！"

"嗯？什么？"

"你到底愿不愿对我很坦诚？"

"那肯定会的，我的朋友。"

"那好吧。真的,你从来没有过要欺骗他的念头,或者说是欺骗一下这个愚蠢的苏里吗?"

勒耶夫人很害臊地轻轻"噢"了一声,很紧密地藏在她丈夫的胸前。可是他注意到她在笑。

这个时候他还坚持说:"真的,你承认不承认?其实他就长着一个戴绿帽子的脑袋,这个畜生!想一想,到底是多么滑稽,多么滑稽!这个好苏里啊!来吧,来吧,亲爱的,你大可以告诉我。告诉我嘛,只告诉我。"

他一直都强调"我"这个字。并且一直心想,如果她有兴趣欺骗苏里,那她肯定会和勒耶一起干。他一直在等待着这一招认,并且高兴得发抖,并且他还很相信,如果她不曾是一个规矩的女人,他早就把她弄到手了。

可到了最后,她没有回答,一直在笑,看起来就像是在回忆一件极其可笑的事情。

她一想到他本来可以给苏里戴顶绿帽子,就马上开始笑了!这到底是多棒的玩笑!或者说是多棒的闹剧!啊,是的,真是出漂亮的闹剧!

他愉快得发抖,结巴地说:"这个可怜的苏里,这可怜的苏里,啊,真的是的,他就是长着戴绿帽子的脑袋。啊,是的,啊,是的!"

勒耶夫人这个时候在被子里扭成一团,笑得眼泪都流出来了,几乎发出叫喊声。

勒耶就一直重复说道:"来吧,承认吧,承认吧,你呢,就坦率一点儿。你明白这不会使我不愉快的。"

之后,她喘不上气来,结结巴巴地说:"是的,是的。"

可是她丈夫却一直都坚持说: "是的,什么?来吧,把一切都说出来嘛。"

然后,她不再以一种谨慎的方式笑了,而是把嘴伸到勒耶的耳边,他正在等待一句让人非常高兴的知心话。然后她小声说道:"是的,我以前欺骗过他。"

他听到这话之后,感觉到一阵寒战,冰冷彻骨,昏了头,然后就一直都嘟嘟哝哝地说:"你……你……欺骗过他……完全欺骗了他?"

她听到了这话之后,还以为他是发现了非常有意思的事情,便回答说:"是的,……完完全全……完完全全。"

这个时候他只好坐在床上,感到心里一沉,然后停住了呼吸,那感觉就像是他刚刚知道自己被戴上绿帽子一样大惊失色。

他一开始的时候,什么也没说,过了几秒钟后,他发了声:"啊!"

她也停止了笑,这个时候她知道犯了个错误。

到了最后勒耶询问道："和谁？"

她一直保持沉默，寻找着借口。

这个时候他又说："和谁？"

到了最后她终于说："和一个年轻人。"

这个时候他突然转向她，用一种干巴巴的声音说："我知道这不会是个女厨子。可是呢，我问你，是哪个年轻人，你听见了吗？"

然后她就不说话了。他掀起盖着她脸的被子，扔在床中间，重复道："我想知道是哪个年轻人，你听见了吗？"

她严肃地说："我想笑。"

可是他却很愤怒，全身都发抖："什么？怎么？你想笑？你这是在嘲笑我吗？我可不吃这一套，你听见了吗？我在问你这个年轻人的名字！"

她就那样一直都不说话，一动不动平躺在床上。

然后他就抓住她的胳膊，很有劲儿地攥着："你到底听见没有？我对你说话时你一定要回答我。"

这个时候，她有些急躁地说："我想你现在一定是疯了，让我安静一下！"

他听到这话之后，愤怒得发抖，可是却不知道该说什么。他怒不可遏地用力摇着她，一直在不停地重复说："你听见没有？听见没有？"

她猛挥手，这样就可以挣脱他，她的手指轻轻地触到了她丈夫的鼻子。这个时候，他变得狂怒起来，就感觉自己挨了打，便一下子扑到她身上。

现在，他就把她压在身下，使劲地打她耳光，并且不停地喊道："好哇，好哇，来吧，来吧，无赖，婊子！婊子！"

他打累了，喘着粗气，起身走到柜子边给自己倒了一杯橙花糖水，他感觉自己快要累垮了。她也在床上哭泣，还发出阵阵呜咽，她感觉是由于她的错误，所以现在她所有的幸福都结束了。

这个时候她哭着结结巴巴地说："你听我说，安托尼，你快点到这里来。实际上我对你说的是谎话。你会明白的，你听我说。"

现在这个时候，她已经做好为自己辩护的准备，然后就是用理智和计谋再次把自己武装起来。她稍微地抬起头，把她的睡帽给打翻了，头发是散乱着的。

而他，这个时候就转向她走过来，对动手打人感到有些羞愧，但在他这个丈夫的心中对曾经欺骗过另一位丈夫的女人感到有种无限仇恨。

等 待

吃完晚饭之后，男士们在吸烟室内闲聊，谈论着不期而至的继承，还有那奇怪的遗产。勒布吕芒先生，人们称呼他杰出的大师，有的时候会称呼他杰出的律师，就在这个时候，他刚刚过来靠在壁炉旁。

他说，他在这会儿正在寻找一位在非常恐怖的情况下离开家的继承人。其实，这是在平时生活中非常简单，也很残酷的一种悲剧，并且这件事每天都可能会发生，这是我所知道的非常可怕的一件事情。经过是这样的：

在六个月以前，我被叫到一位快死了的女人身边，她对我说：

"先生，我打算交给您一件非常棘手，同时也是非常困难的，而且耗时很长的一件事。请您先看看桌子上那份我的遗嘱。即使您失败了，我也会给您五千法郎作为报酬，如果您成功了，您就可以得到 10 万法郎。您必须得在我死后找到我的儿子。"

然后她请我帮她在床上坐起来，这样说话可以更方便一些，因为她的声音断断续续，气喘吁吁，在喉咙中嘶鸣。

我一个人居住在一个很富裕人家的房屋里。房间很豪华，风格却很淳朴，用厚得像墙壁一样的织物分块缝钉，这样看上去会很柔和，并且会给人一种春风拂面的感觉，它很安静，话语就像是钻了进去一样，然后就在里面消失、在里面死亡了"。

那个快要死了的女人又说道：

您会是第一个听到我这个非常凄惨的故事的人。我会尽力地讲完它。我也很了解，您是一个上流社会的人，而且，又是一个很具有同情心的人，所以，您应该知道一切，这样也可以让您有诚恳的愿望尽您一切力量来帮助我。

请听我说：

我结婚之前，爱上一个年轻人，但是我的家庭拒绝了他的求婚，因为他很贫穷。就在不久前，我嫁给一个很富有的男人。我嫁给他时无知、恐惧、服从和随便，就和所有年轻姑娘嫁人时一个样。

我有了一个孩子，并且还是一个男孩。但是，我丈夫几年以后就去世了。

我曾经爱过的那个人也结婚了。可是，当他看到我成了寡妇，他就为自己不再自由而感到痛苦。他来看我的时候，会在我面前哭泣，让我感觉到很心碎。他成为我的朋友。我本来不应该接待他，但是，我该怎么办呢？我孤单一人，是那样孤独、那样绝望、那样忧愁！并且我仍然爱着他。有时，人们是多么痛苦！

但是在这个世界上我只剩他一个人了，因为我的父母也都去世了。他还经常会来，会整晚整晚地陪在我身边。我本不该让他这样经常来，因为他已经结婚了。而我没有力量阻止他。

我想对您说什么呢？……然后他就成了我的情人！这是怎样发生的？我了解吗？到底又有谁知道呢？当两个人被相互分享的爱情，那种不可抗拒的力量把一个推向另一个的时候，您相信发生了什么事情吗？先生，您相信人们最终会一直都去抗拒、斗争，还会拒绝那些用祈祷、眼泪、令人发疯的话语、下跪、哀求，还有就是那些激情的发作而向你要求的东西吗？可是就是这个恳求您的人，同时也是您热爱的人，就算是最小的愿望您也想看着他幸福的人，并且还是您希望给他所有欢乐的人，同时也是会为您服从上流社会的荣誉而绝望的人！那么你就可以去想一想了，这到底是需要多大的力量，需要放弃怎样的幸福，还有就是需要多么克己，甚至需要多么的正直多么的自私，难道不是这种情况吗？到了最后，先生，我顺理成章地成了他的情妇。其实说起来我也是很幸福的。在12年的时间里我一直很幸福。并且我还成了他妻子的朋友，说实话这是我最大的弱点，最可耻的行为。

我们一起抚养我的儿子长大。我们决定把他培养成为一个男人，一个通情达理、意志坚定、聪明活泼、慷慨，并且很有远见的真正的男子汉。孩子那时已经17岁了。

他同样也很爱我……也就是我的情夫，差不多就像是我自己爱他一样地那样爱，那是因为他得到我们俩同样地关心和照顾。他还称我情夫为"好朋友"，并且无限地尊敬他，还会从他那里接受明智的教育和正直、荣誉，还有就是他那诚实的榜样。他还把他当他母亲高尚的、忠诚的老朋友，就像某种精神上的父亲、监护人、保护人，这谁知道呢？

也许他从不问自己，因为从他小时候起他就已经习惯看见这个男人就在我们家中，而且还在我身边，同样也是在他身边，不断地照顾我们。

记得一天晚上，我们三人要一起吃晚饭（这是我最盛大的节日），我很有耐心地等待着他们俩，并且还在心里想着哪个人会先到。这个时候门被打开了，这就是我的老朋友。我张开双臂向他迎上去。他这个时候就在我的嘴唇上印上一个长长的幸福的吻。

忽然有一种声音，一种唏嘘声，很轻，几乎都听不到，那种很神秘的直觉明确地就指明有个人存在，我们颤抖一下，机灵地转过身来。我的儿子站在那里，脸色苍白地看着我们。

这一秒让人不知失措，还很残酷。然后我后退一点儿，把双手伸向我的儿子，那感觉就像是祈求他一样，可是，我再也看不见他，他出走了。

我们就这样面对面地站在那里，惊得一句话都说不出来。我之后倒在一把椅子上，这个时候我有一种愿望，就是那种想要逃走，想要到黑夜中去，要永远消失的强烈的惭愧的愿望。我就这样一直哭泣着，痉挛地颤抖着，我的心被撕得粉碎，几乎所有神经都被不可救药的不幸的感觉和在此时此刻降临在一个母亲心中的可怕的羞愧折磨着。

他呢……这个时候就傻傻地站在我面前，不敢靠近我、不敢和我说话、不敢碰我，害怕孩子会回来。他最后说：

"我现在就去找他……告诉他……让他明白……无论如何我一定得见到他……要让他知道……"

他出去了。

我就这样一直等待着，苦苦地等待着，一丁点儿声音都会让我感到颤抖，害怕得心中一直都在不停地翻腾。这个时候，那个壁炉中炉火发出的每一个最微小的噼啪声同样会使我产生难以名状、不可理解的不安。

我等了一个小时，或者是两个小时，我感觉有一个令人恐怖的未知数，另外一种焦虑正在我心中慢慢地变大，就算是有罪的人我同样也不希望他会有此时此刻这样的焦虑。我的孩子到底在哪里？他现在在干什么？

快到午夜的时候，那个送信人给我送来一张我情夫的便条。我现在仍然记在心里：

"您的儿子这个时候回来了吗？我到现在都还没有找到他，我这时就在楼下，可是我不想上去。"

在同一张纸上，我用铅笔写道：

"他到现在都还没有回来。请您一定要找到他。"

整个夜晚我都是在椅子上度过的，我一直都苦苦等待着。

我变得疯狂，我想喊叫、奔跑、在地上打滚。但我还待在那里一动也不动。一直在等待着。他是出了什么事吗？我尝试着想知道，想猜测。可是到了最后，不管我做了多少努力，如何的绞尽脑汁，却还是预见不到任何事情！

这个时候，我害怕他们到现在还没有遇到。他们到底在干什么？还有就是那个孩子到底在干什么？这个可怕的疑问正用令人恐惧的假设把我撕得粉碎。

您可以理解这些，不是吗，先生？

我的贴身女仆什么也不知道，而且她什么也不懂，就会不断地走过来走过去，我想这个女仆一定认为我疯了。我用一句话或者一个手势将她打发走。

她却找来了医生，并且还发现我正忍受着歇斯底里的折磨。

然后他们就叫我躺在床上，这个时候，我正在发高烧。在我病了很长时间恢复知觉后，发现我的……情夫……单独一个人走到了我的床边。我喊道："我的儿子呢？……我儿子在哪里？"他在那儿一句话也不说，我结结巴巴地说：

"死了……死了……他难道是自杀了吗？"

他回答道：

"不，不，我在这里可以向您保证，我已经做了努力，可是我们还是不能找到他。"

我忽然很激动，甚至有些愤怒，那是人们一直都有一些无法解释，也是没有道理的火气，于是我说道：

"如果您找不到他的话，那么我就不会再见您，您走吧！"

然后，他就走了出去。

我就再也没有见到过他们中的任何一个，先生。我像现在这样生活了二十年。

您想象得到吗？您能理解这样残酷的煎熬吗？这慢慢地、连续不断地撕碎着一位母亲的心，撕碎着一个女人的心，还有这种令人厌恶的等待，真的是无休无止……无休无止！

不……它呢，马上就要结束了……那是因为我要走了。我几乎是到死的时候也没再见到他们……甚至是他们任何一个！

他呢，我的朋友，在这二十年来，他几乎会每天给我写信。可是我却都没有想过要去见他，甚至是连一秒钟都没想过。那是因为我感觉如果他再来的话，那应该就是我再见到儿子的时候！我的儿子！我的儿子！他现在到底是死？是活？到底是藏在何处？也许有可能是死在了那边，也就是在大海后面的一个遥远的国家，我甚至都还不知道这个国家到底是什么国家！他想我吗？……噢！如果他要是知道的话就好了！孩子们到底是多么残酷啊！他就这样不明不白判给我多么可怕的苦难。他就这样活生生地把我抛进了绝望和折磨之中，甚至是从年轻一直到我临终时刻，我，他的母亲，用所有的母爱爱着他。这是多么残酷啊！您说呢？

您要把这一切都告诉他，先生。您一定要把我最后的话转告他。

"我的孩子，我亲爱的，亲爱的孩子，对这些可怜的生灵不能再这样铁石心肠了。其实生活本身已经是非常的粗暴和残酷！并且还是我那亲爱的孩子，还是要想想从你出走的那天起你的母亲，也就是你这个非常可怜的母亲过的那种日子吧！我亲爱的孩子，因为她现在已经死了，那么，就要原谅她，要爱她吧，那是因为她已经承受了最可怕的惩罚。"

她一直不停地喘息着，全身发抖，就像是她是对着站在她面前的儿子在说话。然后她又说道：

"您还要告诉他，先生，我真的再也没有见过……见过另一个人。"

她这个时候又沉默了，她用一种声嘶力竭的声音说道：

"现在，还是请您走吧。其实我想一个人死去，既然他们都不在我身边。"

勒布吕芒先生这个时候，插上一句话：

"我走了，先生们，就好像一个傻瓜那样哭着走了。因为哭得很厉害，我的车夫甚至还会转过身来望我。"

应该说在我们身边，几乎是天天都会发生一大堆这样的悲剧！

我没有找到她的儿子……这个儿子……随便你们怎么想，要我说：有这样个儿子……简直是罪过。

招　认

正午时分，强烈的日光雨倾泻在田野间，起伏的田野展延开来，那成熟的黑麦、以及正在泛黄的小麦、浅绿色的燕麦以及那深绿色的三叶草在大地裸露的肚皮上铺展上一件条格花纹的大衣。

在远处，坡地高低起伏，母牛像士兵那样排成行，组成了一条没有尽头的牛的队伍，看上去有的躺着、有的站着，并且在炽热的阳光下眨着它们巨大的眼睛，在像湖一样广阔的三叶草地上吃着、反刍着。

有母亲和女儿，两个妇女，一前一后，迈着匀称的步子，走在麦子中开辟的一条狭窄的小路上，去这群牲口的军团中去。

她们都提着两只锌皮桶，并且保持一只大桶箍远离身体。她们每走一步，都会看见金属在阳光的照射下发出耀眼的白色的火光。

她们一句话也不说，她们要去挤牛奶。在她们到目的地的时候会把桶放在地上，之后她们就会靠近那头两头牛，在它们的肚子上踢一脚，让它们站起来。然后那头母牛就慢慢地先支起两条前腿，用更大的力量抬起那因下垂的巨大的乳房而加重了的宽大的臀部。

这个时候马里瓦尔家的母女两人就跪在母牛的肚子下面，用她们的双手在鼓起的乳房上欢快地舞动；迅速地去挤奶，每挤一下，就会有一股像涓涓细流一样的牛奶流进桶里，还有那些泛黄的泡沫升到了桶边。两个女人从一头牛到另一头牛，一直挤完长长行列的最后一头母牛。

当她们挤完一头牛之后，会为它移动一下地方，并留给它一片新草地。

之后她们会拎着沉重的奶桶，慢慢地离开。母亲走在前面，他的女儿跟在后面。

就在这时他的女儿突然停下脚步，把她的重担放下，坐在地上哭了起来。

马力瓦尔妈妈听不见脚步声，转身往回看，惊得目瞪口呆。

"你到底怎么啦？"她说。

她的女儿叫茜来丝特，是一个个子很高、红棕色皮肤的姑娘，她头发焦黄，而且脸好像是烧焦一样长满了雀斑，看起来就像是她在晒太阳时火星子落在她的脸上。她就像被打败的孩子一样轻轻地呻吟着说：

"我不能再拎奶了！"

母亲用怀疑的神情望着她，重复道：

"你到底是怎么啦？"

茜来丝特就在她的两个桶中间瘫倒下来，把眼睛埋在围裙中说道：

"这扯得我太狠了，我不要去拎了。"

她母亲这时第三次重复道：

"你到底是怎么啦？"

姑娘就很小声地呻吟着说：

"我想我很有可能是怀孕了。"

说完了之后她就抽抽噎噎哭了。

老太太这个时候，也放下担子，愣愣地站着，张口结舌。最后，她结结巴巴道：

"你……你……你怀孕了，真是一个没教养的东西，这可能吗？"

马里瓦尔一家可以算得上是很富有的农民，是有钱人，聪明、庄重、受人尊敬而且努力。

茜来丝特结结巴巴地说：

"不管怎样，我恐怕真的怀孕了。"

母亲这个时候也是很惊讶，看着她面前那惊慌失措、泪流满面的女儿。大约在几秒钟之后，她就喊叫道：

"你怀孕了！你怀孕了！你到底是在什么地方弄上的，婊子？"

茜来丝特这个时候非常焦虑，嘟哝道：

"我担心是在保利特的马车里。"

老夫人这时候也试着去理解、猜测，还想知道究竟是谁让她的女儿遭受这样的痛苦。她还在想，如果他是个富裕，并且还是个受尊重的小伙子，倒是可以安排一下看看。其实这是很轻微的损害。而且茜来丝特也不是头一个出这种事的姑娘。但是，考虑到闲话和她们的地位，她还是觉得非常生气。

她又说道：

"到底是谁和你干的这事，浑蛋？"

茜来丝特下决心要把一切都说出来，然后就结结巴巴地说：

"我想是保利特。"

马里瓦尔妈妈气得想发疯，然后冲向她女儿，看那样子要不顾一切地狠狠揍她。

她甚至还抡起拳头揍她的头、背，这时茜来丝特已经完全躺在两个桶之询间，这好歹会使她受到一点儿保护，她一直用双手紧紧遮住她的脸。

这个时候所有的母牛感到有些吃惊，停下吃草，还转过身来用它们的大眼睛观望着。最后一头母牛鼻尖冲着两个女人，一直都在哞哞地不停地叫唤。

就这样一直打到筋疲力尽，马里瓦尔妈妈才上气不接下气地停下来。想弄清楚情况：

"保利特！上帝啊，这真是不可能的！你到底是如何和一个公共马车的车夫干出这样的事情？你难道是发昏了？当然，这个无赖，他肯定对你施了魔法吧！"

茜来丝特还是那样一直躺着，在尘土中嘟哝着说：

"我坐车不用掏钱！"

说到这儿，那个诺曼底老太太明白了。

几乎每周三和周六的时候，茜来丝特就会把庄里的产品：家禽、奶油和鸡蛋带到镇上去。

一到7点钟她就从家里出发，在她的胳膊上挂着两只巨大的篮子，其中一只里面装着奶制品，另一只里装着鸡。她会站在大路上等待依夫陶驿站的马车。

她等马车的时候，把商品放在地上，她自己坐在沟里。这个时候那个嘴巴短而尖的母鸡，还有那嘴巴宽而扁的鸭子把头从柳条栅栏中伸出来，用它们圆圆的、惊奇的眼睛在观望着。

没过多久，一辆破旧的马车，而且还是那种上面用一种黑色皮顶的黄色箱子组成的马车，在一匹一颠一颠摇着屁股的白色劣马拖带下走了过来。

马车夫保利特是个非常快乐的胖小伙子，年纪轻轻就大腹便便。常年风吹、日晒、雨淋，再加上喝烈酒让他的脸和脖子像砖一样红。他就这样远远便甩着响鞭喊道：

"你好，茜来丝特小姐，身体好吗？"她把篮子一个接一个递给他，等他把它们安放在车顶上，她高高地抬起腿，踏着脚踏板蹬上车，露出了穿着蓝袜子的小腿。

几乎每一次保利特都会重复着同样的玩笑：

"好家伙，看起来它还是非常胖。"

然后她笑一笑，感觉很滑稽。

之后他喊声"嘚儿，驾"！让他的那匹瘦马再继续上路。就在这个时候，茜来丝特就会从口袋底摸出钱包，从里面掏出十个苏，六个苏为她，还有另外四个苏为那两篮子。然后从保利特的肩上把它们递给他。他接过去，同时说道：

"那件非常容易的事情，今天还不行吗？"

他这个时候就会哈哈大笑，转回身毫无顾忌地望着她。

才三公里的路程，但每次要付出半个法郎，对她来说真的很贵。她在没有钱的时候更受罪，因为她不能决定该付多少钱。

有一天，也就是在付车费时，她询问道：

"像对我这样的好乘客，您是不是该只收六个苏，不是吗？"

他听了这话之后就笑了起来：

"六个苏，我的美人，您当然要值得更多。"

然后她坚持道：

"这对您来说一个月只不过少收两个法郎。"

他抽打着那匹老马喊道：

"瞧，我好商量，用它换你一次嬉戏。"

然后她用一副天真无知的神态询问道：

"您到底是在说什么？"

他认为，这样真是太有意思了，笑得咳嗽了起来。

"其实这是一种嬉戏，真的是一种嬉戏。这是姑娘和小伙子之间非常容易的事情，就是没有音乐的向前两步舞。"她这个时候就懂了，脸还有些红了，可还是会宣布道："我是不会去参加这种游戏的，保利特先生。"但他并不害怕，一直都在反复说这样的话，而且越来越自以为乐："您还是会再次来的，美人，这是那种姑娘和小伙子之间非常容易做到的事！"也就是从那时起，几乎是每次她付他钱的时候，他抓住机会便询问道："那件事，今天还是不可以吗？"她到了现在在这上面还是一直都在开起玩笑，回答说："今天不可以，保利特先生。星期六吧，到时候一定可以的！"他就会一直都在笑着喊道："那么就这样说定了，就星期六，我的美人。"她在心里算计，已经两年了，她已经付给保利特四十八个法郎。机会是有了，那四十八个法郎在乡下不是在一条车辙里就能找得到的。她又算到，几乎是再过两年，她就要付出将近一百法郎。

所以有一天，也就是在明媚的春天里一天，他们单独在一起，他习惯地询问道：

"那件事，到了今天还不可以吗？"

她然后就回答道：

"如果您想的话，保利特先生。"

他没有感到一点儿吃惊，跨过后面的长凳，高兴地嘟哝道：

"来吧，我就知道我们会来的。"

那匹老白马然后慢慢地奔跑，看着就好像是在原地跳舞，对从车里传出的喊声充耳不闻：

"嘚儿，驾！嘚儿，驾！"

三个月之后，茜来丝特发现自己怀孕了。

她流着泪，呜咽着对她母亲讲述了一切。老太太气得脸色苍白，询问道：

"这事到底值多少钱？"

茜来丝特然后就回答道：

"四个月，就是八个法郎。"

这个乡村女人这时候的狂怒症好像又发作了，重新扑在女儿身上，一直揍到自己喘不过气来。然后会站起来：

"你告诉他你怀孕了吗？"

"还没有告诉啊。"

"你为什么不告诉他？"

"那是因为他也许会要我重新付车钱。"

"那么好吧。你站起来，走过来。"

沉默一会儿之后，她又说：

"如果他看不见我，我就不告诉他，也许这样我可以赚六个月或者八个月！"

茜来丝特这个时候也站了起来，哭哭啼啼，并且头发散乱、面部浮肿，之后迈着沉重的步子向前走，同时嘟嘟哝哝地说道：

"我肯定不会告诉他。"

族间仇杀

保罗·萨维里尼的寡妇单独和儿子住在保尼发西奥城墙根一带的一所贫穷的小房子里。房子建在一块有些突兀的山地上，因为这里的地理位置，或者是因为在大海上悬着，通过布满礁石的海峡，可以看见那撒丁岛更低的海岸。在它脚下的另一边，那个悬崖的断口几乎围绕着整座城市转了一圈，这断口就像是一个巨大的走廊，成为了城市的港口。意大利或者撒丁岛的小渔船，每两个星期从阿雅克修来一次的气喘吁吁的老汽船，以及那个轮班，在陡峭的石壁间绕一个长长的弯子之后才能来到沿岸的房子前。

在那白色的山峰上，有一群房屋组成了一个白色的斑点，它比山的颜色更白，看上去就像是野鸟的巢穴，挂在岩石上，俯瞰着这个危险的几乎没有船舶去冒险的通道。永不停歇的大风，让大海感到疲倦，让那看起来光秃秃的海岸感到疲倦，而海岸被它侵蚀得几乎寸草不生，它会冲进山口，蹂躏着两岸。看着那苍白的泡沫，挂在刺破海浪数不胜数的礁石黑色尖顶上，就好像是一片片破布，在水面上漂浮着、跳动着。

萨维里尼寡妇的房子就建在那个悬崖边上，有那三只窗子朝向这野蛮荒芜的地平线。

她和她的儿子安东纳，还有他们的那条母狗"萨米郎特"一起生活在那里。萨米郎特看起来一个又瘦又高，而他的皮毛非常的硬，也很长，它是一条牧羊犬。那个年轻人打猎会用到它。

晚上，在一场争执过后，安东纳·萨维里尼被尼高拉·罗瓦拉蒂卑鄙地用刀给杀害了。而罗瓦拉蒂当夜便逃到撒丁岛去了。

当这位无助的母亲接到被路人送来儿子的尸体时，她没流一滴泪，只是久久地站在那里一动不动地看着他，然后把布满皱纹的手平放在尸体上，许诺给他的儿子报仇。实际上她不愿意让人留下来陪她，她把自己还有那条呜呜叫的母狗一起都关在尸体旁边。那只母狗一直在咆哮着，狗叫声持续不断，它立在床边，并且还把头伸向主人，它的尾巴夹在两腿之间。像那位母亲一样在那里一动不动，母亲爬在尸体上，两眼无神，巨大的泪珠无声地落了下来。

年轻人静静地躺在床上，穿着粗布衣服，他的胸口处有被捅穿、撕烂的伤口，看上去就好像是睡着了一样。他全身都是血，在那衬衣上、背心上、裤头上、脸上、手上，几乎全是血，血块凝结在他的胡子和头发上。

之后这位老母亲开始对她儿子说话，而那条母狗一听到这个声音便不再吼叫了。

"走吧，走吧。一定会为你报仇的，我可怜的孩子，我的小宝贝，我的小伙子。睡吧，睡吧，一定会为你报仇的，你听见了吗？现在，母亲答应你。母亲一直都说话算数，这一点你很清楚。"

然后她慢慢地弯下身，亲了一下死者的嘴唇。

就在这个时候，萨米郎特又开始呻吟了，发出一声声单调而悠长的抱怨，听起来非常可怕，还令人心碎。

她们俩，也就是那个妇人和那条母狗，一直在那里守到早晨。

到了第二天，安东纳·萨维里尼就立刻被埋葬了。没过多久，人们在保尼发西奥不会再谈起他。

他既没有兄弟，也没有什么亲近的表兄弟。因此没有任何男人继续这桩族间的仇杀。只有母亲，这位老人，一直想着这件事。

她一整天都会望着海峡对岸的一个白点，也就是撒丁人的小村庄，它的名字叫龙高撒度村，被追得很紧的科西嘉土匪到那里去避难。也许只有这些人才会住满了这个小村庄，而且在那对岸就是他们的祖国。他们等待时机到来，重返绿林。她知道，尼高拉·罗瓦拉蒂就躲在这个村子里。

她就这样整天孤独坐在窗前，望着那边，想着复仇，一个人。而她也虚弱得几乎要死，到底该怎么办？她已经许诺过要复仇，她曾对着儿子的尸体起过誓。她不能忘记，不能等待。她该怎么办？她每天晚上睡不着觉，而她既不休息也不平静，一直都固执地寻求复仇。那条母狗就在她脚下打瞌睡，时不时地抬起头，向远处吼叫。其实自从它的主人去世了之后，它就会经常这样叫，听着就像在呼唤他一样，好像是这个畜生的心灵不能得到安慰，同时保留着没有任何东西能抹去的回忆。

一天夜里，萨米郎特又开始呻吟，而那位母亲突然有了个主意，是一个残酷复仇的野蛮主意。她思考着这个主意直到早晨，天才刚刚蒙蒙亮就起床去了教堂。她拜倒在石板上，在祈祷，在上帝面前五体投地，请求他帮助、恳求他支持，给予她这个可怜的精疲力竭的身躯为儿子复仇所需的力量。

那之后，她回到家。她的院子里有一只废弃了的旧木桶，一直都在那接着檐槽的水。过了一会儿，她就推翻那只木桶，然后倒空它，用木桩和石块把它固定在地上，之后，她把萨米郎特拴在这个窝里，回屋去了。

她不停地在屋子里走动，眼睛还会一直盯着撒丁岛的海岸，那个凶手就在那里。

那条母狗整日整夜地在不停地吼叫。老太太每天早晨给它端去一碗水，几乎是没有任何别的东西：没有汤，也没有面包。

就这样一天就过去了。萨米郎特这个时候感到筋疲力尽，就睡着了。到了第二天的时候，它两眼放光，汗毛竖起，发疯似的扯着拴它的链子。

老太太依然什么也不给它吃。那畜生变得更加的愤怒，还用嘶哑的声音狂叫着。就这样这一夜又过去了。

等到了天刚亮的时候，萨维里尼大妈到邻居家去，请求人家给她两捆干草。之后她取出以前她丈夫穿过的一些旧衣服，在那里面塞满干草，做成人的形状。

她把一根棍子插在萨米郎特窝前的地上，再把这个草人系上去，草人好像站着一样。然后她用一包旧衣服做了个人头。

那条母狗感到非常惊奇，望着这个草人，即使饿得要死，也不吭一声。

然后老太太到肉店买了一节长长的猪血香肠，回到家，她在狗窝旁边生起一堆木火，烤猪血香肠。萨米郎特发疯一样的在那又蹦又跳、唾沫四溅，眼睛盯着烤架，感觉香味已经钻进了它的肚子。

之后，老母亲把散发着香味的猪血香肠做成了草人的领带。她用了很长时间才把它固定在草人的脖子上，就像是要把它拴进脖子里一样。等做完这个之后，她去解开那条母狗的链子。

这时那畜生令人吃惊的一跳，够着了草人的脖子，爪子搭在草人的肩膀上，开始撕咬这个草人。等它落在地上，嘴里还一直衔着一块猎物，之后他又冲上去，把牙齿刺进绳子里，扯出几块食物又落下来。有一次它很顽强地跳上去，一通牙咬下了草人的脸，把整个脖子撕成了碎片。

老妇人在那儿，默默地观看着，但她的眼睛闪着火光。然后，她又把畜生拴起来，饿了两天，重新开始这种奇特的训练。

在这三个月的时间里，她使这条母狗习惯了这种战斗，用牙齿去夺取食物。她现在不再拴它，只用一个手势就可以使它扑向草人。

这个时候也就教会了它撕碎和吞食草人，就算是草人的脖子里没放任何食物。在那之后，作为回报，她还是会专门给它一块为它烤的猪血香肠。

一看见草人的时候，萨米郎特就竖起汗毛，所以从那之后他就会转眼望望它的女主人，而那个女主人另外抬起手指，并用呼啸的声音向它喊道："上！"

就在她认为时机成熟时，萨维里尼大妈在一个星期天的早晨十分虔诚地去做忏悔，之后领了圣体。她穿上男人的服装，看上去像一个衣衫褴褛的贫穷老汉。她和撒丁岛的一个渔民谈妥，由他把她和狗送到海峡对岸。并且，狗还是在一个布袋子里面，她另外还装着一大节猪血香肠，萨米郎特这个时候已经饿了两天。老太太会时不地的让它闻一闻香气四溢的食物，刺激它。

等她们走进了龙高撒度村时，这位科西嘉老人略微有些蹒跚地走着。她来到一家面包店，不停地询问尼高拉·罗瓦拉蒂的家在哪里。他现在已经重操旧业，并且还是当地的木匠。当他一个人在他的店里干活的时候，这位老太太推开门，喊道："嗨！尼高拉！"他转回身来，就在这个时候，她把那条狗给松开了，而且还喊道："上，上，快点去咬死他，咬死他！"然后那个像是发疯一样的畜生就立马就冲了上去，咬住了他的喉咙。这时那男的会马上伸开手臂，抱住它滚倒在地。就在那几秒钟时间里，他的身子就立刻蜷缩起来，用脚拍打着地板，然后便一动不动了，萨米郎特这时正扒在他的喉咙上把它撕成了碎片。两个邻居坐在他们门口，清清楚楚地看见一个穷老妇人和一条瘦瘦的黑狗走出来，它还会边走边吃着主人给它的棕色的东西。

到了晚上的时候，那个老太太就立马回家，并且在这天夜里，她睡得很香。

商　品

在这附近，人们都把吕卡斯的农庄称为"分成制租田"。却不知道为什么称它为"分成制租田"？也许就是那些农民们赋予"分成制租田"这个词一种财富和伟大的观念，也许还因为这个农庄是这个地区最广阔、最富裕、最井井有条的农庄。

五排繁茂的大树围绕着这个巨大的院子，为了保护这低矮、娇嫩的苹果树不受平原上暴风的打击，院子是由存放着草料和粮食的长长的瓦房，和养着30匹马的燧石建成的，另外还由漂亮的马厩和仿佛城堡一样的红砖住宅封闭起来。

马厩管理得很不错，那条看门狗常常待在狗窝里，众多的家禽也常在深草中觅食。

记得在每天中午，主人、雇工和女仆等15个人会围坐在厨房的长桌前，看着那装在一个饰着蓝花的大瓷罐里的汤冒着热气。

马、牛、猪和羊各个都养得膘肥体壮，它们被照料得很好，也非常的干净。那个主人吕卡斯是个高个子而且大腹便便，每天巡视三圈，照看着一切，想着一切。

也许出于怜悯，人们在马厩里还养着一匹很老的白马。那位女主人想养着它，一直到它自然死去。因为这匹马是她养大的，所以会一直都保留着它，而且这匹马可以唤起女主人的许多回忆。

有位 15 岁的愣头青，他的名字叫作依西多尔·杜瓦尔。人们简称他西多尔，西多尔负责地照看这匹老马，到了冬天，给它一定量的燕麦和草料，到了夏天，西多尔会一天四次到拴这匹马的坡上为它移动地方，这样可以让它吃到足够新鲜的草料。

这时那匹马几乎已经瘫痪了，它连抬起那沉重的腿都很困难，它的膝盖有些发粗，甚至马蹄以上都在肿胀着。它的毛几乎再也没给梳刷过，看起来真的像是一匹白马。它的眉毛很长，这样使它的眼睛看上去有一副愁容。

西多尔带它到草地去的时候，必须扯着缰绳，因为现在它走得很慢。小伙子还会一直都弓着腰，喘着气咒骂它，因为他不想照看一匹老劣马。

每当这个农庄上的人看见这个愣头青对这匹老劣马发火，都会感到非常高兴，还会一直不断说起西多尔的那匹马，这样做是为了激怒这个小家伙。同时他的伙伴们也会一直开他的玩笑，在村里的时候人们常常叫他高高·西多尔。

小伙子这个时候很生气，生出一种报复这匹老马的欲望。也许是腿长的原因吧，他看上去是一个清瘦的孩子，个子很高，非常脏的是那一头棕色的头发，又厚又硬，一直都竖在头上。他看上去有些傻头傻脑，而且说话结结巴巴，非常困难，就像思想无法在这个愚蠢的人那迟钝的心灵中形成一样。

这么久以来，他对主人还养着高高感到非常惊讶，一看见为这个没用的牲口浪费财产就感到非常愤慨。从这匹马不再干活开始，西多尔就感到养活它是没有道理的浪费，他也反对人们这么地浪费燕麦，那是因为对这个瘫痪的老马来说燕麦真的是太贵了。并且在平常，就算是有主人吕卡斯的命令，他会在那匹马的食物上搞小动作，只给它半量的食物，这样一来就可以节省它的褥草和干草。这时候会有一种仇恨的思想在这个孩子模糊的思想中渐渐变大，其实这也就是贪婪的农民，狡猾的农民，残酷、粗鲁和懦弱的农民的仇恨。

等夏天到来临，他会到拴马的坡上去"移动"牲口。这段路程遥远，每天早晨是这个愣头青最愤怒的时候。因为要拖着步伐沉重地穿过麦田，这时在那田里干活的人便开玩笑地向他喊：

"嗨！西多尔，你一定要代我问候高高。"

他压根不去理会他们的喊声，但他会折断路边篱笆上的一根棍子。他为那匹马挪地方，把它拴好，让它重新开始吃草。但他会很邪恶地走近它，用棍子一直抽打它，那匹马会试着逃开，有时还会躲避打击，一直围着拴它的绳子转，看着像被关进了一条跑道一样。小伙子疯狂地抽打它，起劲地追在它后面，愤怒得咬牙切齿。

之后，他头也不回悠闲地走了，马用它混浊的眼望着他离去，它的两胁突出，奔跑得气喘吁吁，但还一直看着穿着蓝色罩衣的年轻农民在远处消失，才又低下头去吃草。

夜晚非常热，人们允许高高在外面，之后到树林后面的小山涧旁边睡觉。西多尔一个人去看看它。

这个时候，那孩子会对它扔石头来取乐。他坐在斜坡上，离它有十步远，在那里待上半个小时，不时地朝马扔过去一块尖利的石头，但那匹马一直都站着，被拴在它的敌人面前，不断地望着他，在他离开之前不敢吃草。

这个想法在愣头青的脑子里生根发芽："到底为什么要养着这匹什么儿活也不能干的老马呢？"他觉得这匹马毫无用处，它也许正在盗窃别的马的口粮，或者正在盗窃人们的财物和上帝的财产，甚至还在盗窃他西多尔，因为他在干活。

之后，这个小伙子慢慢地减少放牧的范围，这个放牧带是他不断向前移动拴绳的小木桩而给予那匹马的。

马这个时候还在挨饿，慢慢地消瘦下去，处于一种很衰弱的状态，挣不断拴它的绳子，它把头伸向绿油油的大草地，离它那么近，闻得见气味，却够不着。

在一天早晨，西多尔忽然想到一个主意：不再移动高高，他厌烦透了为一堆骨头架子走那么远的路。

到最后他还是来了，他要报复这匹马，所以会感到不安。这一天，他并没有打它，他的手放在口袋里不停移动。他装作要给它换个地方，只是把小木桩在原地扎得更深一些。之后他就离开了，并对他的发明非常高兴。

这个时候那匹马看见他走了，嘶叫着想唤他回来。可是这个愣头青年这时开始奔跑起来，最后还是把它独自留下，留在它的小山谷中，被拴得紧紧的，而在它颌骨能及的范围内没有一束青草。

也许是因为饥饿，它在尝试着去触及那片肥沃的草地，而它的鼻尖还是可以碰到的。它这个时候就跪在地上，伸长脖子，流着涎水的大嘴唇继续向前伸着，可是这一切都白费工夫。几乎在这整整一天的时间里，这匹老马一直都在做着无用的努力，到了最后非常的累。饥饿在吞食着它，而眼看着一望无际的一整片绿油油的食物却吃不到，这种饥饿更加可怕。

这一天，那个愣头青压根就没有来。他在树林里转来转去，寻找着鸟巢。

到了第二天，他终于出现了。而这个时候，高高已经疲惫地躺在地上，但看到这个孩子的时候它又站了起来，等待着最终会被换个地方。

可是，这个小农民依然没有移动在草里的木槌。他还走近来看看马，跟之前一样对准它的鼻子扔一个土块，土块在它的白毛上撞碎了。他得意地吹着口哨走了。

这时，那匹马一直站着看他走远。到了最后，它感到它想要触及邻近草地的努力都是徒劳，于是便侧身躺下，闭上眼睛。

第二天的时候，西多尔仍然没有来。

到了第三天，当他走近一直躺在地上高高的时候，意外地发现它已经死了。

他一直都站在那里，望着躺在地上的高高，对他所作所为感到非常的满意，同时，对这件事的结束感觉到非常的惊讶。他用脚碰碰它，抬起它的一条腿，之后让它落下来。他这个时候就会坐在它身上，待在那里，眼睛盯着草地，什么也不想。

他回到农庄，并没有说这个件事，因为他还想用平时去给马换位置的时间闲逛闲逛。

到了第二天他去看它的时候，有一群乌鸦在它附近飞来飞去，还有很多的苍蝇在尸体上爬来爬去，嗡嗡作响。

回去以后，他宣布了这件事。因为那匹马真的是非常老了，几乎没有任何人对此会感到吃惊。主人对两名雇工说：

"带上铁锹，你们去它所在的地方挖个坑。"

雇工们就在它被饿死的地方把它埋葬了。

青草在这个可怜的躯体的营养下长得茂密，青翠，蓬勃旺盛。

在一个死者身边

他是一个处在死亡边缘的肺病患者，几乎要奄奄一息了。然而每天两点钟左右，我还是可以看见他坐在旅馆窗下散步场所的长凳上，面朝平静的大海。他坐在炎热的太阳底下，用那哀伤的眼睛注视着地中海，有的时候，也会望一眼把芒顿围绕起来的大山的朦胧山顶。那之后，他会慢慢地把他那双长腿交叉起来，他的腿非常瘦，就好像是两根肋骨，呢裤在它们周围飘荡着。他打开一本书，虽然一直都是同一本书。

然后，他就不再动了。他阅读着，用眼睛和思想去阅读，就像是他整个垂死挣扎的身体都在阅读一样。他的整个灵魂都专注于、分散于、沉溺于这本书中，直到有阵凉爽的风吹来，使他有些咳嗽，他才站起来，回自己的房间去了。

这是个个子很高，长着金色胡子的德国人，他在自己的房间里吃中饭和晚饭，不和任何一个人说话。

我被一种朦胧的好奇心吸引到他身边。有一天，我坐在他的旁边，为了掩饰尴尬，我就拿了一本缪塞的诗集。

于是，我开始浏览"赫拉"。

我的邻居这个时候忽然用纯正的法语对我说：

"您懂德语吗，先生？"

"我一点儿也不懂，先生。"

"真遗憾。既然偶然把我们肩并肩地放在了一起，我本来是可以借给您，我可以让您看一件价值连城的宝物：我手中拿的这本书。"

"到底是怎样的一本书？"

"这是我的主人叔本华的著作，他亲手作了注。您看见了，所有页边的空白处都写满了他的手迹。"

我恭敬地拿起那本书，看着书上陌生的字形，它们表现这个大地上曾出现过的最大劫掠者的伟大思想。

这个时候我的记忆中迸发出来缪塞的诗：

这时你非常高兴地入睡，伏尔泰，而你那可恶的微笑，是否还在你的枯骨上飞来飞去？

我会忍不住地把幼稚的挖苦，伏尔泰的宗教的挖苦和那种德国哲学家的不可磨灭影响的讥讽作比较。

人们这个时候不管生气也好、抗议也好、愤怒也好或者激昂也好，叔本华还是给人类打上了他那蔑视的和解除魔法的印章。

作为一个已经醒悟了的人，一个追求享乐的人，他推翻了信仰、希望、诗意和幻想；还摧毁了梦想；磨灭了人类灵魂的信心，无情地杀死了爱情；打倒了妇女的崇拜；让我心中的梦想成为泡影，完成了作为怀疑论者的最艰难的工作。他最后用他无情的嘲笑穿透了一切，挖空了一切。就算是在今天，那些讨厌他的人的思维中还是会忍不住地带有少许他的思想。

"您认识叔本华吗？"我对德国人说。

他听了之后，忧郁地笑笑。

"嗯，是的，一直到他死，先生。"

他开始对我讲起他，讲述这个奇怪的生命给予所有接近他的人那种超自然的印象。

他向我说起了一个老摧毁者，一个法国政客，和一个空谈理论的共和主义者之间的会面。这位法国政客想要见他，这时发现他在喧哗的啤酒馆中，坐在他的学生们中间。他这个时候有些干瘪，脸上满是皱纹，用一种让人永生难忘的笑声笑着，他还是能用一句话便咬住并撕碎思想和信仰，就像是一只狗一口便撕烂了它正在玩耍的玩具。

他一直都对我重复这个法国人离开时震惊、恐惧地喊出的这句话：

"我认为我和一个魔鬼一起度过了一个小时。"

之后他又补了一句：

"先生，他的微笑很让人恐惧，就算是他死了也会让我们感到害怕。这是一个几乎不被别人所知道的小插曲，要是您感兴趣的话，我可以给您讲一讲。"

然后，他用疲惫的，被一阵阵咳嗽打断的声音开始讲道：

叔本华刚刚去世，就已经决定好我们两个人一组轮流守灵，一直到早晨。

他躺在一间非常简朴，很宽敞，却阴气沉沉的大房间里。床头桌上点着两支蜡烛。

等到了午夜，我和一个伙伴开始守灵。跟我们换班我们两个朋友出去了。这个时候，我们坐到床前。

他的面孔一点都没变化，还在笑。我们很熟悉的那个皱纹在嘴角处凹陷下去。我们感觉他动弹一下，睁开眼睛，就要开始讲话。他的思维，不如说他的思想时时刻刻都萦绕着我们。在他至高无上的才华中，我们感觉比平常更能被他侵占，被他拥有。他死了，他的统治仿佛变得更加至高无上。一种神秘与无可比拟的思想的量混合在一起。

有一些人，他们的躯体消失了，但他们的思想一直都存在着。在他去世的第二天的夜里，先生，我向您保证，那是真的是非常可怕。

我们低声谈论着他，回忆起他的话、他的习惯用语，以及那些让人感到吃惊的箴言，仅仅通过几个字便在未知的生命的黑暗之中投入了光明。

我的伙伴还说："我真的感觉他像是要说话，而且用一种令人恐惧的忧虑望着我们，一动不动的脸庞一直都在笑。"

我们慢慢地感觉很不轻松，很压抑、很衰弱，我结结巴巴地说：

"我不知道我这到底怎么了，但我向你保证我生病了。"

我们这个时候注意到那尸体发出一种难闻的气味。

我的伙伴建议到隔壁的房间去，让门开着。我同意他的建议。

我拿起床头柜上的一支蜡烛，只留下一支。然后我们去坐在另一个房间的另一头，这样方便我们坐的地方可以看见烛光下的床和死者。

但是，他仍然围绕着我们。有人说他那个令人解脱的、自由的、全能的和统治者的非物质的存在一直徘徊在我们周围。腐败尸体的污秽气味时而也会隐隐约约地向我们飘过来，渗进我们的身体，令人难受。

忽然，一阵颤抖渗入骨髓：一个声音，而且还是一个很小的声音从死者的房间里发出。我们的目光马上集中在他身上。我们看见，是的，先生，我和他，我们两个真的都清楚地看见某种白色的东西在床上滚动，然后掉在地毯上，滚到一把椅子下面消失不见了。

我们毫不犹豫的马上站了起来，可怕的惊骇使我们发疯，我们几乎要夺门而逃了。可是后来，我们就这样相互看着对方，脸色白得可怕。我们的心好像是从胸膛中蹦出来。我先开口道：

"你看见了吗？……"

"是的，我看见了。"

"他没有死吗？"

"可是，他已经开始腐烂了啊！"

"我们到底该怎么办？"

我的伙伴很犹豫地说：

"这个时候应该过去看看。"

我拿起蜡烛，先走进去，搜寻整个大房间的黑暗角落。没有什么东西在摇动。我走近床，叔本华不再笑了！他用一种吓死人的表情做着鬼脸，他的嘴巴紧紧闭着，两颊深陷。我结结巴巴地说：

"他真的没死！"

但是那种令人恶心的气味直冲鼻子，让我喘不过气。我一动不动，盯着他看，惊慌得就像是幽灵出现在我面前一样。

这时，我的伙伴端起另一支蜡烛，弯下腰去，一声不吭地碰碰我的胳膊。我随他的目光望去，在床边椅子下面的地上看见叔本华的一口假牙，牙齿在深暗的地毯上显得非常的白，牙齿张开着，好像在要咬什么东西。

尸体腐败得使颌骨松开，假牙从嘴巴里出来。

那一天我可真是感到恐惧，先生。

太阳这个时候快要落山了，这个患肺病的德国人于是站了起来，和我道别，之后就回旅馆去了。

两个朋友

巴黎被普鲁士人包围了①，整个城市都在挨饿了，只剩下最后一口气了。鸟雀不再出现在各处的屋顶上，甚至老鼠也莫名其妙的稀少了。只要是吃的东西就被人们抢了去。

莫利梭先生是一个钟表匠，时局混乱，只好没有什么工作的老实待在家中。一月的某个清冷的晴天的早晨，莫利梭先生双手插在自己军服裤子的口袋里，想着自己空空的肚子，愁闷地沿着环城大街闲荡，走到一个人跟前，他立刻就停住了脚步。那个人是索瓦多先生，一个常在河边见面的熟人和朋友。

战争前，莫利梭每逢星期日的黎明就出门了。他手里拿着一根钓鱼的竹竿，背上背着一只白铁盒子。从阿让特伊镇乘火车，然后在哥隆白村下车，最后再步行到马里郎洲。这地方被他视为做梦都忘不掉的地方。

在马里郎洲他就开始钓鱼，一直到天黑才回去。每逢星期日，他总会在这一带遇到索瓦多先生，一个又胖又快活的矮子。他是洛雷姆堂街的针线杂货店老板，也是一个热爱钓鱼的人。两个人时常在一起坐着消磨上大半天的时间，手握着钓竿，双脚悬在水面上。渐渐地，他们彼此之间熟悉了，然后产生了友谊。

有时候，他们相对无语，有时候他们也相互聊起了天。两个朋友有相同的爱嗜好和兴趣，虽然一句话不说，他们还是能够很好地相处的，所谓心有灵犀。

早春将近上午 10 点钟的时候，阳光的温度开始上升，河面上浮动着一片随着热气而逝的薄雾，两个钓鱼迷的背上也感到一股股热流涌上来。这时候，莫利梭也对他身边的那个人说："嘿！多么暖和！"索瓦多先生回答："是啊，再没有比这更好的了。"听上去这样的对话无关宏旨，但是这种对话让他们互相了解和彼此尊重了。

到了秋天的傍晚，天空被落日染得血红，它在水里投下的倒影，也染红了河水。远处地平线上更像是着了火似的，两个朋友的脸儿也红得像火一样，那些在寒风里飘动的树叶像是染了金色。这时索瓦多先生微笑地望着莫利梭

---

① 本篇为普法战争中的故事，1870 年，普鲁士人包围了巴黎。

说道："多好的景致哦！"那位全神贯注的莫利梭眼神不动的回答浮子道："对啊，这比在市区的马路上好多了。"

现在，他们彼此认出后，互相使劲地握手，在这种惨淡的环境里相逢，两人很是感慨了一番。索瓦多先生叹了一口气，低声说："变化可真大哦！"莫利梭异常抑郁，像哼着说："天气真不错！今儿是今年第一个好天气！"

天空的确是比平常都要蔚蓝、晴朗，甚至还有点明媚。

他们肩并肩地走在一起，大家都在愁闷地思考。莫利梭接着说："钓鱼的事呢？哦！想起来可多么有意思！"

索瓦多先生问："我们什么时候再到那儿去？"

两个朋友进了一家小咖啡馆，点了一瓶相同的苦艾酒。之后，他们又到人行道上去散步了。

莫利梭忽然停住了脚步："再去喝一杯吧，嗯？"索瓦多先生同意他的提议："好的。"他们又钻到另一家卖酒的店铺去了。

从里面出来的时候，他们都醉了，头脑开始有些神志不清了。天气很暖，一阵和风吹来，拂得他们脸有点发痒。

索瓦多先生被暖气陶醉了，他停住脚步问："我们到哪儿去？"

"对啊，我们去什么地方？"他的同伴重复道。

"钓鱼去，那是最好的了。"

"不过，今天我们到什么地方去钓呢？"

"到我们的那个沙洲上去。法国兵的前哨在哥隆白村附近。我认识杜姆曼团长，我保证他一定会不费事地让我们过去的。"

莫利梭高兴得连话都不会说了："说话算数，我算一个。"

于是，他们很快就此分了手，回家去取他们的器具。

一小时以后，他们已经在城外的大路上了。肩并肩地走在一起了像以前那样。不久，他们到了那位团长办公的别墅里。团长答应了他们的请求，并且表现出对他们的新鲜花样很感兴趣的样子。最后，他们带着一张通行证上路了。

他们穿过了前哨，穿过了那个荒芜了的哥隆白村。时间大约是11点时就到了小葡萄园的边上了，这些小葡萄边向着塞纳河往下蔓延生长。

对面，阿让特伊镇死一般沉寂。附近的两座山的高峰高高在上正俯瞰着四周的一切，那片直达南兑尔县的平原空空荡荡的，只有一些没有叶子的樱桃树和苍黄的废弃的农田。

索瓦多先生指着那些山顶低声慢语地说："那些德国兵在那儿！"于是，从心里顿生的一阵疑虑，以至于这两个朋友对着这块荒原不敢跨越一步。

他们从来没有看见过普鲁士人，但最近几个月来，他们知道普鲁士人围住了巴黎，占领了法国，烧杀抢夺，造成很多人饥饿而死，这些人虽然看不见却是无所不为的。他们对于这个素昧平生，却又打了胜仗的民族本来就很憎恨，现在又加上一种因为不了解而胡乱猜疑的恐怖感了。

莫利梭有些结巴地说："你说呀！如果我们被他们撞见了，我们该怎么办？"

索瓦多先生天生巴黎人特有的嘲讽的态度回答道："我们可以送一份炸鱼给他们啊。"

小镇死气沉沉的，他们还是感到有些胆怯，有点不敢乱走动。

索瓦多先生下定了决心，他鼓起勇气说："我们快点向前走吧！不过，一定要小心。"

他们顺着下坡路一直到了一个葡萄园里。那里的一些矮树掩护了他们。弯着腰，迈着小步，侧着脸在地上爬行前进。

现在，要走到河岸，只需穿过一段没有遮蔽的地带就行了。他们决定用跑的方式到岸边。一跑到岸边，就躲到了那些干芦苇里。

莫利梭颇有经验地把脸贴在地面上，想通过地面及早发现附近是否有人在行走。他什么也没有听见。显然，这附近只有他们两个人，

他们觉得放心了，就开始动手钓鱼。

现在他们的对面是荒废的马里郎洲，另一边的河岸被挡住了视线。从前在洲上开饭馆的那所小房子现在已经人去楼空了，像是许多年都没有人来光顾过。

索瓦多先生很快钓到了第一条鲈鱼，随后莫利梭钓到了第二条，没一会儿，他们就不断地举起钓竿。当鱼上钩的时候，钓丝的头子上会带出一条活泼翻腾的银光闪耀的鱼儿。奇怪，这一回钓鱼像是得到了神的帮助似的。

一个细密的网袋放在他们脚底下的水里，他们麻利地把这些鱼放进去。收获的甜美总是让人容易忘记不愉快。每个人，重新找回被剥夺的嗜好就会对那种快乐抓住不放的。

天气和暖，温暖的阳光照射在他们的背上。他们忘记了要细听，要注意周围的环境了。他们仿佛忘了世上其他事。此刻，他们只知道钓鱼。突然间，一阵沉闷声使地面发抖。它像是从地底下出来的了。那是炮声响起来，像雷滚过天边。

莫利梭回过头去，望见左边远远的河岸上，那座瓦里雷山的侧影正披着一层白的雪花一样的东西，那是刚刚从炮口喷出来的硝烟。立刻，第二道烟又从这炮台的顶上喷出来了，几秒钟之后，一道新的爆炸声又开始怒吼了。

紧接着，爆炸声连绵不绝地传来，那座高山不断地散发出它那种歇斯底里的气息。吐出它那些乳白色烟雾——这些烟雾袅袅上升，在山顶上堆成了一层云雾。

索瓦多先生耸着双肩无奈地说："现在，他们又开始动手了。"

莫利梭是个性子温和的人，他正专注地盯着他钓丝上的浮子不住地往下沉。忽然，他愤愤地说："这帮畜生，真是太愚蠢了。"

索瓦多先生回答道："他们还不如畜生呢。"

莫利梭正钓到了一条鲤鱼，他高声说道："可以说，凡是有政府在的时候，一定都会这么干。"

索瓦多先生打断了他的话："共和国就不会宣战了……"

莫利梭岔开他的话题说："有帝王，向国外打仗；有共和国，向国内打仗。"

后来，他们开始用平静而智慧的人的那种稳健理性讨论起来，辩论政治上的大问题。结果，他们彼此都确认人是永远不会自由的，战争是必然的。

然而，瓦里雷山的炮声却更频繁了。炮弹摧毁了很多法国的房子，打乱人们的正常生活，结束了很多生命和梦想、许多期待中的快乐、许多憧憬中的幸福。在世界的其他地方，在失去儿子的母亲的心上，死了丈夫的良妻的心上，没有了爸爸的爱女的心上，制造更多的再也不会结束的痛苦。

"这就是人生！"索瓦多先生义愤地喊着。

"您不如说这就是死亡吧。"莫利梭带着讽刺的语气回答。

不过，他们感觉他们身后有人在走动，都吃了一惊。于是，转过脸来看，四个带着兵器，胡子拉碴，戴着平顶军帽，穿着仆人制服般的长襟军服的大个子，正用枪口瞄着他们的脸。

瞬时两根钓竿同时从他们的手里滑下来，落到河里去了。

他们都被捉住，被绑上抬走，扔进一只小船里，只用了几秒钟。最后，小船渡到了那个沙洲上。他们看见了二十多个德国兵在那所被人最初认为是无人的房子后面，一个浑身长毛的巨灵样的人坐在一把椅子上，他抽着一支既长又大的瓷烟斗，用地道的法国话问他们："喂，先生们，你们钓了一回很好的鱼吧？"同时，一个士兵在那军官的脚前，小心翼翼地把他带回来的满是鲜鱼的网袋放下了。那个普鲁士人微笑地说："嘿！嘿！我明白你们钓鱼的成绩很好。不过你们仔细地听我说，不要害怕。我认为你们是奸细，被人派来专门侦探我们的。你们假装钓鱼，为的是更好地掩护你们。你们现在已经落到我手里了，只能自认倒霉。我现在捉了你们，就要枪毙你们。现在是战争时期，算你们倒霉。不过你们既然从前哨走能走到这来，一定知道回去的口令，把这口令告诉我，我就可以赦免你们。"

两个朋友面无血色的背靠背站在一起，因为一阵轻微的神经震动手开始抖动，他们不敢说一句话。那军官接着说："只要你们告诉我，我保证，不会谁也不会知道这件事的，你们可以安全地回去。假如你们坚持不说，那就去见上帝吧，你们选择吧。"他们仍然纹丝不动，没有开口，两个朋友似乎是被吓傻了。那普鲁士军官安闲地伸手指着河里又继续说："你们好好考虑吧，五分钟之后你们就要到水底里去了。五分钟之后噢！"

瓦里雷山的炮声始终没有停止，一阵强过一阵。

两个钓鱼的人依然僵立着没有一句话。那个德国人用德语发了命令。随后他退后了自己的椅子，和两个俘虏保持距离。接着来了12个士兵，立正站在相距二十来步远近的地方，脚下放的是他们的枪。

那军官接着说："我能给你们一分钟，多一两秒钟都不行。"

随后，军官突然站起来，走在莫利梭身边，伸出了胳膊挽着他把他引到了别处，低声对他说："快说，那个口令是什么？你那个伙伴什么也不会知道的，我们可以对他装个样子。"莫利梭仍然是一个字也不说。随后，那普鲁士人又把索瓦多先生引开了，并且对他说出了同样的话。索瓦多先生也没有回答。他们最后一次紧靠着站在一起了。德国军官发出了命令。兵士们都托起了他们的枪。

这时候，莫利梭看到了那只盛满了鲈鱼的网袋上面，那东西依然放在野草里，只离他几步远。

还能够跳动的鱼伴着一道日光刺伤了他的眼睛。于是一阵悲伤感袭上了他的心头，尽管极力使自己镇定，泪水已经充满了他的眼眶。

他口吃着说："永别了，索瓦多先生。"

索瓦多先生也诺诺道："永别了，莫利梭先生。"

他们互相握住了手，不由自主地浑身发抖。

那军官喊道："放！"十二枪支一起开火，响声一片。

索瓦多先生一下就向前扑做一团了，莫利梭个子高些，摇晃了两下，才侧着身颓然仰面倒在他伙伴的身上。他的脸朝着天，鲜血满面，从他那件胸部被打穿了的短襟军服里向外迸出大量的血。

德国军官命令处理善后。

他的那些士兵都散了，他们拿了些绳子和石头来，在两个法国人的脚上系上石头。随后，把他们抬到河岸。

瓦里雷山的炮声并没有停止，山顶又罩上了一层灰蒙蒙的炮灰。

莫利梭的头和脚分别被两个兵士抬着。另外两个，用相同的方式抬着索瓦多先生。两具尸体来回摇摆了几下子，就被远远地扔出去了，他们的尸体先在空中绘出一条曲线，在水里好像站着似的往水里沉。石头拖着他们的脚先落进了水里。

河里的水被他们的尸体溅起来水花了，翻腾了几下，最后归于波纹。终于平静后无数细细的涟漪都滚到了岸边。有一点儿血浮起来了。

德国军官神色泰然自若地低声说："钓到的鱼呢？"然后他走到了那边的房子前。忽然，他看见了野草里面那只盛满了鲈鱼的网袋，仔细端详了一会儿，微笑着大声喊道："喂，过来个人！"

一个系着白围裙的兵士跑了过来。那军官把那两个法国人钓来的鱼扔给他，一面命令道："趁这些鱼还新鲜美味，烹调好了送来。"

真的故事

狂风在窗外怒吼着，那是一阵狂呼而疾卷的秋风，它大有扫净枝头枯叶直到要把它们送到云边的气势。

那些打猎的人，他们身份都是诺曼底省的一些半贵族半乡绅而又半务农的人。他们家境富裕，身体强壮，气力大得可以击断那些在集市里的牛的双角。他们吃完了晚饭，仍旧穿着他们的长筒皮靴，脸绯红，兴致勃勃的样子。

在艾帕乡的村长拜伦杜尔老板的农场里，他们一整天都在打猎。现在，他们正在那个别墅般的田庄里围着桌子吃晚饭，那田庄的主人就是他们的房主。他们说话就像是在吼，像野兽嗥着一般大笑，像酒桶一般喝酒。他们把腿伸直了，肘拐撑在桌布上，眼睛在灯光下面显得更大，身体被一座发出红色微光的大火炉烘得似乎快要化掉了。他们谈的不是打猎就是猎狗。但是微醉的他们，已经开始动风流的脑子的时候，所有人都用眼光去追寻一个用发红的指尖儿拿着盛满食物的大盘子的健壮女人。

忽然，一个喜欢喧嚣的叫瑟如尔的大汉高声说："了不得了，拜伦杜尔老板，您拥有一个了不起的女人哟！"于是，一阵哈哈大笑爆发了。他以前是神父，现在却做了兽医，专门给本地周围各户诊治家畜。

这时，一个叫维伦多的贵族提起嗓子高声说："我从前和这样的一个女孩子有过一段奇遇。哈，我应该给大家分享。

每次我一想到她，就叫我想起弥尔扎——我养的一条雌狗，我卖给赫桑奈子爵的。但是只要没人看管它，它总要跑回来。它绝不能离开我。

后来我烦腻了，便告诉那位子爵用链子拴住它。你们想知道它后来发生了什么吗？那个畜生，它竟因为伤心而牺牲了。

不过，现在我们先不说它，还是说回我那个女佣人吧。故事是这样的：

当时，我只有25岁，我一个人住在别墅里，还没有结婚。你们知道，一个有钱的年轻人，酒足饭饱的时候，他就回会去寻花问柳了。

不久，我发现了一个在退布托先生那里干活的年轻女人。拜伦杜尔，你本来认识退布托的。一句话，那个小家碧玉似的女人很叫我惦记。某一天，我跑去找她的主人，向他提出一件交易。如果他把那个女佣人让给我，我就把我家的那匹黑马卖给他，那匹马他惦记了两年了。

他和我握手：“好的，一言为定，不能反悔！维伦多先生。”就这样我们就达成了交易：那个小女人来到我的别墅里后，我把那匹马亲自牵了送过去，抵三百法郎把它给了退布托。

起初，这件事很顺利，谁也没有想到会有以后的事情。只是，她太爱我了。你们知道，那孩子不是那种随随便便的人。她天生就有些与众不同之处，但是所有和雇主有关系的女佣差不多都是这样的。

总之，她真的很崇拜我，她就像一只小狗一样非常地迷恋我，对我十分地忠诚。

我自己想：“这件事最好是不要拖的太长时间，否则我要吃亏的！”但是，偏偏我又不是那么容易爱上一个人的，我不是那种用两个吻便可以死心塌地爱这个人。最后，当她告诉我说她怀孕了的时候，其实我早已经知道了。

这简直像是有人想对我开枪，却噼里啪啦地放了两枪空枪。她呢，对我吻了又吻，笑着、舞着，好像发痴了。当时我没有说一句话。

但是，到了夜晚，我便寻思起来。我想：“事情既然发生了，总该想些办法，把那根线割断，不能再拖时间了。”大家可知道，那时候，我父母和我的姐姐住的地方离我都不远，最多不过十多里路，根本没法开玩笑。

我在想，我怎么才能给自己解围呢？如果她离开我那里，便会有人产生怀疑，就会有人来说闲话；如果我留下她，不久她的大肚子便会被人看见，而且我不能就这样不管她。

我和我的舅舅可勒特侯爵谈起这件事。他是一个见识渊博的人，我真诚地恳求他给我个意见。他坦然地答复我：“我的孩子，应当立刻把她嫁出去。”

我一下子站了起来：“把她嫁了，舅舅，把她嫁给谁？”

他从容地耸着双肩，撇撇嘴说：“您愿意把她嫁给谁，那是你的事，跟我无关。你只要不是傻瓜，办法总能想到的。”

我把他的建议想了有七八天之久。最后，我劝服自己说道："毕竟是我的舅舅，他说的肯定有理。"

后来，我开始费尽心思地想办法。某天晚上，机遇巧合，我和一个在本地做推事的人一起吃晚饭，他对我说："那个叫布朗多的老婆子的儿子，最近闹了一个笑话。这个孩子，一定没什么好结局，遗传的作用太大了。"

布朗多老婆子本是一个老寡妇，她年轻时很多人垂涎她，一个法郎便可以让她卖掉自己的肉体和灵魂。可以想象，她儿子也好不到哪里去。

我过去找她，并且尽量从容地让她明白那件事。

她竟突然问我："那个女孩子，你还能给她一些什么吗？"我真无法答复。

她真是个风流狡猾的老婆子。但是我也不傻，我早就有了准备。

我刚好有三块地，那些地本来属于在我附近的三个庄子。因为那些庄稼人嫌它过远，因此我早就收回了那三块面积六亩的田地。后来由于那些庄稼人又来找事，我便在每个佃约里免了他们应当缴的鸡鸭之类。

如此一来，我的地算是全丢了。所以，我便在周围又买了一点儿地，并在上面造了一所小房屋，两者共花了我一千五百法郎，就算组成了一桩没多少钱的小产业。于是我就把它送给那女孩子。

那老婆子说这点儿产业太少，但是我也不愿妥协，结果我们就不欢而散了。

第二天一大早，她的儿子便来找我。我记不清他的长相了。看见他的样子，我就放心了。在乡下人里看，他的长相并不差，但看上去倒真像一个很滑头的人。

不一会儿，他自然而然地就谈起那个女孩儿，像是他最近买了一头母牛一样。等到我们谈好了之后，他要看看那份产业，于是我便起身带他去看。

令人气愤的是后来那穷鬼竟叫我在那里足足等了三个小时。他把地的宽窄量过之后，又拾了些土块儿在手里打散，俨然像是担心看错了地。因为那房屋还没有盖好顶，他坚决不要茅草做顶，非要石板盖的不可，因为那样不用老是修理！

之后，他对我说："家具呢，这应该是你要给买的呢。"

我反驳道："那不行，拿一座田庄给你，已经很好了。"

他冷笑着说："我相信是不错的，一座田庄和一个孩子。"

我不由得犯窘起来。他说："好好想想吧，你完全可以给我们提供一张床、一张柜子、三把椅子和一套吃饭用的东西。否则就没必要谈了。"

我只好同意了。

于是，我们返回到回家的道路上了。那时，他关于那女孩子一个字都没有谈到。但是，他忽然用一种狡猾而又轻松的语气问："如果她死了，这产业又该归谁呢？"

我说："当然，那一切都将归你。"

他好像很早就知道我会这么说了。立即，他用一种十分满意的行为和我握手，说："好吧，我们成交。"

唉！说起那女孩子，真是个大麻烦。听说了我的决定，她跪在我脚下哭的站不起来，并且反复说："您给我想个好办法，我不想离开您！"过了七八天，她还仍然反抗，完全不管我的苦劝哀求。

女人一旦产生了爱情变得真是笨，她们会把爱情看得高于一切，她们的一切为的都是爱情！

最后，我终于被她惹生气了，我恐吓她要推她出去，她才算是妥协，但要我同意她可以经常来看我。

到了那一天，我亲自送她到教堂。我出了寡妇家娶她的各种费用。总之，我干净利索地把这件事解决了。之后我就离开了，在我哥哥家里住了半年。

等我回来的时候，我才了解到她每星期都来我家打探我的消息。我到家不一会儿，就看见她抱着一个孩子走进来了。

看见那孩子我很难受，你们应该相信我说的真的！我好像记得我还亲了那个孩子。

而那个孩子的母亲，她简直就像只剩下一口气的游魂了。她瘦得只剩下一副枯骨，像个影子似的站不稳，她突然变得很老了。婚姻对于她一点儿好处都没有！

我木然地问她："你的日子过得还好吧？"

于是，她的眼泪如泉水一般涌满了眼眶，泣不成声地哭着。最后，她上气不接下气说："我不能，我不能离开您。现在，我情愿去死，我再也活不下去了！"

她发疯似的和我大闹了一阵。我极力安慰她，一直把送她到栅栏门外。

事实上，我听说她的丈夫经常打她，她的婆婆也对她很凶狠，虐待她。

两天之后，她又来了。她抱住了我，自己却在地上打滚。

"请您把我杀了吧，我真的不想回去。"

这完全是弥尔扎要说的话呀，假如它会说的话！

她那样的折腾慢慢地叫我无法应对了。我藏了起来，这次有半年那么长。等我回到家……等我回到了家，我听人说，她在三星期前就已经死了。在这之前，她每逢星期日一定会来看我在不在……始终像弥尔扎一样。她的孩子八天后也死掉了。

至于那个寡妇的坏儿子，她的所谓丈夫，那个又狡猾又猥亵的光棍，却继承了遗产，仿佛他从此过上了好日子。现在，他成了那个村里的头儿。

随后，维伦多先生一边笑一边说：

"没关系，这算不了什么，他的一切幸运都是我给的。"

最后，兽医瑟如尔先生一手把端着的那盅烧酒送到嘴边，并且毫无感情地下了结论：

"不管如何，这样的女人是不能招惹的。"

皮 埃 洛

勒沛弗是那种半城市半乡村式的寡妇之一。这样的太太把自己的衣裳和帽子都点缀着很多花边和波浪纹的镶嵌，说话的时候，她们总把字的尾音故意乱拼。在公共场合，她们还爱卖弄做作，把那种自视甚高的鄙俗藏在各种打扮得不和谐的滑稽外表当中，正像她们的肉皮发红且粗糙的手却偏偏套着生丝做的手套。

她的一个女佣人罗斯是个头脑简单的淳朴的农家妇人。主仆两人住在一所小房子里，绿色百叶窗正对着诺曼底省区里的一条大路，那正是下塞纳州的中心。她们的房子前面有一小片园子，她们在那儿种了些蔬菜。某天夜里，园子里的十几个洋葱头被人偷了。

罗斯立刻就发现了这件事情，她跑去告诉勒沛弗太太，只系着一条羊毛短裙的勒沛弗太太跑下楼来。在她看来这真是一件既令人恼火又令人害怕的消息。竟然有人敢偷勒沛弗太太的洋葱头。并且极有可能这个贼还会再来。

于是，那两个神经紧张的妇人开始研究那些脚印，开始谈论和揣测：

"瞧，他们是从那里过来的，越过那堵墙以后就进了菜畦里。"

她们害怕那贼可能还会再来，怎么样才能够过平平安安的日子呢？

邻居们都知道了她们被盗的消息，都跑过来观看并议论纷纷。每逢一个好事者过来，两个妇人便把她们的主意给过来的人讲一次。一个住在附近的人给她们出了一个主意："你们应该养一条狗。"

这句话真是正中要害，她们真的应当养一条狗。只为了看门护院没必要养一条大狗。她们要那大狗没有太大的作用？它会吃很多的东西。但是，一条欢蹦乱跳的小狗，就够用了。

众人走了以后，她们讨论了很久养狗的事情。经过讨论，她被一只狗食盆子里可能被吃掉的小钱弄得大为恐慌。她用尽方法坚决反对养狗，因为她是属于吝啬乡下太太队列的。她们为了在路上给乞丐施舍，星期日给神甫送香金，她们总在衣袋里装些小钱。

罗斯却是喜欢动物的，她坚持自己的意见，并且用狡猾的态度主张养狗。终于她们决定要养一条狗，一条很小的狗。

她们出去找一只吃的不多的小狗了，杂货店老板家有一条小狗，但是如果低于两个法郎是不会卖出的，而勒沛弗太太却声称她是很想养一条狗，但是希望能是别人送的。

谁料，面包店的老板知道了这件事情。一天早上，他从货车里带来了一条黄色的小狗，短小的脚，狐狸般的脑袋，鳄鱼般的身子和一条大小与它的其余肢体相匹配的喇叭状尾巴。勒沛弗太太认为这条怪狗很合适，因为它既不丑主要是不用花一分钱就可以得到它。罗斯抱着它，问它叫什么名。面包店老板说它名叫"皮埃洛"。

小狗被安排在一只旧的肥皂箱子里了。有人给它水和面包，它都喝了也吃了。勒沛弗太太还是不想多一份负担，她想到一个主意："等到它对家里熟悉了之后，我们可以让它自由到外面去找吃的。"

现在，她们对它放任自由了，事实上小狗却免不了要饿着，它是只为要求吃的东西而叫的，不过叫的声音却很大。皮埃洛一看见进来人，就去和他表示友好一翻，而且一直一声不叫。出人意料的是勒沛弗太太却和这小狗相处融洽，并且她非常地爱它，和它逗趣。有时还把面包在肉汤里浸过后给它好几小片的。

但是她绝没料到养狗要纳税的。当有人向她讨八个法郎的养狗的税，她差点被吓得晕过去。

不久，她下定决心要处理掉皮埃洛，但没人接受它。十法里内外的居民都表示拒绝。她毫无任何办法，只好决定让它"去吃石灰质黏土"。

住在那的人每逢想丢掉不想要的狗，用的都是叫它"去吃石灰质黏土"的办法。我们看得见在一片广大的平原中央，一个架在地面上的很小的茅草屋顶那就是石灰质黏土坑道的坑道竖坑入口。竖坑是个有二十来公尺深的往下垂直的井，井底和一组长的横坑道相通，那里面的土壤是石灰质黏土。

每年到了肥田的时节，人们就到井底下去取石灰质黏土做肥料。其余的月份，人们会把被判处了死刑的狗丢弃在这里。如果有人在井口边经过，一些求救的悲怨绝望的哀号从井里传到了人们的耳朵里。

所有的猎狗和牧狗，一走近这个发出哀号的洞穴边就被吓得飞跑。并且如果趴在这个洞穴口边往下窥视，真是令人不忍看的惨剧，都是在那个被上帝遗弃的世界里完成的，而且总会嗅到一阵令人刺鼻的腐臭气味。

每一条狗进去了，把以前的恶臭遗体当作食物可以多活十多天。之后，就会有一条新来的比较健壮的狗被人忽然扔下去。于是，它们在那里忍饥挨饿，瞪起了各自发光的眼睛相对而视。

不久，它们开始互相觊觎，互相追逐，双方都是被逼无奈的。不过饥饿驱动着它们，它们便搏斗起来，互相拼命角斗。最后，强者胜了弱者，活活地把它吃掉。

已经决定了把皮埃洛送去吃肥泥，她们现在需要一位执行人。那个修理驿路的工人要半个法郎的工钱才肯做。这个价钱在勒沛弗太太看来是太贵了的。那个住在隔壁的泥瓦匠学徒虽然只要五个苏，却还是不合理。最后，罗斯决定最好是自己送去，这样它不会在路上受虐待，并且小狗也不会感到末日来临。所以，她们决定两个人在当日傍晚相伴前去。

到了吃晚饭的时候了，她们给了它一盆好汤和一点儿奶油，就像最后的晚餐一样，它都吃得一点儿不剩。后来趁着它因为快活而摇摆尾巴的时候，罗斯就把它捉住放进了自己的围裙里。

她们如同小偷一般迈着大步在平原上走着。很快，她们看见了那个肥泥坑。走到了坑口，勒沛弗太太俯下身子，去探听里面是否有狗在坑里叫唤。确定没有之后皮埃洛可以独自地待在坑里。于是，罗斯流着眼泪的抱住吻着，恋恋不舍地把它扔到了坑里。接着，她们都伏下身子去侧耳静听。

开始她们听见一种弱弱的响声。随后是一阵由于惊吓而失声的尖锐得使人伤心的声音，显然那是一条受了伤的狗发出来的。随后又是一阵接续而来的短促哀鸣。最后又是一阵绝望的长号，使人可以想象它正对着坑口伸着自己的小脑袋向上面求救。

它叫着，唉！不停地叫着！

她们畏惧了，后悔了，一阵无法形容的恐惧心摄住了她们。于是她们逃命似的逃走了。罗斯走得快一些，勒沛弗太太便嚷道："等等我，罗斯，快等等我！"

这晚，她们做了许多噩梦。

勒沛弗太太梦见自己坐在餐桌前准备喝汤，但是揭开汤盂的盖子时她就看见皮埃洛在汤盂里。它跃起身子愤怒地扑过来，咬住她的鼻子。她被惊醒了，依稀还听见它在叫。仔细一想，她才知道是自己在做梦。又重新睡下了。梦中有看见自己在一条没有尽头的大路上走。忽然，她看见路当中有一只农民用的被人丢下的篮子，这篮子令她感到恐怖。然而好奇心促使她还是揭开了盖子，于是潜伏在篮子里的皮埃洛咬住她的手一直不放。最后，她惊慌失措地逃走了，那只紧紧咬住他的狗却挂在她的胳膊上。

天亮的时候，她醒了，几乎要崩溃了。最后，她跑到那个肥泥坑的边儿上去。

她听见那小狗依然叫着，它应该叫了整整一夜。她开始哭泣了，并且用许多温存的话语安慰它。它也用狗的种种抑扬顿挫的柔和声音回应着她。这样一来，她想要回它了。她向它许了一个愿望，那就是答应让它无忧无虑直到死亡。

她跑到了那个以取肥泥为专业的掏井工人的家里，对他说起这个想法。那汉子一言不说发地静听着。等到她说完的时候，他说："您想您的狗？这要四个法郎呢。"

她吃了一惊，她的同情心一下子都被吓跑了。"四个法郎！会撑死您的！"

他回答道：

"做这件事，我必须携带绳子和手摇轮盘架子的，而且我的孩子要同到那儿去布置的。下去之后，我还得防着您那条倒霉的狗来咬我。如果您知道我那么难办，之前您就不该扔它下去的。"

她还是舍不得那四个法郎！她没有回答就走开了

回到家里，她就把罗斯叫过来，又把掏井工人的要价告诉了她。罗斯一向是肯忍耐的，但是也说："太太，四个法郎！有些太多了哦！"

随后，罗斯接着说道："如果给它食物吃，它就不会死掉了，那样可以吗？"勒沛弗太太很高兴地认为这个办法可以，她们带着一大块抹了奶油的面包又动身了去那里了。

在那里，她们把面包切成很小的片儿，一片一片地扔到坑里，一面轮流对皮埃洛说着歉意的话。那只狗吃完了一片，便又叫着讨另一片。第二天，她们又去了。以后天天都是这样，但是她们每天只有时间去一趟。

有一天早上，她们刚把第一片面包扔下去，忽然听见坑里有大狗的叫声。有人又扔了一条大狗！罗斯喊着："皮埃洛！"于是皮埃洛叫起来。她们开始扔食物了，不过这次，她们都清清楚楚地听见了一阵可怕的争夺食物的打斗，接着就是皮埃洛的许多哀鸣。它被它的同伴咬了。那力气很大的家伙抢走了皮埃洛的食物。

于是，她们两个费了气力喊着："这个是给你的，皮埃洛！"可是皮埃洛显然是没有吃到。两个不知道该怎么做的妇人面面相觑了。

最后，勒沛弗太太用非常生气的语气说道："我可不能喂一条别人扔在这里的狗。不会再扔东西下去了。"

最后，想到很多的狗用掉了她的生活费用，她心疼得一句话都说不出来。想到这里，她把剩下的面包塞在包里，就走开了。而且，她自己吃掉了剩下的面包。罗斯在后面紧紧跟着她，不住地用自己的围裙擦着已经哭红了的眼睛。

月　光

马里尼昂①长老的名字是法国的一场战役的名称，他也的确配得上用它做姓的。他是一个消瘦而笃信宗教的神父，性情火爆，却正直不阿。他信仰坚贞，从不动摇。他真诚地自以为自己认识了上帝，窥透了上帝的各种计划、意志、目的。

在那所乡下礼堂的树荫小径上悠闲地散步时，偶尔，他的头脑里会蹦出一些问题，比如："上帝为什么造了这世界？"

于是，他开始执着地寻觅答案，站在上帝的角度设身处地想，结果他想到了答案。世界上，有些人在一种虔诚的谦逊状态中，大都要喃喃自语地说："上帝，我的主，你的计划是深不可测的!"而他却不这样做。他想的是："我是上帝的仆人，我应当知道他为什么那样做事。如果不知道，我也要去寻找。"

他认为无论什么事物的存在都是绝对必要和被赞赏的，种种的"为什么"和种种的"因为"素来彼此相随而来。朝霞是为了叫醒熟睡的人，阳光是为了禾苗的成熟，雨露是为了禾苗的滋润，黄昏是为了即将而来的休息，而黑夜来临是为了彻底的放松。

农事的种种需要对应四季的寒暑冷暖。这神甫一直坚定的认为自然是有规律的，也就是绝没有怀疑到一切有生命的东西都要服从时代和环境，以及物质的必然实在性。

他由于本能作用不自觉地恨女人，看不起女人。他时常复述基督的话："女人，在你和我之间，是否有相同的处所？"最后，他还会加上一句自己的话："可以说上帝自己也不满意于这样的作品。"

---

① 马里尼昂：意大利村庄马里尼亚诺的法国名称。法国法兰西一世首次出征意大利在马里尼亚诺村附近交战，并取得胜利。

在他看来，女人比诗人所谈的孩子还要"十二倍不洁"①。她诱惑了人类的始祖亚当，还拖累了他，并且使得人类永远被逐出乐园。女人真是柔弱、危险、不可捉摸地扰乱人智的生物。并且，他憎恨她们那种与生俱来具有温情的灵魂，特别憎恨她们沉沦的肉体。

他常常觉得她们向他表示温和爱慕，但是他知道自己是绝不会动心的，不过他却痛恨她们身上那种整日蠢蠢欲动的恋爱要求。在他看来，上帝造女人无非是为了诱惑男人和考验男人的。所以不带着戒备的心理以及因为陷阱而做好准备还是不要接近她们。事实上，他认为女人那向男人张开的嘴唇和伸出的双臂简直就是陷阱。

仅仅对于那些信仰宗教而变成没有女性气质的女神甫，他才存宽大之心。不过他却一样提防着她们。因为他以为尽管她是一个神甫，在她们那颗锁住了的、受了委屈的内心深处，向男人期望得到的永恒的温和亲爱，始终是活跃的。

他觉得在她们被信仰滋润的目光中，在她们那种以异性的身份来参加的对上帝的膜拜里，在她们对于基督而施的感激里都有亲爱的泛滥。女性的爱情，肉体的爱情这些都会让他生气。就是在她们遇到他用强硬态度对待而溢出的泪水中，在她们低垂的眼睛里，在她们和他说话而用的和婉的声音里，都有该被咒骂的温情存在。

并且，每逢他拿着道袍从女修道院的门里出来，就迈开了大步急急走，如同躲避危险一样。

他有一个外甥女儿，她是美貌的，天真的。她和她的母亲同住在邻近一所小房子里。他一心指望她能够做一个服务于慈善事业的童贞女。

每逢这位神甫对她进行教育，她就笑个不停。而这时他就向她发火，她就热烈地拥抱他，紧紧地箍住他，于是他便受到侮辱一般地极力设法来挣脱这样的包围。然而他却在这样的包围中尝到了一种甜美的愉悦，唤醒了他男人心里沉睡了的父性感觉。

有时，他会带着她在田地里的小路上散步，一面对她讲他的上帝。她只去望望天色和花草，几乎不听他的话，眼光里显然流露出一种由于热爱生活而起的幸福。有时候她为了追赶一个飞虫儿，她就追逐它去了，随后把虫儿带回来一边喊着："看呀，舅舅，它太好看了，我很想吻它一下。"神甫被这种想和蜜蜂儿或者花苞儿吻一下的热望激怒了。原来他又从这些行为中发现了这个不能出去的温情总要在所有女人的心里萌发出来。

---

① 这句话是 19 世纪法国诗人维尼著作中的一个诗句。

后来的一天，教堂里看守法器的职员的妻子，替马里尼昂神甫管家务的一个女人，悄悄地告诉他，他的外甥女有了一个情人。

当时，他正在家里刮胡子。听见那句话，他觉得自己的教育是失败的，他板着那张涂满了肥皂的脸好半天一动不动。等到他的心明白过来的时候，他就嚷道："这不可能是真的，你在骗我！"

但是，那个乡下女人把自己的手捂在胸前："哦，上帝应当审判我是不是说假话，神甫先生。我告诉您，每天晚上，她等您姐姐一睡了觉便去找他。他们总在河边上会面。您只要在 10 - 12 之间去看一看，就知道我说的是不是真的了。"

他刮了一半的脸，躁动不安地在屋里来回走着，像是他平常有重大的思虑时所做的动作一样。后来，他继续刮胡子的时候，在脸上划破了三处。

一整天他满肚子的怒气，一直缄口不言。他作为神甫对这种不可阻挡遏制的爱情应该生气。此外，他又是道义上的家长、保护人和精神指导者，而女孩子欺骗了他，玩弄了他，所以他的暴怒似乎更合情合理。此时的他被气得说不出话来，正是父母遇到女儿不让家长参与又不规劝，自己却宣布选择了配偶时一样的事情。

吃过晚饭，他计划看会儿书，但他越想越气，书也没能看完。到了十点钟刚过，他拿了他的一根粗大的榆木手杖，这根手杖是他在夜里去看病人必定带着防身的粗棍子。还用他那只粗大结实的手掌拿起粗棍子像风车儿一般抡了几下。他猛然拎起了它，下狠劲地用它敲着一把椅子。那椅子的靠背开了缝，被他弄坏倒在了地板上。

他把门拉开要到外面去，但是走到檐前他又不由自主地停住了脚步。他吃惊地看见了那片几乎从没有见过的美丽的月色。

他似乎生来就有一种容易被激发的感慨，一种古代教会里的梦想派的诗人应有的聪明。这时候，他突然觉得这片美妙的美景让自己动不了。

小园子里被清辉浸透。小路上成行的果树映出那些刚刚长出绿叶子的枝干的纤弱影子。那丛攀到他住宅墙上的肥大的金银花藤，散发出一阵阵的美妙的清气，使一种温馨的情感在这月明寂静的夜色里漂浮四散。

他如同醉汉饮酒一般深深地呼吸着空气。他从容地信步没有方向向前走去，心旷神怡，几乎忘了他的外甥女儿。

走到了田地里，他停住了脚步，欣赏这幅被明空夜色的大自然的情趣所浸润的平原，温情脉脉的月光笼罩着平原。这时，成群的蟾蜍不停地对着月亮吟唱短促而响亮的音调，远处的夜莺也唱出它们那使人动情的银铃般的美妙音乐，这天籁诠释着诱人的月色。所有的一切，就像是为了拥抱亲吻而奏出的交响曲。

神甫这时候又向前走了，他的心里没有刚才那样意志坚强了，不知道如何办好。他觉得自己陡然间像沉入海底一样了。他竟想坐下来，竟想留在那里不动，竟想从上帝的作品里去认识去赞美上帝。

远处，一大片白杨树随着小溪的曲折也蜿蜒地生长着。一层被月光穿过的并被染上月色而发光的白色水蒸气，在河岸上空和周围悬浮着，一层轻而透明的棉絮样的雾霭遮住了溪水的回流。

神甫再一次停住自己的脚步，一阵越来越扩大且无法抵抗的温柔的感觉闯进了他的心灵。

一种疑虑，一种说不清楚的不安侵入他的心。他觉得，自己心上显出一个问题，这问题就是他时常问自己的那些问题中的一个。

上帝从前为什么造了这个世界？既然夜是注定留给睡眠用的，给停止思想用的，给放松身体用的，让人把一切忘切用的，为什么又让它比白昼更有深意，比黎明和黄昏更柔和？强烈的日光对于过于微妙过于难以捉摸的事物不相宜，而为什么偏偏是这个态度从容使人感到诱惑而且比太阳富于诗意的月球，竟像是被上帝派来小心翼翼地传达这些事物的使者？

为什么那些最善于歌唱的鸟儿，偏偏在这种朦胧的阴影里歌唱？不像其余那些鸟一样到了夜晚就安息？

为什么有这种半明半暗的薄暮投在世间，为什么有心灵的感动、身体的疲劳、心弦的波动？

既然人到夜里都是闭着眼睛什么也看不到，为什么又有这种不愿被世人见识的诱惑人的东西存在？这幅无法形容的景物，这种从天上投到地下的无边诗境，究竟是为谁而设的？

神甫实在是不明白了。

但是，在远远的草滩的边上，他看见在那些罩在发光薄霭里的树丛底下，有两个并肩而行的人影儿渐渐地清晰了。

那个高大的男的搂着他旁边女人的脖子，并且，他偶然还会吻一吻她的额头。现在那幅罩着他们如同为祝贺他们的本来是静止的仙境般的景物突然由于他们而充满灵气。他们两人像是一个整体的生命，听从天意来享受这个静悄悄的夜景的生命。他们向着神父坦然地走过来了，俨然是上帝对神甫的疑问而投下来的答案啊！

神甫站着不能动弹，他的心脏跳得飞快，神经也感到很彷徨。他相信看见的《圣经》上的事迹——同路得和波阿司①的恋爱，他们是上帝的意旨在现实中的实现。

于是，《雅歌》②中烈火样的呼声，肉体的召唤，那部耀眼的温柔诗集的全部热烈篇章，都开始在他的头脑中间轰鸣了。

他对自己说："上帝也许是用这理想世界为人类的爱情做掩护，才制造了这迷人的月夜。"

他看着那一对边走边吻的人开始向后退却了。但那确实是他的外甥女儿。于是，他问自己："他是否要违背上帝？上帝明显地用一幅如此清幽的美景去掩饰爱情，难道，他还要不容许爱情存在吗？"

他开始精神恍惚，甚至是有些羞愧不忍。于是，他逃一样的扭头就走，像是误闯入了一所他不应当进去的异教庙宇，他必须马上离开一样。

蜚蜚小姐③

普鲁士的少校营长、法勒斯倍伯爵看完了他收到的文书，歪着身子靠在太师椅里，椅子里有用壁衣材料制作的靠垫，翘着两只穿着长筒马靴的脚，搭在壁炉台子上，台子是用漂亮大理石堆砌成的。自从他们占住雨韦古堡三个月以来，马靴上的马刺每天总把它刮坏一点点，日积月累已经成了两个深洞。

一张独脚的圆桌子上放着一杯热气腾腾的咖啡。桌面子是按照嵌镶着精巧图案，现在却被甜味烧酒留下了斑点，被雪茄烟烧出了焦痕，又被这个占领军官长用小刀在上面划了许多数字和花纹，由于他有时也拿着小刀去削铅笔，然而削完之后，他就了无意趣地拿起小刀在桌面子上乱画。

这一天，他看完了书信，又浏览了那些由他营里的通信中士刚才送来的德文报纸。他就站起来，把三四块湿木头扔在壁炉里，那都是他们为了烤火特地从古堡的园子里砍伐下来的，然后，他走到了窗边。

大雨像瓢泼似的下着，那是诺曼第特有的大雨。简直可以说那是由天河的水开了闸泼下来的，它斜射着，密得像是一幅帷幕，形成一道显出无数斜

① 《圣经》故事中的人物，详见《旧约·路得记》。
② 《雅歌》：《旧约》中的一卷，共八章，采用诗歌体裁，表达男女双方热恋的心情。
③ 本篇首次发表于1882年3月23日的《吉尔·布拉斯报》，作者署名"莫弗里涅斯"，同年收入同名中短篇小说集。

纹的雨墙。它淹没着，迸射着，浸泡着一切。里昂一带一向被人称为法国尿盆儿，现在这种雨真的是那一种雨。

窗外是那片被雨水淹没了的草地和远处那条早已漫过堤面的昂代勒河。军官用手指在窗子的玻璃上如同敲鼓似的轻轻敲出一段莱茵河的华尔兹舞曲。此时，一阵响声使他转过头来，原来是上尉的副营长开尔韦因石泰因子爵。

少校据说他是一个正直而且勇敢的人，他留着一嘴扇形般的长髯、肩膀很宽，个头很大。他有一种大人物的威严神采，使人联想到一只戎装的孔雀，一只可以把展开的长尾挂在自己下巴上的孔雀。他蓝色的眼睛深沉而柔和，脸上留下一道普奥战役留给他的刀痕。

上尉是个矮胖子，满面红光的，腰带捆得很紧，火红色的胡子几乎只剩下胡子的根须，在特定的光线下，甚至让人以为他的脸上擦过了磷质。因为某一次欢乐之夜他自己也不知道地失去了两颗门牙，使得他说起话来容易走风，别人听不大清楚了。他虽然秃顶，但显然是个行过剃发礼的宗教师，因为除了秃了顶门上那一部分，其余头上的皮肤的四周全是金黄色油亮的鬈起来的短头发。

少校和男爵握手后，将刚才那杯咖啡一饮而尽（从早上算起已是第六杯了）。他一面听属下报告勤务上发生的事情，一面走近窗口与下属共同赏起了外面的美景。少校原是个内向的人，家里有妻小，是个嘴快的人。但是男爵上尉就相反，他是个爱动，喜欢寻乐的人，爱走歪门邪道，喜欢追逐女人。而这三个月以来，他一直被人关在这个孤立的据点里强制性执行着清规戒律，弄得是满腹的牢骚。

一阵敲门声。少校说"请进"，那是他们的一个部下——一个机动灵活，傀儡似的小兵出现在门口。而这就可说明午饭已经准备好了。

三个军阶较低的军官早在餐厅里等候着了，他们是：倭妥·格洛斯林中尉，弗利茨·硕因瑙堡少尉，和威廉·艾力克侯爵。那侯爵矮个儿，浅黄头发，自负而且粗鲁，对于战败者则凶残而且暴烈，就像是火药桶。

自从进入法国后，男爵的那些朋友都只用法语叫他蜚蜚小姐。他之所以被这样叫是因为姿态倜傥，腰身细巧，就像是长了一副女人用的腰甲；脸色苍白而仅有稀疏的髭须影子；待人接物的姿态就是为了显示自己蔑视一切的清高，他随时用那种轻轻吹哨子般的声音讲出一句法国语："蜚蜚"。

雨韦古堡的餐厅本是一间长方形的金碧辉煌的屋子，但是现在，它那些用古代玻璃砖制成的镜子裂成了许多星状，那是被子弹打出的裂痕，它那些高大的弗兰德尔特产的壁衣都被军刀划成了许多破布条挂在各处。那正是蜚蜚小姐在了无事事的时候的杰作。

古堡墙上挂着三幅家传的人像：一副是身披铁甲的战士，一副是红袍主教，另一副是高级法院院长，他们嘴里都叼着一支长杆的瓷烟斗。此外，在一个年代过久的褪色的泥金框子里有一个紧束胸部的贵族夫人，正傲气凌人地滑稽地翘着两大撇用木炭画出来的髭须。

军官们在那间饱受摧残的屋子安静地吃着午饭。外面的暴雨也使得屋子更加看不清楚，内部的那种过时的装饰衬托的屋子更加凄惨。铺在屋里的用桃花心木做成的古老地板竟然像小酒店里泥地一样污浊。

他们吃完饭后在吸烟的时间又喝起酒来。每天在此时里，他们必然会反复地讨论他们的郁闷和无聊。许多瓶白兰地和甜味烧酒在每个人的手里不停地来回传递。他们都是拿着杯子半个身子斜躺在椅子上，慢慢地喝。同时他们嘴角上依然都衔着一支德国烟斗，烟斗的杆子长而曲，头上安着一个蛋形的瓷质烟锅，画得花花绿绿就完全像为了诱惑霍屯督人①一样。

他们的酒杯一空，就会再次被温柔地把它斟满。但是萤萤小姐常常随意砸破自己的杯子，当然马上就有一个小兵另外送一个新的给他。

辛辣的烟雾充斥着房间，他们仿佛都很享受这种烟雾中，在一种困乏和愁苦的醉意里，深陷在那种无所事事的郁闷里。

那位男爵上尉突然站起来，难以控制怒气地恶狠狠骂着："活见鬼，不能这样持续下去，应当找一点儿事来做。"倭妥中尉和弗利茨少尉本是两个非常典型的日耳曼民族体态的人，这时候一起应和道："有什么可做的呢？我的上尉。"上尉思索了三五秒钟，随后说道："哦，什么！如果少校同意的话，我们应当组织一场欢乐的聚会。那么觉得呢？"

少校拿开了嘴里的烟斗问："什么样的欢乐聚会，上尉？"男爵说："我的少校，一切我来负责。我这就派'义务兵'往里昂去给我们带几位女宾客过来，我知道什么地方能找得到，我们在这里预备一顿晚宴，这里什么都有，多少可以办一个像样的晚会。"法勒斯倍伯爵微笑地耸了一下肩膀说："您真是异想天开，朋友。"但是军官们全都似乎很感兴趣，他们围住少校向他恳求："请您让副少尉去办吧，营长，这儿真是闷死人了。"

少校终于答应了："可以。"于是男爵立刻派人叫了"义务兵"来，"义务兵"是谁也没有看见他笑过年纪较大的上士，但是他总是能很好地完成上级给他的任何性质的任务，他都能出人意外地完成。

义务兵不慌不忙地接受了男爵的任务，然后他出去了。五分钟以后，暴雨中，一辆由四匹马拉着的罩着直墙圆顶的油布篷子的军用马车飞一样的

---

① 霍屯督人：南非和纳米比亚西部的一个民族。

闪过。

那时，每个人的内心好像都产生了久旱逢雨的波动。人们变得很有生气，振作起来的样子，脸上也都有了神采，他们开始畅快地谈话了。

外面的雨依然很大，但是少校却坚定的说天色没有以前那么阴晦，倭妥中尉信心十足地说天气快要晴了。蜚蜚小姐也好像坐不住了，"她"那双闪烁而冷酷的眼睛正在寻找什么来让"她"破坏。忽然间，"她"盯住了那个翘着两撇髭须的滑稽的女子画像，便拔出身上的手枪说道："你就会什么也看不见了。"说完没有离开座位就对她瞄准射击了，两粒子弹随即打穿了那幅人像的两只眼睛。

随后"她"无所事事地说着："我们来演放地雷吧！"

这句话如同一种新奇有力的乐子把大家的注意力转移了，谈话突然停止了。放地雷，那是"她"的发明，"她"的破坏方法，"她"最钟爱的娱乐方式。

古堡的以前的主人古斐尔南·阿木伊·雨韦伯爵，在离开古堡时，除了把银餐具塞在一个墙洞儿中间以外，还有一些东西没有来得及带走，也没有来得及藏起来。他那间和餐厅相通的大客厅原是很辉煌很奢华的，在没有仓促逃难前，那一间陈列室简直像个博物馆里。许多价值连城的油画和水彩画悬挂在墙上，家具上面，架子上面和精致的玻璃柜子里，也摆满了成百上千的古玩。料器、雕像、萨克斯的瓷像、中国的瓷人、古代的象牙物件、威尼斯的玻璃器具，这些稀世珍宝就毫无遮拦地满满地充塞了那间宽大的客厅。

现在，那些东西所剩无几了。但是并非被人掠夺了，因为少校法勒斯倍伯爵绝不容许那种行为。不过蜚蜚小姐不时玩乐放"地雷"，而所有的军官在演放的那一天也都享受到了五分钟怪异的快乐。

那个矮小的侯爵到客厅里去搜寻他想要的东西。他拿了一把很精致的洛思款式的中国茶壶出来，壶里装满着火药，并且小心地在壶嘴子里装了一条长的引线。他哆嗦着点燃了它，然后将这件即将被破坏的古玩赶忙送到隔壁那间屋子。

他很快地跑回来，关上了门。所有的德国人都条件反射一般地站起来等着，一种幼稚的好奇心使得他们脸上都呈现出了不宜觉察的笑容。那座古堡被爆炸的力量摇动着，德国人赶忙一同跑向客厅。

蜚蜚小姐最先走了进去，"她"站在一座脑袋被炸断了的维纳斯瓷像前疯狂地拍手祝贺。随后每一个军官都拾起一些碎瓷片儿，赏析地看着碎片上少见的断口，检查这一次的成果，而且为了显示这次"放地雷"的战绩否认某些破坏是上一次爆炸的战果。少校摆出家长的样子，像检阅军队一样检阅这间被尼禄①式的霰弹所破坏宽大的客厅洒满了的艺术品的残骸。他一面从客厅出来,一面用和蔼的态度趾高气扬地说道:"这一次的成绩真是大啊。"

很浓的硝烟味道和烟草味混合在一块儿,整个饭厅无法使人呼吸。营长把窗子打开,在餐厅喝最后一杯白兰地的军官都走到了他身边。

窗户外面潮湿的空气涌入餐厅,胡须上的灰尘立刻蒙上了一层细水珠儿和一阵河水上涨的气味。他们远望着那些被暴雨打击的大树,那条横亘在低云中间的宽大河谷,以及那遥远的像是一支灰色长锥一样伫立在风暴里的礼堂钟楼。

普鲁士人侵占了以后,那钟楼一直是沉默的。它的沉默好像是侵略者在这一带遇到的最为坚固的抵抗。礼堂的堂长从不拒绝普鲁士人在堂里的住宿和饮食。敌军的营长也通常视他为一个善意的中间人,他甚至曾陪营长喝过好几次啤酒或者葡萄酒。不过若是要请他照往常一样按时敲钟,即使只一次,他也不肯答应,这是他本人反对侵略的抗议方式,和平、沉默地抗议。营长说教士是性情好的人而不愿动武的,只有这方法才和教士相配。所以在周围十法里地,人人都赞扬他的坚定,商大樊长老的英雄主义。他敢于担当国难,用他那所礼堂的顽强沉默来哀悼国难。

整个村子被这种抵抗所鼓舞,决定不惜一切代价来坚决支持他们这位堂长,因为这种英勇的抗议是对于民族荣誉的捍卫。这样做的农民觉得自己对祖国的贡献胜过斯忒拉斯堡和倍勒伏尔②两个地方,认为自己也可以成为榜样,认为自己村庄的名字会因此永垂不朽。除此以外,他们对于战胜者普鲁士人的无理要求是什么都不拒绝的。

营长和他部下的军官们都对这种无关紧要的勇气一笑置之,并且在他们的眼里当地的所有农民表现得良好而顺从,他们也都无视那种无声的爱国抗议,仅仅只有威廉·艾力克侯爵特别想用强暴手段要敲响礼拜堂的钟。他感到气愤,因为上级对教士采取了忍让的态度,每天他都央求少校让他去叮咚敲一回,虽然为了取笑一下子也要敲一回。请求的时候,他就像一只妩媚的猫的似的,充满了女性的娇柔,甚至发出一种情妇式被欲望占据的柔妙声音。但是少校却不理睬。于是蜚蜚小姐为了安慰自己,就只能在雨韦古堡里演放"地雷"了。

他们五个人向着窗外呼吸着泥土被湿润之后的空气,好久没有动一下。中尉弗利茨发出一种低沉的笑声,说道:"到这儿来,姑娘们,一定是遇不到好天气的。"说完他们就各自去做事了,而上尉则忙来忙去地准备晚上的

---

① 尼禄(公元37—68):古罗马皇帝,以暴虐出名。
② 法国东北部地名,普法战争时军曾在这两处英勇抵抗抗普鲁士入侵者。

宴会。

傍晚再见到他们的时候，真是像大检查一样，整齐的打扮，头上都擦了油又洒了香水，看上去神采奕奕，彼此见面互望并微笑。少校的头发也好像突然之间变了，没有早上那么花白，上尉也刮过了脸，只是在鼻子下留了一小撮火焰样的髭须。

虽然外面下着雨，但窗子开着，而且总有人不时走到窗子前去听。到了六点十分的时候，男爵报告说听到远处传来一阵隆隆的声音。大家都涌向窗户，一辆大马车不久出现了。这四匹脊梁上全是泥的马因在路上飞驰喘着粗气，浑身汗气蒸腾。

五位经过上尉的一个伙伴仔细挑选的美貌姑娘在台阶前面下车。这个伙伴是"义务兵"带了一张上尉的名片才找来的。

这些妇人都很愿意来到这里，因为她们都相信自己赚上一大笔。此外根据她们三个月以来的亲身经历，她们是深知普鲁士人的本性，所以只要把男人看作物品就可以让她们觉得这是职业所要求的。这毫无疑问是为了应对那种未泯良心对自己的暗暗责问。

人们簇拥着走进了餐厅，餐厅灯火通明，这样更映反衬出被毁损情形的可怜，进而显得它更加凄凉。桌上满是各种肉质食品，华美的杯盘碗碟和从墙洞子搜出来的那些被古堡主人藏好的银质餐具，衬托出餐厅更像一家黑店，就像是打家劫舍的在抢劫以后同到店里进行饕餮的情景。

那些女人笑容满面地迎着上尉，他霸占着她们，把她们当成一种玩乐的事物看待，品评她们，亲吻她们，嗅她们，评估这些她们的身价。那三个年轻人正想各自留下一个时，上尉倚仗权威反对起来，主张应该按照官阶来做公正的分配，因为只有这样才可以不损害阶级制度。

于是，为了避免发生争吵，辩解和由于偏心而引起的怀恨在心，上尉把那五个妇人按照身材高矮排成一个行列，然后就用质问的声调问那个最高的姑娘："你叫什么名字？"她提高着声音回答："葩枚拉。"

接着上尉喊道："第一名葩枚拉归营长。"

随后他搂抱了白隆婷，显示自己的主人翁地位，把肥胖的阿孟姐分给中尉倭妥，西红柿艾佛分给中尉弗利茨。剩下来的是最矮小的乐石儿，她是一个很年轻的栗色头发的犹太女子，眼睛黑得像无底的黑洞，弯弯的鼻梁是上帝把鹰钩鼻子配给犹太民族的见证。上尉把她分配给了军官中那个最年轻的，身体不算结实的威廉·艾力克侯爵。

她们没有什么明显的不同，全都美丽而且过于丰满。因为官办妓院的共同生活以及每天的卖笑生涯，她们的姿态和皮肤差不多完全相同。

　　三个少年人想要立刻带他们的那几个女人走，借口说要用刷子和肥皂给她们清洁一下。但是上尉看出借口地拒绝了这个办法，他说请来的都是够清洁的，而且如果在上下楼的时候更换了伴侣的就会打乱其余的配偶。他的经验得到了证实，餐厅里真的是发生了很多次的接吻，在等候之中的迫不及待的接吻。

　　乐石儿忽然咳得很厉害，连眼泪来都出来了，喘不过气，鼻孔里还喷出了一点儿烟。原来侯爵以和她接吻为借口，对着她嘴里吹了一股烟。她一个字也不说，不过从黑溜溜的眼睛里迸射出的怒火似乎灼烧着她这个主人。

　　吃饭的时候，营长好像也很兴奋，他右手拉着葩枚拉，左手拉着白隆婷，在铺开餐巾的时候，他高声道："真是个绝好的建议，我为什么没有想到？上尉。"

　　倭妥和弗利茨两个中尉都是很绅士的，似乎在陪着上流社会的女士，但同坐的女人因为他们这样反而感到有点不好意思。但是开尔韦因石泰因子爵完全显现出了本性，异常兴奋地说了许多下流和粗俗的话，仿佛他那红色头发也着了火一样。他用莱茵河流域的法语来献殷勤，从他门牙的缺口喷出来的小酒店样式的赞扬夹在唾沫星儿中喷到了姑娘们的脸上。

　　然而，姑娘们听不明白他说了什么，她们的聪明在他说出一堆堆的猥亵言辞的时候，讲出一句句被他的乡音丑化的刺耳成语的时候才体现了出来。她们一起如同傻瓜一样开始大声地笑，故意倒在她们旁边的男人身上，甚至说着那些故意曲解的成语，只为了迎合子爵们的意图。

　　她们随意地就和他们一样口出淫秽的语言，最初的葡萄酒已经让她们醉了。她们显露了本来面目，展开了原有的派头，左右各个地吻着那些髭须，捏着旁人的手臂，发出种种刺耳的娇嗔，还随意乱拿别人的酒杯，唱着法国歌曲和几段由于交际而学到的日耳曼歌曲。

　　那些男人们受到这种触手可及的女人肉体的诱惑，不久也都疯狂起来。他们大声嚷嚷着，打碎好些餐具。同时，许多表情木讷的小兵伺候着他们木头一样的直立在他们的身后，这时候也只有那位营长多少还能保留一点儿体统。

　　蚩蚩小姐拥着乐石儿坐在膝头上，让人看不出来地兴奋着。有时候，他如同发狂了似的吻着她脖子上卷起来的那些漆黑的头发，从她的衣裳和皮肤之间感受她的温润的体温，嗅着她身上的香气。有时候，他在她怀里生气似的大喊，似乎是暴怒的野兽性，感觉存心要虐待她。他紧紧地用两只胳膊搂着她，紧得像是要把自己的身子和她的身子融合成一个。他长久地吻着那犹太女子的鲜润的红唇，几乎让她不能够呼吸。甚至他会很深地咬着她的嘴巴，痛苦的鲜血从年轻女子的下额滴落到她的衣服上。

她给自己处理那道伤口，直直地看着他，并且字字清晰说道："你是要付出代价的。"他笑了，是一种面临末日般的笑。"我将来一定付出代价。"他说。

已经到了饭后吃甜品水果的时候了，香槟酒已经斟满了。营长站了起来，举起杯子向他们的皇后奥古思姐恭祝圣安的说道：

"为祝福我们席上的高贵的女士们的健康而干杯！"

于是一连串恭贺的溢美之词从那些老兵式的和醉汉式的殷勤谄媚的歌颂之中流出。其中掺杂了好些低俗的诙谐，而且鉴于对语言的无知，更使其不堪入耳。

他们这些人接二连三地继续致辞，每一个人都穷极所有，搜肠刮肚，极力使自己变成有修养和文化的人。姑娘们由于酒精的作用，都醉得快要跌倒了，视线模糊，嘴唇发白，每次都疯狂地鼓掌和大声地喊叫。

上尉无疑想使这种酒肉的场面增加点情感的气氛，他突然高声说道："为我们爱情的美好而干杯！"

倭妥中尉原是长着黑森林当中的狗熊样的家伙。这时候，他乘着酒精的威力，醉醺醺地站起来，说出了醉后的爱国感。他高声嚷着道："恭祝我们在法国的胜利而干杯！"

她们全都醉了，没有人说话。只有乐石儿气得浑身发抖，站起来说道："你知道，我是认得法国军队的，如果他们在你面前，你不敢说这样的话。"

矮小的侯爵一直把她抱在膝头上，但是现在葡萄酒的力量使他口无遮拦了。他说："哈！哈！哈！是的，我从来没有见过法国军队。只要我们一出现，他们都逃跑了！"

那姑娘很愤怒，对着他的脸说道："你说谎，下流的东西！"他睁着那双亮晶晶的眼睛与她对望了一秒钟，像是先前固执地望着那幅被他用手枪射穿的油画那样。随后他爆发出了笑声："哈！好呀，那我们就谈谈他们吧，美人儿！倘若、如果他们是英勇的，我们怎么会来到这儿？"说到这儿他显然又亢奋起来："他们是我们的奴隶，法国是属于德意志的！"

乐石儿愤然推开了他，远远地坐到了自己的椅子上。侯爵站起来，举起了他的酒杯一直举到桌子中央，口里反复地说："法国是属于我们的，法国的人民、山脉、森林、田园、房屋，都是属于我们的！"

这句话忽然都触动了军人的兴奋情绪，那些大醉了的人在一种野蛮的兴奋情绪的激动下，一起举起杯子狂吼："普鲁士万岁！"然后都一口气干杯。

女人们没有抗议，害怕得不敢动。乐石儿也没有气力应对，一言不发。

矮小的侯爵把手里的杯子重新倒满了香槟，放肆地放在乐石儿的头上，高声嚷着："所有的法国的女人，也是属于我们的！"

乐石儿霍地站起来。那只杯子突然被顶翻，黄澄澄的酒如同举行洗礼般都倒在她的黑亮的头发上。杯子也顺势掉在地上，碎了。她抖着紫红的嘴唇眯缝眼睛望着那个始终丑陋的军官，接着用一种被怒气咽着的声音模糊地说："这种话……这种话……这种话不对。这算什么，你们得不到法国的女人。"

侯爵一下子坐下来，并且用浓重的德国音模仿巴黎人的音调："我的好人，你是很好的，可你究竟到这儿来干什么的，小姑娘？"

刚开始，她呆住了，她在慌张中间没有反应过来，所以没有回答。突然，一下子懂得了他的潜在意思，她恶狠狠地反驳道："我……我……我不是个女人，我是个妓女！普鲁士人得到的只能是这个而已！"

他在她还没有说完就啪地掴了她一个耳光。但是正当他重新举起手准备反手打她的时候，她在暴怒中从桌上抓起一把吃点心的银质小刀，以迅雷不及掩耳之势瞬间把小刀直挺挺地插到了他的脖子里，刚好插在喉头下面锁骨中间的空儿里。他还没有说完的话被小刀截断在咽喉里，他那瞪起的一双怕人的眼睛，似乎也被眼前的一切惊呆了，张开的嘴巴一动不动。

顿时屋子里的人慌乱地站起来，但是乐石儿把自己的椅子扔到了倭妥中尉的双腿中间，中尉被打倒，直挺挺地躺倒在地上。她迅速推开了窗子，在那些人还没有来得及抓着她以前就跳到屋外的黑暗中，消失在始终不停的雨中。

两分钟之后，蜚蜚小姐死了。这时候，弗利茨和倭妥都拔出刀来要杀死其他的他们膝头上的妇人。少校运用智慧和力量制止了那场屠杀，命令手下人把那四个吓坏了的女人关在一间屋子里，再派两个小兵保护着。接着他如同作战似的指挥他的部下，派出了追缉队去追缉在逃的姑娘，下令一定要擒获。五十名接到命令的小兵钻到古堡里的园子里去了。另外还有两百名助手搜索那个河谷里的所有的人家和所有的树林。

餐桌一下子变成了蜚蜚小姐的尸榻了。那四个立刻变得严肃的，酒醒了的军官站在窗子边，都显出执行任务时军人的铁面无私，也咒骂着窗外的夜色。

急流般的雨一直下。一片连续不断的雨幕笼罩了黑暗世界，落下来的水、流淌着的水、滴着的水和迸射着的水，组合成一片缥缈的模糊声响。

忽然一声枪响，随后很远的地方又一声枪响。在四小时之内，许多或远或近的枪声和集合归队的叫声，这些用硬颚音发出来如同召唤的古怪声音充塞天地。

天亮了，派出去的人都回来了。其中死了两个，伤了三个。都是因为他们自己人在夜晚追缉的慌乱和驱逐的狂热中没注意枪走火干出来的好事。

他们最终还是没有找着乐石儿。

河谷里的居民们这样一来被恐吓，房屋被损坏。所有的地方都被他们践踏过，搜寻过，翻转过，但那个犹太女子似乎连一丝影子都没有留下。

师长得知这件事情，下令要封锁这个事件，免得坏的榜样被整个部队知道，而且也惩罚纪律不严的营长，营长同样处罚了他的下属。师长狠狠地说："我们可不是为了娱乐和玩妓女而战争的。"处在盛怒之下的法勒斯倍伯爵决定在当地寻求报复。

伯爵应该找一个冠冕堂皇的理由来使报复不显得出师无名，他叫人把堂长，吩咐堂长在艾力克侯爵下葬的时候打钟表示哀悼。

出乎所有人的意料，那教士表示了遵从、谦卑、满腔的敬意。蜚蜚小姐的出殡日期到了，小兵们抬着"她"的尸体从雨韦古堡向着公墓走，荷枪实弹的小兵向前引路，防护在柩边和跟在后面，第一次，礼拜堂的钟发出它的哀悼声音却带着嘲弄和开心的意味，仿佛用友谊的目光注视着它，爱抚它一样。

从此以后每天傍晚它都会响起来，它似乎懂得人的意思奏出大钟小钟合奏的音乐。有时在夜间，它也自我陶醉的在黑影里摇摇晃晃从容不迫地响那么两三声，从心底里莫名其妙地高兴起来。是它醒了吧，到底什么原因，没有人知道。地方上的人们因此说它上面住着圣灵，于是除了堂长和管理祭器的职员两个人以外，谁也不敢到钟楼近边去。

事实上，钟楼上面住着一个可怜的女子，她在忧郁和孤寂中间过活，那两个人在暗地里养活着她。直到德意志人回到自己的家乡，她才获得了自由。某一天的傍晚，堂长借了面包店里的敞篷马车，把这个由他看守的女子一直亲自送到里昂的城门口。下车的时候，堂长拥抱了她一下，并且祝福她；她下了车，快步回到了妓院，那儿的女掌柜都原以为她早已死了。

不久，一个不拘成见的爱国人士敬佩她的英勇行动，把她从妓院里带出来，接下来的日子中他爱上了她，之后他们就结了婚，使她成了有主见的又有尊严的主妇。

衣　橱①

晚饭后，男人们聚在一起，除了夸夸其谈就是议论女人。

有一个人说：

"关于姑娘们的事情，我遇见过一件稀奇的故事。"

他随即讲述了这个故事。

去年冬天里的某天晚上，我忽然感到寂寞无聊的懒散意味，那是折磨人的，人的肉体和性灵被它撕扯。如果当时就那样不动，愁惨的情绪袭来时甚至会把我引上自杀之路。

我披上了外套逃似的出了家门，却没有了目的地。我沿着下坡路儿走到了城中心的热闹大街，沿着各处咖啡馆的门外闲逛。天正下雨，咖啡馆几乎全是空的。细细的雨丝纷飞，沾湿人的精神和衣服，它不是瀑布似的倒下来让路人气喘吁吁跑到屋檐下躲藏的倾盆大雨，而是一种使人看不清的毛毛细雨，在人无法察觉时对人飘过来，之后就在衣服上蒙着一层冰凉而有渗透力的苔藓样的水分。

本打算想找地方，消磨一两个小时时间，结果却第一次发现巴黎的夜晚竟没什么好玩的去处的。我向前走了一会儿，又退回来了。最后，我走进了牧羊女游乐场②，那个算得是姑娘们的游戏场。

大厅子里没多少人。那条蹄铁形散步长廊只有一些没几个钱的游客，我可以从他们的举止上、服装上、须发剪裁上、帽子上、皮肤的色泽上看得一清二楚。一个优雅得体的绅士那真很难遇见。至于姑娘们呢，那些可怕的姑娘们，容颜丑陋，无精打采，皮肤松弛，显出她们那种因为长时间做这样的工作而生的愚顽的轻蔑态度，她们大摇大摆地轻浮地走来走去，好像在猎取主顾似的。

我跟着她来到她住的殉教街一所大房子里。楼梯上的煤气灯已经熄了。我慢慢地爬上去，虽然连续地划燃一支蜡烛火柴，但是我的脚还是撞着梯级几乎跌倒，心里想着这是什么鬼地方，她走在前面，我听见她的衣裙的摩擦声音。

① 本篇首次发表于 1844 年 12 月 16 日的《吉尔·布拉斯报》，作者署名"莫弗里涅斯"；1886年收入短篇小说集《图瓦》。

② 牧羊女游乐场：巴黎的一座剧场。

她在五楼停住了，随手关上了和外面连接的门后，问道：

"你是要待到明天吗？"

"当然，你知道我们原先是这么商量好了的。"

"好，先生，我只是随便问一下。你在这儿等一分钟，我马上就转来的。"

我站在黑暗当中了听见她关好了两扇门，隐隐约约听到她说了几句话。我心里起疑，想着也须有一个有身份的人在她屋子里。不过我的拳头和腰杆儿都是强而有力的。我暗暗地想起："等会儿就知道是什么了。"我集中所有力量去细听。有人动作轻轻地，有人行走小心翼翼。随后另外一扇门打开了，我感觉又有人说话，不过声音很轻很轻。

她回来了，手里拿着一支燃烧的蜡烛。

"进来吧。"她说。

她的口气就是表示一种占有权。我进去了，穿过了一间很久没有用的饭厅，走进一间卧房，那正是一般姑娘们住的卧房，连家具出租的卧房，还带着几幅厚厚的幔子和一床染上可疑的斑斑点点的红绸子羽绒被盖。

她接着又说："亲爱的，随便坐吧。"

我用一种怀疑的目光扫视着她的屋子，没有什么异样的。她很快地脱下了衣衫，快得在我脱下外套以前，她已经到了床上。她笑笑："喂，难道你变成了木头人儿？快点儿吧！"我照她的样子做了，和她躺在一起了。

五分钟以后，我突然想起什么似的很想穿上衣裳走掉。但是，那种在家里困扰我的使人疲劳的懒散意味竟又袭上了我的心间，我没有任何行动的气力。在这个人人可睡的床上我虽感到恶心，身体却一动也没有动。

开始，我在那游戏场的灯光下面，原以为从这个尤物身上发现了不同于其他姑娘的滋味。而现在，我明白了那是我的一厢情愿。我拥在怀里的不过是个庸俗姑娘，和一般的庸俗姑娘丝毫没有什么两样，而且她那种并无感情却殷勤的吻夹杂着一股大蒜味儿。我开始和她谈天了。

"你在这儿住了多久了？"我说。

"快半年了。"

"你以前住在哪儿？"

"以前我住在克洛对勒街。不过那儿的看门的妇人找我麻烦，我就退了房子。"

接着，她就讲起一篇关于那个看门妇人的说不完的坏话，说她散布了很多谣言。但是我听见有些声音好像就在这个屋子里。开始，那是一声叹气，之后，是一些轻微的响声，不过都是很清晰的，如同这个人就坐在我的对面。

　　我不安地在床上坐起来，问："那是什么响声？"她用安详的语气答道："不用害怕，我的宝贝，那是隔壁的女人。隔板非常薄，所以我们听起来简直像在这儿一样。这种房子简直是纸板糊的，真糟糕。"

　　我懒散得不想理隔壁的事情，继续钻到了被子里。我们又开始谈天了。男人们每每受到对女人的愚笨的好奇心促使，要向这类的女人说说她们的初次遭遇，想揭开她们的初次堕落的幕布，就像是为了在一张污浊的丝绸上搜寻一种遥远的清白遗迹，如同为了哪怕是一句肺腑之言里去寻求她们从前的天真而贞洁的短暂回忆，努力使自己因为那种失实回忆而去爱她们。于是，我向她提出很多有关她头几个情人的问题。即便她是会说谎，那也没有什么关系。我也许能从那些欺骗中发现一件真实而且动人的事。

　　"哦，你得告诉我他是谁哦。"

　　"那是一个玩游艇的人，亲爱的。"

　　"哈！给我说说吧，你们在哪里认识的？"

　　"在阿让德伊。"

　　"你从前是做什么的？"

　　"我在一家饭店做女佣人。"

　　"在哪一家？"

　　"在淡水海洋馆。你知道吗？"

　　"当然，我去过的。"

　　"是的，就是那家。"

　　"那个游艇家他是怎样和你开始的？"

　　"我替他收拾床铺的时候，他强暴了我。"

　　突然，我的一个善于观察而且深明哲理的医生朋友出现在我的脑海中。他在某大医院服务多年，和他接触的全是身为人母的女人和名声不好的姑娘们。他知道可怜的女性在变成有钱的男性的丑恶欲望的牺牲品以后的一切羞耻和困苦。

　　"就是这样，"他告诉我，"一个女孩子往往是被一个和她阶级相同而且生活情形相似的男人带坏的。我有很多本关于这种例子的观察记录。大家指骂富人玷污民间女孩子的清白，那是不确切的。富人购买的是采下来扎好的花束！他们虽然也动手采摘，不过却是采那些在第二期开放的花。他们从不去剪第一期的。"

　　这样一想，看着这个女伴我就笑起来：

　　"哈。第一个和你相识的人并不是游艇家哦。"

　　"不！真的是他，我的宝贝，我对你发誓。"

"你说谎，宝贝。"

"噢！没有，我告诉你的是真的。"

"你说谎。赶快把真实事情都告诉我吧。"

她像是犹豫不决，看起来似乎在想我到底是什么样的人。

我接着问：

"我是个魔术师，我的美丽姑娘，我是个擅长催眠术的人。如果你告诉我事实真相，我就来催眠你，最后你的所有事情我都会知道。"

不出我所料，她的愚蠢使她害怕了，支吾着说：

"你怎样猜到的？"

我更加确定地说：

"快点说吧，宝贝。"

"唉！第一次吗，那根本不算什么。那一天正是那地方的纪念节。饭店里来了个临时帮忙的大掌勺的，亚历山大先生。他到了之后，想干什么就干什么。俨然像个国王，他指挥一切的人，甚至指挥老板夫妇。他是个英俊高大的人。他在他的炉灶跟前站着不动，一直嚷着：'赶快，要点儿奶油，要几个鸡蛋，要点儿葡萄酒。'然后别人必须马上跑着把那东西送给他，要不然他就生气，对人骂一些让妓女都羞得绯红的话。事情做完以后，他就站在门口抽烟。一天，我正捧着一大叠空盘子从他身边经过的时候，他就对我这么说道：'听着，宝贝儿，你来陪我到河边上走走，带我看看本地的风光吧！'我呢，像一个傻瓜似的和他向河边走去。我和他刚走到了岸边，他就欺负了我，我害怕的要命，而且他的动作快得简直使我没有来得及知道他想干什么。最后，他搭上晚上 9 点的火车走了。以后我再也没有见过他。"

我问：

"全都在这里吗？"

她支支吾吾地说：

"嗯，我相信弗朗丹是属于他的。"

"弗朗丹，他是谁呀？"

"是我的儿子！"

"啊！很好。后来你又使那个游艇家充当了弗朗丹的父亲，是不是？"

"那还用说！"

"就因为他是个富有的游艇家？"

"是的，他留下了一份产业给弗洛朗，每年有三百法郎的利息。"

我慢慢地产生了兴趣。仍旧追问下去：

"很好，我的姑娘，这很好。你们居然全都不像旁人猜测的那么笨，反而很是聪明。弗朗丹现在几岁了?"

她回答说:

"他 12 岁了。"

"就这样,自从那一次以后,你就乖乖做你这个行业?"

她叹气了,用无常的口吻说:

"不这样,那又能怎么办呢……"

但是,忽然有一声大的动静,让我一下子从床上跳起来。那声音是从卧房里发出来的,夹杂着双手在墙上摸索的声音,是一个人跌到地上又爬起来的动静。我端起蜡烛向四周惊慌地张望了一圈,又害怕又生气。她也坐起来了,拉着我不要动,一面低声慢气地说:

"这没有关系的,我的宝贝,我向你保证根本没什么人在那里。"

不过,这次我已经弄明白了那种奇异声音是从哪边来的了。我快步走向一扇被我们床头遮住的门,紧接着突然拉开了它……于是我看见了一个可怜的小男孩儿。那是个面色苍白体形瘦弱的男孩子,他正坐在一把大的麦秸靠垫椅子旁边浑身发抖,一双受了惊的亮晶晶的眼睛睁得大大得望着我。显然,他刚才从椅子上落到了地下。

他一下看见了我就哭起来,张开两只手臂对他的母亲说:"不要骂我,不是我的过错,妈妈,这不是我的错。开始我睡着了,后来就掉了下来。不过,我发誓不是故意的,这不是我的错。"

我转过身来望着身后的那个女人。我感到自己受到嘲弄一样的生气地说:"这究竟是怎么一回事?"

她好像有些难为情,而且她心里也很难过。她用一种颤巍巍的声音对我说:"我没有钱叫他在外边寄宿,我只好把他留在身边。你让我有什么办法?没有钱多租一间屋子,上帝。我没有人的时候,他就和我一块儿睡。若是有人在这儿来住一两个小时,我就只好把他安排在壁橱里安安静静地待着,他知道应该那么做。不过若是有人整夜住在这儿,就像你一样,他时常只能在椅子上睡觉。但是他的腰会很痛,谁让这个可怜的孩子腰痛的呢……当然,那也不是他的过错……我真想让你们去感受一下……在一把椅子上睡一人……谁都能体会到那种滋味的……"

她生气了,一边说声音越来越大,很生气的样子。

孩子始终哭着,一个营养不良而眼神充满胆怯的孩子,寒冷阴晦的壁橱里的孩子。他只能偶然回到那张暂时空着的床上,去享受一点点温暖。看到和听到这一切,我真的很想大哭一场。

最后,我付了钱,对那妇人极为礼貌地说了再见,就回家去了。

项　链

　　世上总有这样一些女子，她们是美丽迷人的女子，却经常非常不幸地降生在一个普通职员的家庭，现在这个故事中的女人就是这样一个女人。她没有丰厚的财产，对未来没有希望，没有任何办法能让一个既有财富又有社会地位的人与她相识、相许。最后，她只能凑合着和教育部的一个小科员结了婚。

　　她素面朝天，一点儿也不讲究装饰，不幸得像是一个低等的女人。女人本就没有等级之分，没有门第之分。她们的出身和家世不能代表她们的美丽、风姿和她们的魅力。她们的天生的机智、出众的性情、柔软的心肠，构成了她们唯一的等级，而这些可以把平民女子的地位提升到最高等级的贵妇人位置。

　　她因为自己房屋的简陋寒碜，墙壁的粗糙，家具的过时、破旧，没有新鲜华美的衣服穿戴难过。她原本认为自己身来就是为了与所有精美的和豪华的事物相伴，因此一直感到痛苦。而这些在其他和她一样的妇人心上，也许是会成为什么大事的，但是她却为此既痛苦又哀叹。那个给她照料琐碎家务的布列塔尼省①的小女佣人的样子，使她更对自己的产生了愁苦的遗憾和胡思乱想。

　　她想象着那些温馨的接待室，盖着东方的幔帐，屋里点着青铜的高脚灯檠，还有两个身穿短裤子的高个儿随时听候她的指挥，而温热的空气暖炉舒服的令两个侍从在大大的圈椅上打瞌睡。她幻想那些披着古代壁衣的大客厅，那些摆着无数价值连城的中国瓷器的古玩。她梦想那些精致的香气扑鼻的小客厅，到了下午5点左右的时候，就可以和仰慕的朋友在那儿谈天说地，和那些被其他女人们羡慕的并且梦想着与知名绅士来聊天。

　　然而现实却是每天吃晚饭的时候和她的丈夫在那张小圆桌面对面地坐下，桌上盖的白布总是留下用饭时的污渍。丈夫把那只汤碗的盖子一揭开，就用一种穷人安贫乐道的语气说道："哦！好美味的肉汤！世上再也没有比它更好的了……"

　　于是，她又幻想那些食物丰富的宴席了。幻想那些闪闪发亮的银器皿，

---

　　① 地区名，在法国西北部，面临大西洋和拉芒什海峡。

幻想那些绣在上面犹如世外桃源般的园林和穿行于其间的古装仕女以及珍禽异兽的壁衣了；她幻想那些用名贵的盘子盛着的美味的松子鸡，幻想那些在吃着一份粉红的鲈鱼或者一份鲜美的牛排的时候带着含蓄的微笑去倾听的情意绵绵的情话。她没有体面的服饰，没有华丽的珠宝首饰。可是哪个女人不喜欢这些东西呢？她总觉得自己的降世就是为了享受这一切。她一直都指望着自己能够成为人们的焦点，能够被人羡慕，能够有吸引力而且让人倾慕有加。

她有一个在教会女子学校里的同学，因为自己的贫寒，她都不想去看她了。于是她因此而伤心，而遗憾，而失望，而忧虑。但是一天傍晚，她丈夫少有得带着开心笑脸回来了，手里拿着一个大信封。"瞧吧，"他说，"这专门为你准备了一点儿东西。"她赶忙拆开了信封，从里面抽出了一张请柬，上面写道：

教育部长若尔日·郎波诺暨夫人

荣幸地邀请

骆舍尔先生和骆舍尔太太

参加 1 月 18 日星期一在本部大楼举办的晚会。

丈夫以为她一定高兴得很。可谁知她神情黯然了，还生气地把请帖扔到桌上，冷冰冰地说：

"你叫我拿着这份请柬怎么办呢？"

"不过，亲爱的，我认为你对于这样的事情感到开心的。你向来没有什么交际活动，这请柬，一个多好的机会！它是很难弄到手的，因为大家都想要这请帖，可是发给同事们的没有几份。我费了很多的周折才弄到手。将来在晚会上可以看得见政界所有的大人物。"

她用一种愤怒的眼神盯着他，最后实在是不耐烦地高声喊道：

"你叫我穿什么衣服去那儿啊？"

他原没有想到妻子会有这样的问题，于是维诺地说：

"你穿着去看戏的那件裙袍啊。我觉得它很好，我……"

突然他看见妻子流眼泪了。他更加摸不着头脑，所以就不再说话了。看着两大滴眼泪滑落向她的嘴角，他说：

"你怎么了啊？你怎么了啊？"

但是她用一种很强的克制力强制自己不表现出痛苦，一面擦着自己那被泪水润湿了的脸颊，一面用平静的语气答道：

"没有什么。我没有衣裳，我不能够去参加这个晚会。如果你有同事，他的妻子能够打扮得比我漂亮，你就把这份请柬送给他吧。"

他感到了妻子的伤感，便说道：

"这样吧，玛黛尔特，告诉我买一套简单一些的衣服需要花多少钱，以后有会这样的场合你还可以再穿的？"

她思索了一会儿，想了个数目，这个金额不至于引起这个节俭科员的发出惊讶地喊叫和给她一个坚决的拒绝。

最后她看着丈夫回答：

"具体的呢我不太清楚，不过据我估计，只要有四百法郎，应该就可以办得到了。"

他的脸色顿时没有了光泽了，因为他手里正存着相同数目的法郎——他是计划准备去买一支枪的。他计划着在今年夏天的星期日和几个打猎的朋友去南兑尔那一带平原地方去打鸟。

为了这次宴会，他却回答道：

"好吧。我给你四百法郎。不过你要想办法去做一套漂亮的裙袍。"

晚会的日期快到了，骆舍尔太太好像还在发愁，表现得忐忑不安，看上去心里总有些焦急。她的新裙袍却已然做好了。某一天傍晚她丈夫问她：

"你又怎么了啊？新衣服已经做好了，你却看上去并不高兴。"于是她说：

"我没有一件首饰，没有一颗宝石可以佩戴，什么也没有。我对这件事非常愁苦。我看上去简直太寒酸了。所以，现在我宁可不去赴这个晚会。"

他接着说道：

"你到时候可以插上几朵鲜花。这在现在的季节里，是很特别的。只花十个法郎，你就可以买得到两三朵很漂亮的玫瑰花。"

可是她一听丈夫这样说就很生气地说：

"不行……世上最丢脸的事情，就是在许多有钱的女人中显露出自己的寒酸相。"

这时，她丈夫恍然大悟地说：

"你真糊涂！去找你的朋友伏莱士太太，从她那儿借些首饰。你和她的交情好，应该没问题。"

她高兴地说道：

"太对了，我当初怎么没有想过。"

第二天，她就到她那位朋友家里去了，向她谈起了这次宴会和自己的苦恼。

伏莱士太太走到了她那座嵌着镜子的大衣柜跟前，取出一个大盒子，打开后拿给她看并且说：

"亲爱的，你自己选你自己想要的吧。"

盒子里有许多手镯，一个用珍珠镶成的项圈，另外一个镶嵌着宝石的威尼斯款式的金十字架，做工非常精巧。她在镜子跟前试着这些首饰，爱不释手，对每一件首饰都想要。她一直再问：

"你还有没有别的啊？"

"有许多呢，你自己挑吧。我不知道哪件适合你。"她忽然在一只黑缎子做的小盒子里，发现了一串用钻石镶成的项链，它真的很扎眼。于是她的心因为一种奢望跳得厉害。她那拿着项链的双手在颤抖，她把它带在自己的颈项上，看着镜中的自己惊呆了。

后来，她满心迟疑，小心翼翼地问道：

"你能把这就首饰借个我吗，就一件？"

"没问题，当然可以。"

她跳起来，依偎在朋友的怀里，热烈地亲吻着。随后，她带着这件宝贝心满意足地回到了家。

晚会的日子到了，骆舍尔尔太太一举获得成功。骆舍尔太太终于成为众人的焦点，她比所有女宾都要漂亮、新潮、动人。她不断地微笑，并且从内心里高兴得发狂。所有男宾都出神地盯着她，打探她的姓名，想尽办法让人介绍自己给她。本部机要处的人员都想与她共舞，连部长也被她吸引。

她用陶醉的姿态迎接着所有人的注视，用兴奋的动作舞着。她沉醉于自己倾国倾城容貌，满意于自己成绩的辉煌，满足一切阿谀的赞叹和那场让每个女人都嫉妒的完美和甜蜜的微笑。她被幸福的祥云包围着，无所顾忌。

清晨 4 点钟左右她才离开。凌晨时，她丈夫就同另外三位男宾在一间无人注意的小客厅里睡着了，而这三位男宾的妻子也正跳得快活。

他把那些从街上买来的家常的俭朴的衣裳给她的肩膀上披上了，而这些衣物的寒酸相是和舞会里的服装的豪华气派很不相称的。她马上意识到了这一点。于是为了避免裹着珍贵皮衣的太太们注意她，她逃离了这里。

骆舍尔拉住了她：

"等一会儿吧，你这样到外面去会着凉的，我先去找一辆出租车来。"

但是她似乎没有听见她的话，匆匆忙忙地下了台阶。当他俩走到街上时竟然没有一辆车。于是他俩开始寻觅追赶着那些他们只能远远地望得见的车子。

他俩沿着塞纳河岸走下去。失望像潮水一般涌上心头，而且浑身冻得发抖。最后，他俩在河沿上竟找着了一辆像是夜游病者一样的旧式轿车——这样的车子白天在巴黎感到自惭形秽，也只有到晚上才看得见它们，就像这对夫妻现在的处境。

车子把他俩送到殉教街的寓所大门外，他俩身心疲惫地走在楼梯上。对她来说，所有的一切算是结束了。而他呢，却想起了明天早上10点钟自己还要到部里上班。

她在镜子跟前脱下了那些围着肩头的大氅，想再次哀伤地端详一时光辉的自己。但是突然间她发出了一声惨叫："那串钻石项链不见了！"

她丈夫这时候把衣服脱了一半，连忙过来问道：

"你又怎么了啊？"

她发疯似的转过身来向着他：

"我……我……我现在找不到伏莱士太太那串项链了。"

他霍地站起来：

"什么？……怎么会有这样的事！"

于是他俩在那件裙袍的衣褶里，大氅的衣褶里，口袋里，都找了一遍。可是到处都找不到那串项链。

他慌张地问道：

"你能肯定你离开舞会的时候还戴着它吗？"

"对呀，我在部里的走廊里还摸过它。"

"但是如果你在路上把它丢了，我们应该可以听得见它落地的声音啊。它很可能在车子里吧。"

"是的。可能是吧。车子的号码你还记得吗？"

"不。你呢，你当初也没有注意吧！"

"是的，我也忘记了。"

他俩手足无措地互望着。最后，骆舍尔重新穿好了衣裳。

"我去，"他说，"我再走一遍我俩步行走过的路线，希望能够找得到它。"

于是他又一次出了门。而她呢，连想到底发生了什么事情的气力都没有了，参加过晚会的衣裳她始终也没有把他换下，只是靠在一把围椅上面。屋子里冷冷清清的，脑子里一片空白。

她丈夫在7点钟的时候回到家，可是什么也没有找到。

他从警察总厅走到了报馆里，又走到各处出租小马车的公司。总之，凡是有一线希望的地方都去找过了。

她面对这突如其来的大祸，在不知发生了什么的状态中度过了整整的一天。

骆舍尔在傍晚的时候带着更加瘦削苍白的脸回来了，看得出来他没有发现一点儿线索。

他说："你应当给你那个女朋友写信说你把那串项链的搭钩弄坏了，现在正找人修理。这样我们就可以有时间周转。"

她在他的口授之下颤抖着写了那封信。

一星期以后，他们没有收到回信，所有的希望都泡汤了。同时，骆舍尔像是老了五年，故意高声地说道：

"现在没有办法了，只好想办法去赔这件宝贝了。"

第二天，他们拿了装过那件宝贝的盒子，依照盒子里面的招牌找到了珠宝店。店里的老板查了许多账本，然后对他们说：

"太太，我店里不卖这串项链的，我只是之前做了这个盒子。"

于是他俩一家家的首饰店去找寻，寻找和丢了的首饰一模一样的那一件，依照自己的记忆力做比较。他俩由于伤心和忧愁都快病倒了。

他们在故宫街一家小店里找到了一串用钻石镶成的念珠，他们觉得它的样子像极了寻觅的那一串。它价值四万法郎。店里可以三万六千法郎的价格卖给他。

他们祈求那小店的老板在三天之内不要卖掉这件东西。并且另外答应：如果在二月末以前找回来原来的那串，店里就用三万四千法郎收购这串。

骆舍尔原来存着他父亲以前留给他的一万八千法郎。但是剩下的钱就得去想办法东拼西凑了。

他开始好言好语地想别人借钱。向这个借一千法郎，向那个借五百，在这儿借五枚鲁意金元，在那儿借三枚。他签了许多借据，与人签订了许多破产性的契约，往返于那些放高利贷的人，各种不同国籍的放款人之间。他毁坏了自己后半生的生活，不顾一切风险地签上了自己的姓名。他想到了将来的暗无天日和压在身上的经济压力，想到了整个物质上的匮乏和精神上的折磨，想到了将来的苦恼，他感到日子的极度难熬。有一天他走到那个珠宝商人的柜台前放下了三万六千法郎，面无表情地取走了那串新项链。

在骆舍尔太太把首饰还给伏莱士太太的时候，她用一种很不高兴的语气对她说：

"你应当早点儿还给我，因为我也许会用到它。"

骆舍尔太太担忧她的朋友打开那只盒子，幸运的是她的朋友没有打开。如果看出了这件代替品的破绽，她会想什么呢？她会不会把她当作一个贼？

骆舍尔太太重新过上了困窘生活。另外，她突然一下果断地下定了主意，那笔骇人的借款是一定要偿还的。她已做好尽力偿还它的准备。他们辞退了女佣，搬了家，把某处屋顶底下阁楼租下来住着。

她开始做各重家务活儿和厨房里烦琐的日常事务。她自己亲自洗刷那些锅碗瓢盆，她的细嫩的手指被罐子锅子的油垢底子磨坏了。她将自己用肥皂洗的内衣和抹布晾到绳子上。每天早上起来，她把垃圾搬运下楼，再把水提到楼上，每爬上一层楼梯，累了就得坐在楼梯上喘口气。她穿着得像一个平民妇人，挎着篮子走到蔬菜店里、杂货店里和肉店里为了一点钱儿去讲价钱，去争吵，每一个铜元都成为她必须要保护的钱财。

他们每月一面要收回好些借据，一面另外又要立几张新的去延缓期限。

她丈夫在傍晚的时候替一个商人誊清账目。到了深夜，还要抄录那种五个铜元一页的书。

连他们自己都无法相信，这种生活一直持续十年之久。十年之后，他俩居然还清了所有的借款，竟然把高利贷者的利钱以及利滚利滚出来的数目也都还清了。

骆舍尔太太看上去苍老了许多。现在的她已经变成了贫苦人家强健粗硬能过吃苦耐劳的妇人。头发胡乱挽着，裙子歪歪地系着，上面蒙着一层油腻，裙子下面露出一双发红的手，她高声地说话，用大盆的水冲洗地板。有时候她丈夫到部里去了，她就一人独自坐在窗前，不知不觉就会想起从前的那个晚会。那个跳舞的晚会，在那里，她是那样年轻美貌，那样快活。

上帝知道假如当时那件首饰没有失掉，她现在会走到怎样的境地呢？人生瞬间变化，世事无常。无论是打击你的或者拯救你的都只需一件小事。

然而，某一个星期日，她正在香榭丽舍大街上散步来调剂一周之中的日常劳作，这时候忽然看见了伏莱士太太，她一个人带着孩子散步，她始终是年轻的、美貌的，始终是有魅力的。

骆舍尔太太异常激动，鼓起勇气去和她攀谈了。况且自己现在已经还清了债务，可以把一切都告诉她。为什么不呢？于是她走近前去了。

"早上好，约翰妮。"

伏莱士太太竟一点儿也认不出她了，认为这样一个平民妇人亲热地叫着真是件奇怪的事。她疑惑地说：

"不过……这位太太！……我不认识您……可能是您弄错了。"

"没有错啊。我是玛黛尔特·骆舍尔呀。"

伏莱士太太惊讶地大叫了一声：

"噢！……可怜的玛黛尔特，你……怎么变成这个样子了！"

"对呀，自从我上一次见过你以后，我的日子过得很是艰苦。这种种痛苦完全是因为你啊，你也许不知道……"

"因为我……为什么呢？"

"还记得吗，以前，你不是借了一串钻石项链给我到部里参加舞会？"

"记得，发生了什么呢？"

"发生了什么？我弄丢了那串项链儿啊。"

"你不是早就还给我了。"

"我从前还给你的是另外一串完全相同的。到现在，我们花了十年工夫才付清买它的费用。像我们这样的贫苦人家，你知道这件事是多么的不容易，现在所有的账总算是还清了，我终于可以过上正常的日子了。"

伏莱士太太停住了脚步：

"你是说你从前买了一串真的钻石项链来赔偿我的那一串？"

"对呀，你从来没有看出来吗？不过那两串项链的确是完全相同的啊。"

说完，她用一阵轻松而又天真的神气微笑了。

伏莱士激动地抓住了她两只手：

"唉。可怜的玛黛尔特，我的那一串是假的，最多也只值五百法郎……"

港　口

顺风圣母号是一艘三桅大帆船，1882 年 5 月 3 日，它从法国的勒阿弗尔出发开往中国海面。经过四年多的旅行，1886 年 8 月 8 日，它回到了马赛海港①。之前它在到达中国海港卸了货物以后，立即找到了新的生意，被人包了驶向布宜诺斯艾利斯②，又从那个地方，装了很多运往巴西的货物。

很多次的各种各样的行程，很多次的海上风暴，很多次的修理，好多次狂风把它吹到航线之外……一切意料到的和意料不到的事，海面上的颠簸，曾经使得这艘诺曼底的三桅船远远地和它的祖国相分离，直到现在它才回到马赛来并满载美洲的罐头食物。

在最初出发的时候，一共有 14 个海员，包括船长和副船长，8 个是诺曼底省的人，六个是布列塔尼省的人。回来的时候，却只剩下五个布列塔尼人和四个诺曼底人。那个布列塔尼人在路上死掉了。四个在不知什么情况之下

① 马赛：法国第二大城市，著名的商港，地处罗纳河口，濒临地中海。

② 阿根廷的首都，地处拉普拉塔河口，滨临大西洋。

失踪的诺曼底人，却由两个美国人、一个黑人和一个挪威人接替了，那个挪威人是在某天晚上从新加坡一家咖啡馆里用劝诱手段募来的。

卷好了庞大的帆船全数的帆，帆桁都在船桅上构成了"十"字形，一条在它前面喘气的马赛拖轮拖着船身向前走。这时候到达了海湾里，水面慢慢地平静下来。帆船只在余波上摇动，经过那座有名的伊夫岛①，之后又经过被夕阳染成金黄色的灰白岩石海湾，开进了老港②。

港里的船像是堆在那儿一样。全世界的船，无论大的，小的，各种各样的，各种装备的，它们沿着码头，船舷接着船舷，几乎应有尽有，杂乱地停在这个满是污水而又逼仄的港内。马赛有一种以美味闻名的红烧鱼羹，这些船泊在碇泊区里，相互挨着，互相摩擦，简直就像是一份"船羹"浸在一份经过调和的鱼汤里，船就像是一条条鱼。

顺风圣母号抛下锚了，停泊在一艘意大利双桅小船和一艘英吉利双桅快船的中间。事先，这两艘船为了使它通过让出了空当。等办好了海关和海港的一切手续，船长就宣布放假了，统一大部分的海员到岸上去寻自己的乐趣。

晚上马赛一片灯火通明。在夏季傍晚的热空气里，一阵带着蒜腥味儿的烹调香味，在喧闹的市区上面蔓延开来。人声、撞击声、车轮转动声、南方口音的欢笑声，在市区里混成一片。

那十来个水手，经过几个月海水摇荡，因为久离祖国人地生疏，又因为忘记了都市生活的习惯，所以显得很迟缓的。他们排成了双行的队形，很慢很慢地向前走。

他们依然摇摇摆摆地走着，晕头晕脑地寻觅方向，寻着那些和碇泊区相通的小胡同。在最后的六十六天航行之中，性的饥渴早已在他们身上扩大，现在他们全体都被这种欲望折磨着。

走在前面的是可里斯丹，几个诺曼底人跟在他的后面。他是一个高大强壮而且狡猾的少年，每逢他们登陆总是他做领队。他知道那些好地方，使得出各种独特的方法，他是不会加入那些在港里的海员们之间时常发生的喧闹场面中间。不过一旦他加入了，却谁也不怕。

那些黑暗的小胡同全是沿着海岸的下坡路线排列着，像是许多排泄脏水的阴沟，从里面散发种种刺鼻的味儿，那是从小屋子里出来的气味。可里斯丹在这些胡同之间犹豫了一会儿，决定选择一条弯弯曲曲的过道，其中好些向前突出的风灯在房屋的门上都燃烧着，灯上的磨砂颜色玻璃用大型的数字标出了门牌号码。

----

① 伊夫岛：地中海上的一个小岛，面临马赛城，古代曾为监狱。
② 老港：马赛港的主要码头，历史悠久，也因大仲马小说《基督山伯爵》对它的描写而著名。

在窄小的穹顶下面，系着围裙在麦秸靠垫的椅子上坐着好些像是女佣样的妇人。一看见他们走过来，她们全站起了向前走了三步，直到那条把胡同分成两半的明沟边，于是打乱了那些慢步走着的海员们的行列。那些海员们慢步走着，并且嬉笑着，因为已经接近勾栏而浑身像是着了火似的。

在某一家门里过道的尽头，一扇包着棕色牛皮的门开了，露出了一个没有穿外衣的胖妇人，她的肥大的腿在白棉纱的紧身汗裤里完全地突出了它的轮廓。她的短裙短得像是一圈膨起的束腰带，胸部、肩部、胳膊上的柔软肌肉，映着一副绣着金边的黑绒腰甲显出了一片粉红的颜色。她远远叫着："过来哦，漂亮的小伙子们。"后来，她竟亲自跑出来，扭住了他们其中的一个向自己的门口拉，使着全身的气力。饥饿的动力驱使下使她，如同一只蜘蛛拖着一只大于自身的昆虫一样。

那个被这种接触所煽动的汉子只应付地抵抗着，而其余的人也停住脚步想知道接下来会发生什么事情。他们之所以迟疑不决，是在决定是否立刻进去或者坚持等会儿这场使人垂涎的散步。随后，那妇人费了九牛二虎之力终于把那海员拉到自己店门边了，其他人正要跟在他后面涌进去。可里斯丹是认识那类地方的，这时候他突然喊道："不要进去，玛尔舍，不要进去。"

于是那个被拉的汉子粗鲁地从那妇人怀里挣脱了自己的身体，一下就冲出来，接着那些朋友们也跟着出来了。那个妇人气极了，用种种不堪的话在他们后面破口大骂。同时，他们前面的沿街一带，其余的妇人都在制造着喧哗，都走到了各自的店门外边，用发哆的声音召唤男人们，并给各种承诺。

这条胡同原是一个斜坡儿。现在靠坡上的那一段，全是种种由守门的女爱神们吟唱的爱的阿谀；靠坡下的那一段，很多失望的姑娘们用侮辱对他们发出最不堪的诅咒。海员们夹在两者之间，终于每走一步更像是着火了。

他们不时遇到了其他的人群，一些是腿上响着零丁铁件的兵，一些是其他的海员，好些零零散散的小资产阶级，好些店员。随处都可以看见其他的新胡同点着暗淡的灯火。他们始终穿行在这一类的"肉屏风"之间，在这一座全是窄小房子的迷宫里，踏着这种渗出臭水的泥泞路面走马光花。

最后，可里斯丹决定了，站在一所外表颇为整洁的房子跟前，让全队的同伴都进去。

欢娱中时间过得飞快！延长到四小时，每个海员都饱尝了爱情和美酒。六个月的工资一下子就没有了。

在那家咖啡馆的大厅里，他们以顾客上帝的姿态享用着，眼光中充满了恶意地瞧着那些常来的普通顾客。这些顾客都在各个角落里的那些小桌子上坐下，那些没有接到客的女招待当中便有一个打扮为英国胖孩子的或者歌星的，跑过去招引他们，顺势就靠着他们坐下了。

每一个海员选好了他的女伴，并且在整个晚会之中一直都是她，因为他们是不喜欢变来变去的。他们把三张桌子合并，在第一次干杯以后，原本已经散了的双行队形，由于加入许多和海员人数相等的女伴便多了很多人显得混乱不堪。现在他们又在扶梯房里重新整队了。到了那一长列爱人们组成的队形，随后涌进了每一扇通到各处卧房的窄门，每一级扶梯的木板上面，都被每对的情侣四只脚长久地踏出许多声响。

之后，因为要喝酒他们又下楼了，随后又重新再上去，又重新再下楼，重复几次。

不久，他们几乎全是半醉的了，他们开始大喊大嚷说话了！每个人红着一双眼睛，抱着心爱的人坐在膝头上，唱着，嚷着，举起拳头垒着桌子，端着葡萄酒对着嘴望进去灌，肆无忌惮地把人类的野性释放出来。

在这些汉子的中间，可里斯丹拥着一个脸上发红的高个儿女招待，他让她坐在自己的腿上，贪婪地瞧着她。他没有其他人那么醉，不是由于他喝得少些，而是他还怀着很多别的念头。他喜欢温柔，想着法子谈话。他的种种意思虽然在酒精的作用下有点儿不连贯了，想起来的话忽然间又忘掉，以至于他不能正确地表达他本来想说的事。

他笑着，重复地说：

"这样啊，这样啊……到现在，你在这儿有多久了？"

"六个月。"那女招待回答。

对于这个回答，他表现出满意的态度，好像"六个月"这句话就表明她品行良好。后来他接着说道：

"你喜欢这种生活？"

她迟疑着，随后用忍耐的口气说：

"我们都习惯了，这并不比别的事情低贱。女佣或者妓女，反正都是肮脏的职业。"

他的神气表示肯定了这种真理。

"你是本地人？"他问。

她摇头表示否定，之后什么也没说。

"你来自远方？"

她用同样的方式表示肯定。

"那么是从哪儿来的？"

她好像是在思索，又像是回忆似的。随后，她似乎喃喃自语：

"从佩皮尼昂①来。"

他很满意，并且说：

"哦，这样的。"

现在她反过来问他了：

"你是海员吗？"

"是的，我的美人儿。"

"你从很远的地方回来吗？"

"是，没错！我去过很多地方，海港和遥远的地方。"

"你也许绕了地球一周吧？"

"你说得对，或者不如说是绕过许多周。"

她又显得严肃起来，努力在脑子里寻找想要问的事。随后用一种不同的、比较认真的声音问：

"你在航行时，遇见过许多海船吗？"

"非常对，我的美人儿。"

"你看见过'顺风圣母'号吗？"

他带着嘲讽的笑容说：

"那不过是上周的事。"

她的脸色发白了，白的似乎全部的血液离开了她的脸蛋。她接着问：

"真的，你没骗我吗？"

"真的，像我对你说话一样。"

"你没骗我？"

他摇摇晃晃地举手。

"我对上帝发誓！"他说。

"那么，你知道那条船上是否有可里斯丹？"

他吃惊了，有些不自在了，他想知道她为什么这样问：

"你认识他？"

她也变成很怀疑的样子了。

"不，不是我！另一个女人认识他。"

"一个在这儿的女人？"

"不，在附近的。"

"是这个胡同的吗？"

"不，是另外一条胡同的。"

---

① 佩皮尼昂：法国南部靠近地中海的一个城市。

"什么样的女人？"

"一个像我这样的女人。"

"那个女人她想了解些什么呢？"

"她大概是找同乡吧，我真的不知道？"

可里斯丹感到他俩中间突然有点重要的事情。为了互相窥探，他俩的目光互相盯着了而又故意避免相遇。

后来他说：

"我能看看她吗，那个女人？"

"你要和她说什么呢？"

"我要和她说……我要和她说……我要说我看见过可里斯丹呢。"

"他平安吗？"

"像我一样，他是个结结实实的男人！"

她又不说话了，她低下头在集中自己的种种思虑，随后，她从容不迫地说：

"'顺风圣母'号上哪儿去啦？"

"就在马赛，是真的。"

她忍不住了，突然做出一个吃惊的动作，微微张开了嘴巴。她问：

"是真的？"

"是真的！"

"那么，你认识可里斯丹？"

"是的，我的确认识他。"

她依然犹豫不决，随后很慢很慢地说：

"好的，这很好。"

"你有什么事要找他？"

"听我说，你可以告诉他……并没有什么！"

他一直看着她，自己越来越疑惑。最后，他有些知道为什么了。

"你也认识他，对吗？"

"不，我不认识他。"她说。

"那么，你有什么事要找他？"

她突然站起来跑到老板娘坐的柜台前面，取了一只柠檬果把它切开，在一只玻璃杯子里挤出了它的汁。随后，又用这只杯子装满了清水，最后把它端给可里斯丹：

"把它喝了吧！"

"为什么？"

"先解解酒，然后我再对你说。"

他很快地喝了，用手背擦了自己的嘴唇，随后说道：

"好了，我喝完了，你说吧，我听着。"

"我要先对你说点儿事情，你要先发誓。不要对他说见过我，也不要对他说起你从谁的嘴里知道的。"

他一下子举起了自己的手。

"这个，我发誓。"

"对着上帝发誓?"

"是的，对着上帝发誓。"

"如果这样，你遇到他可以告诉他：'他的父亲死了。他的母亲死了，他的哥哥也死了，三个人在同一个月里都得了肠热症死了。那是 1883 年的 1 月的事，到现在已经是三年半了。'"

听到这些，他开始感到全身的血液像是在倒流，痛苦使得他有好久都不知道说什么好。随后，他怀疑了，接着他问：

"你知道这是真的?"

"我知道这是真的。"

"谁和你说的?"

她伸起两只胳膊放着他的肩头，盯着他说：

"你应当发誓没有胡乱说。"

"我发誓不随便乱说。"

"我是他的妹妹!"

当时他情不自禁地说出了那个名字：

"弗朗托斯?"

她又重新死死地盯着他的眼睛来端详他了。之后，由于一阵使人发狂的惶恐的觉悟，一阵深刻的亲情的刺激，她声音很低，像是含在嘴里而没有发出来的一般喃喃地说：

"噢! 噢! 是你，可里斯丹?"

他俩面面相觑，像被钉在那里了，都不动弹了。

他俩的周围，同来的伙伴的狂吼声，酒盅儿，拳头和鞋跟的声音奏出一种噪音，和这那些叠唱的拍子。同时，妇女们的尖锐献媚声和男人们的喧嚣狂吼混成一片。

他觉自己浑身滚烫，神情慌乱，她是他的妹妹! 担心被人听见，他用非常低的声音，用那种低得连他自己也只能勉强听见的声音说道："糟糕! 我们都干了什么事啊!"

她眼眶里立刻溢满了泪水，支支吾吾地说：

"那是我的错吗？"

但是他突然说：

"那么，他们真的都死了吗？"

"是的，他们都死了。"

"父亲、母亲和哥哥？"

"三个人在一个月里，就像我和你说的一样。我当时独自一个人待着，除了我那些破衣裳以外，一无所有。因为我们欠了药店、医生和埋葬的账，那都是我用了家具去抵的。"

"后来，我到加舍尔老板家里做佣工了，你知道他，那个跛子。那时我刚满 15 岁，你动身的时候，我还没有满 14 岁。他骗了我。人在年纪小的时候，总是容易被骗的。之后我又在公证人家里做了女佣，他又欺负了我，并且带了我到勒阿弗尔那地方的一间屋子里去。不久他就再也没有来了。我过了三天什么东西都没吃，后来找不到工作，我就像其他的人一样来这里了。我也因此看见了几处地方。唉！几处脏地方！里昂，埃勿勒，鄯尔它，随后是马赛，直到现在！"

她的眼泪和鼻涕一起流出来，打湿了她的腮帮子，流进了她的嘴里。

她呜呜地接着说：

"之前，我以为你也死了。我可怜的可里斯丹！"

他说：

"我开始简直没有认出是你，你以前是那么矮小，现在，却这么强壮！但是你为什么没有认出是我呢，你是怎么了？"

她做了一个失望的手势示意他不要说下去，接着说：

"我看见的男人太多了，以至于我看不出他们之间有什么区别！"

他始终睁大眼睛盯着她的面容，他受到了一种由于乱伦所导致的羞愧的情绪的拘束，并且这激烈的情绪使他感到像是挨打的孩子一样想大哭。他把她抱在自己的腿上，双手抚着她的脊梁。此时，他终于从彼此的视线里确认了她，认识了他这个妹妹。

从前，他在各处海面上漂荡的时候，她和死去的家人留在家乡。于是，他突然用他那双粗且大的海员的大巴掌抱住这个重新相逢的妹妹，吻着分别多时的亲人那样的吻着她了。

随后，一阵呜咽的声音，一种男人常有的强烈呜咽动作，长得如同大海的波涛一样，简直就像大醉以后噎到一样卡到了他的嗓子里。

他张着嘴说：

"你在这儿，弗朗托斯，我的弗朗托斯，原来你就在这儿呀，……"

随后，他用一道震耳的声音大叫着，一面举起拳头狠劲地在桌子上捶了一下，使得那些震翻了的小玻璃杯子掉落在地上而都被打碎了。他走了没几步，身体左右摇摆着，伸长两只胳膊，扑倒在了地上。

最后，他开始在地上打滚了，一面嚷着，一面用四肢捶打着地面，并且一面发出像是临终痛苦的喘息时才有的怕人的呻吟，其实他是在痛苦的哭泣。

所有他的那些同伴都看着他大笑。

"他只是喝醉了。"其中一个说。

"他应该去睡觉的，"另一个说，"如果他走出去，会马上被人送到监狱里去。"

因为他身上还有一些零钱，老板娘就给他安排了一个铺位。于是他那些醉得连自己都站不住的同伴们，举起他从那条窄小的扶梯上去，一直送到一个房间，就是那个刚刚接待了他的女人的卧室里。而那个女人则安静地坐在一把椅子上，靠着那张服侍过很多男人的卧榻旁边，一直陪着他，他们一直相对而泣到天亮。

蛮子大妈

献给乔治·布榭①

一

我有十五年没去过韦尔洛涅了。秋末，老友舍华尔邀请我去围场里打猎，我再一次来到了那里。当时，他已经派人把他那座在韦尔洛涅被普鲁士人破坏的古堡重新盖好了。

纵然世上有许多美丽的风景，我还是非常向往那个地方。那是一个教人有赏心悦目快感的地方，使我们不由得想亲身前往一睹它的美。

被大自然诱惑了的我们，对于一些湖沼、一些丘陵、一些泉水、一些树林，都保存着美好的回忆。那固然是时常在任何地方都看得见的，然而远方的它们却都像很多充满情趣的意外变故一样令我们动心。

有时候，我们的想念竟可以在一座树林子里的角落上，或者是一段河岸

---

① 乔治·布榭（1833—1894），法国国家自然历史博物馆比较解剖学教授。福楼拜的好友，与左拉、莫泊桑均有交往。

上，或者是一所开着鲜花的果园里，即使从前不过是在某个好日子仅仅看见过一回。然而它们却像一个在清新的早上时在街上撞见的美丽的女人的影子一样印在我的脑海中，并且还在精神和肉体上植下了一种无法消失和不会遗忘的欲望，那种由于失之交臂而引起的伤感和幸福。

我爱韦尔洛涅的整个小乡村：小树林撒在四处，小溪河像人身上的血液一样流淌，在那可以捕到虾、白鲈鱼和鳗鱼；那里可以感受到天堂般的乐趣；到处可以游泳，会时常在小溪边的深草里发现鹧鸪。

当天，我带着我的两条猎狗，而且轻快得像山羊似的向前飞逬。舍华尔在我右手边的一百公尺左右，正穿过一片苜蓿田。我绕过了给索德尔森林做界线的灌木丛后，远远就望见了一座已成废墟的茅顶草房。

突然，我回忆起在 1869 年最后那次见过的场景了。那时候这茅顶房子是整整齐齐的，被包围在许多葡萄棚当中，门前有许多鸡。现在看到它这样颓败的样子。世上的东西，没有什么比一座只剩下断壁残垣的废墟更令人痛心了？

我想起了舍华尔之前对我谈过那些住在里面的人的经历。一天我很口渴的时候，曾经有一位老妇人请我到那里面喝过一杯葡萄酒，老妇人的丈夫是个以私自打猎谋生的人，已被森林警察打死。她的儿子，我从前也看见过，一个瘦高个儿，也像是一个打猎的健将，大家都把他们这一家子叫作"蛮子"[①]。

这究竟是一个姓，还是一个绰号？

想起这些事，我就远远地叫了舍华尔一声。他用白鹭般的长步大步流星地走过来了。

我问他："喂，那所房子里的人现在都怎么样了？"

于是，我的好朋友向我说了这个故事。

二

小蛮子的年纪正是 33 岁的时候，普法战争正式开始了。他参了军，留下他母亲一个人住在家里。他一点儿不用为她担忧，因为大家都知道她有钱。

她单独一人住在坐落于树林子边上并且和村子相隔很远的一所房子。她并不害怕。此外，她和那父子两个是一样的脾气，一个严肃耿直的老太太，不常露笑容，又高又瘦，没人敢找老人的麻烦。

并且，农家妇人们向来是不大让人看到笑容的。在乡下笑是男人们的专

---

① 原文 Sauvage（法语）：在法语中作为普通名词有野蛮、残忍等含义。

属！因为生活的沉重的压力，使得她们也晦暗没有光彩，所以她们的心境狭窄，都有点儿打不开。男人们在小酒店里，到底也学会了一点儿热闹的快活劲儿，但他们家里的伙伴却自始至终板起一副严肃的面孔。她们脸上的肌肉似乎已经忘记了笑的动作。

蛮子大妈在她的茅顶房子里继续过着日复一日的生活。不久，冬天到了，雪盖满了茅顶。每周，她就去村子里一次，买点儿面包和牛肉再回家。

因为当时大家都说外面有狼，所以她每次出来的时候总背着她儿子的那支锈了的、并且枪托也是被磨坏了的枪。这个高个儿的蛮子大妈看起来不合群：她微微地偻着背，头上戴着一顶黑帽子，在雪里跨着大步慢慢地走，围巾紧紧包住一头谁都没见过的白头发，枪杆子却举得比帽子高。

一天，普鲁士的队伍到了。他们被分派给当地居民去供养，人数的分配是依据各家的贫富为标准的。因为这个蛮子大妈很有钱是大家都知道事实，所以她家里被派了四个。

那是四个少年，金黄的头发和胡子，蓝的眼珠。虽然他们已经经历了许多辛苦，却依旧长得胖胖的，他们虽然到了这个被占领、控制的国度里，却没有盛气凌人的样子。这样突然之间住在老太太家里，他们都表示着对她的感谢，想方设法替她省钱，让她省力。

早上，有人看见他们四个人穿着衬衣围着那口井洗脸，在冰天雪地的日子里用刺骨冷井水来洗他们属于他们才有的北欧汉子的白里透红的肌肉，而蛮子大妈这时候却忙着为他们准备煮菜羹。

后来，有人看见他们替她打扫厨房，擦玻璃，劈木柴，削土豆，洗衣裳，料理家务，俨然是四个亲生的好儿子守着自己的妈妈。但是她却忘不了她自己的亲生孩子。这个老太太，惦记她自己的那一个瘦高的、鹰钩鼻子棕色眼睛的，嘴上盖着黑黑的两撇浓厚髭须的儿子。

每天，她必定向每个住在她家里的德国兵问：

"你们知道法国第二十三边防镇守团开到哪儿去了吗？我儿子在那个团里呢。"

他们用德国口音说着含混不清的法语回答："不知道，我们也都不知道。"

后来，他们知道了她的忧愁和牵挂了。他们也有妈妈在家里，他们的妈妈也在家中等待他们回家，他们就对她很是照顾。她也很疼爱她的这四个"敌人"。其实，农民都没什么仇恨，这种仇恨仅仅是属于上层统治阶级的。

至于底层的人们，贫穷已经压得他们透不过气来，所以他们的代价付出的最高。因为素来人数最多，因此他们成群地被人屠杀并且成为了炮灰；因为都是最弱小和最没有抵抗力的，所以他们才是战争最终的受害者。因为这个原因，他们因此无法了解种种好战的狂热，不了解那种令人振奋的光荣，以及那些鼓动人心的空洞的宣传口号，这些策略在短短时间之内，使得交战国的双方都同样变得精疲力竭，无论谁胜谁败。

当时，那地方上的人谈到蛮子大妈家里的四个德国兵，总是说：

"那四个可算是找到了安身之所的。"

有一天早上，那老太太恰巧独自一个人待在家里的时候，远远地望见了那担任分送信件的乡村邮差，正向着她家里走来。走近了，他拿出一张折好了的信交给她，于是她颤颤巍巍地从自己的眼镜盒里，取出了那副老花眼镜，随后读下去：

蛮子太太：

非常遗憾的是，这封信将带给你一个不幸的消息。您的儿子维克多，昨天被一颗炮弹打死了。差不多是被分成了两段。我那时候就在旁边，因为我们在连队里是紧挨在一起的。他从前对我谈到您，意思就是他如果某一天他遇了什么不幸，要我当天就通知您。

我从他的衣袋里头取出了他的那只表，预备将来打完了仗的时候带给您。

现在我亲切地向您致敬。

第二十三边防镇守团二等兵
黎夫齐

这封信是三周前写的。

她受了巨大打击，她并没有哭。木木的待在那里纹丝不动，似乎连感觉都没有了，以至于并不伤心。她暗自对自己说："现在，维克多被人打死了。"

片刻之后，她的眼泪慢慢地涌到眼眶里了，悲伤漫延在她的心里了。各种难堪的、痛苦的心事，一件一件闪现到她的头脑里了。她以后看不到他了，她的孩子，她那高个儿儿子，是永远看不到的了！

丈夫被森林警察打死了，儿子又被普鲁士人打死了，他被炮弹打成了两段！那情景仿佛在她眼前，令人战栗的情景：儿子的脑袋是垂下的，眼睛是张开的，咬着自己两大撇髭须的尖儿，和他从前生气的时候一样一样……

出了事以后，他的尸体是怎样办？她丈夫的尸首连着额头当中那粒枪子被人送回来。她儿子的，会有人这么做吗？

但是这时候，一阵嘈杂的说话声音传入了她的耳朵。正是那几个普鲁士人从村子里走回来，她赶忙地把信藏在衣袋里，并且连忙趁时间还来得及又仔仔细细地擦干了泪水，用一切都没有发生过一样的神气平和地接待了他们。

他们带了一只肥的兔子回来，四个人全是笑呵呵的，高兴的，毫无疑问这是偷来的。他们对这个老太太做了个手势，表示今天就可以大饱口福了。

她立刻动手预备午饭了，但是到了要宰兔子的时候，她却下不了手。虽然她并不是第一次宰兔子！其中一个兵在兔子耳朵后头上去就是一拳，然后兔子就死了。

兔子一死，她从它的皮里面切割下带血的肉体。但是她看见了糊在自己手上的血，那种慢慢地冷却又渐渐凝固的黏黏的血，她竟从头到脚都在发抖。之后她仿佛看见她那个被打成两段的高个儿儿子，也是浑身鲜红的，正同那个微微抽搐的兔子一样。

同桌吃饭时，但是她却吃不下，没有吃一口，他们只顾得狼吞虎咽般地吃着兔子并没有注意她。她一声不响地从旁边凝视着他们，脑中闪现了一个主意，然而她满脸都是一副波澜不惊的神情，他们没有丝毫察觉。

忽然，她问："你们来了已经一个月了，我连你们的姓名都不知道。"

他们终于懂得了她的意思，于是四个人说了自己的姓名。她还叫他们在一张纸上写下来自己的姓名、地址。最后，她把眼镜架在自己的大鼻梁上面，仔细瞧着那些她并不认得的字，然后把纸折好揣在自己的衣袋里，和她儿子报丧的信放在一起。

饭吃完了，她对那些兵说：

"我来帮你们整理床铺。"

于是，她在他们睡的那层阁楼上搁了许多干草。

他们看见她这样反常，不免有些奇怪。她对他们说这样会觉得更暖和，于是他们就不去多想什么了，也帮着她搬了。他们把那些成束的干草堆到房子的茅顶那样高，因此他们的寝室四面都被干草围着，又暖又香，他们在那里很舒服地睡着。

到吃晚饭的时候，他们其中一个发现蛮子大妈还是一点儿东西也不吃，他们问她怎么了。她假装说自己的胃有些痛。随后，她燃起一炉好火烘着寒冷的屋子。那四个德国人就都踏上那条每晚使用的梯子，到卧室里了，准备入睡。

那块做楼门用的四方木板一下关好了以后，她抽去了上楼的梯子，悄悄地打开了那张通到外面的房门，把好些束麦秸搬进了厨房里。做这一切的时候，她赤着脚在雪里来回的走，轻巧得别人什么也没有听见。她不时细听着那四个睡熟了的士兵响亮而长短不齐的鼾声。

等到她确定各种准备工作已经就绪，就取了一束麦秸扔在壁炉里。把它燃着之后，她再把它取出来，分开放在另外无数束的麦秸上边，随后她重新走到门外向门里看了看着。不一会儿，熊熊的火光照亮了那所茅顶房子的一切。随后那茅顶房子简直是一大堆怕人的炭火，一座烧得绯红的巨大焖炉，焖炉里的火光从那个窄小的窗口里探出火舌，使地上的积雪反射出了一阵耀眼的光亮。

随后，一声声发狂的声音从屋顶上传出来，简直是一阵由杂乱的人声汇集的叫嚷，一阵由于慌不择路，令人伤心刺耳的呼号构成的喧嚷。随后，那块做楼门的四方木板往下面一塌，一阵旋风样的火焰快速地冲上了阁楼，烧穿了茅顶，如同一个有巨大火焰的火把一般升到了天空。最后，那所茅顶房子整个儿成了火把。房子里面，火力的爆炸声、墙壁的崩裂和栋梁的坠落声，其他什么声音也听不见了。屋顶轰然下陷了，于是这所房子被烧成通红的空架子，就在瞬间成为一阵黑烟，像向空中射出一大簇火星。

雪白的田野被火光照得像是燃烧的岩浆一样闪闪发光。

在远处开始敲响一阵钟声。

蛮子大妈在她那所毁了的房子面前镇定地一动不动，手里紧紧地握着她儿子的那杆枪，她随时防备着那四个兵中间有人逃出来。

等到她看见了士兵已经再也出不来的时候，她就向火里扔了她的枪。枪声突然响了一下。

这时候，许多围观的人都看到了，有些是农民，有些是德国军人。

他们看见了这个妇人坐在一段锯平了的树桩儿上，平静的并且是微微地笑着。

一个满口流利的法语的德国军官，问她：

"您家里那些士兵到哪儿去了？"

她抬起那条皮包骨的胳膊指着那堆正在熄灭的红灰，用一种异常大的声音回答：

"在那里！"

大家聚过来围住了她。那个普鲁士人问：

"这场火是怎么烧起来的？"

她回答：

"是我放的。"

大家都不相信她的话，觉得这场大祸叫她变得神智不清了。后来，大家就都围住了开始听她说话。她就把这件事情从头说到尾，从收到那封信起，一直到听见那些和茅顶房子一起被烧的人的最后叫唤。凡是她计划的以及她做过的事，一五一十地和盘托出。

说完后，她就从衣袋里面取了两张纸。她又戴起了她的眼镜，对着燃烧的余光来分辨这两张纸，随后她拿起一张，口里说道："这张是给维克多报丧的。"接着，她又拿起另外一张，斜着脑袋向那堆残火一指："这一张，是他们的姓名，可以照着去写信通知他们的家里。"她不紧不慢地把这张白纸交给那军官。他此时正抓住她的双肩，以防她逃跑，而她却接着说："您将来要写信告诉这件事的始末，要告诉他们的父母说这是我干的。我在娘家的名姓是默里多娃·西蒙，到了夫家旁人叫我蛮子大妈。请您不要忘了。"

那军官用德国话下了命令。士兵们抓住了她，把她推搡到了那堵还是依然燃烧的墙边。随后，十二个兵迅速地在她对面排好了队，距离大概有二十米远。她一点儿都不觉得意外。她很清楚，她在专心等待。

一道口令喊过后一长串枪声骤然响起。响完之后，又接了几声迟放的单响。

蛮子大妈并没有完全趴在地上。她跪在地上，上身却依然直立着，像是双腿被人砍了。

那德国军官走到她的跟前看到她几乎被人斩成了两段，并且在她那只几近僵硬的手里，依然握着那一页满是蛮子大妈血迹的报丧信。

我的朋友舍华尔接着又说：

"后来，德国人为了报复就毁了那本来是属于我的本地的古堡。"

我默默无语，想着那烧死在火里的四个孩子的母亲们。接着，又想到那个靠着墙被人枪毙的蛮子大妈的残忍而又有些悲壮的行为。

最后，我弯腰拾着了一片小石头，上面烟煤痕迹依然没有褪，那是那场大火在它上面留下来的。

俘　虏

小雪从中午下到现在，雪片不很大，在树枝上结成一层苔藓样的冰，给落叶铺上一层银样的薄衣。此时，森林里除了雪花飘洒在树上，发出轻微的摩擦声以外，没有任何别的声音。远远望去，道路被雪覆盖着，仿佛是一幅无边无际的地毯。雪，让森林更加呈现出一副沉寂的气象。

森林警察的房子外面，一个消瘦高大健壮、袒露双臂的年轻妇人正在一块石头上用斧头劈柴。她是一个地道的在森林里长大的妇人，她的父亲和丈夫都是森林警察。

这时，房子里有一个人喊着：

"佩乐汀，今天晚上就我们两个人了。现在天要黑了，你快回来。因为这会儿有普鲁士人和一些狼在附近出没。"

那个劈柴的妇人正很使劲地劈着一段树根，每劈一下，就支起身子，举高她的双手继续再劈。她一边劈柴一边回答她的母亲道：

"我就要做完了，妈妈，我一会儿就回去。这就回来，你不用着急，天还没有黑。"

之后，她把那些大大小小的柴块搬进了屋里，沿着壁炉堆成一面墙。又跑到外面把板窗关上，那是用榆木心子做成的厚实阔大的板窗。最后，才进屋把门上的那些结实的门闩扣严了。

这时候，一个满脸皱纹胆小怕事的老妇人，也就是她的母亲，连忙走到了火炉边说：

"我真不愿意家里就住我们两个女人。你爸爸不在，我们能有什么用呢？"

年轻女人回答：

"才不会呢！我一样可以打死一只狼或者一个普鲁士人。"

说着话，她抬头两眼放光地望了望那柄悬挂在炉台上的大型手枪。

她的丈夫在早期普鲁士人侵入的时候就参军了。现在她和父母住在一起。她的爸爸就是绰号高跷的老警察尼克拉毕，他固执地要住在自己的房子里而不搬到城里去。

勒兑尔是离他们最近的城市，它是以前建在石岩上的要塞。那儿的人是很有民族气节的，有财产的人都决定抵抗敌人的侵入，都决定闭门死守。勒兑尔的居民们在亨利四世和路易十四世那两个时代都是以英勇自卫而闻名的。这一次他们要发扬传统，宁肯全城同归于尽也不离开。

他们为此购置了一些枪炮，配备了一队民兵，每天在演武场里操练，还分为营和连。包括面包师、开油盐店的、杀猪的、会计师、律师、小木匠、药剂师，轮流在规定的时间操练。指挥者是勒立先生，他从前在龙骑兵队里当过中士，现在正在开从他妻子的父亲承袭来的杂货店。

当地的青年人都已经去正规部队了。勒立自称城防指挥官，他把剩余的人组成一支队伍。胖子们用体操式的步子在街上走着，目的是减肥和增加肺活量。体力弱的则背着好些重的东西走路，这样可以锻炼筋骨。

大家在等候迟迟没有出现的普鲁士人。他们驻扎得离这很近，他们的侦察兵已经两次穿过森林里了，一直走到了那所看守森林的房子前面。

佩乐汀的父亲，就像一只老谋深算老狐狸警察，很早就赶到城里通知他们了。他们瞄好了大炮的射击线，但是一直都没有发现敌人。

他们家的房子成了设在森林里的前哨站了。老头儿一面采办食物，一面又把乡下的消息及时传递给城里的人，他每周都要去两回城里。

这天，他又到城里送情报去了。因为两天前下午两点钟的时候，有一支德国步兵小支队在他家里休息，这支队伍人数不多，但是很快就开走了。那个带队的中士会说法国话。

只要他去城里的时候，他总牵着他的那两条厉害的猎狗，以防备狼从树林中攻击。冬天里，狼变得特别凶狠。临走前，他总吩咐他的妻女们天只要一快黑，就要把门关好，待在家里不要随便出门。

他的女儿倒是什么也不怕，但是他的妻子很胆小，她总是重复着说：

"将来会很出问题的。你们等着，将来一定没有好结果。"

这天傍晚，她比往常更焦急了。

"你知道你爹什么时候回来？"她问女儿。

"哦！肯定要到十一点以后。他总是在指挥官那里吃了晚饭才回来，不会早的。"

于是，佩乐汀开始把家里的锅挂在火上做晚饭。等她停下来的时候，听见一阵模糊的响声从烟囱管里传到她耳朵里的。

她自言自语地说：

"至少有七八个人，在树林子里走呢。"

老婆子担心起来。她停下了纺纱的工作，结结巴巴地问：

"哦！天啊，幸好你爹不在家！"

她还没说完话，一阵激烈的叩门声响起来了。

母女两人都没有吱声，熄灭了家里的灯。这时，一种僵硬的法语和杀气的口音喊道：

"快开门！"

停顿了一会儿后，那相同的口音又在大叫：

"快开门，否则，我要把它打破了！"

佩乐汀听出那是德国人说法国话的口音，她把炉台上那支手枪藏到了自己裙子的口袋里。然后，她走过去把耳朵贴到门上表现出胆怯地问：

"您是谁？"

那说话的声音回答道：

"我们是那天来过的部队。"

年轻妇人接着问：

"您想要什么?"

"今天早上,我们的队伍在树林里迷了路。快开门,否则,我一定会砸破它。"

这会儿,她没有什么借口不开门了。她连忙抽开了那根粗门闩,打开了那扇厚板门。于是,在积雪的微光里她依稀看见了六个人。确切地说,是六个普鲁士人,就是前天曾经来过的那几个。

她用不卑不亢的语气问:

"这么晚了,你们来有什么事?"

那中士用相同的口音重复回答道:

"我迷了路,完全迷了路,我只认识这所房子。自从早上开始,我一点儿东西都没吃过,我的部队也一样。"

佩乐汀高声说:

"今天晚上,就我妈和我在。"

那个看起来还不是很为所欲为的军人回答:

"没关系,我什么坏事都不会做的。不过我们既困又饿,你给我们弄点儿吃的东西。我们都快站不住了。"

她犹豫片刻,退后一步:

"进来吧!"她说。

他们满身都是雪,铁盔上面堆成一种像宝塔形蛋糕样的东西,看上去他们都特别的疲倦。

年轻妇人示意他们可以坐在排在大桌子两边的木头长凳对上,并且说:

"先坐在这等会儿吧!我去给你们做点儿菜羹,你们看上去真的累坏了。"

之后,她重新上好了门闩。

她在锅里烧了水、奶油和一些马铃薯。之后,她取下了那块挂在炉台里面的肥膘腊肉,切了一半扔进了锅里。

六个普鲁士人瞧着她手里的食物,饥饿得眼里直冒火。他们早把自己的枪和铁盔搁在墙角儿里了。现在,他们安静得如同一群坐在讲堂的凳子上等着听故事的孩子一般。

母亲开始重新动手纺纱,一边不时偷偷地向那些普鲁士人望一下。这时,屋子里除了纺轮的轻巧转动声,柴火的开裂声和水在锅里的微响声之外,什么声音都没有。

忽然,一种异样的声音从门底下传进来,令屋子里全体人都为之一振。干渴的吹气声音,一种强有力的抽鼾样的和野兽嘘气的声音。

德国中士一下站起来朝着搁枪的方位走过去。这个在森林里长大的妇人用手做了个手势告诉他不要动，并且微笑着说道：

"这是狼！它们如同你们一样，来回走也饿了。"那个不肯相信的士兵一定要去看看，于是，他谨慎地打开了那扇门。他看见两只灰色的大野兽逃去的背影。

他又转身坐下来，喃喃自语：

"简直太令人难以置信。"

于是，他现在一心等候那份菜羹快些做好。

他们狼吞虎咽地吃着菜羹，为了多吃一些，嘴巴都张到了耳朵底下。那几双滚圆的眼睛和嘴巴一样的贪婪地看着锅里的食物，喉管里的声响竟像水管里呼噜噜的水声一样。

母女俩一声不响地瞧着这些德国人的饥饿的吃相，菜羹里的那些马铃薯一会儿功夫就没有了。

吃完了锅里的东西，他们都有些口渴了。于是这个在森林里长大的妇人，就到地窖里为他们取了点儿苹果酒。她在地窖里待了很长时间。地窖是一间有穹顶的小石屋，据说在法国大革命时代既可以用做监牢又可以做避难之处。那里面有一条窄窄的螺旋形的梯子，穿过梯子顶上的小洞就到了厨房尽头的地面上。这小洞是用一块不起眼的四方木板盖住的，外人很难看到。

佩乐汀上来的时候以暗暗狡猾的神气笑起来。然后，她把那只装苹果酒的罐子交给了德国人。

随后，她和她母亲在厨房的另一端也一起开始慢慢地吃晚饭。这些兵吃完了，开始围着桌子打炖儿。偶尔，一个脑袋低垂在桌上碰出一点响声。之后，这个突然醒来的人又直立了脊背，坐直了。

佩乐汀对那中士说：

"你们到炉子前面去睡吧，那儿可以睡六个人。我和妈妈到楼上的屋子里去睡。"

母女俩上楼去了。普鲁士人听见她们把门锁好，然后她们在楼上走动了一阵，不久就没有一点儿声音了。

六个普鲁士人彼此相对着，躺在地上了，枕着那件卷成枕头样的自己的大风衣，不一会儿他们发出了六道不同的鼾声，有些是响亮的，有些是尖锐的，不过却都是时断时续的，有点吓人。

忽然，外面响了一枪。他们也睡了很久就被响声惊醒了。那枪声似乎近可以让人相信放枪的地点就在墙外。那些兵立刻都清醒了，他们听见枪声又响了两下，随后又响了三下。

楼上的门突然开了，年轻妇人光着脚，身上只披着小衫，腰上系着短裙，手里端着一只烛台，神色看起来很惊慌。她张着嘴说睁大了眼睛说道：

"法国兵来了，大约两百人左右。你们在这儿被他们发现了，他们就会来烧这所房子的。赶紧到地窖里去躲避一下吧，不要弄出响声。如果有一点儿响声，那我们也都没有命了。"

神色慌张的中士用德国口音的法国话断断续续地回答道：

"我们愿意，我们愿意，从哪儿下去？"

年轻妇人连忙托起了小洞上的那块厚的四方木板，六个人用退后的步子凭着感觉去探索梯子上的落脚处，一个跟着一个小心地往下走。最后，他们六个人都从那条螺形的梯子上不见了。在最后一顶铁盔消失时，佩乐汀就以最快的速度地盖上了那块沉重的榆木板——这木板厚得像是一堵墙，硬得像是一块铁，有绞链，有锁簧，她用钥匙把那监狱式的锁簧旋了两转。她一想到能在这群俘虏的身上满足开枪的疯狂欲望，就情不自禁地笑了起来。

普鲁士人真的很听话没有弄出一点儿响声。他们被关在像是一只坚固的石头箱子里。那只箱子只靠着嵌着几根铁条的矮气窗和外面的世界接通。

佩乐汀重新燃起了她那堆炉火，又重新把那只锅挂在火上。最后，一边重新炖上菜羹，一边低声自说自话：

"哦。爸爸今晚一定很饿了。"

随后，她就坐下来等到爸爸回家。屋子里，沉寂的夜里，那座挂钟的摆发出阵阵有规则的嘀嗒嘀嗒的声音。

年轻妇人不时对着挂钟望一眼，焦急眼光好像是在说：

"走得太慢了。"

不久，她就感觉地窖里传来了咕咕哝哝的说话声，这些低而模糊的语句，穿过地窖的砖砌穹顶传到她的耳朵里来。普鲁士人好像渐渐地明白到她的诡计了。一会儿，中士就爬上了那座小梯子，举起拳头来打那方盖板。他重新用德国口音的法国话喊着：

"快开门！"

佩乐汀站起来走到盖板跟前，故意用滑稽的口气模仿那中士的口音问：

"你们想要干什么？"

"快开门！"

"不，这会儿我还不想开！"

那中士生气了：

"开门，不然的话，我把它打破了！"

她讪笑起来了：

"你打吧，小子。你想怎么打就怎么打吧，小子。"

于是他拿来枪托来撞这块关在他头上的榆木盖板了。不过，那盖板硬的竟抵住了枪托的撞击。

一会儿，年轻妇人听见他从梯子上下去了。随后，那些兵一个一个不甘心地走上梯子使劲来打盖板，并且开始研究如何打开这盖板。不过，他们很快就认识到这种努力是徒劳的，所以又通通走回去，在地窖里继续商量对策。年轻妇人仔细地听着他们的议论。随后，她打开了那扇通到外面的门，竖起了耳朵向夜色里倾听动静。

远处，一阵狗吠声传到她耳朵里了。她像一个猎人一样吹起了口哨，立刻就有两条大狗同时在黑影里跳起来向她扑过来。她抓住它们的脖子表示亲昵。随后她扯着嗓子高声喊道：

"喂，是你吗，爸爸？"

那声音从很远的地方对他回答：

"哦，是我，佩乐汀！"

过了几秒钟，随后她又叫道：

"哦，是爸爸！"

这次，那声音在比较近的地方答道：

"喂，佩乐汀！"

她接着又高声大喊：

"爸爸，不要从气窗跟前经过，好些普鲁士人被关在地窖里。"

于是，那个高大的人影突然向左面转向，在两支树干中间停住。他疑惑地问道：

"这么多普鲁士人在地窖里干什么？"

年轻女人被父亲的问话逗笑了：

"他们在树林子里迷了路，就是前天来过的那几个。我请他们在地窖里凉爽呢。"

于是，她说起了这件事情是怎样开始的，她如何放了几响手枪去吓唬他们，又如何把他们关到了地窖里。

那个始终谨慎的老头儿问道：

"可是，现在，我们该怎么办？"

她回答道：

"你去找勒立先生和他的队伍吧！他一定特别高兴，他会把他们抓起来。"

于是，那老爹恍然大悟了：

"是的，他一定非常高兴！"

那女儿接着说：

"我给你做了点儿菜羹，赶快吃了再走吧！"

老森林警察坐在桌子跟前了。他把盛满了菜羹的两个盆放在地上去喂自己的那两条狗，之后开始吃自己的那份。

普鲁士人听见了有人说话，都没有声音了。

在一刻钟后，老头儿动身去找勒立先生了。佩乐汀双手从反面抱着脑袋等着爸爸回来。俘虏们重新骚动起来了。现在，他们在嚷，他们怒不可遏地不断用枪托来撞击那块纹丝不动的盖板。之后，他们又从气窗的口上放了许多枪，这种行为无疑是希望在经过附近的德国人可以听见。

佩乐汀内心起波澜了。这种声音令她焦躁，令她不安。一阵怒气涌动心头，她真的想打死他们，免得他们再闹下去。

之后，她越来越焦躁，开始不停地看着壁上的挂钟，计算还有多久父亲才能回来。

她父亲已经去了有一个半钟头了，现在他应该早到了城里。她仿佛看见了父亲的活动：他把事情告诉了勒立先生，勒立先生听到后脸色发白，于是他忙不迭地打着铃向他的女佣人要他的军服和兵器。她又仿佛听见了在各处街道上流动的一阵鼓声，看见了各处窗口里钻出来好些惊恐的眼睛。那些民兵从各自的家里连跑带跳地出来，都还没有穿好衣裳，一边扣着身上的皮带，一边用体操式的步子往指挥官家里赶去。随后，排好了队伍，她父亲在前面站着，父亲和勒立和队伍在漆黑的雪夜向森林走来。

她又瞧着墙上的钟："他们再过一个小时，就可以到这儿了。"一阵神经质的焦躁使她坐立不安了。每一分钟对她都变得异常漫长的。时间真慢呀！

最后，她幻想他们已经回来了，于是打开门出去瞧瞧远处有没有来人。她看见有个人影正小心地向房子这边走来。她颤抖着发出了一声叫唤。谁知，那人就是她父亲。他说道：

"他们派我来看看情况有没有变化。"

"哦，没有，一点儿也没有。"

这时，他在黑暗中吹起了一声既长又尖锐的口哨。不一会儿，她就从树底下看见一对黑黄相间的人慢慢地走过来：一队由十个人组成的前哨。

那老头儿不断地反复说：

"注意，大家不要从气窗前走。"

然后，那些先到的人把那个令人感觉不安全的气窗又指给了后到的人看，并用同样的话语嘱咐他们。

最后，部队的主力也到齐了。他们一共有两百人，每人都带了两百粒子弹。

情绪激动的勒立浑身打战。他把弟兄们安排好后，下命令把房子团团围住，一面在那个气窗前面留下了一个很大面积的空白区域。其实，那个气窗是为了给地窖通气的。

接着，勒立走到房子里，向佩乐汀问明了敌人的实力和情况。因为敌人现在没有一点儿声息，竟使他们以为敌人可能逃走了，可能通过气窗飞走了。

勒立先生在那方盖板上跺着脚叫唤：

"普鲁士的军官先生！"

没有人回答。

指挥官接着又叫唤：

"普鲁士的军官先生！"

竟然还是没有应答。他劝告那个不发出声音的军官把军械和配备缴出来投降，同时保证不伤害他们的生命安全和并保全他们军人荣誉。他没有得到一声回答无论是同意或者是否定，局面成了僵局。

民兵们正来回地踩踏着地面上的雪，使劲用胳膊打着自己的肩，像是赶车的人自我取暖似的，并且都盯着那个气窗，那种想从气窗前面跑过的诱惑越来越强烈。

民兵中间有一个一向身手矫捷的绰号叫电线杆的，这时候，他突然兴致大发，想冒险了，他鼓足了劲儿，就像只鹿似的在气窗前面跃了过去。他没有受到伤害，俘房们像是死了一样。

有人高声叫喊着：

"一个人也没有。"

后来，另外一个民兵又从这个危险的没有受包围的窗前面穿过。这样，就成了一种娱乐。时不时跑来一个人，从这一堆中间跑到另一堆中间，像是孩子们的正在玩游戏，由于两只脚跑得轻快，所以就有许多雪块儿也被带起来了。有人为了取暖，点燃了几大堆枯枝，于是民兵们由右面跑到左面的轻快动作侧影，就看得更明显了。

有个人大声喊道：

"轮到你了，笨鹅。"

笨鹅是一个胖面包商人的姓，他的肥硕的肚子引起了同伴的大笑。他迟疑起来，人们开始取笑他。于是他下定了决心，用一种小小的体操式的步伐开始动起来。那种步子是有规则的，因为人胖就气喘吁吁的，不停地左右晃动。

所有的人都笑得流出了眼泪。大家吆喝着一起怂恿他：

"太棒了！太棒了！笨鹅！"

他马上就要走完了三分之二的路程，这时候，气窗里闪出了一道长而快的红光。同时，"叭"的响了一声，瞬间，这个胖大的面包师发出一声吓人的叫唤声倒在了雪地上。

没有一个人跑过去救他，所有的人都吓傻了。之后，大家看见他在雪里吃力地爬着，嘴里一面哼个不停，一面慢慢地爬完了那段可怕的距离，一下子就晕倒了。

他臀部最厚的脂肪——臀尖上中了一粒子弹。

在初次的意外和初次的惊险过去之后，又开始了一阵新的笑声。

不过，指挥官勒立出现在那所房子的门槛边，他刚刚确定了他的作战计划，他用一种不容置疑的声音下达正式命令：

"白铁铺弗昂须老板和他的工友。"

很快，有三个人走到他面前了。

"你们负责取下这房子的落水管。"

十五分钟之后，他们就把二十多米长的落水管利索地交给了指挥官。之后，他小心谨慎地在地窖的那块盖板旁边挖了一个小圆孔，又利用一口井的抽水机把水通到这个小圆孔里来。他兴奋地大声说："好，我们可以给这些德国先生弄点儿东西喝了！"

这时爆发了一阵由于胜利而起的热烈响应之声，接着就是一阵乱喊乱叫和傻笑。后来指挥官组织了很多个工作小组，指挥他们五分钟换一次班。接着他又大喊：

"开始抽水！"

于是，开始摇动井上的那个抽水筒的铁挽手，一阵细微的水流声沿着那些落水管欢快地流过。不久，就带着一阵溪涧中的流泉而且好像有红鱼在里面出没的岩泉的幽咽之声，从梯子上一层一层落到了地窖里。

大家都屏气凝神地等着，没有一个人说话。

一点了，两点了，时间已经接近凌晨三点了。

怒不可遏的指挥官在厨房里开始来回踱步了。他不时地把耳朵贴在地面上，设法去猜敌人正在做什么，独自揣测他们是否不久就会投降。

普鲁士人开始了又一次的骚动了。有人听见了他们狂躁地猛撞地窖里的那些酒桶，听见了他们在谈话，听见了他们弄得水哗哗直响。

终于，在早上 8 点钟的时候，一句用德国口音的法国话从气窗里飘了出来：

"我想和你们的指挥官说话。"

勒立从窗口边慢慢探出了头问道：

"您要投降吗？"

"是的，我投降。"

"那么，请您把所有的枪都送到外边来。"

于是，大家很快看见一支枪从气窗里伸出来了，丢弃在雪地里。接着，是两支、三支，最后所有的兵器都缴齐了。只听见那相同的声音又在叫唤：

"我们现在一无所有。我们已经淹在水里了，快点放我们出去。"

指挥官发出了命令：

"停止抽水。"

抽水筒的摇手停止不动了。

接着，那些握枪候命的法国民兵，站在里那间厨房里，把厨房挤得满满的之后。勒立指挥官才从容不迫地托起了那方榆木盖板。

最初，他们看见了探出的四只脑袋，那是四只湿透了的长着灰黄长发的脑袋。后来，那六个德国人一个个走了上来。他们抖作一团，浑身淌着水，一副惊慌失措的狼狈样儿。

他们都被法国人捉住了。因为怕万一发生什么意外，勒立把他的队伍立刻分成两队出发。两队中间有一队是押解俘虏的，另一队，用几根树条做成了一张临时担架抬着受伤的笨鹅。

最终，他们都胜利地回到了城里。

因为勒立带领民兵生擒普鲁士的一队前哨部队的功勋，法国政府授予他政府勋章。那个胖大的叫笨鹅的面包师，因为在那场战斗中喜剧性地受了伤，也获得军人荣誉奖章。

旅 途 上

一

从戛纳站上来许多人，客车里已经坐满了。由于因为彼此都认识，大家开始攀谈起来了。过了达拉司库的时候，一个人说道："就是这里暗杀的。"于是，大家开始议论起那个凶手了。他不仅隐蔽没有人见过，而且两年来还杀过过往的旅客。每个人都做了很多推测，每个人都发表自己的意见。妇女们带着惊恐不安的神色看着车窗外面的夜色，非常害怕，突然从窗口出现一个脑袋。

最后，大家开始讲各种令人恐怖的故事了。有的是险恶的遭遇，有的是特别快车里的疯子，有的是和奇怪的陌生人长久地单独相处过。

每个男客都有一件可以作为本人荣誉的趣闻，每个人都曾经在突发的情况下，用镇静的态度和勇敢战胜过匪党什么的。

有个每年冬天都要到法国南部去的医生，在轮到他讲故事的时候，他谈起了自己的一个奇遇。

下面就是他所讲述的故事：

我本人从来没有机会在特殊的遭遇里试过自己的勇气。不过我认识的一个已经去世的我的女病人，她曾遇见了世界上最稀有的，也可以说是最神秘、最令人感动的事。

她是迈瑞·巴里罗夫伯爵夫人，一个美艳绝伦、风姿绰约的俄国夫人。大家都知道，俄国妇人的美丽真的是难以企及。至少，她们那种高高的鼻梁，小巧的嘴巴，略见蹙拢而说不清楚到底什么颜色的眼睛，以及略现严谨的冷静身姿，对于我们来说都是那么的美丽！

她们的外表都有些忧郁，高傲而亲切，柔和而严肃的，但是充满诱惑力。所以，在一个法国人视线里，那真的是十足的美人了。总之，也许仅仅就是因为这点儿在种族和遗传上而表现的外貌的不同，让我在她们身上看见许多事。

几年来，巴里罗夫夫人的医生已经诊断她受到了肺病的威胁，于是极力鼓励她让他下决心到法国南部来修养，但是她固执地不肯离开彼得堡。去年秋天，医生断定她已经没有治好的希望了，于是就通知她的丈夫。她的丈夫立刻督促她出发到芒东①去。

火车上，她独自一人坐在客车的车厢里，她的随从坐在另外一个车厢。她略带忧愁，紧贴着窗口坐下，看着车窗外面的田园和村庄掠过，感觉自己非常孤独，好像在生活之中被人遗弃了。她没有儿女和亲属，只守着一个没有爱情的婚姻。而现在，丈夫如同别人那样把病了的仆从送入医院似的，就这样把她丢到世界的尽头，自己却没来陪她。

每当列车在一个车站停下来，她的男仆伊万总会过来关切地询问女主人是否想要吃点什么。那是一个忠心耿耿的老家人，无论她吩咐什么事情他都一律照办。

---

① 芒东：法国地中海沿岸城镇，靠近意大利边境，为冬季胜地和避暑胜地。

天黑了，列车正全速前进。她有些思虑过度，无法入眠。忽然，她想起临行之际她的丈夫给了她一些法国金币做零用钱，现在她想知道它们究竟有多少。于是，她打开了那个钱包，把它们全部都倒在自己的裙子上。

突然间，她感觉有一道冷空气掠过她的脸上。她吃了一惊，抬头一看，发现车厢的门打开了。伯爵夫人骇然了，她慌忙地抓了一条围巾盖住那些摊在裙子上的金币，一面用眼睛紧张地看着门口处，静候着会有什么人出现。

几秒钟后，一个男人出现在门口，他光着头是，手上带着伤，呼呼地直喘粗气，身上却穿着晚礼服。他关上了车厢门，坐下，用那双闪亮的眼睛盯着这位女客，用一条手帕包裹自己那只流血的手。

这个男人显然看见了她在数金币，那么他看到这些金币就要抢劫和杀她的。伯爵夫人浑身发抖。

他不眨眼地看着她，呼吸急促，面部的肌肉抽搐不停，很明显是即将向她扑过来的。

突然，他却对她说：

"夫人，您不必害怕！"

她没有回答他一个字，因为她已经吓呆了，她只听见自己的耳鸣和心跳声。

他却继续说：

"我不是个做坏事的人，夫人。"

她始终没说一个字。但是，她慌张地把自己的膝盖并到了一起，于是，金币就"哗啦啦"地撒了在车厢的地毯上。

那个男人的注意力被这些金光灿灿的东西吸引。突然，他开始弯下身子去拾。她惊慌失措地站起，顿时，她衣服上的钱就都落到了地上去了。但是她自己却扑到车厢的门边，想要离开车厢。

显然，他很明白她的害怕。于是，他连忙扑过去，张起胳膊抱着她，使劲按捺她坐下，并且抓着她双手对她说："夫人，请听我说，我不是坏人。你看，我要把拾起的这些钱还给您。不过，我是一个绝望的将死的人。如果您不帮助我过关出境，我不能向您再说更多的话了。一点钟以后，我们就要到俄国境内最后的一个车站，一点二十分以后，我们就要越过俄罗斯帝国的边界了。如果您不帮助我，这简直是令人失望。但是，夫人，我并没有做过杀人越货的事情，更没有做过什么伤风败俗的事情。这一点，我向您真诚地发誓。我不能对您多说什么了。"

说完，他跪到地下去拾那些金币了，把座位下面全都搜遍了，把那些滚得远远的都找了回来。随后，他把那只小小的钱包重新装满以后，默默地把它交给伯爵夫人，自己就转身坐到车厢里的另一只角儿去了。

接下来，两个人彼此远远地看着，都一动不动。她依然由于恐怖而浑身打战，始终坐在那里傻傻的不说一句话。不过渐渐地，她的心情安定了。他没有做任何手势或动作，只是直挺挺地坐在那儿，看着前面，苍白的脸色好像是已经死去了。

不时地，她向他瞥上一眼，又迅速地把目光收回来，怕他看到她在看他。那是一个三十多岁的英俊男子，看起来是一个很有气质的富家子弟。

列车继续在夜色里奔跑，迸发出种种大的声响。偶尔，它的速度减低了或者加快速度向前飞驰。忽然，它的行动慢了下来，鸣了几声汽笛后，终于完全停止了前进。

仆人伊万重新走到车厢门口来等候伯爵夫人的指挥。

伯爵夫人又偷眼看了一次和她同车的古怪人，随后用颤抖的声音对她的仆人说：

"伊万，你可以回去伺候伯爵先生，我这里不用你了。"仆人迷惑地睁着他的那双大眼睛，低声问：

"……伯爵夫人……不过……"

她接着又说：

"记着，我以后真的不需要你了，你要待在俄国。拿着这些钱，它们是你回去的路费，把你的帽子和外套留给我。"

那个老家人不明白发生了什么，迟疑了半天。他终于脱下了自己的帽子和外套，一言不发地表示遵命。主人的变化无常和不能改变的乖僻脾气，他已经习惯了。最后，他流着眼泪离去了。列车又重新启动了，向着俄国的边界前进。

这时，伯爵夫人对她同车的人说：

"先生，这些东西是给您的。您现在是伊万，我的仆人。对于我所做的一切，我只要求您一个条件：就是您永远不要再和我说话。您不能和我说一个字，更不用谢我，不管什么话都不要说。"

那个她还不知姓名的男人深深地鞠了一躬，果真没有说一句话。

不久，列车又停下了，上来几个身穿制服的人来查车。伯爵夫人拿出好几张证件交给他们，并且指着车厢那头儿的男人说：

"那是我的仆人伊万，这是护照。"

列车终于重新开走了。

一整夜，他们都面对面地待着，谁也没有说一句话。

列车在天亮的时候，在德国境内的某个车站停下来的时候，那个不知姓名的人下了车。随后，他站在车门边说："夫人，请您原谅我，我现在打破了我们的诺言。但是为了我，您没有了自己的仆人，我现在来代替他问您一句，您需要什么吗？"

她故意冷淡地回答道：

"您去给我找个随身的女佣人，好吗？"

他真的去了。

等她下车走进车站的餐厅的时候，她看见他正在不远处望着她。最后他们都到了芒东。

二

说到这里，医生沉默了一会儿。随后又继续讲：

某天，我正在诊所里给病人看病，忽然，看见一个身材高大的青年人走进来对我说：

"医生，我特地来向您打听巴里罗夫伯爵夫人的消息。她虽然不认识我，但我却是她丈夫的一个朋友。"

我说：

"她已经活不久了，她是回不了俄国的了。"

这青年人突然呜呜地哭起来起来。随后他摇摇晃晃站起来，像一个醉汉似的踉踉跄跄地走了。

当天晚上，我告诉这位伯爵夫人说有一个不知姓名的人问起她的健康。她像是很触动的样子，就向我告诉我刚才我向各位讲的那个故事。最后，她还说道：

"我与这个人萍水相逢，现在，他竟像是我的影子一样跟着我，我每次出外总'意外'地遇到他。他总用一种温柔的眼神看着我，但从没说过一句话。"

想了好一会儿，她又说道：

"是的，我现在可以和您打赌，此刻，他就在我的窗子下边。"她站起来揭开她的窗帷。果然，我看到了那个在白天找过我的青年人。这时，他正坐在人行道上的一条长凳上抬头张望着那座房子。他看见我们就站在窗口，头也不回地离开了。

这么一来，我感到两个毫不相识的人之间的无言的爱情，它震惊了我，但对于双方却是伤心的事情。

那个年轻的男人从那件事情之后，用一种因为感恩而生的至死不渝的爱去呵护她。他知道我听说了他的事，每天一定来问我："她的病情如何？"后来，他见到她日渐衰弱和面色苍白的时候，他竟失声痛哭了。

她却向我说："这个怪人，我只和他说过一次话，但是我却像认识他已经有二十年了。"

每当他们相遇的时候，她总用一种得体而又妩媚的笑容去回复他的敬礼。虽然她孤独一个人并且病情不看好，毕竟她还是幸福的。因为这样被人用尊敬而且不变的态度爱恋着，这样被人用充满诗意的激情来爱慕着，这样被人用奋不顾身的忠实态度来喜欢着，我认为她始终是幸福的。

然而，她却不肯抛弃她的高傲的贵族态度，坚决不愿见他，不愿知道他叫什么，不和他说话。她说过："不可以，不可以！那样一来，就会打破这种特别的友谊。我和他应该保持彼此各不相识的状态。"

他也是一个堂吉诃德式的人，由于他绝不设法接近她。他始终认为要坚持在车厢里表示过的那个永远不和她说话的承诺。

在以后她不断恶化的衰弱状态里，她也还是会从躺椅上站起来，走到窗前轻轻揭开窗帏去看他是否在那儿，是否在窗子下面。等到她看见他始终安安静静地坐在长凳上以后，她就带着满意的笑容走回来，继续躺下。

某天上午，十点左右的时候，她逝去了。我走出她的宅子正迎面碰到他哭丧着脸儿朝着我走，他已经知道她的消息了。

"我想当着您的面看她一两秒钟。"他说。

我挽着他的胳膊，把他带了进去。

他走到她的灵床前面，随即握着她的手吻着，眼泪滴到了手背上却始终不肯放下。最后，他才像个傻子似的走开了。

说到这儿，医生又沉默了好一会儿。然后，接着说：

"在各种偶然聚在一起的人们的旅行中，这确实是最少有的。也应当说那两个人全是情痴当中最奇怪的。"

随后，一个女客人用悲伤的神情自言自语地说："那两个人，不是像您想象的那般痴癫……他们都是……他们都是……"

但是，她最终没有说完，她的眼泪已经止不住地流了下来。于是，我们大家转换了谈话的内容。一会儿，她也看上去平静一些。然而，谁都不知道她究竟想说的是什么……

一名女佣的故事

一

天气好的时候，田庄里的人的午饭比往常吃完得快，然后就都到田里干活去了。

洛莎是个女长工，她自己独自地在宽大的厨房里工作，只有满热水锅下面的一点儿星星余火伴着他。她不时地从锅里舀水去慢慢地洗那些杯子和盘子，有时停下来看看穿过没有玻璃的窗户射在桌子上的阳光。

三只很大胆的母鸡在椅子下面寻找面包的碎屑。鸡屎的味儿和马房的发酵的温暖气味都是从那张半开着的门里散发进来。正午时候热得烫人的沉寂中间，雄鸡在各处喔喔的叫唤声响遍院子。

这年老的女人擦完桌子，打扫完炉台后，把许多盘子搁在厨房后墙边的高架子上面才长出了一口气，但是感到有点茫然，有点气闷，但不知道为什么。靠近架子有一个木头挂钟，时钟清脆地嘀嗒嘀嗒响着，她却眼睛盯着那几堵发黑的黏土墙和那些托在天花板底下发黑的椽子，还有那些迷漫在椽子上面的蜘蛛网，黄黑色的青鱼以及一串串的洋葱球儿。

接着她坐下来想像以前一样动手缝点儿东西，可是她一点劲都没有了。厨房地上那层砸紧的泥土发出的气味令她很难受，主要是因为那些潮湿的泥土很久之前就铺撒在里面，现在随着气温增高就向外蒸发，蒸发的气味掺杂着隔壁屋子里牛奶在凝结奶皮时发酶刺鼻的气味混合在一起而散发出来。于是她走到了门边去呼吸点儿新鲜的空气。

外面的阳光照在她身上，她觉得心里很是舒服，四肢里流动的血也都快了。

正对着门的那堆裹得严严实实的等候发酵的厩肥不停地发出一道小小的闪光的水蒸气。很多母鸡在那上边侧着身子躺着打滚，并用一只爪子轻轻刨着去寻觅食物。那只强壮的雄鸡就站在它们中央。它每次一转眼就轻轻发出召唤的声音选择一只雌鸡。那只雌鸡懒散地站起来，而且以安稳的神气接待它，屈着爪子，用翅膀托起它。然后雌鸡扇动着自己的羽毛，从中撒出些尘土，随后重新又在厩肥的上边躺下。雄鸡就用啼声庆贺自己的胜利。于是院子里其他的雄鸡都回应着它，它们相互传送着爱情挑战，就这样从一个田庄转到另一个田庄。

这个女长工心不在焉地看着这些鸡。然后她抬起了视线，被那些苹果树开满了的白花弄得目不暇接。

忽然一匹快乐马驹儿疯狂地跑了过来，冲过她的面前去。它绕着种着许多树木的壕堑跑了两个圈子，然后突然停了下来，失神地又回过头来，像是觉得只剩下它自己一个的样子不知所措的感觉。

她有了一种想要撒欢奔跑的想法。同时，也有了一阵疯狂的欲望，想躺下来，直挺挺地伸张四肢，想在闷热而且静止的空气里休息。她走了几步，还是不能下定决心。她闭上眼睛，感受到一种无所顾忌的舒服意味。然后，她就来到鸡舍里去找鸡蛋，一共捡到了十三个。她回去把鸡蛋都放在酒柜子的时候，厨房里的那种味道又呛得她不自在起来，于是到屋外草地上边儿坐一会儿。

被树木围绕着的田庄里的院子像是睡熟了。草长得特别高且而绿的发亮，当中的那些蒲公英的耀眼的白色相当强烈，苹果树的影子在树底下形成一个圆形的阴影。在房屋茅顶的脊上，长着许多叶子尖尖儿活像长剑的蝴蝶花。茅屋里的湿气透了出来，就像是马房和仓库的湿气都透过那层麦秸而挥发出来。

女长工走到车库里，那地方停着大大小小的车子。在壕沟的空儿里满种着香气四散的紫罗兰，形成一个碧绿的大坑。她在山坡上看到无垠的田野，全都是成熟的庄稼，中间还有成簇的树。而且，许多小得像是在远处干活的泥人，很多白马像纹丝不动的玩具，扶犁的人看上去只有豌豆那么大。

她把一捆麦秸搬到一个阁楼，然后把它放在坑里，自己在上面坐着。还是感到很不舒服，就解开了捆麦秸的绳子，在地上铺开，仰面躺了下来，双手垫在脑袋下边，腿伸得直直的。

她慢慢闭上眼睛，在一阵甜美的柔软环境里睡着了。就在她睡意朦胧的时候，她觉得有两只手抱住自己的胸部，她腾地一下跳了起来。他是雅格，田庄里的一个身体强壮的比卡尔狄州打杂的男工。最近，他极力讨好洛莎。今天，他正在绵羊棚子里干活，看见她躺在有遮荫的地方，于是就轻手轻脚地走了过来。他眼睛睁得大大的，不敢发出任何声音，头发上面还粘着些碎的麦秸。

他试图来抱她的时候被她狠狠扇了一巴掌。随后，他捂着脸来向她赔不是。于是他俩并排地坐了下来，而且还有距离地交谈了起来。他们谈到对收获有好作用的天气，谈到好的收成，谈到他们的老板是个有什么说什么的人。接着又谈到邻居，谈到附近所有的地方，谈到他俩自己，谈到本村，谈到他们小的时候，谈到他俩的所有的回忆，谈到他俩很久以前去逝了的并且永远离开的亲人。想到这方面，她对他放松了警惕。而他呢，抱着必成的信念慢慢地移近、靠紧她，他不住抖擞着，整个受了欲望的侵袭。她说道："有很久很久都没见到我的母亲，那太让人痛苦了。"

随后，她两眼空洞地向北一直看去，一直到那个很远的村子里。

他呢，突然搂住了她的脖子，重新吻了她。可是，她举起她那只握紧了的拳头，迎面重重地向他打了过来，并且把他打出了鼻血。于是他跳起来把脑袋靠在一棵树上。看到他流血了，她觉得有点愧意，随后她靠近他身边问道：

"是不是打疼了你？"

没想到他却笑起来："不疼，这个算不了什么。"事实上她刚好打在他面部正中。他嘟囔地说："好家伙！"随后就用敬佩的目光看着她，一种完全不同于其他女人的感觉。他已经真正地爱上了这个敢爱敢恨的女人。

他的血止住后，他向她提出去兜个风。因为如果他俩再这样并排坐着，他担心再会得到几拳。出乎他的意料，她主动地挽起了他的胳膊，就像一对未婚的男女傍晚在大街上散步那样，后来她对他说：

"对不起，雅格，不要像那样子看不起我。"他不同意这种说法。他从没有看不起她，他只不过是钟情于她。

"你真愿意和我结婚吗？"她说。

他诺诺地应着。接着，他趁着她出神地望着远方的时候，就从侧面来偷偷地窥视她。她有一张圆脸，在她短衫的印花布里边儿绷起的胸部，一副饱满的嘴唇和一条几乎精致而正渗出小汗珠儿的脖子。他觉得欲望又一次控制了自己。最后，他的嘴靠近她的耳门边轻轻地说道："是的，我非常愿意。"

她欢快地把自己胳膊搁在了他脖子上，而且不停地吻他，简直让他喘不过气来。

从此以后，他们俩之间无穷无尽的爱情故事开始了。他俩在每个角落里继续着爱情的游戏，趁着月光在一座麦秸垛子的严密遮盖下约会。而且还靠桌子的掩盖，用各自那双钉着铁件的粗皮鞋，在对方的腿上弄出许多发青的痕迹。

不久，雅格开始对她厌倦了。他开始躲着她，不再和她卿卿我我了，根本不再想办法和她约会了。于是她怀疑，担心了。过了一段时间，她发现自己有了孩子。

开始，她不免感到欣喜。没多久她变得烦躁不安，并且怒气每天在增加，是因为她根本没有办法找得着他。他呢，正费尽心机地躲避她。

有一天晚上，田庄里所有人都睡着了的时候，她穿着短裙，光着脚静悄悄地走到外边，穿过院子，打开马房门，雅格就睡在马房里面一只搁在马槽顶上满盛着麦秸的大筐子里。他听见了她进来，他假装睡得很香。然而她突然跪在他的旁边，摇着他直到他醒来才停手。

他醒后问她："要干什么？"她咬紧了牙齿，气得她浑身打战，说道："我要，我要你娶我，因为你以前答应要和我结婚的。"他开始笑着，接着说："哼！如果一个人把所有和他好过的女人都娶过来，那就没办法了。"

但是她抓住了他的脖子，不等他摆脱她的钳制就被她掀倒了，她扼住了他，靠近对他喊道："我怀孕了。听见没有？我肚子大了！"

他透不过气来，喘得厉害了。不久，他俩就都不动了，也不说一句话，静静地待在沉寂的黑暗中，只能听见某一匹马从槽里拖着麦秸然后慢慢咀嚼的声音。

雅格知道她的力气比他的大，于是才吞吞吐吐地说道：
"好吧，既然这样，我一定娶你。"
可是，她不再相信他的话了。
"现在，"她说，"你现在就当众宣布结婚的日子。"
他回答道：
"好的，现在。"
"你把这件事在仁慈的上帝面前发誓。"
他犹豫了几秒钟，接着打定了主意：
"我把这件事在仁慈的上帝面前发誓。"
就这样，她松开了手，没有回头看他一眼就大步流星地走了。

从那以后她又有好几天没见到他，和他说话了，而且那马房，从那以后每天晚上都用钥匙从里面锁好。她害怕被人说闲话，所以不敢再去找雅格。

后来，有一天早晨，她看见另外一个打杂工友进来吃饭。她问道：
"雅格是不是走了？"
"是的，"另一个说，"我是来干他的活儿的。"
她开始发抖了，她被气得没有力量从壁炉里面取下那只挂着的汤罐子。接着，到了大家全去干活儿的时候，她回到了楼上的卧室里，趴在枕头上面呜呜地哭起来，她还不想让人发现。

白天，她用那种不引起别人怀疑的方法去打听雅格的下落。可是她老是想着为什么会这样而显得失魂落魄，以至于感到她询问过的人都对她笑。从此他一点儿消息也没有，只知道他早已彻底离开了这里。

二

她痛苦的生活一日接一日地开始了。她像机器一样地工作着，从不想自己在做什么，脑袋里总是想着："如果这件事被人知道该怎么办呢！"

这个渐渐变大的烦恼让她真没有办法去想了。甚至即使知道不好的话就要来了，她连避开这个不好的话的方法也不去想了。日子越来越近，像是催命的死神在紧追着她。

每天早上，她起得比所有人都早，而且用一种愤恨决绝的态度，对着一小块供她梳头之用的破镜子盯视着自己的腰身，想看一看是不是今天被人看出来。而且，在白天，她时不时地停止工作，目的是为了从上到下细看一遍自己，看看自己的肚子是不是在片刻把围腰裙儿顶得太高。

以后的几个月，她几乎一言不发，有人问她问题时，她竟连问题都忘记，神情慌张，目光发呆，双手发抖。老板看到她这个样子问道：

"好孩子，你最近怎么啦！"

她总躲在教堂里的一根柱子后面，不敢到忏悔室里去，很怕撞见了教堂的神甫。她认为他有一种超人类的法力能够看得见她的心事。

在桌上，同伴们的多看她几眼竟让她担心而晕倒了，她担心被那个看牛人发现。这小子是一个早熟而又聪明的家伙，他那双发亮的眼眼好像在打量着她。

一天早晨，邮差给了她一封信。她从来没有接过什么信，心里非常紧张。是他寄来的，也许吧？可是她不认识字，拿着那张写满了字的纸抖个不停。她把信放在衣服的口袋里，不敢把自己的秘密告诉任何人。有好多次仔细看着那些工工整整的而且用一个签名做结尾的字，多希望自己能突然一下子能够读懂。最后，她因为担心和挂念几乎折磨得她成为神经质，就去找本村里的小学教师了。这位教师请她坐下然后念给她听：

亲爱的女儿：这封信为的是通知你，我身体不算太好了。我的邻居，邓都老板，写信让你回来。

你亲爱的母亲

代笔人：村长助理凯塞尔·邓都

她安静地走开了。可是没有人的时候，两条腿都软了，就立刻晕倒在路边。后来一直在这地方待到了晚上。

回到田庄里，她向田庄的主人说起自己的不幸。好心的田庄的主人同意她离开多久都没有关系，在她没有回来之前，他找一个临时的女工来代替她。

她的母亲本来就是病重垂危的，她回到家的那一日她母亲就死去了。第二天，洛莎就生了一个只有七个月大的男孩子。孩子的小骨头瘦得让人直害怕，而且他好像先天不足，因为他那双干枯得如同螃蟹脚爪样的小手痛苦地痉挛着。

但是，他却活了来。

她说自己已经结结婚了，可是照顾不了孩子，就把他交给了邻居，他们答应替她好好儿照顾。

她回到了农庄。

不过这样一来，那个被她留在家乡的弱小生命好像一道曙光似的照亮了她早已痛苦不堪的心，带来了未曾体验过的美好。后来这美好又变成了一种新的痛苦，一种时时刻刻都存在的苦难。因为她抛弃了他。

而且最使她伤心的事就是一种疯狂的想要亲亲他的愿望，想弯着胳膊抱他，想使自己的肌肤感得到他的小身体的温暖。她日思夜想着孩子，一做完事，她就坐在壁炉跟前，定定地瞧着它，如同那些想着远方的人一样。有人竟渐渐讪笑说她有了对象了，并且有人闹着玩儿说她有情人了，问她这爱人是否英俊？个子高不高？是不是很有钱？准备什么时候结婚？哪一天举行婚礼？后来，为了能够独自流眼泪，她时常躲避旁人，因为这些问题就像钢针一样刺到了她的灵魂。

她努力地工作只是为了排除这些烦恼。然而，她始终想着自己的孩子，她寻找各种办法来为孩子多积点钱。

她努力地工作，让人不能不增加她的工资。这样一来，她渐渐地包揽了所有的日常工作，因此老板辞退了另外一个女长工。在面包上，在灯油和蜡烛上，在被旁人随便撒给鸡吃的粮食上，在那些被别人浪费的牲口草料上，她都能够节省。

她为老板省钱就像为自己节俭一样。而且，买进的东西讲价到最低价，并且田庄里的产品，极力卖出高价，极力识破那些出售物产的乡下人的诡计。买进和卖出，苦工的管理，伙食的账目，只有她注意这些事情。于是，没有多久，她成了重要的人了，她使用一种新的管理方法，在她管理之下的田庄渐渐地兴旺起来了。周围三四公里的地方，大家都谈论"瓦兰老板的女长工"。而且这个田庄的老板逢人就夸赞地说："这女孩子嘛，真的比金子还值钱。"

然而，一年年过去了，她的工钱却始终没有增加。老板接受她的苦力，像是接受一种出自任何忠心的女工人的理所当然的事，一种简单的热心表现。

并且她开始带着点儿苦味想到老板是不是靠着她每月多进一百五十个到三百个金法郎，而她所得的却始终是每年二百四十金法郎，既不增加，也不减少。

她应该得到更多的工资，但是她感到了央求钱财是羞耻的事情，一连三次去找老板，然而走到他跟前却谈了旁的事。最后，有一天老板单独在厨房里吃早餐，她用一种欲言又止的语气对他说自己想和他好好谈谈。他惊讶地抬起了头，双手放在桌子上，一只手拿着餐桌上用的刀子，而另一只手拿着一点吃剩下的面包，随后他一直盯着他的女长工，等待着她说话。在这样的场景下，她结结巴巴地说她想请八天假回家去一趟，原因是自己有点不舒服。

他马上答应了她。接着，他也觉出她想说的话是什么意思了，又加上了两句：

"等你回来的时候，我也有话和你说。"

三

回到家里，她根本认不出已经八个月大的孩子了。他粉嘟嘟胖乎乎的，活像是个用着有生命的脂肪做成的瓷娃娃。他胖乎乎的小手可爱地抓挠着。她不顾一切地向他扑过去，抱住了他。孩子被陌生人的气息吓到了。就在这时候，由于他不认识她，她哭了，又因为他一看见他的奶娘就向她伸手要她抱他。

自从第二天开始，他熟悉了她的样子和笑脸，而且看见她就笑。她带着他到田里去，把她高高地举起，在树荫下面坐着。她向他絮叨着，她是她人生第一次，向着一个虽然他根本听不懂的人敞开了自己的心扉。母亲向幼小的孩子说起自己的伤心事、自己的工作、自己对他的担心，自己的种种希望。最后，她不住地用热烈和极度兴奋的爱抚动作弄得他感到了不舒服。

她感到一种作为母亲的无穷的快乐，抱着他在手里揉着，给他洗澡，给他穿衣服。尤其是收拾孩子各种脏东西的时候觉得自己是幸运的，好像这类无私的关切是对自己做母亲身份的一种肯定。她看着他，始终不相信他是她千辛万苦生的，抱着他，使他在自己手里动着，一面低声喃喃自语："这是我的孩子，这是我的孩子。"

她是一路哭着回田庄的。后来，她一进门，老板就在卧室把她叫住。她走进了卧室，很吃惊也非常感动，不知道为什么。

"你坐下来。"他说。

她坐下了。后来他们并排坐着了好久，彼此都感到不自在了，手脚都不知道怎么放好，而且没有按乡下人的规矩对面互相看着。

田庄的老板是个45岁的胖子，乐天派，而且有一点固执。先后有两个妻子，但是都早亡。

这时候，他感到了一种他以前从来没有经历过的拘谨。最后，他决心要说，于是开始用一种散漫的神情说着。他略显口吃，眼睛看着远远地瞧着田地里。

"洛莎，"他说，"你从来没想过要结婚吗？"她一下子变得很警惕。他看见她没有回答他，接着他继续说：

"你是一个正正经经的女孩子，又漂亮又勤俭。谁能娶到你，一定是个有福气的男人。"

各种想法不断地涌上她的大脑，好像大祸就要到来。她呆呆地坐着，不知道为什么会发生这样的事情。他等了一两秒钟，接着继续说道：

"你要知道，一个田庄要是没有女主人，什么也弄不好，尽管有你这样一个女长工。"

由于她一直不说话，他也不知道说什么好了。洛莎用一种不解的神情看着他，好像指证人和杀人凶手对面站着一样，而且只要对方略微有一点儿动作，就马上会抽身逃似的。五分钟之后，他问：

"嗨！这事成吗？"

她一种忧愁的表情回答：

"有什么事吗，老板？"

这一问，他更加仓促地说：

"自然是和我结婚了！"

她猛地站起来，随即又颓然地坐下，好像骨头断了倒在椅子上似的，死寂一般没动静，好像是个突然遭受重大不幸的人。后来，田庄老板再也忍不住了：

"快点儿！大家都看着你，那么你到底想要什么？"

她两眼发直地看着他的脸。接着，眼泪忽然挤到她的眼眶里了，她哽咽地说了两遍：

"我不能答应，我不能答应！"

"这？为什么？"那男的问，"快一点儿，用不着装傻。我再给你点时间考虑，到明天这个时候。"

他匆匆地走了，路上他长长地出了一口气。他完成了一件让他非常难以启齿的事情，并且非常相信他的女长工到明天可以接受这件事。如果她能接受，这对于自己真算是件好的买卖。因为他已经想了很久要找一个好的老婆，他认为她能带给他的一定是优秀的品质，要比当地最好的嫁妆还要好。

另外，在他们俩之间不用门当户对，因为农村所有的人都是平等的：田庄的老板也一样工作，而且男长工迟早也会变成田庄的主人，女长工随时也可以转眼就成为女主人，她们的生活习惯却不会因此而有什么变化。

这天晚上，洛莎坐在自己的床上，疲惫得异乎寻常，甚至于连哭的气力都没有了。她呆呆地坐着，身体和精神都离她而去了，好像正有人用着拉散成卷的羊毛的工具把她的精力分散了。

偶尔精神好一点儿的时候，她能够集中精神考虑每件事。她想到可能发生的事件，她变得害怕起来。在整个田庄里的平静之中，每次厨房里那座大钟报时的声音都会让她担心得出汗。头脑里一片空白，噩梦连连，蜡烛熄灭的时候，她的神经错乱了。每当他们受到了一种命运的打击时，就如同像逃避风暴的海船似的，这是乡下人都有的问题。

有一只猫头鹰喀喇喀喇叫着。洛莎一惊，坐起来，伸手摸着自己的脸和头发，就像是一个疯女人强烈地感觉着自己。接着就像病人似的走下楼。

走到了院子时天已经快亮了，她为了不让早起的人看见自己，于是只好低着头着走。因此她没有从栅栏门出去却跃上了土坎，到了田地的时候，她就跑起来。她急匆匆地弹跳似的向前走，而且还不时地喊出一声。只有一天拉得很长的影子陪在她身边。

一只夜游的鸟在她顶空上盘旋。附近院子里的狗听见她经过都汪汪叫着。其中有一条跳过了壕堑，而且追着来咬她。可是她却回过头来向狗扑了过去，大叫起来。那条狗被她的叫声吓怕了，逃回去蹲在窝里不出声了。

偶尔，一窝大大小小的野兔在地里嬉戏，可是，看到这个如同一个疯癫了的田野女神发疯似的跑过来时，这群野兔也惊恐地逃散开了。几只小兔子和母兔子钻到了洞里了，而它们的父亲撑起几条腿跳着。兔子那两只竖起的大耳朵因为跳跃而产生的影子晃动在黄昏的阴影中。不久，天就亮了。初生太阳斜射的光照着这片平原，像是一盏搁在地平线上的庞大的灯笼似的。星星呢都已隐没在天空深远之处，几只早起的鸟儿叽叽喳喳地叫着，天马上就亮了。这个精神衰弱的女长工也乏了。直到晓日刺破了粉红色的黎明的时候，她才停了下来。

她那双发胀的脚已经没有了感觉。她望见了一个很大的死水坑，坑里的水在晓日红光的反照之下如同鲜血。后来，她歪歪斜斜地跛着走了过去，坐在草地上，脱下那双满是尘土的粗皮鞋和袜子，于是她把那双发青的小腿伸到了那片安静而且偶尔吐出气泡儿的死水里。

一阵美妙的凉爽的感觉从她的后脚跟儿一直升到她的喉管里了。后来，正当她傻傻地注视这个深水坑的时候，她突然想到要把自己全身都没入水底的渴望。以为在水里面就可以不会饱受痛苦了，她不再想念自己的儿子。只有安宁和完满的休息。于是她站起来，举起两只胳膊，接着向前走了两步。水淹到她的大腿了。后来，等到踝骨上火辣辣的剧痛使她向后跳的时候，水已经没顶了。随后她痛苦地叫唤了一声。因为从膝头直到脚尖儿，好些乌黑的长条蚂蟥正附着在她身上，吸着她的生命，它们饱满的样子吓坏了她。

她害怕地大声叫着，并且一动也不敢动。她这阵失望的求救声引来了一个远处经过的赶着车子的乡下人，他一条一条地将那些蚂蟥拔了出来，并用一些青草压紧那些伤口，一直把这她送到她老板的田庄里。

她在床上躺了十五天。后来，在她醒来的那天早上，田庄的老板走过来站在她跟前。

"嗨！"他说，"那件事你想好了吧？"

她没有回答。他一直站着不走，用那副坚定的目光看着她，她才困苦地说：

"不行，老板，我不能同意。"

他突然忍不住生气了。

"为什么你不答应？你不答应，到底是为什么？"

她开始哭了，接着又说了一遍：

"我不能答应。"

他仔细地端详着她，紧接着迎面对她嚷着：

"那你是不是早就有爱人了？"

她羞愧得打战，吞吞吐吐地说：

"或许是这样的吧。"

这男人的脸似乎遇到天大的羞辱一般，红得像是罂粟花似的，气得连说话都发抖了。"哈！你还是承认了。贱货！他究竟是个什么人？是个光棍，还是一个赤着脚跑的家伙？一个一无所有的家伙，一个睡在露天里过夜的家伙，一个饿得快死的家伙？到底是什么样的家伙，你说！"

后来，在她没有答复的时候，他又说：

"哈！你不愿意说……我来替你说吧。哦，那是约翰·鄱德禹？"

她大声反驳：

"嗨！不是，不是他。"

"那么就是彼得·马尔丹？"

"不是的！老板。"

随后他疯狂地把附近一带的单身汉的姓名都念叨了一遍。可她呢，不停地极力否认，并且不时用围腰的角儿擦着眼泪。不过他一直用粗鲁的坚定的语言刺激着她的神经，就像一条猎狗寻找一只窠巢，目的却是去捕获那只像是躲在窠巢里的野物一般。他忽然高声叫唤起来了：

"嗨！不用说了，一定是雅格！上一年打杂的男长工。以前有人说过他和你谈恋爱，你们俩还彼此说要结婚的。"

洛莎急得呼吸不均匀了，一阵热血涌上了她的脸。眼泪突然停了下来，凝结在她的腮帮子上了，好像是许多积在烧红了的铁上的水点儿。她高声叫道：

"不是，不是他，不是他！"

"真的不是他吗？"这个狡猾的乡下人看到了依稀的真相就这样反问着。

她赶忙地回答道：

"我向您发誓，真的不是他！我向您发誓，真的不是他……"

她正思考用什么去发誓，却担心用那些神圣性的东西。他把她的话打断了：

"你以前跟与他在各处角落里，而且每次吃饭时他那双眼睛简直要把你吃掉似的。你答应过要等他吗，说啊！"这一次，她抬起眼睛直视她的老板了。

"没有，从来没有，绝对没有，而且我现在在仁慈的上帝面前向你发誓：如果他今天来求我，我不会答应他。"

她诚恳的态度让这田庄的老板迷惑起来。他好像对自己说话似的接着说：

"那么，到底发生了什么？你没有遇过一件不好的事，否则别人是知道的。既然没有原因，一个女长工怎么会回绝她的老板？因此，一定发生了什么事。"

她被哀愁扼住嗓子了。

他又问道："难道你不同意？"

她叹气了："我不能答应，老板。"接着，她转过身走了。

这一天剩余的时间她认为已经平静了，只不过感到疲劳和困倦，就像代替了那匹年老的白马从天亮就开始拉着碾粮食的工具兜圈子一样。她想早点儿休息，尽早。

在半夜里，有两只手在她床上摸索，惊醒了她。她立刻跳了起来了，不过马上辨认出是老板的声音正向她说：

"不用害怕，洛莎，是我想和你说话。"

一开始，她讶异。当老板拼命钻到她被窝里的时候，她知道他想要什么了。于是她更加地惊恐不安了，感到自己身处黑暗里，意识昏沉，四肢也不灵活，而且整个身体赤裸裸的，又在一个床上靠近一个男人。她的确不愿意，不过，她反抗得并不坚决，因为她还要与自己的自然本能作抗争，而在每个人身上，这种本能任谁也无法消解。这时需要人的坚强的意志，但像她这样性格柔弱，自主精神缺乏的人，意志力是不够坚强的。

为了躲避老板的吻，她的头一会儿扭向墙边，一会儿扭向房里。然而她早已疲劳而又倦乏了的身体，只在被窝里边略略扭动。他呢，欲火焚身竟变得简单粗暴了，突然地揭开了她的被子。这时候，她抵抗也是徒劳。她用双手遮住了自己的脸，并且不再抗拒了。

田庄的老板在她身边睡了一夜。第二天晚上又重新过来，以后每天都这样。

他们俩在一起生活了。

有一天早上，他对她说："我已经让人选了日子，我们下一个月就结婚。"

她没有回答。她又能说什么呢？她绝不反抗。她还能做些什么呢？

四

他们结婚了。她感到自己就像落在一个无底的深渊，永远走不出来了，而且各种不幸一直悬在她的头顶上，就像悬崖之类的东西只要一到时候就可以砸下来。她丈夫把她抢了过来，而这男人早晚会知道那件事的。后来，她又想起了自己那个孩子，不幸和幸福都是由孩子带给她的。每年，她回去看他两次，每次回来以后，她都更加的不安。然而她的这种担心却由于时间的消磨而自然平静了。她开始了一种依然掩藏，而又比较有希望的生活。

孩子已经6岁了，现在她几乎是幸福的了。这时候，田庄老板的心情忽然不高兴起来。

两三年以来，他就对自己的妻子疑心重重，随着时间的流逝这种精神上的痛苦一点点扩大。每天晚饭后，他抱着脑袋长时间地坐在桌子跟前，被伤心的事禁锢着。他说起话来更激动，有时候，甚至是狂暴的。而且好像是有一种专门反对他妻子的意图，因此他不时地用强硬态度而且带点愤怒的语气和她说话。

有一天，一个邻居的男孩子到庄子上来买鸡蛋，她因为太忙了，没有照顾好这孩子。这时候，她丈夫突然走出来。而且用凶恶的声音向她质问道："如果这孩子是你生的，你绝不会这样对他吧。"

她惊讶得不能回答他。接着，被唤醒的回忆再一次折磨着他。

吃晚饭的时候，田庄的老板不看她，没和她说话，而且像是厌烦她，瞧不起她似的。总之，像是知道点儿什么。

她不知怎么办了，在饭后竟恐惧地待在他身边。她离开家一口气跑到了教堂。

天黑了下来，教堂里窄窄的中央部分完全是一片漆黑。靠着唱歌台的远远的地方有一阵慢慢徘徊的脚步声，那是管理法器的司事正在着手布置圣体龛子的那盏通夜的长明灯。那一点在黑暗中微微颤抖的灯光，在洛莎心里像是最后一点儿希望。于是，她盯着它，跪了下来。

这盏守夜的小灯随着一条小链子的声响升到空中了。不久，在堂里的石地板上响起了一阵木屐的有规则的嗒嗒声，紧接着是一阵由牵钟的绳索摩擦出来的琐屑声。于是那口不大的钟奏着在雾气当中穿过的晚祷歌了。她找到了那个快要走出来的司事：

"堂长先生在家吗？"她问。

他回答道：

"我想他在家，他总是在晚祷歌的时候吃夜宵。"

于是，她浑身颤抖着去推堂长家的栅栏门。

这教士正在吃饭，他马上让她坐下来。

"是的，是的，我知道。您来的目的，您的丈夫已经向我说过了。"

这个可怜的女人没有力气说话了。教士接着说道：

"您想要些什么，孩子？"

接着，他迅速地吞了好几口羹汤，洒下的汤落在他那件紧绷的油腻发光的道袍上。

洛莎不敢说话了，担心恳请，也担心哀求。她站起来要走，堂长却对她说道：

"拿出点儿勇气来……"

她没有听从他说的就走了。

她回到了田庄里，似乎忘了刚才的事情。老板正在等她，在她回来的路上田庄里那些做苦工的人已经回家去了。这样，她笨重地在他脚边倒下了，而且流着满脸的眼泪问起来。

"你究竟为了什么事儿恨我？"

他开口叫唤起来，责骂道：

"我的心事就是我没有孩子，见鬼！一个人结婚的时候，并不是为了要让两口子孤单地终老，这就是我的心事。要是一条母牛不生牛犊儿，它是一文不值的。一个老婆不生孩子，她也是不值钱的。"

她哭了，断断续续地说道：

"这不是我的错！这不是我的错！"

听到妻子这样说，他心也软了下来，接着又说道：

"我不是故意说你，只不过这毕竟不是件令人高兴的事。"

五

从这天起，她只有一个念头：再生一个孩子。她把他们的愿望向人传播。

有个邻居的女人给她找了一个偏方：就是每天晚上给她丈夫喝一杯水，水里加一撮柴灰。田庄老板照办了，不过这偏方一点儿用都没有。

他们俩互相商量了："也许有什么秘方吧。"于是他们俩去请教别人。有人对他俩说有一个住在离他们村子十里外的牧羊人可以给他们一些秘方。于是有一天老板套起了他的双座小马车，前去请教了。

那牧羊人交给他一个上面画着许多符咒的面包。那是一个用许多野草制成的面包，他俩应当在晚间行房的前后各吃一片。

这面包整个儿被他俩吃完，依然没有任何结果。

有个小学教师给了他俩一个方法，很多在乡下没有被人知道的秘方，那人说是管用的。然而，他俩也没有得到什么结果。

堂长劝他俩到斐冈那地方去朝拜圣血堂。于是洛莎和一大群信徒一同到那修道院里伏在地下跪拜了。后来，乡下女人粗俗的虔诚中，她恳求着能让她再生育一回。这事儿也没有成功。这样一来，她想肯定是自己是因为第一次失身而受到报应了。于是一阵无边的痛苦再一次袭上心头。

她由于悲伤而身体渐渐衰弱了，她丈夫也老了。有人说："他在无望的事上消耗了自己，吃了自己的血。"

战争在他们之间升级，他辱骂她，打她，整天和她吵架，而且晚上到了床上，他喘着粗气，露出凶狠的样子，对她说出各种侮辱和谩骂之词。

最后，有一天晚上，他想尽花样地折磨她，命令她到门外的风雨里去站着，一直到天亮。因为她不遵从，他抓住了她的脖子，随后就举起拳头在她脸上乱打。她毫不反抗。他怒不可遏，跳起来跪在她的肚子上。后来，再咬紧牙关在她的头上乱打。就这样，她实在是忍无可忍地用一个狂暴的动作把他推到了墙跟前。她在床上坐了起来，紧接着，用尖利的变了声的嗓子喊道：

"我有一个孩子，我，我有一个孩子！是我以前和雅格生的一个。你是很了解雅格那个人的。他是应当娶我的，可他却跑掉了！"

听到她这样说，那男人发呆了，站在那地方没有动。他喃喃地问道：

"你说什么？你说什么？"

这时候，她开始哭了起来，最后她上气不接下气地说道：

"就由于这件事我以前才不肯嫁你，正因为这事我不能告诉你。要是告诉了你，你会让我和我的孩子都没有饭吃。你现在没有孩子，你怎么知道是自己有病，你怎么知道!"

他在一阵渐渐膨胀的惊讶之中反复地重复说道：

"你有一个孩子？你有一个孩子？……"

她一面哭着一面大声说道：

"你以前使劲强迫我，你知道吗？要不，我呢，我根本不肯嫁给你。"

他站起来，点燃了一支蜡烛。接着，背着手，在屋子来回地踱着步。她一直哭着，瘫在床上。突然一下，他站在她面前，说道："我没和你生孩子，这都是我的错。"她没有回答。他继续走，又停住，他问道：

"你的孩子，几岁了？"

她哀怨地说：

"现在他就快 6 岁了。"

他又问道：

"你怎么早不对我说？"

她呻吟着：

"我怎么能说呢？"

他直挺挺地站着不动。

"快点儿，起来。"他说。

她费劲地站起来，后来等到她靠着墙站好了以后，他忽然哈哈大笑起来。她不知道他是不是被气晕了，他却接着说道：

"这样，既然我俩不能生，我们去接那孩子吧。"她惊讶得简直无法形容了。要是这时候她不缺乏气力，一定会跳起来的。可是田庄的老板摆着那双手掌喃喃地说：

"我原本想找一个的，现在终于找着了，现在终于找着了。以前我早就向堂长说起要领养一个孤儿。"

他笑哈哈地吻着这个依旧流泪，并且发呆的老婆的脸颊。如像是听不见似的，他大声叫唤道："快点儿，快点儿去看看，是不是还有点儿汤。我一定可以喝下一罐子。"

她穿好了短裙，两个人下了楼。在她跪着去向锅子下边儿生火的时候，他高兴地不由自主地跨着大步继续在厨房走动，一面重复地说道：

"既然如此，真的，这让我高兴。而且不单单是嘴上这么说说，我从心里感到高兴啊!"

米龙老爹

　　一个多月了，田地上烈日炙人的火焰不停歇。高温下，生活依旧喜笑颜开，蔚蓝的天色一直和地平线相接，绿油油的田野无边无际。诺曼底省的田庄在平原上四处延伸着，从远处看，就像是一些围在细而长的山毛榉树的圈子里的小树林。近处，打开天井边的那扇被虫子蛀坏的栅栏门可以看见了一个广阔无边的令人欣喜的花园。古老的苹果树正开着花，乌黑的老树干像农夫的躯体一样瘦骨嶙峋正在天井里排列成行。花的香气、敞开的马房里的浓厚气味以及正在发酵的兽肥的蒸汽都混在一块儿。有成群的母鸡在那兽肥的上面在歇息。

　　中午，那家人正在门前的梨树下吃午饭：男女家长，四个孩子，两个女长工和三个男长工。他们吃着菜羹，几乎没一个人说话。不一会儿，他们揭开了那盘马铃薯煨咸肉的餐盖。有个女长工不时地站起来，走到储藏食品的房里，去斟满那只盛苹果酒的大罐子。

　　这家的男主人看上去有 40 岁左右，他审视着屋边一株赤裸裸的没有结果的葡萄藤，它弯曲着像一条蛇，在屋檐下面沿着墙在生长。最后，他说："老爹这枝葡萄，今年发芽的时间并不晚，或许要结果子了。"妇人也转过头来只是看了看，一个字也没说。

　　那枝葡萄的位置就是老爹被人枪杀的地方。

　　1870 年的战争时期①，普鲁士人占领了整个地区。法国的费脱尔将军②正领着北军和他们抵抗。

　　普鲁士人的参谋处就驻扎在这个田庄上。庄主是个年老的农人，大家都叫他米龙老爹。他竭力招待他们，安置他们。

　　普鲁士人的先头部队留在这个村落里做侦察工作有一个月。法军却在相距十法里外的一处地方静伏不动。但是每天夜晚，普鲁士人总会有好些骑兵失踪。士兵被分配到附近各处去巡逻。如果是只有两三个人组成一组出发的，从来没有回来过。

　　第二天早晨，会有人在地里、天井旁边、壕沟里发现他们的尸首。他们的马的项颈被人一刀割开了，伸着腿倒在大路上。

---

　　① 指 1870 年的普法战争。
　　② 费脱尔将军：法国将军，当时统率法国的北方部队。

这类的暗杀举动，手法痕迹像是同样的人干的。然而普鲁士人没办法破案。

因此，这里笼罩在恐怖的气氛中。许多乡下人被一个简单的告发就要被枪决，妇女们也被他们拘禁起来了，他们想用恐吓手段使儿童们透露一点儿什么，结果还是什么也没有发现。

但是某天早上，两个被刺穿了肚子的普鲁士骑兵在离这庄子三公里远的地方被人找到了。其中的一个，手里还握着他那把血迹模糊的马刀。可见他曾经格斗过，自卫过。同时普鲁士人也看见米龙老爹脸上突然多了一道刀伤躺在自己的马房里。

立刻，一场军事审判在这庄子的露天开庭了，那老头子被人带过来了。

他已经68岁了，身材矮瘦，脊梁是略带弯曲的，两只大手简直像一对蟹螯。顶着一头稀疏得像是乳鸭羽绒样的乱发，头皮随处可见。脖子上的皮肤枯黄起皱，很多粗的静脉血管看得清清楚楚。在当地，他是一个以难以妥协和以吝啬出名的人。

他们让他站在一张从厨房搬到外面的小桌子跟前，前后左右有四个普鲁士人看守。几个军官和团长坐在他的对面。

团长用法语发话了：

"米龙老爹。自从我们到了这里，对于您，除了赞扬以外真的没有一句闲话。在我们看来，您对于我们始终是友好的，并且甚至可以说是很关心的。但是今天却被人发现了有一件很可怕的事，我们自然要问个明白不可。您脸上带的那道伤是怎样来的呢？"

那个乡下人没回答一个字。

团长接着又说：

"您现在不说话，我们就定了您的罪，米龙老爹。我要您回答我，听见没有？您知道今天早上在伽尔卫尔附近发现的那两个骑兵是被谁杀死的吗？"

米龙老爹脆生生地答道：

"是我。"

团长吃了一惊，缄默了一会儿，眼睛盯着这个被逮捕的人。米龙老爹用他那种乡下人发呆的样子从容坦然地待着，双眼如同向教区的神父说话似的低着。唯一可以看出他心里慌张的，就是他的喉管像被人扼住了一般不断地咽口水。

他的家人：儿子詹森，儿媳妇和两个孙子，都大惊失色地立在他后面不远的地方。

团长接着又说：

"您可知道这一个月以来，每天早上，那些被人在田里找到的我们部队里侦察兵是被谁杀了的吗？"

老头儿用同样的安闲自在态度回答：

"也是我。"

"全都是您杀的吗？"

"对呀。全都是我。"

"就您一个人？"

"是的，就我一个人。"

"快告诉我，你是怎么动手干的。"

那老头儿看出这事非说不可了。他显得很不情愿，张着嘴说：

"没什么好说的，我该怎么干就怎么干。"

团长接着问：

"我告诉你，你必须告诉我们，你之前是怎么开始干的？"

老头儿回头看了一眼站在后面的家人，稍微犹豫了一会儿。后来突然打定了主意，大声说道：

"某天夜晚，那是你们到这儿来的第二天，十点钟左右的时候，你们这些人，拿走了我五十埃居①的草料，外加一头牛和两只羊。当时我就想，如果他们再来拿我一百个法郎，我一定向他们讨要我的钱。那时候，我心里还有其他的计划，我等会儿再详细说。当时，我看见了你们有一个骑兵坐在我的后面的壕沟边抽烟。我就把我的镰刀取下来，蹑着脚绕到他的后面去，他听不到一点儿声音。咔嚓一下，我就如同割下一把小麦似的割下了他的脑袋，他当时连一声'喔'都没有发出来。你们只要到水里去找，就会发现他和一块顶住栅栏门的石头一起装在一只装煤的口袋里。我把他全身的服装剥下来，从靴子到帽子，然后全部送到了树林子里的石灰窑的地道后面藏好。"

那老头儿暂时不说话了，那些惊惶的军官都哑口无言了。后来，又开始了审问，下面就是他们听到的真实的供诉：

老头儿做了这次谋杀敌兵的事情后，心里就产生了这样一个观念："多杀些普鲁士人吧！"他像一个忠心爱国而又智勇双全的农人一样憎恨敌人。正如他说的一样，他是有他的计划的。

他由于和普鲁士人常有往来而学会了几句简单的德国话。普军听凭他自由来去，随意出入，因为他总是用顺从和殷勤姿态来对待他们。每天傍晚，他总是看见有些传令兵出发。他听清楚那些兵要去的村落的名称以后，就也

---

① 埃居：法国古钱币名，种类很多，价值不一。

尾随着出门了。

他由自己家的天井里走出来，然后又溜到了树林里，进了石灰窑，再钻到了窑里那条长地道的末端，最后在地上找到那个被他杀死的士兵的服装，穿在自己身上。

为了不被人发觉，后来他在田里徘徊了一会儿。他在那些土坡上爬着走，发出极小的声响，他像一个娴熟的偷着去打猎的人。

到他认为时间成熟的时候，他便向着大路前进，然后就躲在矮树丛里，他在那等候。半夜的时候，在路面的硬土上响起来一阵马蹄声。为了判断前面来的是否只是一对先头的骑兵，他先把耳朵贴在地面上静听，然后就开始准备起来。

那骑兵带着一些紧要文件。老头儿走上了路面。等到距离十来步左右的时候，米龙老爹就横在大路上像受了伤似的爬着，并用德国和法语交替喊着："Hilfe! Hilfe! 救命呀！救命呀！"骑兵勒住了马，看清楚那是一个失了坐骑的德国兵，以为他受了伤，于是他滚鞍下马，毫不怀疑地走到他前面来。他刚刚俯着身躯去看这个素不认识的人，米龙老爹迅速举起手中的马刀，弯弯的长刃瞬时向他的肚皮砍下去。骑兵倒下去了，仅仅颤抖着挣扎了几下就死了。

于是，这个诺曼底人感到一种农民丰收般的喜悦而满心欢喜。他站起身，为了好玩儿又割断了那尸首的头颈。随后他把尸首拖到壕沟边扔进去。得胜的米龙老爹骑上了路边那匹在等候主人的马。教它用"大颠"的步子轻快地穿过平原走了。

一小时以后，他又看见两个归营的骑兵并排向他走过来。他向着他们走过去，继续用德国话喊道："Hilfe! Hilfe!"那两个士兵认出了他们的军服，就不管他有多靠近，都没起一点儿怀疑。于是，米龙老爹大摇大摆地在他们两人之间穿过去，一马刀一手枪，同时撂倒了两个普鲁士人。随后，他又宰了那两匹德国马，从容地回到了石灰窑，把自己骑过的那匹马藏阴暗的地道中间，脱掉军服，重新穿上了自己那套破衣裳，回家爬到床上，一直睡到第二天天亮。

之后，他四天没有出门。因为普鲁士人一连死掉了几个，他们在侦查这事。但是，第五天，他又出去了，并且又用相同的方法杀了两个普兵。从此，他似乎上瘾了，每天夜晚他总到外面去找机会，在月光下面骑着马驰过荒无人烟的田地，一会儿在这里，一会儿在那里，如同一个专门猎取人头的猎人似的杀了很多的普鲁士人。

每次杀完人，米龙老爹就将那些尸首丢在大路上，自己一个人回到石灰窑，藏起坐骑和军服，最后回家去睡觉，平静地像什么事情都没有发生过一样。第二天中午，他悠闲地带些清水和草料去喂那匹藏在地道里的马。

然而，那两个在被审的前一天晚上被他袭击的人，有一个有了些防备。挣扎之中，那个人在米龙老爹的脸上划了一刀。

但是，他还是把那两个人都杀死了！他仍旧回来藏好了那匹马，换上了他的破衣裳。但是在回家的时候他累得虚脱了，只能勉强拖着脚步走到马房里，一步也走不动了。

有人在马房里发现了浑身是血，躺在那些麦秸上面的米龙老爹……

陈述完之后，他突然抬起头，用骄傲地目光地瞧着那些普鲁士军官。

那团长抚弄着自己的鬓须，问：

"你还有其他要说的话吗？"

"没有，什么都没有。账很清楚：一个不多，一个也不少，我一共杀了十六个。"

"你知道自己快要死了吗？"

"我没有恳求放过我。"

"你以前是军人吗？"

"是的，我从前打过仗。就是你们杀了我爹，他老人家是一世皇帝的部下。我还应该算到上个月，你们又在艾弗勒附近杀了我的小儿子法朗索瓦。从前是你们欠了我的账，现在我都已经为他们报仇了。没什么好说的了。"

听了他的话，普鲁士军官们都相对无言。

老爹又说："八个算是替我的爹讨还了账。八个算是替我的小儿子讨还的。我们是两不相欠了。我原本不想找你们麻烦，我不认识你们！我也不知道你们是从哪儿来的。如今你们已经在我家里，并且要这要那的，如同住在你们自己家里。现如今我在那些人身上报了仇，我一点儿也不后悔。"

老爹挺起了他那有关节炎的脊梁，两只胳膊叉在胸前，像是一个傲视天下的英雄。

几个普鲁士人低声了商谈了好半天。其中有一个上尉，他也有一个儿子上一个月阵亡了。这时，他想替这个志气高昂的老汉辩护。

于是，他站起来走到米龙老爹身边，用只能他们两个人听见的声音说："听清楚了，老头儿，也许有个办法可以救你一命，你要……"

但是，那老头儿绝不想多听，他两只眼睛斜了那军官一眼。这时候，一阵微风吹动了他头上的那些稀少的头发，他那带着刀伤的瘦脸突然收缩到一起显得非常难看。他鼓起胸腔，深深运了一口气，向那普鲁士人随口吐了一口唾沫。

那上尉惊呆了。刚扬起一只手，那老头儿又继续向他的脸上吐了第二次。

所有的普鲁士军官都站起了，同时大声发出了命令。

不到一分钟，米龙老爹就被推到了墙边。人们看见，他向他的长子、儿媳妇、两个孙子微笑着。这时，他们都无比悲伤地望着他。枪声响起，英雄的米龙老爹被普鲁士人当场枪决了。

一场决斗

战争虽然结束了，德军仍旧驻守在法国，全国上下六神无主得如同一个败了的角力者被压在胜利者的膝盖下面一样。

头几列火车穿过破败不堪的巴黎出发了，慢吞吞地经过一些村落和田园，开向新定的国界。第一次旅行的人从窗口里可以看到那些完全成了废墟的平原和那些烧光了的小村子。

这时，很多普鲁士士兵戴着黄铜尖顶的黑铁盔，在为数不多的完整的房门外的椅子上抽着烟斗。另外，还有一些人在那儿做工或者说话，好像是那家的主人。

每当列车在城市经过的时候就看见大队的德国兵在广场上操练。他们的那些口令声伴着列车轮子的喧哗声传到列车里。

杜普伊先生在巴黎被围的期间，一直在城里的国民防护队服务。在敌人未侵入以前，由于谨慎起见，她母女俩早已到了国外。现在他乘了列车到瑞士去找他的妻子和女儿了。

爱好和平的杜普伊有一个富商式的大肚子，战争中的饥饿和困倦没有使它缩小一丁点儿。以前对于战乱的变故，他总是用忍耐和牢骚话去对付。现在，战争已经结束了，他第一次在边界看见了那么多的普鲁士人。他又气又怕地细看着这些留着胡子带了兵器的驻守在法国的人。他的心灵上一阵被蔫蔫的爱国热情所鼓动，一阵被人类明哲保身的共同本能所俘虏。

客车的车厢里有两个游历的英国人，他们用安静宁静而新奇的目光注视四处。这两个人也是胖子，他们用英语在交谈。有时候，他们一边打开旅行指南高声朗读，一边尽力仔细辨认记在书上的地名。

列车停在了一个小城市的站台上。一个普鲁士军官上了车，他的佩刀和客车的两端踏脚板相接触发出了巨大的响声。他高大的身材紧紧裹在军服里，满脸的大胡子。他下颏的胡须红得像是着了火，上唇的胡须颜色略微淡些，斜着向脸的两边翘起。因此，他的脸好像是被分成了上下两半。

两个英国人满是新奇的目光开始打量他了。杜普伊先生仿佛是一个在警察对面坐下的小偷儿一样，不自在地坐在一边，他假装在看报，没有理会他们。

列车又重新启动了。两个英国人继续谈天，继续寻觅着他们以前打过仗的确切地点。后来，他们当中的一个人忽然举起胳膊指着远处的一个小镇，那个伸长了长腿把身子在座位上向后仰着普鲁士军官用一种带德国口音的法语说：

"在那里，我杀死过十二个法国兵，俘虏两百多人。"

两个英国人被他的话激起了兴趣，他们问：

"噢！那个小镇叫什么？"

普鲁士军官答道："法尔司堡。"

接着，他又说：

"那些法国笨蛋，我狠狠揪着他们的耳朵。"

后来，他朝着杜普伊先生，骄傲地从胡子里露出了他满意的笑容。

列车继续向前开着，经过了很多被德国兵占据的村子。在各处大路或者田地边，栅栏拐角上或者酒店门口，望过去几乎全是德国兵。他们正如在自己国家那样地说话，他们多得如同非洲的蝗虫一样。

普鲁士军官伸出一只手说：

"如果我担任了总司令，我早就攻破巴黎了。我见什么烧什么，什么人都杀。那法国就灭亡了！"

出于有好，两个英国人用英语简单地答应了一声："哦！yes！"

他继续往下说道：

"耳（二）十年后，整个欧洲都将粗（属）于我们的。普鲁士，将会比任何国家都抢（强）大。"

两个英国人的脸夹在长髯之间像是蜡人一样没有一点儿表情了。他们也不说话了。这时，普鲁士军官开始笑了。接着，他就仰着脑袋靠在那里嚣张地说俏皮话了。他嘲讽被人占领的法国，羞辱那些已经倒下的敌人，他讽刺奥地利和那些战败者，他嘲笑法国各州的无为地抵抗，他讽刺法国那些被征调的国民防护队和那些无用的炮队。更严重的是，他还扬言俾斯麦①将要用那些从法国夺来的炮去造一座铁城。最后，他突然把他那双长筒马靴放在杜普伊先生的大腿上，杜普伊先生却把眼睛闭起来了，整个脸通红。

---

① 俾斯麦（1815—1898）：普鲁士王国首相（1862—1890）和德意志帝国宰相（1871—1890）。

两个英国人看到这种事情，好像对什么都漠不关心了。刹那间他们已经回到了自己的岛国，远离了世界上的种种喧嚣。普鲁士军官抽出了自己的烟斗，盯视着这个法国人说：

"您身上没有带烟吗?"

杜普伊先生答道：

"是的，没有，先生!"

德国人接着说：

"一会儿车子挺（停）了，庆（请）您去帮窝（我）买点儿烟来。"

后来，他又重新笑起来。

"我一定给您付点儿小费。"

列车呜呜地叫着，速度慢了下来。经过了一座被火烧得面目全非的车站前，很快便完全停住了。

德国人打开了车厢门，抓住杜普伊先生的胳膊说：

"您去帮我跑一趟，快点，一定要快!"

有一队普鲁士士兵在这车站上驻防，另外又有很多人在月台上的木栅栏外面站着。车头已经呜呜地叫着准备发车了。这时，虽然站长做了好些手势，杜普伊先生却突地向月台上一跳，跳进这辆客车的另一个车厢里。他心怦怦地跳着，把坎肩的扣子解开了，喘着气擦着额上的汗。

列车又停在另一个车站。那个军官忽然又在杜普伊的车厢门口出现，他进来了。立刻，那两个被好奇心驱动的英国人也跟着他上来。

他们坐在法国人的对面。始终保持着笑容：

"您刚才为什么不肯替我去跑腿。"

杜普伊先生回答：

"是的，我不想去，先生!"

列车又开动了。

军官说：

"那么，我把您的胡子剪掉，来装我的烟斗吧。"

于是，他向着他的脸伸过手来。

两个英国人始终在旁边目不转睛地盯着。

普鲁士人抓住了他嘴唇上的一撮胡子开始拔起来。杜普伊先生一反手就托起了普鲁士人的胳膊，抓住了他的脖子，把他摁倒在座位上。杜普伊先生气得发狂了，鼓起腮帮子，睁大两只冒火的双眼，一只手始终扼住对方的嗓子，另外一只手握成拳头开始愤怒地向他的脸上不停地砸去。普鲁士人猛力挣扎着，想去拔自己的刀，想掀翻这个压在自己身上的对手。但是，杜普伊先生用自己的大肚子的重量压住了他，并且不停手地打着，不管打到什么地方，他只是拼命地打着。眼看就要打出血来了。那个嗓子被扼的普鲁士人只是干喘着，他使出浑身解数想推开那个对他痛打的大汉，但是却没有一点松动的迹象。

两个英国人走过来了为了看得更清楚一些，他们站在那里满腔的快乐和惊奇地作旁观，像是要从这两个打架的人中选一个来赌胜负。

最后，杜普伊先生自己有些累了。他忽然站起来，一言不发地重新坐到了自己的座位上。

那个普鲁士人由于恐惧和疼痛被弄得晕了头，没有再向杜普伊先生扑过来。在缓过气来之后他才说：“如果您不肯用左轮手枪来和我决斗，那我就要杀了您！”

杜普伊先生回答道：

“如果您愿意，我完全同意。”

德国人接着说：

“我们马上就要到斯特拉斯堡了，我可以找两个军官来做公证人。在这趟车离开斯特拉斯堡以前，我看还能赶上。”

内心愤怒的烟火越烧越旺的杜普伊先生，对两个英国人说：

“二位可愿意做我的公证人？”

他们俩齐声用英语答道：

“哦！yes！”

列车停了。

没到一分钟，普鲁士人就找到了两个带左轮手枪的军官，于是他们都走到了城墙底下。

两个英国人加快了脚步匆匆地准备一切。他们怕的是错过了时间，坐不上原车赶路，而且不住地看表。杜普伊先生从来没有用过手枪，现在却站在和对手相距二十步的地点了。

有人问他：

“您准备好了吗？”

他回答：“准备好了，先生。”他看见一个英国人把雨伞打开为他遮住阳光。

一声：“放！”

不等瞄准，杜普伊先生就信手开了一枪。后来，他不敢相信地看见那个站在他对面的普鲁士人摇晃了一两下，接着伸出两只胳膊，直挺挺地扑倒在了地上。他已经被打死。

一个英国人喊了一声"Aoh"。这声音因为喜悦、好奇心的满足和快活而有些颤抖。另一个英国人本来始终握着表，那时，他用体操步挽着杜普伊先生的胳膊向火车站走。

第一个英国人一边双臂夹着身体跑，一边用双手握着自己的拳头。他用法国话数着步。三个人虽然都是大肚子，却排成一排一起快步向前跑着，滑稽至极。

"一，二！一，二！"

列车开动了，他们终于都跳到了车上。两个英国人同时摘下了他们头上的旅行小帽，一起抛到空中，大声喊道：

"Hip，Hip，Hip，Hurrah！"① 然后，他们——崇敬地伸出右手向杜普伊先生握手，就转过了身躯，相互挨着坐在仍然是那个角上的他们的位置上了。

保 护 人

那昂·马蒂做梦也没想到自己能有这样一种好运气。他是外省的一个执达吏的儿子，也和其他人一样在巴黎学习法律。他在形形色色的啤酒馆里结识了大杯喝啤酒高谈政治的大学生，与他们成了朋友。他对他们欣赏不已，总是追逐着他们从这家咖啡馆跑到另一家啤酒馆。如果他手里有点儿钱，还会替他们付款。

不久，他成为律师，接了一个案件，但是在辩护时败诉了。某天早上，他看报时得知：自己的老同学中有一个刚刚当选了众议院议员。

于是，他又成为旧同学的忠实走狗了，做了专门跑腿，有事招之即来的差事。但是由于议院里的政潮，这个众议员居然做了阁员。半年以后，那昂·马蒂就做了平政院评事。

开始，他有些得意忘形，非常希望旁人一见到他就能猜出他的地位，为了显摆自己他总是到街道上到处闲逛。有时候，他到商店里去买点儿东西，到报亭子里买张报，或者在街上叫一辆马车，即使谈到各种没毫无意义的事情，他也想办法告诉他所遇到的人：

"我是平政院评事……"

随后，他自恋般地臆想到被人需要的良好感觉，他要去保护旁人。他把

---

① 英语："嗨，嗨，嗨，乌拉！"

保护旁人看作是他的威望的具体表现，是他职业上的要求，是他的义务。无论遇到任何情形和对于任何人，他都用一种无限宽广的姿态献出他的力量。

在街上遇到面熟的人，他总主动地眉开眼笑地走过去握手寒暄。不等旁人说话，他就高声说："我现在做了平政院评事，我很愿意给您提供帮忙。如果我对您能有点用，千万不必客气，有什么事情尽管告诉我，我一定会想办法的。"

于是，他就和遇到的朋友到咖啡馆里去借些笔墨纸张。他说道："只要给我一张纸，那是写介绍信用的，谢谢！"

他写了很多介绍信，每天十封到五十封不等，都是在巴黎闹市区那些比较有名的大咖啡馆里写的。法兰西共和国的官吏，从预审推事数到阁员，他已经写过信了。他总是觉得自己特别幸运。

一天早上，他正从自己家里赶去平政院，忽然下了雨，他很想叫辆马车，但是却始终没有叫，他一直冒雨在街上走。

雨越下越大，雨水都漫到了人行道上。于是，马蒂先生不得不跑到一所住宅的大门下面去躲雨。那里已经躲着一个白头发的老神甫。在做评事之前，他是不喜欢神甫的。自从一个神父毕恭毕敬地请教他一件事情以后，他现在特别尊重这种人了。那雨越下越大，逼得他们两个人一直走到那所住宅的看门人的屋里去躲。为了避免泥水溅到他们身上他们靠得很近。为了彰显自己，马蒂先生急于说话，他高声说道：

"今天可真是个恶劣的天气。"

那老神甫欠一欠他的身子回答说：

"哦！是的，先生，对一个准备到巴黎住几天的人来说，真是不妙。"

"哈！您可是从外省来的吗？"

"是的，先生。"

"一个人在巴黎住几天却偏偏遇到下雨，的确是很见令人讨厌的事情。对于我们常年住这儿的人，却没有什么。"

那神甫不再答话了。神甫看着那条被大雨笼罩的街道。忽然，他像撩起裙子跨过水沟的女人们那样，撩起了他的道袍跑进了雨地。

马蒂先生看他要走，大喊道：

"雨水会淋湿你的全身的，再等一会儿，等雨停了再走吧。"

那人停住脚步说道：

"不，我很忙，我还有一个重要的约会。"

马蒂先生仿佛很不乐意他这样早早地就走了。

"但是雨太大了，您要去哪儿呢？"

神甫露出了犹豫的神色，随后说：

"我到旧王宫附近去一趟。"

"既然这样，神甫，假如您愿意，我这有把伞，我们一起走吧。我是平政院的评事。"

神甫抬起头来看着他说：

"谢谢您，我很愿意。"

于是，马蒂先生挽着他的胳膊，两个人一起走了。他带着他，掩护着他，告诉他：

"小心，这里有水。哦，要注意马车的轮子呢，它会溅得您从头到脚都是泥浆的。也要留意别人的伞，那伞骨子是世上最危险的东西了。尤其是女人最让人受不了，她们一点也儿不小心，无论是雨天还是晴天，永远把她们的伞骨子从你对面戳过来。她们从不对准自己的身子，以为市区就是属于她们的，她们统辖着街面和人行道。依我个人看来，她们真是没有教养。"

说完，马蒂先生开始大笑起来。

神甫没有回答他。他自己走着，身子向前略弯着，仔细挑那些可以走的地方下脚，以防他的衣服和鞋子沾上泥水。

接着，马蒂先生又说：

"您到巴黎来一定是散心的。"

对方回答："不，我要办一件正经事情。"

"哦！有那么重要吗？我能帮上您的忙吗？如果可以，我很愿意。"

神甫听了，慢吞吞地说：

"唉！是一件私事。一件……小麻烦。您不会感兴趣的，是一件……一件有关宗教行政的……内部秩序的事情。"

马蒂先生可着急了：

"但是，那些事正是归平政院管。既然如此，请您吩咐我吧。"

"是的，先生，我也是到平政院去的。真巧，我要去会坎贝尔先生和沙里先生。"

听到此话，马蒂先生突然停住了他的脚步。

"哈，太巧了，那些人都是我的最好的几个朋友和同事。他们都是非常可爱的人。我这就写信告诉他们，和他们说明您的情况。"

神甫向他道了谢，说了无数感谢的话。

马蒂先生乐得快要发狂了：

"唉！您真是遇到了一种绝好的运气。您会发现，由我的介绍，您的事情会办得非常顺利的，没有任何障碍。"

就这样，他们一同到了平政院。马蒂先生把神甫引上楼，到了自己的办公室里，请他坐在火炉前面的一张椅子上。随后，自己也在桌子跟前坐下，拿起笔开始写起来：

"请允许我以最诚挚的情感，向您介绍一位最尊贵最能干的神甫……"

他停下了笔问道："请问，您怎么称呼？"

"赛舍尔。"

马蒂先生继续写道：

"赛舍尔先生，今有小事劳烦，我幸得此便，向足下……"

最后，他加上几句客气话算是结束语。

他一连写好了几封信，一起交给这个神甫。对方在说了无数感激的话后就走了。

马蒂先生把公事办完，就回自己家去了。夜里，他感觉自己睡得很香甜。第二天，他愉快地起了床，拿起报纸来看。

他打开的第一份报纸是法国激进派的日报，首先映入眼帘的标题是：

我们的宗教师和我们的官吏

他读到：

"宗教师为非作歹的行动，实在是说也说不完。某处有一个赛舍尔的神甫，曾经承认自己有过背叛现在政府的企图，且由于犯过种种令人不齿的不光荣事实曾经被人告发。此外还有人怀疑他是个由旧日的耶稣会神甫化身的普通神父，某主教更因为他有某种被人认为不明用心的动机免了他的职，召他到巴黎来检查他的人品。岂知赛舍尔找到了一个姓马蒂的平政院评事做他的热心辩护者，这辩护者无知地为这个身着道袍的坏人写了好些极有力量的介绍信，给共和国的一些执政者和他的同事们。

"现在，我们特地指出这个人无法容忍的作风，深望内阁注意……"

马蒂先生一下子就跳起来，穿好自己的衣服，以最快的速度跑到他的同事家里，对他说：

"唉！快把那个傻瓜的介绍信给我，我真是发疯了。"

接着，马蒂先生更加慌张起来了，紧张地张着嘴说：

"事情不是那样的……请您想想吧……当时我上当了……那家伙的神气很像正派人……是他骗了我……他用卑鄙的手段欺骗了我。我恳求您，一定要严厉惩处他。我这就写封信。如果要惩罚他，应当给谁写信，请您快告诉我吧。我要去找巴黎的总检察长和总主，是的，我一定要去找总主教……"

于是，他不请自来地急匆匆地坐到人家的书桌跟前，开始写信：

"总主教阁下。敬启者，我最近被一个叫赛舍尔神甫的阴谋和谎言所骗，深受其害，特此向您声明……"

接着，他签下了自己的名字。在封信的时候，他回过头来看着他的同事高声说道：

"我的朋友，您都看见了，这的确是一个教训。以后，再也不要替任何人写介绍信了！"

勋章到手了

有些人天生身具有一种支配的癖好，在刚学会说话的时候，就已经开始学会想事，心中就想着想要的东西。

从儿童时起，撒克勒就有一个理想：他要获得勋章。稍大一点儿，他和其他的戴军帽的孩子们一样，胸前挂着好些锌质的荣誉军十字勋章。每次上街，他都得意扬扬地挺起他的小胸脯，那个胸膛被红带子和金属的星形牌子装饰着。

他读书的成绩不好。后来，他中学毕业会考①落榜了。当时，他有些不知道该怎样办了。最后，因为他的家里本来还有一点儿钱，他娶了一个漂亮的姑娘。

两个人在像所有富裕的资产阶级一样住在巴黎，在交际场中和同阶级的人来往，但是却从不瞎混。因为结识了一位很有希望当上部长的国会议员和两位师长，他们很是得意。这样，那种从撒克勒出生起就已经印在他脑海中的思想，更加根深蒂固了。但是他一直因为没有权利在自己的礼服上佩戴一条彩色的勋章丝带感到痛苦。

有时，他在大街上遇到那些得了勋章的人，常常感觉像是受到了一种侮辱。他带着一种极度酸葡萄的眼神去看他们。到午后休闲的时候，他偶尔独自坐着，然后开始数那些过往的人，自说自话地说："从马德来因礼拜堂走到德罗特街，我会遇见多少佩戴勋章的人呢。"

就这样，在街上他一个人慢慢地走着，用自己那双很容易辨认的小红点儿的眼睛，从很远的地方观察其他人的衣服。散步结束的时候，他因为看到

---

① 在法国，须成功通过中学毕业会考，取得业士学位，才能获得大学入学资格。

太多吃惊地说："八个荣誉军官长，十七个荣誉军骑士①。竟然有那么多！这样滥发十字勋章太糊涂了！"

他黯然地转身走回去了，在拥挤的人群中，他的目光被遮挡了，使他遗漏了一两个，他有些生气了。

终于，他知道那些佩勋章的人集中的区域了，那就是旧王宫。在歌剧院大街看见的还没有在和平街的多，马路右边比左边多一些。

有时，那些人也常在几个特定的咖啡馆和戏院出入。每次，撒克勒看见很多白发先生们站在人行道当中的时候，他就自言自语地说："他们才是真正的具有荣誉的人啊！"他似乎就要向他们敬礼了。他常常注意他们那种骑士的神采。他们的气质的确与众不同，大家觉得他们具有庄严和威望。

偶尔，撒克勒也会突然生起怒气，诅咒那些拥有勋章的人。后来，他对他们有了一种社会党人才会有的莫名其妙的憎恨。

他就像一个饥饿的穷人看到大饭店里美味的食物而气氛一样，看到那么多的勋章，他似乎被气坏了，回到家里他就高声嚷道："究竟到哪天，才会有人来扫除这污浊的政府？"

他的妻子不知道发生了什么事情，问他："你今天发生了什么事？"

他回答："我对发现的各种不公正的事感到非常生气。哦！当初的巴黎公社党人可真有道理！"

晚饭后他又上街考察了那些制造勋章的店铺。他仔细看过了所有不同图案，不同颜色的勋章，他真的想在一个公共场合，一个满是贵宾的大礼堂里得到一枚。那么，在一片赞美声中，在一阵敬佩的目光中，他挺着胸脯，衣服上挂着无数光辉闪耀的勋章，那真是风光极了，就像天上的月亮那样闪着高贵的光芒。

但是，糟糕的是他一个勋章也没有！他没有任何机会接受任何勋章。他想着："一个从没有担任过公共职务的人想要搞一个荣誉勋章是多么困难的一件事。如果我想为自己去搞一个科学研究院官长的勋章呢？"

但是他不知怎么办好。于是，他把这件事情和他的妻子商量。

她说：

"科学研究院的官长勋章？你都做过什么事，如何得到这些东西？"

他听了又好笑又有点生气："你真笨。你要明白我的意思，我正寻找要做的事。"

她微笑着说："是的，你非常有道理，但是我却不知道？"

---

① 法国荣誉勋位团包括五个等级的勋位，军官是第四级，骑士是第五级。

可是，他却有了一个想法："如果你向那位众议员先生谈谈这件事，他会给我一个机会的。我自己，你知道我是不敢向他直接谈这个问题的，那太敏感了。如果是你开口，那就不一样了。"

他的太太照他的要求做了，众议员先生答应和部长去谈谈。于是，撒克勒数次去打扰了他。最后，众议员的回答是应该先做一次申请，并且让他列举自己的头衔。

头衔？这个问题可不好办。他连一个中等教育的头衔都没有。

但是，他却开始认真准备编一本小书，名叫《人民受教育的权利》。因知识储备的不足，最后他没有成功。

他找了好些比较简单的主题，比如《儿童的直观教育》。他主张应当在贫民区域里专为儿童设立一些不收费用的戏院样的场所。很小的时候，父母就可以引他们进去看，利用幻灯教他们大概认知一切常识。那是真正的学校。感官是获得知识的开端，图画是可以印在记忆里的，这样就可以让孩子从小就认识科学了。这样去教孩子们世界史、地理、自然科学、植物学、动物学等等，这是最直接最简单的方法。

他把册子印好了，每个众议员他赠一本，每个部长十本，总统五十本，巴黎的报馆每家赠十本，巴黎以外的报馆每家赠五本。

后来，他又研究"街头图书馆"的问题，主张国家制造许多和卖橘子的小车一样的车，装上许多书籍在街上派专人推广。每个居民每个月可以有租阅十本书的权利，收取一法郎的租金。

他的宣言是："人民的行动只是为了寻欢作乐。如果他们不肯自愿接受教育，那么就应当让教育来改造他们吧……"

但是，他的这些论文没有得到任何回应。此时他递交了申请书。答复说，他已经在被注意和研究之列了。这次，他开始确信自己的成绩了。他一心等候着，但是很久了一点儿信息都没有。

于是，他决定要自己亲自出马，要求见教育部长一次。然而，接见他的却是一位举止庄重、年轻、有权力的机要秘书。这位秘书按着一组白色电铃钮儿，如同在弹钢琴一样，不住手地传召收发、勤杂人员、科员之类进进出出。他对这位求见他的撒克勒先生说，他的事情一直在进行，劝他继续这种有意义的工作。

于是，撒克勒先生又重新开始他的写作了。

现在，那位众议员先生很关注他了，他常常给他许多精明且实用的意见。因为众议院自己是一个有勋章的人，不过很多人都不知道他为什么得到这种特别荣誉。

他对撒克勒指明了许多可以进行的新研究，把他介绍到好些专门的学会，那里也是专注的各种特别深奥的科学问题，但目的也是想得到荣誉。并且他向内阁大力推荐了他。

他被邀请去撒克勒家中吃午饭。几个月来，他常到他家来吃饭，众议院握着他的手悄悄地说："我刚才得到一个大喜信，是关于颁发荣誉的。历史工作委员会有件事情要委托您，主要是到法国的各种图书馆去收集资料。"

高兴得过了头的撒克勒此时连吃饭的心思都没有了。八天后，他就出发了。

他走遍了法国的大小城市。在满是灰尘的旧书阁楼搜寻到很多参考书目，那里的图书馆员们对他很是厌烦。

一天晚上，他忽然想念家中的妻子了，他有一个星期没看见她了。他搭了晚上九点钟的火车，半夜才到家。

他带着大门钥匙轻轻地开了门走进去，快乐得要心都要跳出来了。他想，给她这样一个惊喜是很意思的。谁知，她却不知趣地扣上了卧室的门。于是，他隔着门大喊："嘿，亲爱的，是我，我回来了！"

她好像很是吃惊，他清楚地听见她一下子从床上跳下来，而且如同呓语一样独自说话。忽然，她跑向梳妆室，开了梳妆室的门立刻又关起来，并且快步地光着脚在房里来回走，室内的玻璃都被震响了。

折腾了一阵儿，她才问："是你吗，我亲爱的?"

他答道："是的，真的是我哦，快开门吧！"

房门打开的时候，妻子向他怀里一倒，还喃喃地说："哦！太可怕了！简直要吓死我了！我高兴死了！"

于是，他同往日一样开始脱了衣服，从椅子上拿起了那件一向挂在暗廊里的外套。忽然，他出神地看着外套的钮孔上系的一条红色的小丝带。哦，勋章！

他张着嘴吃惊地说："哦，这……这……这外套系了勋章呢！"

但是，他的妻子突然扑向他，并且要抢过他手里的那件外套，她说："不……是你弄错了……快把它还给我……"

但是，他抓住一只外套的袖子就是不肯放手，痴痴地望着，大惊失色地问道："哦，为什么? 你快说！那上面挂着荣誉勋章是谁? 他肯定不是我的！"

她疯狂地和他抢夺，惊慌失措地说："亲爱的，听我说……你听我说……把它还给我……我现在不能告诉你，那是一件秘密……你听我说……"

他脸都变成青色了，他说： "我要知道怎么会在这儿，它真的不是我的。"

这时，她向他大嚷道："谁说它不是，快给我闭嘴，你听我说……你已经得到勋章了！"

他打了一个激灵，手一松放掉了那件外套，颓然地倒在一把椅子上了。

他说："什么，你说什么我得到了……你是说……我得到勋章了！"

"是的……这是一个秘密，一个大秘密！"她回答。

她把那件衣服锁到衣柜里去了，接着面有愧色地走到她丈夫面前，说："是的，它是我给你做的一件新外套。但是我发誓先不对你说，要等你的任务结束了，要等到你回来的时候才能告诉你。要到一月，或者是六个星期之后才会正式公布。是议员先生替你弄来的……"

撒克勒激动得要断气了，张着嘴吃力地说："我……得到勋章了？……他……他使我得到勋章……我……哦……他……哈哈哈……"

他实在挺不住了，大口大口地喝着凉水。

先前从那件外套口袋里掉出来一张白色的小纸片，他把它捡起来。原来是一张名片，上面印着那位众议员的名字。

他妻子对他说："你看清楚了吧！"

他高兴得快掉下眼泪了！

八天后，《政府公报》刊登着："由于特别的功绩，撒克勒先生被授予荣誉军骑士勋章。"

雨 伞

献给广米耶·乌迪诺①沃雷依太太是一个四十来岁个子不高的女人，爱活动，爱干净，脸上略带皱纹，容易生气，当然也是个节俭的女人。每一分钱她都爱，她严格的按照原则节省每一分钱。她的女佣要是从买食品的费用里扣点钱实在是不容易，她丈夫沃雷依先生也要费点脑筋，才能在钱包里留点儿零花钱。然而他们家富裕的，而且没有子女。不过沃雷依太太看见那些白的小银元一个一个从她家里花掉就感觉不舒服，就像是割她心上肉似的。因此她每花一笔数量大点的钱，即便是必须要花的，她总会一两个晚上睡不

---

① 广米耶·乌迪诺：法国剧作家和小说家，莫泊桑的好友，莫泊桑的女友艾尔米娜·勒孔特·德·诺伊夫人的兄弟。

好的。

沃雷依不停地对他的妻子说：

"既然我们有的是钱，你就应该把多给一点儿零用钱。"

她答道：

"谁也不知道将来的事，多留些钱比少留好些。"

她的丈夫经常因为她过于节俭而痛苦，甚至有时候伤到他的自尊心。

他是一个经常在部队里不回家的陆军部的主任科员，不回家的原因不过是服从他妻子的命令，借此节省开支。

他有一把很破旧的雨伞，这成为他被同事嘲笑的理由。他终于被他们的讽刺的话激怒了，只好逼迫他妻子替他买一把新的。她替他买了一把八个半金法郎的某家大百货商店摆的样品雨伞。部里同事们看见那是被丢在大街上无人问津的东西，因此又重新开玩笑了，沃雷依先生只好忍受着一肚子的气艰苦的熬着。那把伞很不好使，不到三个月就坏了。在他的部里，所有的人又都把这件事当成笑料。而且有人还把这件事编成了一首歌，从早到晚，从楼上到楼下，谁都能听见有人唱着。

沃雷依实在忍无可忍了，他让妻子买一把价值二十金法郎的丝绸的新伞，而且让她开发票回来做证明。

她却买了一把十八个金法郎的，怒气冲冲地交给她的丈夫，一边说：

"这把伞你至少要用五年。"

这次扬扬得意的沃雷依在办公室里终于挽回了面子。

晚上回到家，他妻子用一种很不放心的眼光瞧着雨伞对他说：

"你不应该把橡皮圈箍在外面，那样会把丝线勒断的。这应该小心翼翼使用，因为我不会没过几天再买一把新的给你。"

她把新伞的橡皮圈取了下来，撑开伞。她吃惊地发现在伞布上有一个鹅眼大小的圆洞，那是一个被雪茄烟烧出来的焦痕！

她急切地说道：

"那上面是怎么弄的？"

她丈夫头也没回安然答道：

"谁呀，怎么啦？你说什么？"

这时候，怒气噎住了她的嗓子，她简直说不出话来：

"你……你……你把你的雨伞……烧焦了。你……你……你真发傻了！你想把这个家弄得倾家荡产！"

他脸色发青了，回过头问她：

"你说怎么啦？"

"我说你烧焦了你的雨伞，你看！"

她好像要和他打架似的冲到他眼前，愤怒地把那个圆圆的小小焦痕展示在他的眼前。

看到那个焦痕，他吞吞吐吐地说：

"这……这……这是怎么弄的？我也不知道！我对你发誓，我什么也没有做。我不知道这把雨伞怎么会弄成这个样子！"

这个时候她大声说道：

"我估计你在部里，一定拿着这把伞玩耍，给他们变戏法，打开给他们看。"

他答道：

"我只打开一回，让他们看看这把漂亮的伞。就是这样，我向你发誓。"

可是她气得跳了起来，和他狠狠地大闹了一场，那场面让性情温和的男人觉得家庭比枪林弹雨的战场还可怕一些。

她量了大小，在旧雨伞上割了一块颜色不同的但是大小合适的旧绸子补了上去。第二天委屈的沃雷依旧拿着这把经过修理的雨伞出了门。到了部里，他就把它锁在柜子里，像把它当作恐怖的记忆一样不再惦记它了。

晚上回到家里，他的妻子便双手接过雨伞展开来检查。她看着伞已损坏得不可收拾了，雨伞上穿了无数的小孔，那明明是烧的，好像有人把烟斗里没有熄灭的灰倒在上面一样。她气得嗓子都噎住了，嘴里念叨着"这把伞是坏了，坏的不能再修补了"。他查看着损坏的情况，他被吓得傻了，破败不堪。当他和妻子的目光相遇的时候，他只好低下了头。接着，她把那把破伞仍到他的脸上，她从愤怒之中恢复过来，她大声喊道：

"哈！该死的！该死的！你故意这样做的吧！非让你看看我的厉害不可！我再也不能给你买伞了……"

于是一场战争重新开场了。像是暴风雨似的呼啸了一个钟头之后，他终于有时间解释一下了。他发誓说他一点也不知道这事，一定是由于有人故意的或者报复的。

这个时候门铃响了，这下他可有救了。原来是一个到他们家里吃晚饭的朋友。

沃雷依太太把事情告诉了那个朋友。至于再买新伞，简直没有可能了，她的丈夫不可能再有新的雨伞了。

那个朋友和她讲道理：

"太太，这样一来他的衣服岂不白送了，衣服当然比雨伞更值钱了。"

那女人依然是怒气未消的，她说道：

"那么他只好用厨房里用的雨伞了，我没有钱再给他买新绸伞了。"

听见这种话，沃雷依不干了，他说：

"那么我就不去上班了，我……我是绝对不会拿着厨子的雨伞到部里去的。"

那位朋友接着说：

"拿这个去换一块伞布吧，那并不很贵。"

沃雷依愤愤不平地喃喃地说：

"至少需要八个金法郎才能换的。八个加以前十八个，一共是二十六个！花二十六个金法郎买一把雨伞，真是傻瓜！是胡闹。"

那个小市民朋友，忽然有了一个好的建议。他说道：

"让您的保险公司赔偿。只要这是在您家里损坏的，保险公司应赔偿烧坏的东西。"

听到这个好办法，女人的气消了一半。她考虑了一分钟，就对丈夫说道：

"明天，你在到部里之前，先到慈爱保险公司让他们检验这把雨伞的情况，再要求赔偿。"

沃雷依站起来说道：

"你们在说什么，我不敢去！那十八个金法郎肯是丢定了。不用多说什么。我们不会因为这就送了命的。"

第二天，他拄着手杖出了门。幸而天气晴朗。

沃雷依太太独自坐在家里对于那十八个金法郎依旧无法平静。她把雨伞放在餐厅的桌上，好好琢磨了一番，却想不出一个好的办法来。

保险赔偿的念头始终在她心里抹不去。不过，她实在不愿看到保险公司那些接待人员的嘲笑的眼神。因为她一到社会上在必须和陌生人进行交谈的时候总感到害怕，总是不知所措，她的脸还很容易就红了。

然而这十八个金法郎的损失对于她就是割了她的肉。她想忘记这件事情，不过这损失却一直痛苦地折磨着她。怎么办呢？时间一小时一小时地过去了，她是在受着煎熬。忽然她如同懦夫变成了勇士似的，她想到了一个好的办法。

"我先去了再说！"

不过为了得到赔偿，应该在雨伞上动点手脚，使它损坏的更为严重一些，那样才更可信。于是她从壁炉台子上取了一根火柴，把在伞骨之间伞面烧出像手掌大小那么几块。然后仔细地把剩下的绸伞面卷起再用橡皮圈箍好，一切准备完成。她披上围巾，戴上帽子，拿起伞快步走下了楼，向着保险公司所在的利夫力街出发。

不过她快要到保险公司的时候，她却犹豫了。自己该如何说呢？别人怎样来回答她？

在利夫力街，她留心房屋门牌的号，和她要去的地方相距还有二十八家。她有时间考虑，越走越慢了。突然看到门上金晃晃的几个字标着"慈爱保险有限公司"，她发抖了，原来她已经来到了公司的门前。她停住，原地来回不停地走着，又发愁又惭愧。她终于暗自默想：

"我应该进去，早点儿好些。"

不过走进那栋房子的时候，她感到自己的心怦怦地跳着。她来到办公大厅，大厅的周围开着许多窗口，每个窗口里面能看见有一个人露着头，身体的其他部分都被一道格子墙挡住了。

她停住脚步向手里拿着许多纸片的先生不好意思地低声问道：

"对不起，先生，你能告诉我哪个窗口是办理顾客要求赔偿烧毁物件的地方吗？"

他大声回答：

"在二楼靠左侧，损失科。"

损失这二字，刺激了她的神经，她很快走开，想着怎样去说。现在她宁愿失去那十八个金法郎。可是想到这个数目，她的勇气又上来了一点儿。她一边喘着气，一面走一步停一步地上楼了。

二楼正中间有一扇门，她叩了门。里面有人清朗地喊着：

"请进来。"

她进去了，看见那间大屋子中央有三位先生站着说话，他们身挂勋章气概庄严。

其中有一位问她：

"太太，您有什么事吗？"

她吞吞吐吐地说道：

"我来……我来……为的是……一件火灾的损失。"

那位先生恭敬地指着一个位子请她坐下，然后说道：

"请您安心坐一会儿，我马上解决。"

他回过头和那两位先生继续讲话了，他说：

"先生们，超出四十万金法郎以上的数目，本公司相信对于二位是不受约束的。我们不能接受您二位这种追还原数的要求，使我们格外多付十万。而且是估价……"

其中有一个人打断了他的话并说道：

"就这样吧，先生，法院最后会作决定的。我们现在告辞。"

于是，他们恭敬行了几次礼便都出去了。

她想和他们一同出去，什么都不要求就此跑了！可是她不能那样做了。那位先生走到她面前问道："太太，有什么事吗？"

她低声地说道："我来是为了……为了这个。"

那位经理用一种纯真的异样的神情，低头看着她举起的那把雨伞。

她用一只发抖的手打开橡皮圈。费了很大的力气才把那只剩下残破面子的雨伞残骸撑开。

经理说道：

"我觉得这东西损坏得很严重。"

她犹豫了一会儿大声说道：

"这东西花掉我二十个金法郎。"

他睁大了眼睛说道："真的！要这么多？"

"是的，这东西以前非好的。现在我想请您检查它的情况。"

"很明显，我看得到，很明显。可是我不知道我们与东西有什么关系。"

她原以为这公司不肯赔付这种小东西，于是说道：

"可是……这把伞被火烧了……"

经理并不否认：

"看到了。"

她发呆地张着嘴，不知道接下去该说什么了。接着，忽然意识到自己没有说明白来意，连忙说道：

"我是沃雷依太太，我们在慈爱公司保了火险，现在我是为了要求赔偿损失来的。"

她担心他直接地拒绝她，又接着添了一句：

"我只要求您为我补上一个新伞面。"

这可把经理弄糊涂了，说道：

"可是……太太，我们不是卖雨伞的人。我们没有办法亲自担负这类的修理事情。"

女人看到自己的事有点希望，就更加努力了。她没有害怕，她说：

"我只想得到修理的费用，我自己能够去办。"

经理先生好像还是不明白，说道：

"真的，太太，这真不算多。不过没有人向我们要求赔偿这样轻微的灾害损失。我们现在不会赔偿。你想想吧，例如手帕、手套、扫帚、破鞋子，一切小的东西，那些都是每日火灾逃不了的损失。"

她涨红了脸，怒气冲冲地说道：

"先生，去年12月，因为烟囱失火，我们最少损失五百金法郎，沃雷依先生没有要求一点儿赔偿，今天公司赔偿我的雨伞是应该的。"

经理看出她是在说谎，就带着微笑说道：

"太太你要实话实说啊，沃雷依先生对于五百金法郎的损失都没要求赔偿，可现在却为了修理雨伞的五六个法郎，让我们赔付，这真是太滑稽了。"

她镇定地答道：

"先生，请您原谅，五百金法郎的损失，是沃雷依先生的钱包里的。至于这十八个的损失，是属于我名下的。这根本不是一回事。"

经理看见他推脱不掉这位女人，并且不想浪费时间，于是用退让的口气问道：

"请您说说这个损失是怎样造成的。"

她觉得胜利就在眼前，于是便将事先准备好的话叙述起来：

"我把雨伞放在大门旁边的手棍的铜架子上。有一天我回家的时候就把这把伞放在架子里。架子上面的一块板子上放的有蜡烛和火柴。我伸手取了三四根火柴。拿了一根一划，谁知它断了。我再划第二根，马上燃了，却又马上灭了。再划第三根，谁知也是一样。"

她说到这里，经理用了一句俏皮话打断了她的叙述：

"那火柴真是政府制造的吗?"①

她没明白这个意思，依然继续叙述：

"那是当然。我每次都是划到了第四根才划出火才能点燃蜡烛，接着我进房准备睡觉。但是过了一会儿，我闻道一股东西被烧焦了的味儿。我一向是怕火的。嗨！要是我们出了乱子，那不可能是我的错！特别是自从遇到我刚才告诉您发生的那次烟囱失火之后，一直很小心。我因此马上起床走到外面去看，我像猎犬一样四处寻找，终于发现这雨伞烧着了。那可能是由于掉了一根火柴进去的缘故。现在你能够看到它被火烧成什么样子了……"

经理已经打定了主意，不愿多做纠缠，问道：

"这种损失，你估计要赔多少钱?"

她不敢确定，没有说话。最后她装着大方地说道：

"请您叫人修理一下。修好后我来取。"

他拒绝了：

"不成，太太，我不能这样办。您要求赔多少，就告诉我吧。"

"先生，可是……我觉得……这样吧，我不能赚您的钱，我去试一下。我把这雨伞拿到一家伞铺子里，让他们配一个又好又结实的绸伞面，以后再

---

① 1875年1月18日起，法国化学火柴的制造和销售均由国家垄断，市面上很难买到传统使用的优质瑞典火柴，而地下生产以及进口的劣质火柴泛滥，招致民众不满。

拿发票向您取款。这样好吗？"

"很好，太太，就这样说好了。我给你写一张通知出纳科付款的条子，那里有人会赔偿您费用的。"

于是他写了一张条子交给沃雷依太太。

她连忙伸手接过来，说了声谢谢，担心经理反悔就匆匆地走了。

现在她心情舒畅地去寻一家与众不同的雨伞店。看到了一家华美的铺子时，她就走进去有礼貌地说道：

"这是一把要换绸面的雨伞，请您用最好的换上去。我不会在乎价钱的。"

一场政变

刚听到败绩，共和国政府就宣布成立了。整个法国从这乱糟糟的搞法开始一直到公社以后都在杀来杀去的把戏，所有的人都忙得透不过气来。

一些小商贩靠偶然的机遇成了军人，指挥着那群熙熙攘攘的志愿兵，像车夫骂牲畜一样地骂人以展示他们的威风。一些帽子店的老板也成了上校，还兼着将军的作用。在围着红布的大肚子上一圈插满了手枪和匕首。

仅仅是因为手里有武器，就使这些只拿过秤杆子的人滥杀无辜。为了证明自己会杀人，他们就像疯子一样去杀一些无辜的人，在没有遭到普鲁士人践踏的乡村里到处转悠，开枪打死一些游荡的狗、反刍的牛和在草场上放牧的病马。

人人都受到狂热战争的号召想在这场战争中充当一个重要的角色。连最小的村庄里的咖啡馆都挤满了穿上军服的商人，像是个兵营或者急救站。

小镇加纳还不知道那些有关军队和首都的令人茫然的消息。但是由于敌对的派别已经处于对峙状态，一个月以来小镇已经被搅和得极端动荡了。镇长是上了年纪的消瘦的子爵华塔纳先生。由于在不久前归顺了帝国的正统派，但是子爵又多出了一个死敌——马沙利医生。这是个红脸胖子，他是这个区域的保卫地方的民团组织人、共和派首领、农业协会会长、共济会头目、救火协作队主席。

这个胖子不知用什么办法在半个月的时间里使三十多个有妻室子女的谨慎农民和镇上的商人下定决心保卫乡土。他每天都在乡政府前的广场上训练他们。

　　偶尔当镇长到镇公所来的时候，这位司令官就会腰挎手枪，手持军刀，骄傲地走过他的队伍前面，对那些人拉起架势高呼道："祖国万岁！"大家都知道，小个子的子爵对他的这声吆喝气急了。但他却把这一切看作是一种示威，一种挑战，是对大革命的令人不厌烦的纪念。

　　9月5日早晨，华塔纳医生把手枪放在桌子上，穿着制服正在为一对乡下老夫妇看病。那男人得静脉曲张已经七年了，一直拖到他的妻子也得了病才一起来看医生。

　　此时，信差送报来了。他打开看时脸庞因为激动而抽搐着。他突然站了起来，用极度兴奋的姿势，举起了双手朝向天空，放开了嗓门叫道：

　　"法兰西万岁！法兰西万岁！"

　　两个乡下人被他吓得不敢动一下。

　　随后，他一屁股坐进了围椅里，激动得快要晕倒了。乡下人继续往下说："开始时，像一些蚂蚁沿着我的腿爬……"

　　他叫道："让我静会儿，我没有时间来听您的傻话。共和国已经宣布成立，皇帝已经被俘，法兰西得救了。共和国万岁！"

　　于是他跑到大门口，大声吆喝道："玛丽，快，玛丽！"

　　吃惊的女仆跑来了，他由于说得太快而口齿不清："快，把我的靴子、我的军刀、我的子弹袋，还有我的西班牙匕首都拿过来。它们在我的床头柜上。你快点，快……"

　　那个来看病的乡下男人趁医生稍稍平静了之后。对他说：

　　"……它已经变成了一个个鼓包，我走路时很疼。"

　　医生被惹火了吼道：

　　"见鬼去吧你，让我安静一会儿，如果你常洗脚的话，就不会得上这种病。"

　　然后抓住他的领口，冲着他的脸大声叫道：

　　"你是真不知道我们转变成了共和国吗？你这个大傻瓜！"

　　不大一会儿，他安静下来。他把这对被吓坏的夫妇送了出去，不停地说：

　　"你们先回去吧，明天再来，我明天给你们看。朋友，今天我真的没时间了！"

　　他紧张地将自己装束起来，同时又给他的女仆下了新的命令：

　　"快到中尉里彼特和少尉梅森家去，让他们快来。告诉他们，我在这儿等着呢。并叫里德斯把鼓带来！快！快！"

　　玛丽出去了之后，他开始聚精会神的计划如何应付目前形势中的问题。

　　不一会儿，那三个人都穿着工作服来了。期待他们穿着制服来的司令官很是吃了一惊。

"你们估计什么也不知道，上帝！皇帝被俘了，共和国已经宣布成立了，是该行动的时候了。我的地位虽然不高，可是十分危险的。"

几个下属很惊愕。他思索了几秒钟后说：

"我们应该行动了，现在不能犹豫，关键时刻的几分钟能够顶上几小时，所有的决定都取决于迅猛果断。里彼特你去找神甫并命令他召集群众，我要去通知他们。里德斯快你到村子里去敲鼓集合队伍，一直敲到吉利赛和沙儿马的那些庄子上，让他们到广场上去。你，梅森赶快穿上你的军服，只要军衣军帽就行了。我们要去占领镇公所，还要命令华塔纳先生向我们交权，你们明白了吗？"

"好的。"

他们齐齐地回答。

"立即执行，我陪你们去。梅森，我们一起前去执行。"

这位司令官和他全副武装的下属五分钟后来到了广场上。这时候，子爵华塔纳从另外一条路走过来，像要去打猎似的也上了绑腿，肩上是福勒寿式的猎枪，屁股上挂着刀，斜挎着枪，后面跟着三个穿绿军服的保卫。在医生停下来愣神的机会，他们四个人已经走进了镇公所，那扇门在他们后面关上了，医生支支吾吾地说：

"我们被人抢先了，现在得待援。这一段时间里什么也干不了。"

中尉里彼特出现了，他说：

"神甫拒绝屈服，他把自己、杂役和看门人一起都关到了教堂里。"

面对关着门的镇公所在广场的一边，另一边就是那沉寂的黑色教堂，它露出了镶着铁条的橡木大门。

这时，好奇的居民们都贴着鼻子在窗户后面或者是站到了房前的门槛上看着。突然，马沙利使劲敲着集合鼓点。他用操练的步伐穿过广场之后很快消失到了田间小路上。这位司令官挥舞着他的军刀独自走到敌对的人盘踞着的两幢房子的中间地方，他使尽了肺部的力量吼叫着说：

"共和国万岁！叛逆者必死！"

然后，他开始往回走。

那些放心不下的肉店老板、面包店老板和药剂师都关上了他们的店门。此时，只有一些小杂货店还开着门。

这时，民团的人员前后都到了。他们穿着各式各样的衣服，还戴着顶有红道的军帽，这军帽形成了全团统一的标志。他们拿着三十年来一直挂在他们家厨房的壁炉上的老锈枪。这样，他们看起来像是一队乡下的护林人。

等到司令被大概三十多人围住的时候时，这位司令用几句话给他们交代了事变情况，而后回过头来对他的参谋部说："现在行动。"

居民们聚集在一旁，一边看一边议论。

这位医生很快就确定了他的作战计划：

"中尉里彼特，你前进到乡政府的窗户下面，以共和国的名义要求华塔纳先生先将镇里的那栋房子交给我。"

可是这位原是泥水匠的中尉不遵从，他说：

"司令，你是个大滑头，您现在要让我去挨一枪，对不起。里边那些人的枪法都特别好，这个您最清楚，您自己去完成命令吧。"

司令官的脸怒气冲冲地说：

"我以司令的名义命令你去。"

这中尉很委屈地说：

"我可不会为那些与自己无关的事去送命。"

围在一旁的好些人都窃笑起来了，其中一个人嚷道：

"你说的对，里彼特，还没到时候！"

医生叽叽咕咕地骂道：

"妈的，一群胆小鬼！"

于是，他把军刀和手枪交给一个士兵，决定亲自上阵。他慢慢往前跨步，一边提防会有枪来瞄准他，眼睛盯着那些窗户。当走到离房子没多远的时候，附近学校的大门打开了，一群男孩儿和女孩儿，聚在广阔的空地上嬉笑打闹，好像是一大群叽叽喳喳的鸟儿在医生的周围。

等孩子都散开了后，这位司令官终于鼓足了劲儿喊道：

"华塔纳先生？"

二层楼的一扇窗开了，华塔纳先生出现了。

司令官开口说道：

"先生，刚才发生了政府变革体制的巨大事件，您所代表的政府已经覆灭了，我所代表的政府已经掌权。在这决定性的艰难时刻，我以新共和国的名义要求您，请您向我交出我们国家的权力机构授予您的职权。"

华塔纳先生回答道：

"医生先生，我是被正式任命的加纳镇的镇长，在我没有接到我的上级对我撤职命令之前，我仍然是加纳镇的镇长。作为镇长，我应该待在镇政府里，我将继续待下去。要不您就试试赶我走吧。"

于是，他啪地关上了窗户。

这位司令官回到了他的队伍里。在给大家说明情况之前，从头到脚打量了里彼特一番之后说：

"白长了个脑袋，你只不过是只胆小的兔子，是我们全军的耻辱，我要降您的级。"

这位中尉回答说：

"我并不在乎，真的。"

于是，他自觉地扎进了交头接耳的老百姓堆里。

这时，这位医生拿不定主意了。怎么办呢？发动进攻吗？可是这些人愿意吗？还有，他有这个权力吗？

他想出了一个对策，他跑到镇政府对面广场的电报局去，他发出了三份电报：

一件致巴黎的共和国政府诸公。

一件致里昂的下塞纳州的共和国新任州长。

一件致迪耶普新共和国新任的县长。

他说明了形势，说当前这个镇的贵族镇长掌握在实权，还说愿意忠诚地服务，请求给予授权，并且在签名后加上了他自己所有的头衔。

此后，他就回到了他的队伍里，并且从口袋里掏出了十个法郎，说："都拿去吧，去吃点儿并喝上一杯。这儿只要留下十个人的一小队，以防止任何人从镇政府出来。"

但是，在和钟表商聊天的少尉里彼特嘲笑他说道："上帝，如果他们真的出来就是我们进去的好机会。如果不那样，我不会有机会看到您能进去的！"

医生没有回应他，自己去吃饭了。

到了下午，他在镇子周围布下了岗哨，以防镇子会遭到意外的偷袭。

有几次，他大着胆子走到了那幢镇政府的房子和教堂的门前，没发现有丝毫可疑的现象，这两幢房子里几乎像是没有人。肉店、面包店和药店又重新开了门。

群众都在家里议论纷纷。如果皇帝成了阶下囚，那就是下面的人发动了政变。谁也说不准将来会是什么共和政体。天色渐渐暗了。

快到九点钟的时候，这位医生独自不动声色地走近了公共建筑的进口，他认为他的对手已经去睡觉了。当他准备用十字镐砸开门攻击时，立刻，有一个像是卫兵的很粗的声音问道：

"谁在那儿?"

于是，马沙利先生撒开腿就大步往回跑。

天亮了，局势没有丝毫变化。

武装民团占据了广场，所有的老百姓都围在他们的队伍想探个究竟，就连邻村人也跑来参观。

这时，医生下定了决心要采取措施，因为他明白他正在用自己的荣誉作为赌注。正当他要采取强硬有力的措施时电报局的门开了，那位局长的女佣人走出来，手里拿着两张纸。

她走到这位司令官跟前，先递给他一张电报，之后，她穿过那空荡荡没有人的广场，那些盯着她的眼睛把她吓坏了。她低着头用碎步小跑着过去，好像她并不知道里面藏着一支军队似的，轻轻地敲开那扇闭着的门。门开了一点点小缝，伸出来一只手接住了那张电报。那个女子因为被全镇子的人这样盯着看而满脸通红，回来时，她几乎都要吓哭了。

那医生嗓门有些发颤，他要求大家道：

"都安静点儿，请你们都安静点儿。"

于是，所有的群众都静来下了，他扬扬得意地接着说：

"这是我从政府接到的通知。"说着举起了他手中的电报，读道：

"辞去原来的镇长职位。请告之立即办理的事宜，后续接班人即到。代理县长舍班参议员。"

胜利了，他高兴得心里怦怦直跳，双手发抖。可是他的旧下属在一群人中叫道：

"如果那些人不出来，这张纸给您的可是空欢喜一场！"

马沙利的脸色霎时就显出了窘迫相。的确，如果那些人不出来，他就该进攻。这不仅是他的权利，也是他的义务。

他急切地地看着乡政府的门，期盼它会打开，他的对手能攻出去。

可那扇门仍然紧闭着。怎么办？

人群越聚越多，团团围住了民团。不能让大家看他们的笑话。有一种顾虑最让医生为难。如果进攻，他就得起到表率作用，走在队伍的前面。而华塔纳先生和他的三个卫兵要开枪的话，那就是对着他一个人的。而他们的射击水平都很出色，很准。里彼特刚才还对他重新提起过。如果他死了，那么所有的较量就失败了。忽然，他灵机一动，转过身对梅森说："快去找那位药剂师，请他借给我一块餐巾和一根棍子。"

中尉立即跑过去。

他计划做一面谈判用的白旗帜，看到白旗也许会让那位旧镇长的正统派心里觉得好一点儿。

梅森带了要来的布和一根扫帚柄回来了，用些绳子组成了一面由马沙利先生双手持着的旗子。当他走到门前时，他叫着："华塔纳先生！"那扇门忽地打开了，华塔纳先生和他的三个卫兵出现在门口。

由于本能，医生往后退了一步，强作镇定而又彬彬有礼地向他的对手敬了一个礼。开始致辞，他的声音有些激动："先生，我到这儿来是为了向您传达我所接到的指示。"

这位绅士没有对他还礼，说："先生，我暂时先退了。你知道我不是害怕，也不是为了遵从篡权的这个丑恶政府。他一字一顿地说："我不愿让人以为我是为共和国服务的，即使一天也不愿意。这就是我最初的动机。"

吃惊的马沙利没来得及作出反应，而华塔纳先生已经疾步地走开了，他的随从一直跟着他。走到广场的那个角落后，他们就都消失了。

于是，那位医生得意扬扬地朝人群走过去，一走到可以让大家听见他声音的地方，他就大声地叫道："呜啦！呜啦！共和国全线胜利了！"

可是没有任何人应和他。

接着，这位医生叫道："人民自由了，我们独立了，快挺起胸膛来吧！"

镇上人的眼睛里平静得像一潭死水，都麻木地望着他不说话。

这样就轮到他愤慨了，他对他们的麻木不仁感到惊讶，他开始搜索一些他能说的，可以起到刺激作用的话，好完成他的鼓动工作。

很快，他突然有了一个灵感，他转过去对他的部下梅森说："中尉，去找个那个下台的皇帝的胸像，在市议员的议事室里有一个，把它抬到这儿来。"

很快，那部下就扛来了那个石膏的拿破仑，而左手则提着一张革垫椅子。

马沙利先生走到他前面，拿起椅子放到了地上，又把白胸像放在椅子上。然后，他退回几步用响亮的声音吆喝道：

"暴君，暴君，你终于倒台了，倒到了臭泥巴里面，倒到了烂泥浆里。法国曾在你的枪炮下喘息呻吟，今天复仇的命运之神把你打倒了。失败和受耻辱都是属于你的，普鲁士人的俘虏，你战败了，并且在你那崩溃中的帝国废墟上，年轻光辉的共和国站起来了……"

他静静地等待着喝彩声，可是没有一点儿回音和鼓掌的动静。那些木然的乡下人一语不发。而那座胡须翘得似乎超过了两鬓，头发梳得像理发店广告一样纹丝不乱的拿破仑胸像却凝视着马沙利先生，它脸上的微笑像是隐含着讥笑。

他和那石像就这样一动不动地相互对视着。拿破仑安坐在他的椅子上，不远处站着医生。他努力地思考着该怎么办？他该如何做才能煽动这些人并夺得这场公众舆论的断然胜利呢？

不留意中，他搁在肚皮上的手碰到了他红腰带上的手枪枪柄。

心中愤怒找不到发泄的方式了，他拔出了武器，跨前两步轰地向那旧君主开了一枪。那颗子弹在石膏像的小脑袋上留下了一个几乎看不见的小黑洞，没有任何的解气的效果。于是，马沙利先生又朝它开了一枪，石膏像上也只是多了一个洞。接着是第三枪，第四枪，连续地射出了他余下的三颗子弹。再看拿破仑的前额上稀烂，可是那眼睛、鼻子和胡子的两个尖角仍然是完整无损，没有任何的变化。

这时，医生气急败坏地一拳打翻了椅子，一脚踩到了摔在地上的胸像，以一个胜利者的姿态转过身向吓傻了的群众嚷道："把他就这样打败！"

但是，观众被他无理的行为吓呆了，没有一个人响应他，这位司令官只好对他们喊道："你们现在可以回家了。"说完，他自己先像逃跑似的往家的方向走出。

他刚一到家，女仆告诉他，病人已经等他有三个多小时了。原来是那两位既耐心又执着的乡下夫妇。

于是，那病老头儿又开始对他絮叨："开始时，就像有一些蚂蚁沿着我的腿在爬……"

散　步

勒拉老爹是乐贝时公司的记账员，他的工作就是整天在昏黄的煤气灯下干活。那地方是店房后面顶头的部分，它对着一口水井样又深又窄的天井。当他从店里走出来的时候，眼睛被夕阳的余晖晃了一下。

四十年来，勒拉老爹在那间小屋子度过他的白昼，里面非常暗淡，光线很弱，即使是在盛夏也整天都是昏昏的，只是上午十一点到下午三点之间不用点灯。而且，屋子里永远是潮湿阴冷的，唯一的窗户对着像壕沟的地方，那里面的蒸发物不断地从窗口散发进屋里。因此，屋里也充满霉气和臭气。

多年如一日，勒拉老爹每天八点钟开始就来到这个"监狱"里，一直工作到傍晚七点。用他最勤奋的工作作风弯着腰对着账簿，记着账。他是这里最忠实的人。

起初，他的年薪是一千五百法郎左右，现在已经是每年三千法郎了。他因为收入有限一直过着单身日子。他从来都没什么享受也没有太大的欲望。

偶尔，他被单调的工作弄得精神压抑的时候，他就会发出他自己独特的牢骚："活见鬼，如果每年我有五千法郎的利息，我就可以舒舒服服地过日子了。"

事实上，他的唯一收入只是每月很少的固定工资，也没有其他挣钱的途径，他没有办法过他想过的舒服日子。

每个人对生活应该有的热情，但他的愿望却没有得到丝毫的发挥。他重复着单调的生活就像机器一样日复一日地运转，他只知道简单重复地过日子，根本就不知道什么是希望。

进乐贝时公司的时候，他只有二十一岁，到现在他一直都没离开过。1856 年，他的父亲去世了。1859 年，他的母亲去世了。后来，在 1868 年的时候，因为他的房东要涨房租，他搬了一次家。

每天的六点，他就被他的闹钟那一种恐惧的喧躁声叫醒，然后他就从床上爬起来。只是有两次，1866 年和 1874 年，那件老旧的闹钟出了毛病，至今他也不知道当时它出了什么故障。

每天，他穿衣裳、叠盖子、擦桌椅、打扫屋子，一共要用一个多小时。然后，他走出家门，到一家换了十一个老板，但是招牌永远不变更的面包店里，买个面包，在上班的路上边走边吃。

老爹大半生的生活，几乎都是在那间小黑屋子里和他的办公室里度过的。

他刚进公司年轻的时候是朴里蒙先生的助手。当时他的愿望是可以接替他。成为了下一个朴里蒙后，他就不再有什么理想了。

人们生活中应该有的酸甜苦辣的回忆，爱情经历的波折，以及旅行和冒险等等。但是对于他，却和他一点关系都没有。

每天，他在相同的时间起床、工作、吃饭、睡觉。所有的星期、月份、季节、年岁，全是一样的。同样的行动、事实、思想都是单调的，中规中矩的，而可怕的是他从来没有想过要改变一下。

过去，在他前任留下来的小镜子里，见过的是金黄的髭须和带卷的头发。现在，他每天同样在镜子里看见的是自己变白了的髭须和头发稀疏的头顶。弹指一挥间，四十年就已经过去了，漫长而又飞快，空虚的日子过得简直像是失眠者的漫漫长夜！四十年来，他没有留下回忆，他没有给自己留下过任何值得纪念的东西。在他的父母都去世后，生活对于他来说更是绝对的空虚。

这天，勒拉先生在公司的大门口被傍晚的余晖照晕了，他想，可以暂时不必现在就回家，他可以在晚饭前去散散步。一年中也就有五六次像这样的心情。

暮春的黄昏，人潮在绿树荫下涌来涌去，这真的是一个使人陶醉、喜悦的黄昏。勒拉先生用他那像个老头儿似的短而急促的脚步走在大街上，由于人间的欢欣和空气中渐渐变得温暖的气息，他真的感到很幸福。走到巴黎最繁华的香榭丽舍大街了，他被和风中的青春陶醉和鼓动着继续前进。此时，晚霞铺洒在天边，凯旋门隔着地平线上的绯红背景浮出它乌黑的外表，似乎是一个站在火灾现场中的巨人。走到了这座宏伟的建筑前，他感觉到肚子有点饿了。于是，他走进一家酒店去吃晚饭。

他被招待挨着店外人行道上的座儿上，他给自己点了一份酸汁冷羊脚、一份生菜、一份芦笋。勒拉先生高兴地吃着这顿对他来说还比较像样的晚饭。之后，他又加了一块布里产的有名干乳酪，在上面浇了半瓶鄱尔它产的上等葡萄酒。接着，他还喝了一杯咖啡。最后，他又喝了一小杯白兰地。这样的晚餐对于他来说绝不是经常的。他开心地付过了账，且略带点儿醉意。最后，他暗自说："今晚真是个好天气，我就继续散步一直到布洛涅森林的入口吧。这一定对我的身体有好处。"

于是，他开始出发了。他开始哼唱以前一个女邻居唱过的曲子：

林子新绿时，

情人向我语：

我望吾爱来，

同往花棚下。

他一遍又一遍地哼着这首曲子。这是一个没有风暖和的夜巴黎。

勒拉先生沿着布洛涅森林的大道向前走，大道上的那些马车带着一对眼睛一样的风灯，来来往往，让人在刹那间可以看见车子里成对的人搂在一起，女人穿浅颜色的裙袍，男人穿的是黑颜色的礼服。

在一个满是星星，空气郁热的天空之下，一个由爱人儿组成的长对列来来去去。爱人们躺在车子里，静默地搂着，沉溺在梦幻和欲望之中了，而且似乎能感觉到那因为拥抱而起的颤抖。热烘烘的阴影像是充满了飘浮着的吻。一种温存意味的香气使得空气令人呼吸困难。互相搂着的人迷醉在相同的期待里。这一切满载着爱抚的车子散播着淡淡的，但却恼人的放射物。

走到最后，勒拉先生有点累儿了，他就坐在凳上看那些在眼前奔跑的爱情车马，看着他们一辆辆闪过去。突然有一个女人走到了他面前，并且紧紧地坐在了他的身边。

"你好，我的小伙子。"她说。

勒拉没有回答。她又说：

"我的亲亲，让我来爱你吧，我很可爱吧。"

他回答：

"我想你认错了人了，太太。"

她大方地伸出自己的胳膊来主动挽住他：

"宝贝，别装傻了，过来吧……"

他有些不高兴地起身走开了。走了一百米左右，又有一个女人走到他身边了：

"愿意和我一起坐一会儿吗，宝贝？"

他问她：

"你为什么做这行？"

她有些不高兴了，吼道：

"去见你的鬼吧，你以为我愿意做？"

他轻声问：

"那么，有人逼你做吗？"

她嘀咕着：

"你这个笨蛋，我得生活哦。"

她瞪了他一眼，嘴里一边唱着一边走开了。

勒拉先生发了一会儿愣。又有很多的女人在他面前经过，喊他，勾引他。他感觉自己的脑袋上落了一些让人伤心，并且恶心的黑黑的东西。接着，他换了一条凳子又坐下了。很多的车子不断地在他的面前飞驰而过。

"哦，如果不来这就好了，"他对自己说，"看看，这一切是多么的令人讨厌，多么令人心烦。"

他不断地想着自己看到的这一切：金钱换来的可能是真正的爱情，买到的却不是自愿的接吻。

他不是很熟悉爱情。由于偶然和奇遇，一生中他也有过几个女人，可是他的收入不容许他结婚成家。他想到自己从前过的是什么样子的日子，那是和普通人不一样的，凄苦、忧郁、邋遢、空虚、无聊。忽然，如同自己真实的状态被人揭示了似的，一下觉悟到自己生活痛苦，望见了自己生活里的无边的、单调的日子。无论过去、现在和未来的，物质和精神上他都一无所有。

他身边的车子穿梭不断。成对的人在揭开顶盖的轿式马车的中间悄悄地互相搂着。他感觉全世界的人都像是在享受喜悦、快乐，只有他一个人是一个彻头彻尾真正孤单的旁观者。也许以后，他仍然是孤零零的，谁也没有尝到过他此时此刻的心酸。

他起来走了几步，感觉又累了，好像他刚做完一个长途旅行一样，他需要再坐一会儿。

他没有什么等待和指望。他想如果自己老了的时候，回到家里，看见孩子们热闹的场面，应该是很有意思的。和孩子们玩耍、体贴，说些有趣的、天真无邪的话，使疲惫的心得到温暖，使自己感到安慰，那有多好啊。

他想起了自己那间冷清和凄惨的空房子，除了自己从来没有人进去过。于是，一阵揪心的烦恼捉住了他，自己住的那间房子，比他那间小办公室令人难过。谁也没有去过他那，也没有和他聊过天。别人的房子和主人总是有点关系的，它把住过的人身上的东西多少保留一点在墙壁里，保留一点点姿态、形象和言论。所以，凡是幸福家庭的房子都比不幸的人的房子要愉悦得多。他的房子和他的人生一样是没有任何记忆可回顾的。想到要回到房子里，孤独地躺在自己的床上，然后再重复每天的行动和工作，这令他非常害怕。

最后，像是要使自己远离那房子和那个早已安排好的明天似的，他又站起了。为了到野草上去坐，他就走到小树林子里去了……

他听见了他的周围和头顶上有一种模糊的，无边的，连续不断的声响。一种由很多树木和很多噪声构成的声浪，一种既近又远，既微弱又坚强都有的声浪，那是一种混沌的巨大的生命在活动。那是整个巴黎的气息，是一种巨人的气息……

第二天，升起的太阳在布洛涅森林上空笼罩着一层光雾。出现了几辆车子，一会儿骑马散步的人们都陆陆续续地回来了。

这时，有一对人儿在一条没有游人的树林下散步。突然，那青年女子抬起自己的头，看见枝叶中有一个黑色的东西，她疑惑地伸着手指，问道：

"看……那是什么东西？"

然后，她尖叫了一声，不由自主地倒在她男人怀里了……

看公园人的立刻被找来了，他们在那树枝上解下了一个用裤带上吊的老人。

这时，有人证明自杀像是在前一天晚上发生的。人们从那个人身上找出证件，发现他是前一天在这附近散步的乐贝时公司记账员勒拉先生。

后来，有人把他的死亡说成是一种突然而起的癫狂结果，说他老了，有点儿糊涂了。还有人揣测：那是出自于一种出于无法想到的动机而自杀……

珠　宝

自从郎丹先生在他的副科长召开的家庭的晚会上遇见了那个外省税务局长的女儿，他就深深爱上她。她父亲死后，她和母亲到了巴黎，母亲时常拜访本区几个资产阶级人家，目的是要给年轻女儿找个归属。

母女俩都是贫穷而可敬的，安静而温和的。那年轻女儿是贤妻良母的典范，她那种带着含羞意味的美，具有一种安琪儿式的纯洁风韵，那无时无刻不在的无从察觉的微笑仿佛是她心弦上的一种反射。上进的青年男子都希望自己可以娶到这样的妻子。

大家认可她。只要是认识她的人都不住地说："将来谁娶她，那是真有福气。我们找不出更好的了。"

郎丹先生当时是内政部的一个主任科员，每年的薪水是三千五百法郎，他向她求婚，她答应了。

婚后，他过着一种温馨的幸福生活。她用高超的经济手腕治家，两个人的日子过得很滋润。她对丈夫的照顾细心体贴，真是罕有的。并且她非常惹人爱，以至于在他俩结婚六年后，他对她爱她更甚于初期。

他仅仅不满意她的两个缺点：爱看戏和爱假的珠宝。

她的女朋友们（她认识三五个小官儿的妻子）总能随时替她找到包厢去看流行的戏，甚至可以看那些初次上演的戏。而她呢，不管好歹总要拉着丈夫同去。工作一整天之后，看戏叫他真的感到困倦。于是他央求她跟着熟识的太太们去看戏并且由她们送她回家。她认为有些欠妥，经过她丈夫长时间的恳求，出于体恤她才答应了他，他因此对她十分感激。

谁知这种看戏的兴趣却又让她生出了爱好装饰的嗜好。她的服装是简单的，具有风雅的风趣，不过终究是朴素；而她的幽娴的、谦逊的和不可抵抗的媚态仿佛由于她裙袍上的简洁获得一种新的美丽身姿。但是她却爱给自己挂上一双以假充真金刚钻的大颗莱茵石的耳环，并且佩上人造珍珠的项圈，人造黄金的镯子，嵌着冒充宝石的五彩玻璃片儿的押发圆梳。

这种恋恋于浮光的虚荣引起了丈夫的不满，他时常说："亲爱的，一个人在没能力为自己购买各种真的珠宝的时候，那么就只能依靠美貌和媚态来做装饰了，那才是天下绝伦的珍品。"

但是她平和地微笑着回答说："你教我怎样？我喜欢的是这个。我很清楚你的道理，不过人是无法改变本性的。我当然更爱真的珠宝。"她拿着珍珠软项圈在手指头之间转动，又让宝石棱角间的小切面反射出回光，一边不停地说："快看，这制造得多好，简直和真的没什么两样。"

他在微笑中高声说："你真有波希米女人的风趣。"

偶尔在晚上，他俩坐在火炉边上闲聊的时候，她就在茶桌上摆出她那只收藏郎丹先生所谓"劣货"的小羊皮匣子来，接着她用狂热的神态来细看那些人造的珠宝，俨然是一种秘密而深刻的享受，有时她调皮地把一个软项圈绕在她丈夫的脖子上，随即不住地哈哈大笑起来，一面嚷着："你的样子真滑稽！"后来她扑到了他的怀里，并且亲切地吻着他。

某一个冬天夜里，她到大歌剧院看戏，回家的时候冻得浑身发抖。第二天，她咳嗽不止。八天之后，她害肺炎去世了。

郎丹几乎痛苦欲绝，以至于在一个月里头发全变成了白的。他整天以泪洗面，心灵被一种无法承受的痛苦撕裂了。对亡妻的回忆，她的微笑、声音和一切娇憨姿态始终萦绕着他。

光阴并没有减少他的悲恸。每每在上班的时候，同事们时常看见他的腮帮子鼓起来，鼻子收缩起来，眼睛充满了眼泪。他表现出痛苦的样子，之后开始痛哭起来。

为了怀念她，原来的卧房保持得原封不动，他每天把自己关在卧房里面。并且一切家具，甚至于她的衣服，也同样如同她去世之前那样一切保留原样。

对他来说生活是变了样子。他的薪水从前在他的妻子手里能够支付起家里的各种花销，而现在连他一个人都不够用。后来他呆呆地问自己："她从前用什么巧妙方法能够让他一直喝到上等的酒和吃鲜美的东西，而现在用同样的钱却不能像以前那样。

他借债生活，并且千方百计过日子。终于某天早上，他连一个铜子儿都没有了，而相距月底发薪的日子还有整整一周。他想起要卖东西了，想要把他妻子的假珠宝卖掉一点儿。他的内心深处对那些惹他生气的冒牌假货早已存在着憎恨，以至于那些东西竟然影响到了他对亡妻的怀念的感情。

他在她遗留下来的那堆假货里找到许多，因为直到最后的那些日子里，她还始终固执地买了很多。几乎每天晚上，她必定带回来一件新东西。现在，他决定卖掉她仿佛最心爱的那只大项圈了，那固然是假东西，不过也的确是下过一番很细致的功夫的。但他以为它完全可以值六个法郎或者八个法郎，他把它搁在衣袋里沿着城基大街向他部里走，想找一家认为感到有信用的小珠宝店。最后，他看见了一家就走进去了，他免不得有点难为情。因为这就说明了自己的穷困以至于要设法出卖一件很不值钱的物件。

"先生，"他对那商人说，"我很想知道这件小东西大概值多少钱。"

那个人接了东西，掂着它的轻重，然后又拿起一枚放大镜，左看右看了好一阵。把他手下的店员叫过来，低声给他讲了几句。他把项圈搁在柜台上边，站得远远地瞧着它，为了好好儿鉴定它的成色。

看到这一套程序，郎丹先生被弄得不好意思，开口正准备说："唉！我知道这东西一点价值都没有。"然而，珠宝商人在他想说那话之前先开口了："先生，这值一万二千到一万五千法郎。不过，倘若您能够证实这东西的来源，我才能够收买它。"

他睁着一双大眼睛，张着嘴，他觉得自己听错了。他口吃一般地问：

"您说?……您说得可是真的?"店主没有明白他的惊讶,后来,干脆地说:"您可以到别的地方问问是不是多给价钱。在我看来,最多可值一万五千。如果您找不着更好的买主,将来您可以再来找我。"

郎丹先生收回了自己的项圈走了。这太出乎意料了,他心里只模糊觉得自己一个人应该好好地想一想。

然而一走出店门,他忍不住大笑了,暗自寻思道:"傻瓜!如果我真按他说的那样做了,就真的傻了。那根本就是一个不会分辨真假珠宝的商人!"

后来他又走到另一家处于和平街口上的珠宝店里了,那商人一看见那件珠宝就高声说:

"哈!我认识它,这个项圈,是从我店里卖出去的。"

郎丹先生被弄得糊涂了,他问:

"它值多少?"

"先生,我卖了两万五千法郎。如果您服从政府的命令,能够告诉我这东西是从哪儿来的,我可以立刻用一万八千法郎收回来。"

这一次,郎丹先生由于诧异而疲惫地坐下了。他说:"只是……不过请您仔仔细细看清楚这东西吧,先生,到目前为止,我还以为它是……假的。"

珠宝商人问:

"可愿意把您的姓名告诉我,先生?"

"愿意,我姓郎丹,是内政部科员,住在舍身街十六号。"

那商人打开了他的好些账本,查看了一阵就高声说道:

"这项圈从前的确是送往郎丹太太家里去的,地点是舍身街十六号,时间是1876年7月20日。"

后来这两个人都定住眼光互相打量着,科员有点昏头昏脑,老板觉得遇见了一个小偷。

后者接着说:

"您愿不愿意暂时把这东西放在我店里搁二十四个小时?我立刻给您一张收据。"

郎丹爽快地说:

"当然愿意,可以。"

他折起收条放在自己衣袋里,就走出店门了。他穿过街面,朝着上坡道走,却发见自己走错了方向。又朝着杜勒里宫走过去,过了塞纳河,觉得自己又走错了路。重新回到了香榭丽舍大街,不知道该何去何从。他极力去想这是怎么回事。他的妻子是没有财力去买一件这样贵重的东西,他对这是深信不疑的。但是那么一来,那是一件馈赠品了!一件馈赠品!一件谁送给她的馈赠品？为的是什么呢？

他站在大街当中停住脚步不走了。他微微地感到产生了一个可怕的疑问了。那么其余所有的珠宝也全是馈赠品了！想到这里，他觉得是晴天霹雳，感到有一株大树对着他正面倒下来，他张开了一双胳膊并且毫无知觉向后仰倒。他被路过的人抬到了一家药房里才醒过来。被送回家，他就关起门躲着。

一直到深夜，他莫名其妙地哭着，而且口里咬着一块手帕，免得自己哭出声音来。随后，他筋疲力尽且悲恸地上了床，沉沉地睡着了。

一道日光照醒了他，他慢慢地起了床，想到部里工作。其实在那样一番精神打击之后很难集中精神工作。于是他想到要到科长跟前请求谅解。接着，他给他写了假条。最后他想起自己应当再回到珠宝店里去了，然而一阵羞耻之心叫他心里发慌。考虑一会儿之后，他觉得不能把项圈留在那个男人那里。他穿好了衣裳，走到了街上。

暖和的天气，蔚蓝的晴空微笑着似的展开在这座城市上空。人们双手插在衣袋里闲逛着。

郎丹瞧着他们，对自己说："一个人有钱的时候，真是舒服！有了钱，可以连伤心的事都忘记掉，要到哪儿就到哪儿，旅游，散心，全都可以得到！哈！如果我是一个富人！"

他感到自己饿了，从前天夜晚起就没有吃饭。不过他身上没有钱，于是他重新想起了项圈。一万八千金法郎！一万八千金法郎！数目不小的钱！

他走到了和平街，开始在珠宝店对面的人行道上来来回回地散步了。一万八千金法郎！他真的想要走进店里去，只是羞耻之心始终阻止了他。

然而，饥饿实在是人生中最大的不幸。他突然下定决心，跑着穿过街面，叫自己在没有时间思索的情况下就扑到了珠宝店里。珠宝商人看见他就殷勤地接待。他礼貌地让他快坐下。店员们本来在一旁望着郎丹，现在都自动地走过来，而且眼睛里面和嘴唇上全表现出非常愿意为他服务的神气。掌柜的高声说道：

"我已经问明白了，先生。如果您始终没有改变想法，我可以马上照我从前和您说起过的数目兑现。"

科员支吾地说：

"当然可以。"

掌柜从一只抽屉里取出了十八张大钞票，数了一遍，交给了郎丹。郎丹匆匆地签了一张收条，然后用一只手哆哆嗦嗦地把钱揣在自己的衣袋里。

随后，正当要走出去的时候，郎丹朝那个始终微笑的商人回头，眼睛看着地板，对他说：

"我有……我有……许多其他的珠宝……那全是我从……那全是我……同样的继承权得来的。您是否愿意也从我手里收买那些东西吗?"

掌柜欠着身子同样低声说道:

"当然愿意,先生。"

可是一个店员跑出了店门放声大笑,另一个使劲用手帕擤鼻涕。

郎丹脸色通红,不过神情很沉重,他高声对他说:

"我就去把那些东西带到您这儿来。"

于是他叫了一辆马车回去取那些珍贵的首饰了。等到一小时之后赶到珠宝店里的时候,他依然还没有吃饭。

店老板和店员开始一件一件地检查那些东西了,对每一件进行估价。它们几乎全是从前由那家店里买的。

现在,郎丹对那些估定的价值有了疑问,甚至于发脾气了,坚决让店老板把卖货的账簿翻给他看,当遇着数目增高的时候,他说话的声音也越来越高了。

耳环上的那些大的金刚钻共值两万金法郎,手镯共值三万五千,胸针、戒指和牌子之类共值一万六千,一件用翡翠和蓝宝石镶成的头面值一万四千,悬在金项链底下做坠子的独粒头大金刚钻值四万。全部的数目一共达到十九万六千金法郎。

掌柜用一种带嘲笑意味的故作正经的语气高声说:"这是由一个把全部积蓄都搁在珠宝上面的人遗留下来的。"

郎丹大胆地发言了:

"和其他的方法一样,这是存钱的一个方法。"

后来,他在和买主决定明天一起去举行复验之后就走了。

在街上,他瞧着旺多姆纪念柱,把它看成了一支爬高竞赛的桅杆,突然很想攀到它的尖端。他觉得自己身形矫健了,可以越过那座插入云海的大皇帝铜像的顶上和它表演"跳羊"的嬉戏。

他到伏瓦珊大饭店吃了午饭,并且喝了一瓶价值二十法郎的葡萄酒。随后,他叫了一辆马车,在森林公园兜了一圈。他用一种颇为蔑视的目光瞧着公园里的那些华丽的私人马车,恨不得要向着过往的人群叫唤:"我现在也是富人了。我现在得了二十万法郎!"

他想到他的工作了,于是叫马车载了他到部里去,昂首阔步地走进了科长的办公室说道:

"我来向您辞职,先生。我现在得了一份三十万法郎的遗产。"

他和他旧识的同事们握手道别,又在他们面前把自己的新生活计划向他们炫耀一番。随后他在英吉利咖啡馆吃夜饭。一个看上去真正的绅士坐在他旁边，郎丹忍不住要把事情告诉他，于是用一种相当炫耀的语气说自己最近继承了四十万法郎遗产。

他第一次在戏院里感到惬意，而且又欢乐地和女人们过了一夜。

半年之后，他又结婚了。他的第二个妻子很正派，但是脾气不好。这让他感到不合心意。

一个诺曼底人

我们刚刚出了里昂市区，轻快的车子就在大路上飞速地向前奔去。它穿过一些草滩。随后，那匹马才开始改为慢步前进，因为要爬不远处的那个坡。

那里是世界上最美的景观之一。里昂市区里满是礼拜堂，雕琢得如同象牙玩具样的歌特式钟塔。往前近郊区是以工业著名的，正向天空竖起成千上百的冒着浓烟的烟囱，和古老市区里的神圣钟塔遥遥相望。

圣保罗堂的尖塔是人工建筑物的最高峰。那个高高耸立的大水塔和尖塔几乎同样高。据说，它比埃及最高的金字塔还高一公尺。

塞纳河在我们前面曲折脉脉地流淌着，许多洲岛在河里散布着。右岸是一座被森林掩盖着的白石悬岩，左岸是很多草滩。它们被另一座森林远远地拦住了。

很多大船散乱地泊在两岸的各处。三条大的轮船"一"字形地向着勒阿弗尔驶去。一只三桅船，两只大的双桅船，一只小的双桅船连成一串，由一个吐着黑烟的小拖轮拖着由下游开向里昂。

我的同伴对于这幅动人的风景简直是一眼都不想瞧，他就是当地的人，但是他在不停地微笑，好像是在心里暗笑似的。突然间，他高声说："哈！一会儿，您就会看见一点儿可笑的东西了，迈哲老爹的礼拜堂。那东西是真正的妙不可言的，我的朋友。"

我用惊讶的目光看着他。他接着又说：

"我就来让您体会一种您此生难忘的诺曼底省的香味。迈哲老爹是本省最有意思的诺曼底人，而他的礼堂真正称得上是世界上最令人惊奇的礼堂之一。不过，首先我来给您略做说明。迈哲老爹原是一个退伍还乡的中士，旁人把他叫作'酒老爹'的。"

他巧妙地把军人的哄人手段和诺曼底人的小聪明恶作剧般地合在一块儿，

来构成一套完美的把戏。回家后，依靠各方面的保护和变化多样的手腕，他变成了一个小礼拜堂的管理人。他那个小礼堂受着圣母的保护，又是妊娠的女人们频繁朝拜的地方。他称呼他那个奇妙的偶像做"大肚子圣母"，他用那种绝没有失掉敬意的嘲弄式的亲切姿态对待她们。

为了他这个"仁慈圣母"，他亲自编成且印好了一种特别祷告文。这祷告文是一种善意的反嘲著作。真正的诺曼底精神的杰作。其中的嘲弄意味掺杂着对于圣徒的崇敬，对于某些神秘东西的宗教般的虔诚。他对守护女神不那么信任，不过由于谨慎却也略略信仰她一点儿，并且由于策略上的考虑，他还顾忌着她。

这篇惊人的祷告文的开头是这样的：

"我们的仁慈太太，圣母玛利亚，本地和全地球上做了母亲的姑娘的当然守护女神：请您保佑您这个一时大意犯了错误的信女吧"。

……

那篇祷告文的结束语如下：

"尤其请您在您的神圣丈夫身边不要忘却了我，并且请您在天父身边说情，哀求他允许给我一个像您的丈夫一样的好丈夫。"

当地教会禁止这篇祷告文，他却秘密地出售它，而那些抱着感激之心诵读的信女们都相信它可以保佑她们。

总而言之，他谈到仁慈的圣母，自己竟像一个有身份的王公的贴身仆从谈到他的主人一般忠诚，凡是一切内心琐屑的秘密他全都熟悉。他知道一大串富有传奇性的故事，他每次在同挚友喝过几杯之后，就会用绝对的低声音把那些故事说出来。

由于在他看来仿佛并不满意种种来自守护女神方面的收入，他除了主要的圣母之外还附带做一宗小买卖，他会发售给全体圣徒们所有的东西。

小礼拜堂的空间不够安置那些圣徒们，他把他们藏在柴房里。遇到有一个信徒问起他们，他立刻从柴房把圣徒们请到外面。那都是他亲自制作的木偶，都滑稽得出人意料，并且在某一年油漆房屋的时候，他又把木偶完全漆成了绿色。你知道圣徒们是可以治各种病症的，每一个圣徒各有自己的专长，不应当把他们弄得混淆不清或者弄错。因为圣徒们就像江湖卖艺的小丑一样互相嫉妒。

为了不至于找错人，心地宽厚的老妇人来请教迈哲了。

有人问："医治耳朵，哪一个圣徒是最好的？"

他说："有个名叫沃提姆的圣徒是很好的，又有一个名叫邦菲尔的圣徒也不错。"

然而，还不仅仅如此。在闲空的时候，迈哲也会喝酒。不过他用心悦诚服的很艺术家的态度喝酒。他每天晚上必喝得半醉，但是他自己却心中有数。甚至于可以把每天喝醉的程度准确地记下来。这是他生活中的主要事情，小礼堂还在其次。他真的发明了醉度表。

事实上，计量单位并不存在，但是迈哲的观察力像数学家一样正确。您会听见他说："从星期一起，我超过了四十五度。"

或者："我当时在五十二度和五十八度的中间。"

或者："我当时确实在六十六度到七十度的中间。"

或者："见鬼了，我本以为自己在五十度，现在却明白自己到了七十五度！"

而且他从没有弄错过。

他肯定从来没有到过一百度。但是到了他自认为超过九十度，而观察力由于酒精的作用变成错误的时候，别人就不能够绝对相信他所说的话。

他一承认超过九十度，您就可以确定了，因为他已经喝醉了。

在这种场合，他的妻子梅里——也是一个人物，便暴风雨般愤怒地生气了。她在门口看见他进来的时候就嚷道：

"你回来了？脏鬼！猪猡！醉死了的畜生！"

迈哲站在她的对面，止住了笑容了，用一种严厉的语气说："你别说话，现在不是聊天的时候。梅里，你等到明天再说吧。"

假如她继续唠叨不停，他就再走近些，满嘴酒气地用颤抖的声音说："别再嚷嚷了！我已经到了九十度了，我不再量度数了，我要打人了！你可要留心！"

于是，梅里只得收场。

第二天，如果她要再提这件事，他就当面反驳她并且答复道："哪有的事，哪有的事！已经谈够了，过去了。只要将来我不会升到一百度，那是没关系的。不过假如我过了一百，我允许你处罚我，一言为定！"

我们已经走到山坡顶上了。大路延伸进了那座值得赞叹的卢马尔森林。绚烂的秋天把它的金色和紫色掺杂在最后剩余的依然鲜明的绿色里，好像是日光融成的点滴从天上落到了茂密的树丛里。

我们一起沿着大路继续往坡下走。然后，我们向左转了，走上了一条斜行的小路，钻进了那座在砍伐的林场。

不大一会儿，在一个大坡的顶上，我们又看见了塞纳河的壮丽平川，河身蜿蜒正在我们的脚底下延展。右边是一座很小的建筑物，背靠着一所有好些绿百叶窗的漂亮房子。墙上满爬着金银花藤、蔷薇、顶上盖的是石板瓦，上面有一个像太阳伞那样高矮的钟楼。

一阵粗哑的声音嚷着："朋友们到了！"接着，迈哲在门框里出现了。那是一个六十来岁的人，瘦瘦的，蓄着已经全白两撇长长的髭须和一撮短髯。

我的朋友和他握过了手，介绍我给他。迈哲请我们走到了一间很干净的兼做客厅的厨房里。他说："哦，先生，我没有多余的房间。我很喜欢坐在肉羹旁边。大大小小的锅，他们都是我的伙伴。"

随后，他侧转身子对着我的朋友说："怎么，您两位怎么在星期四到这儿来？您两位明明知道这天是我的守护女神诊病的日子。今天下午我绝对不可以出去。"说完，他走到门口，发出一阵瘆人的牛叫一般的声音："梅里！"那"里"字的余音拉得很长，甚至远处的船员们都被惊得抬起头来。

梅里却装作没听见，不回答。于是迈哲用乖巧地眨了一下眼。

"她在生我的气，你们看见了，因为昨天我过了九十度。"

我的同伴笑了："喝过了九十度？迈哲，您怎么搞的？"

迈哲回答道："我来告诉您。去年，我只收着了二十拉屑尔的杏子苹果。一点儿多的都没有，不过，还足够做点儿苹果酒。所以我用它做了一桶，昨天我打开了它。就当它是甘露呢，那真是甘露啊。您一定会相信我说的话。泊里特来了，我和他喝了一口又一口。我们没有喝过瘾。但是，我觉得肚子里有一阵凉气了。我对泊里特说：'是不是喝点儿白兰地来暖一暖身体！'他同意了。不过那点儿白兰地一进肚子，身子就像火一样，因此还要再喝点儿苹果酒。但是这样由冷到热又由热到冷，我明白自己到了九十度。泊里特呢，有一百度了。"

门开了，在还没有和我们道早安梅里进来了，立刻就对他骂道："……猪猡，你们两个人早就都到了一百度了。"

这样一来，迈哲生气了："不是这样的，梅里，不是这样的。我从来没有到过一百度。"迈哲为我们准备了一顿不错的午饭，坐在门外的两棵菩提树下吃的，在"大肚子圣母"礼拜堂旁边，正相对的是那幅一望无边的风景。后来，用掺杂了好些出乎意料的轻信的嘲笑口吻迈哲说了好些有关圣迹的虚构故事。

我们喝了好多可口味美的苹果酒。那酒有劲儿又带点儿甜味，又凉又醉人，比一切饮料都好喝。后来我们坐在椅子上开始抽烟。这时候，有两个信女来了。她们全是老年信女，干瘦且驼背。寒暄之后，她们问起了圣徒白朗。迈哲向我们会意地眨了眨眼睛才说道："我现在去给你们拿。"

说完，他走到柴房去了。

他在那里足足待了有5分钟。随后，皱着眉头走回来，举起他的两只枯枝一样的手说道：

"我不知道他在哪儿，找不到了，但是我的确有那么一个。"

于是，他用双手做出一个传声筒的形状，嚷道："梅里！"

他妻子在天井的顶头回答道："什么事？"

"圣徒白朗在哪儿？柴房里没找到。"

这时候，梅里大声说道：

"是上星期你拿走去塞兔子房窟窿的那一个吗？"

迈哲的身体轻轻地歪斜了一下："活见鬼，哪有这回事！"

于是，他对那两个妇人说："你们跟我来。"

她们两个跟他去了。我们也照样跟上去了，因为忍着不让自己笑出声来，憋着真是很难受。果然，在兔子房的一只角上，那个圣徒白朗像支普通的木桩一样钉在地面上，身上满是烂泥和脏东西。

那两个虔诚的信女看见了，立刻齐跪下来了，一边在自己的胸前画十字，一边念着祷告文。迈哲赶忙跑过去说："你们现在都在烂泥里。你们等着，我去给你们找些麦秸来。"

他去找麦秸了，给她们做了一个祷告用的垫子。他仔细瞧着他那个脏圣徒，因为害怕他的买卖被人认为失真。他接着又说：

"我来帮你们给它洗干净。"

于是，他忙乎着，取来一桶水，一只刷子，开始使劲地洗那个木偶。就在他清洗木偶的时候，那两个老妇人始终没有停止她们的祷告。

一会儿，他全部弄完了，接着又说："现在，没有什么不好的了。"最后，他要带我们再去喝一杯。

刚把杯子举到自己的嘴边，停住了，像想起什么似的用一种很不好意思的神气说："这都一样，从前我把圣徒白朗和兔子搁在一起的时候，我认为它卖不到钱。这两年来，就没有人问过它。不过，我的圣徒们，今天你们也看见了，它是可以卖钱的。"

他喝了酒，接着说：

"继续，大家再喝一杯。我们大家难得聚在一起，应当不低于五十度。但是现在，我们都只有三十八度。"

在树林里

中午，乡长正要坐到餐桌旁开始吃饭，忽然有人进来说是农田巡查员抓到两个人，此刻正在乡长办公室里等待处理。于是，乡长没有吃饭，匆匆赶去。只见农田巡查员霍奇托尔老人面容庄严地站在那里，目不转睛地盯着一对看上去年纪不小的城市男女，像是在看守着两只猎物。

乡长仔细看了看，男的是个白头发红鼻子的胖老头，一副萎靡的样子。但那女的虽然是个有点微胖的老太太，却容光焕发，浑身上下都穿着新衣裙，打扮得像是要准备出门做客，此时的她正以挑衅的目光盯着抓住他们俩的那个人。

乡长问道：

"发生了什么事，霍奇托尔？"

农田巡查员开始详细地报告事情的经过。

今天早晨，他向往常一样从康皮欧树林巡逻到阿尔让多叶的边界。天气非常好，田野上的庄稼预示着这年的丰收，没有任何异常情况发生。可是，正在葡萄园里整枝的年轻人普雷特尔忽然对他喊道：

"哈哈，霍奇托尔老爷爷，你到树林边第一个矮树丛那儿看看吧！也许你会在那儿看到一对正在谈情说爱的小情侣，可是他俩的年龄加起来该有一百多岁了。"

他按照年轻人所指的方向走去，刚钻进不见天日的树丛，就听到一对男女的说话和喘息声。他马上意识到今天准能当场抓获一对伤风败俗的偷情者。

于是，他放低身躯匍匐前进，就像是去抓偷放套圈的偷猎者。果然，在那对男女在尽鱼水之欢的重要时刻，被他双双抓住了。"事情就是这样的。"他补充说。

乡长惊讶地上下审视着这对违法者。那男的看上去已是六十几岁的人，而那女人至少也有五十五岁左右了。

他开始对他们的审问，他先问那个男的。那男的回答的声音很胆怯，他几乎听不见。

"你的姓名？"

"列文·尼古拉。"

"职业？"

"小商人，巴黎，殉难者街。"

"你们在树林里干什么？"

小商人沉默不语，一时羞于回答，低眉顺眼地望着他肥大的肚子，两只手老实地平放在他自己的大腿上。

乡长只得好又问道：

"对乡政府农田巡查员所说的情况，你有什么不同意见吗？"

"没有。"

"全都是事实?"

"是的。"

"你想为自己辩护什么吗?"

"没有。"

"我再问你,你是在什么地方和这个女犯开始勾搭的?"

"不,不是同案犯,她是我的妻子。"

"你的妻子?"

"是的。"

"那么……那么,在巴黎你们不住在一起吗?"

"我们是住在一起的。"

"住——在——一起,那么……你们还在光天化日之下干那种勾当,一定是发疯了,彻头彻尾地发疯了,这位先生!"

那个小商人看上去羞愧得汗水都要流出来了,他讷讷地说道:"是她要和我那样做的!我告诉过她,这是件丢人的蠢事。可是,可是,当一个女人的头脑里转出一种莫名的想法来……你是知道的……她就怎么也不肯改变主意……"

乡长具有点儿高卢人的幽默,他揶揄着笑道:

"可是,如果不能改变她的主意,那么就让她光在脑子里想入非非吧,你也就不至于被逮在这里了。你说呢?"

听乡长这么一说,就激起了列文先生的火气。他气鼓鼓地对他的妻子斥责道:

"你看,你的浪漫把我们带到了什么地方!如今落到了如此丢人的处境。都这么一大把年纪了,还要为妨害风化罪而上法庭!以后可能不得不将商店关门,不得不搬迁到别处去住。否则,今后我们的老脸朝哪儿放啊?"

列文太太挺直腰板儿转过身来,瞅都不瞅她的丈夫一眼。她全无羞愧之色,坦然自若地嘴唇一动就呱呱呱地说开了:

我的上帝!乡长先生。我明白,我们是多么的可笑。但是,请允许我像一个律师那样说得更恰当一些,实际上是一个可怜的女人在为自己辩护。希望你大发慈悲放我们回家算了,以免被追究法律责任而给我们带来莫大的不该有羞辱。

说来话长,很久以前,当我还是少女的时候,就认识了这个村庄里列文先生。他是一家小商品店铺的伙计,我是一家服装店的营业员。一切往事我都记得清清楚楚,就像昨天才发生过的那样。

每到星期天我常和一个女友到这里玩，女友名叫雷迪·露丝。我和她一起住在比加香街。露丝有一个英俊的男朋友叫西蒙，而我却没有男朋友。他们常常带我一起到这里来。有一个周末露丝的男友笑着对我说，下一次他要带一个朋友来。我明白他那有好的言外之意。我故意回答说：'谢谢了，我会把自己照料好的。'不久，我们在火车上碰到了列文先生。当时他长得很帅，一点儿不像今天这副德行。可是，当时我并不因此而顺从他，即使后来也从没有因为任何事情迁就过他。

我们到了贝松。那天天气非常好。那是一种令人心醉、心旷神怡的天气。碰到这种好天气，即使到了今天我仍会像从前一样地愚蠢，愚蠢到忘记所有的地步。一旦我投身到大自然的怀抱我就会头脑发昏。一望无际的绿野里微风拂面，鸟声啁啾，麦浪滚滚，飞燕穿柳，青草芳香，还有罂粟花、白菊花……

总之，那一切如此令我陶醉！好比本来滴酒不沾的姑娘，如今喝下了整瓶香槟。

那天的天气实在太迷人了，风和日丽，白云飘飘。只要两个人彼此对看一眼，就能从对方的眼睛窥探到内心的一切，就是舒口气也是对方心田的氤氲。露丝和西蒙接吻被我看到了。他们这样热烈，我深受感染。

但是，我和列文先生很自重。他和我坐在他们的背后，我们一句话也没说。第一次见面相见也不知该说些什么。这个年轻男子很拘谨。我看到他的尴尬，就觉得他很可爱。后来我和他一起来到小树林中。那里很凉爽，犹如进过泉水淋浴过一般。我们静静地坐在草地上。露丝和西蒙取笑我，因为我的表情太严肃了。接着他俩又一次接吻，尽情尽意，旁若无人，如胶似漆。最后她俩站起身来，没有说一句话，径自钻进了树林深处。

请您想象一下，和一个第一次见面的男青年对坐着，脸上必然是呆板的表情。他们俩一走开，我就陷入六神无主之中，好不容易才鼓足勇气开始说话。我先问他是干什么的，正如他前面已经讲过的，他说是小商品店铺的伙计。这样我们才开始放松了。不料，这一来他的胆倒大了。他涎着脸想这样又想那样，但都被我严词拒绝了。我说得没错吧，列文先生？

列文先生呆坐在那里安静得出奇，用一双空洞的大眼睛盯着自己的脚尖。
她继续说道：

当他知道到我是个传统的女子，这个年轻的男子开始以绅士的面貌，以正派的方式向我求爱了。从那天起，他一到星期天一定来找我。不久，他深深地爱上了我，而我也深深地爱上了他。的确是的，当时的他很帅气。九月的时候，他就娶了我。婚后，我们接手了现在经营的那家商店。

最初，我们的日子过得很拮据。因为生意不好，几乎无力支付郊游的费用，而且也渐渐地丧失了这种兴趣，脑袋里所想的都是的琐碎的生活的事情。生意人想到的首先是钱柜，而不是鲜花。我们就这样稀里糊涂、不知不觉地都老了，成了循规蹈矩的人，几乎都不懂得爱情为何物了。

最近，我们的经济情况好转，我们不再为吃饭生存而担忧了。然而我们的身体却发生了不可逆转的变化。我又开始像个妙龄少女那样沉浸于想象之中，望着满载鲜花穿越街道而去的车辆，我还会想象自己还年轻。当我靠在账台背后的圈椅上的时候，紫罗兰的芬芳向我袭来，我的心头会怦怦乱跳，我会着了魔地站起身来，站到店门前，从一排排屋脊之间仰望蓝天。

从街心仰望天空时，天空在我眼里成了一条河流，它蜿蜒地流过巴黎。飞翔的燕子像是河里的自由游动的鱼。我也知道在这个年龄还想这些是多么的可笑！但是，无论如何我也无法控制自己的感情！

一个人日复一日地工作，偶而也会胡思乱想些别的什么。于是就发生了今天这样令人后悔的事情。是的，实在令人后悔。您想想，乡长先生，我本该与其她女人一样，有这份权利在树林里让恋人亲吻三十年。我情不自禁地想象躺在绿树花丛之中和恋人做爱，是多么美妙的一件事情。我时时刻刻都在想。我梦想和恋人一起欣赏月光映在水面上，甚至想到情愿跳下去让自己淹死。

开始好久我都不敢对丈夫说明自己的这些想法。我很明白他一定会笑话我的，他会极力劝阻我还是最好安心经营我们的小店。

此外，有一件事情我实在不愿说，那就是，对我来说列文先生已经没有多大吸引力了。不过，当我照着镜子观察自己时，发现自己同样也不再是青春貌美的了。

终于，我下定决心，鼓动他到当初我们相识的村子去做一次郊游。他毫不犹豫地同意了。

当我的双脚一踏进大自然的时候，我就感到整个身心都起了全新的变化。一颗老去的心一下子就变得年轻了。真的，身旁的这个老头子仿佛又恢复为当年潇洒倜傥的小伙子。我向您发誓，乡长先生，我感觉到久违的幸福又回来了。我拥抱他，拼命地吻他，他却吓得跳起来，好像我会吃了他似的。他连连说："你疯了！你怎么一下子发起疯来了？你想要干什么？"但我却听不进他的话，只听从自己内心的引导。于是，我拖着他做了刚才的事情。亲爱的乡长先生，请相信我，我说的句句都是实话。

那位乡长被女人的话打动了。他站起身来，微笑着对那对夫妇说："哦，是这样呢，我们会为你们保守秘密的。你们放心回巴黎去吧，但是，太太！

下次一定要记住：下次可不要在野地里孵小鸽子了……"

懊　恼

　　在芒特城里，萨乌尔先生被人称为萨乌尔老丈。这天，外面正在下着雨，他刚从床上起来。秋季里这样的季节最让人忧愁，树叶纷纷落下了，仿佛是另外一阵更厚又更慢的雨，从从容容伴着雨点坠到地面上。

　　萨乌尔先生有点心情黯然的。他从壁炉走到窗子跟前，又从窗前走回原处。人生本来就有许多没有光彩的日子。但是在他看来，即使只有这些暗淡的日子也没有多少了，因为他已经六十二岁了！他仍独自一人，孤独过着老鳏夫的生活。将来，一个人静悄悄地死去，真叫人难过！

　　他记起了自己单调空虚的经历。在童年的岁月里，从最开始的日子里，他记起了自己和父母住过的那所房子，记起自己上中学，然后中学毕业，接着到巴黎学法律，以及后来的种种生活。没多久，他父亲得病，很快就逝世了。

　　最后，他和他母亲住在一起了。母子两个平静地生活着，岁月静好，日子波澜不惊。现在母亲也离他而去了，只剩下他一个人在这个世界上，人生真是凄惨！

　　他在世上真的很孤独。不过，死亡在召唤他了。他快要走了，所有的一切都要结束了。将来地球上不会有萨乌尔先生存在了。多么伤感哦！之后留下的人都还要活着，笑着，互相爱着。在无法抗拒死亡力量之下，当然暂时还有人能笑、能乐，能做幸福的人，这不是什么怪事。假如死亡是件可以商讨的事，人还能够抱着希望。但如果给了否定的答案，死亡是不可避免的，就如同白昼过后要迎接黑夜一样。

　　如果他的人生是充实的，比如说他从前做过一点儿事，或者他从前有过一些冒险的经历，有过娱乐，有过成果，有过满足的事……可惜，他什么也没有，什么也没有经历过。他除了起床吃饭和睡觉，没有做过任何事。

　　就这样，他一晃到了六十二岁。他甚至于没有像其他男人有一个妻子在身边。是的，他真的没有结过婚呢！他其实可以结婚的，因为毕竟他还有点儿财产。那么，难道是他没有机会吗？也许，是的，但是机会是人自己要把握的！他原本是个懒惰的人，懒惰是他最大的缺点和恶习。世上不知道有多少人，由于懒惰耽误了自己的人生。上进、工作、运动、谈话、考虑问题之类对一些人说是很难的事。

六十多年以来，他还没有被人爱过。从未有过一个女人真正地、热烈地爱过他、陪伴过他。所以，约会中等候的滋味，甜蜜的忧虑，执手相望时的类乎仙境的寒噤，以及获得胜利的狂喜中的令人激动的境界，他都是陌生的。哦！两个人的嘴唇接触的时候，四条胳膊把两个彼此倾倒的生命搂成一个和谐的整体生命的时候，那是一种多么美妙的人世幸福，它应当常驻人们的心田。

萨乌尔先生坐下来了，对着火举抬起了自己的两只脚，他身上披的是晨装长袍。

确实，他的人生已经被完全耽误了。其实，他却早有所爱。他秘密地痛苦地，但是也是不经心地曾经爱过一场。是的，他爱过他的老朋友撒笛尔的妻子。

唉！假如他认识她的时候她还没有结婚那该有多好啊！但是他遇到她时已经太迟了，那时，她已经和撒笛尔先生结了婚。自从第一天看见了她，他就确定自己爱上她了！

他记得很清楚，自己每次和她偶然见面时的手足无措，每逢和她分离时的心里的酸楚。他因为思念她夜间竟然无法入眠。

早上起来的时候，他思念她的程度却比夜晚降低了。他不知道，那是为什么？

年轻的时候，她一头金黄色的鬈发，总是笑容满面，俏皮和小巧玲珑！撒笛尔不是个与她般配的人。现在，她已经有 58 岁了。她应该生活的。唉！如果这个妇人从前就爱他！假如她从前就爱他！为什么她不对他表示过爱意？如果，那时候她感觉到一点儿……难道那时候她真的一点儿也没有察觉到，一点儿也没有识破，一点儿也不懂得？假如他那时候对她表白，她又会怎么答复他？她那时候会怎么想？

萨乌尔又想起了很多其他的事。他极力回忆最细枝末节的事情使得自己的人生重新活泼起来。他想起来了从前到撒笛尔家去尽情打牌的场景。那时候，他的妻子是那么年轻，那么迷人。他又记起了她对他说过的每件事，她以前说话的语调回荡在耳边，那些意味深长的坚持和笑容。并且，他想起了每到星期日，他们三个人在塞纳河边散步和草地上吃冷餐。

忽然，那个清晰的记忆在他的脑海浮现出来了：他和她在河边的一片小树林子里度过的某一个下午。

那天，一大早他们三个人就带着许多早已准备好的食品出发了。那天，正是暮春当中的一个生气勃勃令人迷醉的时候。一切都是惬意的，香喷喷的。

鸟雀的歌声格外快活，翅膀也动作得格外利索。他们在温暖的流水旁边，在垂杨下面的草地上吃饭。天气温暖明媚，草香醉人，大家从容地交谈着。那一天天气真是好！午饭结束，撒笛尔仰在地面上睡着了。后来醒了的时候，他这样说："这是我毕生最甜美的午睡。"

撒笛尔太太挽了萨乌尔的胳膊沿着河岸去散步了。

她紧紧地依偎着他，微带笑意地说："我醉了，朋友，真的醉了。"他不敢看她她，心脏跳动得厉害，他觉得自己的脸色开始发白，害怕自己的不自然被她看穿。

她用许多野草和野花扎成了一顶花冠戴在自己头上，然后问他："我这个样子，您爱我吗？"

当时，他宁愿跪下来看着她，而不是用嘴巴说"我爱你"。因此他没有回答，她用一种不高兴的态度开始大笑了，一边看着他高声说：

"笨蛋，赶紧走吧！别人多少也会说句话。"

那时，他几乎都要哭了，却仍然没说一个字。

这些事情，就像发生在昨天，现在又都在他的脑海中浮现了！为什么她竟说"笨蛋，赶紧走吧！别人多少也会说句话"？

最后，他又想起了她那时温存地紧贴着他。他们在一棵树下经过的时候，他觉得她的耳朵碰到了他的脸，他突然推开了她。他担心她会把这种接触认为是他对她的有意挑逗。

后来，他说："我们该回去了？"她就用一种异样的目光向他询问着。现在他也清楚地记得她真的是用一种不同寻常的表情看着他，他却没有多想。但是现在他却明白了，感觉那神情真的别有意思！

"朋友，如果您累了，我们就回去吧，您怎么做都行。"她说。

他的回答是：

"我不是累了，现在撒笛尔也许醒了呢。"

她耸着肩膀无奈地说道：

"如果你怕我的丈夫现在睡醒了，那的确是另外一件事。好吧，我们回去吧！"

在回去的路上，她一直一言不发，并且和他离得远远的。

为什么呢？这个"为什么"，他始终还没有深究过。现在，他仿佛明白些许一直无法弄不明白的问题。

不会是……

萨乌尔先生觉得自己的脸开始发红了。于是，他神情恍惚地地站起身来，就像三十年前，他似乎听见了撒笛尔太太对他说：

"我爱你!"

那可能吗?这个刚刚闯入他灵魂里的疑问使他左右为难了!那可能吗?从前他居然没有看见和猜到,噢!也许那都是真的!但他那时却失去了这个机会!

于是,他狠狠对自己说道:"我一定要弄清楚,我不能生活在疑团中。我一定要弄个明白。"

于是,他抓过自己的衣服,想着:"我六十二岁,她五十八岁,我是可以向她询问这件事的。"

最后,他终于出门了。

撒笛尔夫妇的房子几乎就在他的对面,在本街的对面。他走到了那里。女佣人听见有人敲门就给他开门。

她早就看见了他,觉得很吃惊。

"萨乌尔先生,有什么意外的事吗?来得这么早?"

萨乌尔答道:

"不,没有。孩子,你去告诉你家女主人,说我想和她谈话。"

"哦,这会儿太太正熬那过冬的果酱呢。她正站在炉子边,还没有梳妆,您明白的。"

"哦,是的,我明白。但是你可以和她说我有一件很重要的事。"

女仆进去了。萨乌尔焦急地地在大厅里踱着步。但是,他还没有失去理智。哦!他很快就可以知道当年那件事的谜底了,他已经六十二岁了,他一定要知道!

客厅的门开了,撒笛尔太太走进来。现在,她已经是一位丰满的老妇人。她走向前来,伸开两只手,两只袖子卷在那双粘着糖浆的光着的胳膊上部。她慌张地问他:

"朋友,有什么事吗,您不会是生病了吧?"

他说:"不,没有,我的好朋友,我想向您问一件事情。它对我来说至关重要,它让我日夜不眠。您能答应真实地回答我吗?"

她微笑着说:

"哦,请您相信,绝对没问题的,现在您就说吧。"

"哦,从前,我第一次看到您时我就爱上了您。您是不是也曾怀疑过这件事?"

她用那种像以前一样的语调笑着回答道:

"笨蛋,那当然!我在第一次时就已经看得很清楚了。"

萨乌尔的身体抖动了,他吞吞吐吐说:

"……那么……您是早就知道那件事了!"

说到这里,他又立刻停止了。

她问道:"那么……你……"

他接着问:"那么……您从前是怎么想的?……您从前打算怎么答复我?"

她的笑声更大了。糖浆流到了她的指头尖上又滴到了地上。"我……不过您从前没有向我表示过任何行动。那时不应该由我来向您有所表示。"

于是,他向她走近了一步:

"请您对我说……请您对我说……那一天,午饭后撒笛尔倒在草地上睡着了,我们两个人曾经一同散步到了一个拐弯的地方,不知您是否还记得?"

他执着地等着她的答复。她停住不笑了,并且直着两眼盯着他:

"我确实记得。"她说。

他战栗地接着说:

"既然如此……那天……如果我……肯勇敢的……那么您会怎么有什么表示?"

听了他的话,她微微一笑了。并且是用一种毫不后悔的神情,用一种表示揶揄的清晰的音调,诚实地回答他说:

"哦,我的朋友,我会对您让步哦!"

说完,她转身走出去,去继续熬她的果酱去了。

萨乌尔走到大街上,他如同刚经历了灾难一般,变成行尸走肉了。雨中,他迈开大步一直冲着河边走,并不知道要到哪里去。等到走到了河边,他就一转身向右拐开始沿着河岸走。

如同受着莫可名状的魔力的驱使一样,他走了很久。他的衣裳都被雨水淋透了,开始顺着衣摆往下淌水了。他的帽子被雨水浸湿,软得像是一块破布,帽檐也像屋檐似的在往下滴水。

他就那样木然地不停地走着。最后,他走到了很多年以前他们三个人某一天吃午饭的那个地方。此刻,那个地方勾起了他不堪回首、无法排解的苦痛回忆。

于是,他一个人在树底下安静地坐下来。看着那些离了枝头的秋叶,他的眼泪无声地滑出了眼睛。

戴家楼妓馆

一

每天半夜 11 点，大家总要到戴家楼聚一下，规律得如同上咖啡馆似的。

在那地方，始终就是那么七八个人。然而都不是什么放浪的无业游民，都是有社会地位的人，商人，市区的少壮派。他们来修道院喝药酒，一边和那地方的姑娘们调情，或者和女东家，大家所敬佩的"玛丹"来说点儿话。之后，大多数顾客们在 12 点以前都回去休息了。而少壮派有时候却坐着不走。

这家店店面很小，在一条小街的角落里，非常有家庭感觉，被漆成黄颜色。然而从店里的窗口看出去，却望得见河里来来往往船只的港内碇泊区，它被人称为"丰收"的大盐田，以及后面圣女山的坡儿和坡儿上那座颜色灰黑的古礼堂的全景。

玛丹原是一个农村里的保守人家的女儿。最初，她肯定了卖淫这种行业就如同开帽子店或者是内衣店似的。至于说丢脸那就是一种偏见了。在城市里，这种行业被激烈和固执地认为是不体面的。但是，在诺曼底的农村却不那么认为。

农村里的人说："那是一件好生意。"于是，有人派了自己的孩子去经营妓院，就像派他去管理一所女生寄宿学校一样。

这家店还是从年老的舅父祖上继承得来的，玛丹和她的丈夫原是伊佛朵附近小客店的主人，他俩当年认定这里的买卖一定有利可图，立刻就卖掉了小客店。接着，他们夫妇在一天早上来到这里，接管了这个因为经营不善而陷入危机的店。

夫妻两个是受邻居和店员尊敬的正直人。原来这个新工作把他弄到了筋骨发软的无事可做的状态里，时间长了，玛丹的丈夫已变成了一个大胖子，肥胖断送了他的性命。两年以后，玛丹的丈夫因为脑溢血去世了。

自从寡居以来，玛丹陡然受到店里的长期顾客的垂涎。但她是小心的，以至于那些受餐宿供给的姑娘们绝没有从她身上发现过什么。

她是身材高大、丰腴，性情和蔼。她住的房子晦暗，整天关门，皮肤变得苍白，有些发亮。一层薄薄的像是新长出的，又像是烫过的假发贴着她的额头，使她展现出一种和她成熟的体格不很和谐的少妇姿态。

她是开朗乐观的，谈吐诙谐，但是还带着一种没有被这种新职业所俘虏的谨慎举止。她对那些俗气的字眼儿始终感到有些刺耳，并且遇到一个不懂礼貌的年轻人用本来如此的名称来称呼她所开的店的时候，她就勃然生气了。

总的来说，她的头脑还是清醒的，虽然她把自己店里的姑娘们当作朋友一样，她却老是表明自己和她们不是一样的。

除了星期日，偶尔她领着她的一部分姑娘们坐上租来的车子出游，到那条在峡谷里流着的小溪边儿的草地上玩耍。那就是一种逃离学习枯燥一样的孩子式的玩意儿了，一种狂乱的活动，一种儿童式的游戏，整个儿是一套陶醉在新鲜空气里的幽居者的快乐。

大家在草地上嚼着熏冷肉，喝着苹果酒，直到很晚的时候才带着一种回味无穷的疲倦，一种甜蜜的柔软感觉回家。在车子里，姑娘们把玛丹当作一个温馨善良的好母亲吻着。

这家店进出有两个门。在角上开着的是一家性质不明的小咖啡馆。到傍晚时候，才有小市民和海员来光顾它。两个女店员负责本店的这项独有买卖，特别派做接待这一部分顾客的要求。她们的助手是一个强健得像牛一般的淡黄头发没有胡须的矮子，名叫弗里兑里的男工。她们在那些吱吱扭扭的大理石桌上侍候着顾客们。把身子斜坐在他们腿上来，臂膊搭在喝酒者的项颈上，推销大杯的葡萄酒和成瓶的啤酒。

其余楼上三个，除非楼下需要她们帮忙而且已经客散，否则她们是不下楼的。她们形成了一种贵族阶级，专门服侍楼上的顾客。

楼上的座儿叫作如彼特沙龙，专门为当地的资产阶级聚会之用。墙上糊着蓝纸，上面画着如彼特的爱人蕾塔①躺在一只天鹅的肚子下。沙龙有一条螺旋形的楼梯，沿着梯子走下去是一扇并不引人注目的临街的小门。门上的花格子里面点着一盏长明的小风灯，像某些城市还点着圣母像前的小风灯一样。

这所潮湿而古老的房子到处充满了霉气。偶尔，一股科洛臬花露水的味儿在过道里散开，或者楼下一扇半开的门把楼下顾客们的粗俗调笑断断续续似的传上来，它在整个房子里响彻。于是楼上的先生们都把嘴巴稍稍撇一下，来表示他们的心情受到干扰和感到厌恶。

玛丹和她那些朋友一样的顾客们是无拘无束的。他们喜欢在沙龙里留心各种被他们传来的本市风声和消息。她雅致的言论，可以使那三个女人的胡

---

① 希腊神话中的仙女。主神宙斯曾化身天鹅与她交合，使她怀孕而生下美女海伦。

言乱语停止。特别是某些个别的大肚子顾客每晚总来陪着妓女们喝一杯，他们利用这种放浪行为尽兴地轻薄诙谐。可是玛丹一发言，他们也都沉默了。

楼上那三个贵妇人是拉翡尔、费尔南迪，和绰号"鸵鸟"的。店里的姑娘们是经过精挑细选的。曾经有人特别想使她们每一个都成为一件样品，一件典型女性的样品，使得任何顾客都对这里流连忘返，差不多都有办法实现个人对女人幻想的愿望。

拉翡尔是在各处海口跑码头的老油条，她是一个马赛女人，是少有的犹太美人，瘦瘦的，仰着一张涂满了胭脂的脸蛋儿。她那黑头发在两鬓卷成钩形，而且用牛骨髓擦得通亮。如果没有右边那一只眼翳，那双眼睛本来很美，。她那条弯弓式的鼻梁压着一条很长的上牙床，在下牙床的那些牙齿旁边两粒新装的牙齿显出痕迹。

费尔南迪是个金黄头发的美人，又高又胖，几乎像个皮球。脾气温柔的农村的姑娘，一脸的雀斑没法消除，头发却很短，稀疏地分布在她的头颅上。

鸵鸟是一个大肚子小腿细的肉球儿，从早到晚用一种发哆的声音，不停地唱着或放荡不羁或悲伤的曲子，讲着没有结局的和不知所云的故事，除了吃饭就是说话。虽然脂肪过多而四肢细小，她却敏捷得像松鼠一样上下活动。并且她的笑声像一道声音尖锐的瀑布，不管在哪儿，都可以连续不断无缘无故地爆发起来。

楼下的两个女人：露思绮，绰号"老母鸡"；而佛丽娜，因为似乎有些儿跛，被旁人称为"跷跷板"。前一个系着一条三色腰带，一直打扮得像个女神，后一个的装束是幻想的西班牙式的，她在头发丛里挂着许多铜制的圆片儿，跟着她晃荡的步子叮咚摇晃。她们都像是两个穿上奇装异服来过嘉年华狂欢节的厨娘。她们正如平民的一切女人一样，不美也不丑，是个地地道道的小客店里的女招待。在码头上，旁人用"两条唧筒"的绰号来称呼她们。

因为玛丹的善于调教的智慧和她对事情和对人的好脾气，这五个女人之间虽然存着一种妒意，但是仍能和平相处，很少会有什么骚动。

这种在小城市里的独家买卖是客人不断的。玛丹把这店的外表装潢得赏心悦目，而自己给全部的顾客的感觉是那样和蔼亲切。大家都知道她心地厚道，所以人们都对她抱着一种尊敬的看法。

那些老顾客在她这里玩乐之后，当她比较明显的主动向他们表现亲热时，他们都感到十分的惬意。并且他们在白天做生意相遇的时候，一定互相说道："今天晚上，在您知道的那个地方会面。"如同我们说："晚饭以后上咖啡馆，记得吗？"

总的来说，戴家楼是一个好地方，大家都愿意去那里赴日常的约会。

不料，在 5 月底的某个晚上，第一个上门的顾客木材商人、前任市长布莱梅先生，竟发现那扇小门是紧闭的。花格子里面的那盏小风灯也是熄灭的，那所房子死一般的沉静没有一点儿声息传到外面。

他开始是从从容容地敲门，然后，使了点劲儿，仍旧没有回应。于是他用慢慢的迈着步子向着街道的坡儿上走去，走到菜市广场，他碰着了船行经理魁尔先生，他也要去那个地点。他们一同折回那地方，还是没人应声。但是在他们很近的处所忽然爆发一阵大的喧嚷，于是他们循着声音，绕着这所房子走了一周，看见一大群的英国水手和法国水手正在挥着拳头撞击这咖啡馆活动木板帘，而那木板帘是被放下的。

这两个资产阶级立刻都逃走了，当然是为了使自己避免麻烦。但是他们被一声轻轻的"喂"止住了。原来，是咸鱼行经理在认出来他们之后和他们打招呼。他们把事情告诉了咸鱼行经理。对于他，这消息对于他真不是个好消息。他结了婚又有了孩子，行动不便，只能够在星期六到戴家楼来，他用拉丁话说是"为着力求安全"，事实上却是一句隐语。因为他的朋友泊尔德医生以前把卫生警察规定的周期检查的日子告诉了他，他利用这种消息给自己规定了夜假。这一天他正是夜假，而在这情形之下看来这个夜假是要耽误了。

这三个人围着碇泊区转了一个大弯，在路上遇见了年轻的飞利浦先生和班巴斯先生。菲利普是银行家的儿子，戴家楼的老主顾，半巴斯是本地的税务局长。于是一行几个人又从犹太人街走回来，准备做最后的一次尝试。但是那些怒不可遏的水手们正包围了这所咖啡馆，对着它扔石头吐口水，一面直嚷。于是这五位老顾客都赶紧退回来，开始在各处的街道上逛着。

他们又遇见了保险公司经理去布伊先生，随后又撞见了商业法庭的审判员华斯立先生，一个漫长的散步开始了。最后他们走到了防波堤上。他们并排在石栏杆上坐下来，无聊瞧着浪花翻动。浪头上的泡沫在夜里里形成了许多发光而随即消失的白痕，波浪拍打着岩石的单调沙沙声在夜色中沿着整座悬崖响动。这几个发愁的散步者坐了一会儿之后，飞利浦先生发开始说话了：

"这真扫兴。"

"扫兴，是的。"班巴斯先生接着说。

最后，他们迈着不情愿的步子都走开了。

走过了那条在坡下被人称为"林下"的街，他们就从"永保盐田"的木桥上走回来，经过铁路周围，又重新回到了菜市场。这时候，税务局长班巴斯先生和咸鱼行经理都伏仑先生正谈到了一种可食用的鲜菌，因为他们两人中间肯定有一个已经在附近找到了这东西，于是就突然爆发了争论。人都由于无聊郁闷变成愤怒了。假如其余的人不来调和，他们或许会打起来，所以怒不可遏的班巴斯先生退出去了。然而一个新的争论又在前任市长布莱梅先生和保险公司经理巨布伊先生之间发生了，主题是税务局长的薪水和他创造财富源泉，种种侮辱性的语言从双方嘴里流淌出来。这时候，听到了一种像雷鸣般骇人的喧嚷，接着在一家关了门的咖啡店外面，那群徒然空等的水手们涌到了广场上来。他们排成队挽着臂膊，排成一道长的行列，并且愤怒地咒骂不停。

这群资产阶级都在某一家的大门底躲着，那些狂吼的群众，走向了修道院。经过很长一段时间，才听得见那阵喧嚷如同消逝的雷声一般渐渐消失了，最后才恢复了沉寂的气氛。

彼此愤然相攻的布莱梅先生和巨布伊先生，朝各自的方向走了，甚至没有互相道别。

于是，其余的四个人又重新本能地再由下坡道向着戴家楼走去。店里寂静无声，不能进去，是关着的。一个安静而倔强的醉汉，一面轻轻敲着这咖啡馆的前门，一面低声叫着一个伙计的名字。他似乎感到谁都不会答复他，于是下定决心坐在门口的台阶上等候变化。

这些资产阶级正要退下来。此时那一群闹哄哄的海员们又在街口出现了。法国水手们高唱着《马赛曲》，英国水手们狂吼着《大不列颠国歌》。全体向着墙壁直面冲去，随后那些愚笨的家伙的浪头再向着堤岸扑过去，结果这两国的水手就在那地方爆发了一场械斗。

争斗之中，一个英国人被人打断了胳膊，一个法国人被打破了鼻子。门外边的醉汉却如同委屈的孩子般酒鬼似的哭起来了。

最后，那些资产阶级也都各自回家去了。

很久，这个被人打扰过的城市又重新迎来了安宁的气象。不时一阵突兀的人声从某一处传到这里，随后消失在远处。

但是有一个人始终单独继续游荡着，那是咸鱼行经理都伏仑先生。他因为要等到下星期六而难过了，并且希望有偶然的机会门会打开，这在旁人看来不可理解，在他自己也不知道为什么这样做。他认为警务当局令他们监视的公用商店关门是令人非常生气的。他又转回了那地方，四处窥探，搜索种种现象，后来他看见一张大的纸粘在防雨板上。很快地他划燃了一根火柴，于是看明白了上面笔迹不匀地写着："因为第一次领圣体，关门。"

他很明白这是肯定不开门的了，于是他走开了。

醉汉现在睡着了，平躺在那扇恕不招待的门前。

第二天，一个跟着一个的熟客，在臂膊下面夹些纸，假装有事的样子从这条街走过。每一个人为了读这张神秘的启事都偷偷跑来：上面写着"因为第一次领圣体，关门"。

二

玛丹娘家的姓是里韦，她有一个做木匠的弟弟，他名叫约瑟夫，住在他们的故乡欧尔州。玛丹以前在伊弗朵开小客店的时候，弟弟的女儿举行受洗礼的开销就是她负担的，她给这侄女取的教名是康尼丝丹。尽管双方都因为受了职业的牵制和居住的地方的限制，不能够常常碰头，这个木匠也是知道姐姐家境很好，他一直想着她。但是因为自己的女儿快12岁了，这一年决定教她去第一次领圣体，所以他把握住了这个接近的机会，写了封信给他的姐姐，要求她承担这场礼节的完全开销。他们父母早亡，因她的侄女引起的要求她不能拒绝，因此答应下来。他的兄弟更是一心指望这种拉拢的作用，可以让姐姐立一个有利于自己女儿的遗嘱，因为玛丹原是没有子女的人。

他并不觉得姐姐的职业伤害他的廉耻心，特别是没有人知道什么。有人谈到了她仅仅说："玛丹是一个资产阶级妇人。"这话就足以说明她是能够靠年息生活了。他们的距离，至少有二十法里，而赶一段二十法里的路程，在农村老百姓的思维里是比一个航海人超越大西洋还要困难。约瑟夫那里的居民从没去过里昂市，同时而又绝没有什么东西可以吸引玛丹那样的居民到乡下去。最后两者一点儿联系都没有了。

但是，领圣体的季节近了，玛丹感到了很大的为难。她没有什么可以帮着照料店面的人，所以即使把自己的店仅仅关门一天，她也放心不下。因为楼上的贵妇人和楼下的，这两者之间长时间的种种竞争必然会因为她的离开而升级。到最后，她决定把自己的全部人员都跟在自己身边。至于那个男工，她给了他三天的假期。

这个兄弟得到了消息，一点儿也没有意见，并且自愿免费给全部道伴住宿一宿。所以，星期六早上，八点钟的快车，坐在玛丹和她的全部道伴在二等客车的一个车厢里走了。

开车之后，因为车上没有其他的旅客，所以她们聒噪得像是一群喜鹊了。但是在柏时乡却上来了两夫妇。男的是一个乡下老头儿，披着一件蓝布罩衫，领子皱皱巴巴，宽大的袖子在手掌边收得紧紧地，上面绣着些白花做装饰；戴着一顶古式的平顶高帽子，四周的丝变成了红黑相间，活像是一圈倒竖的毛；一只手抓着一把大绿的雨伞，另一只手挽着一只很大的篮子，篮口探出三只鸭子的脑袋。女的全是村妇的打扮，一身硬挺挺，有一副母鸡一样的样貌，长着一条鸡喙样的鹰钩鼻梁。她与她男人面对面地坐着，因为四周都是漂亮的女人，一直不敢乱动。

事实上，在车厢里真有一片艳丽的色彩。玛丹全身从头到脚都是蓝的，蓝缎子的，披着一条红的、耀眼的、闪光的法国仿制羽纱的大围巾。费尔南迪藏在一条苏格兰式的裙袍里喘气，裙袍的腰身是女伴使劲帮着缚好的，把她的本来颤动的胸部托了起来，使它们变做一对像是包在布囊里变成流质一般动荡不安的山峰。

拉翡尔戴着一顶翎毛帽子，像是一只装满鸟儿的鸟窝，穿着一套金黄的青莲色衣裳。这装束的确是适合于她那犹太女人面貌的。

鸵鸟穿着那条宽边镶滚的玫瑰色短裙，竟使得她像是一个过于肥胖的孩子，一个肥胖的侏儒。至于"两条唧筒"的装束怪异得像是从古老窗帏中间剪下来的，上面的图案枝枝叶叶，都是19世纪法国王室复辟时代的产物。

自从车厢里人多了起来之后，这些贵妇人立刻表现了一种庄重的神情，并且开始谈起很高尚的事情来提高自己的地位。但是一个蓄着金黄大胡子的先生在潘沛克车站上来了，他戴着许多金戒指和一条金链子，把好几个用漆布包成的包裹在自己座位的顶上放了。他的面部表现了一种滑稽和天真孩子的神情。他微笑着施了礼，轻松地发问了：

"这几位是和玛丹调换防地吗？"

这问题在车厢里罩下了一种使人羞愧的尴尬。然而玛丹却终于恢复了庄重的神情。为了争回集团的荣誉，她干脆地答复道：

"您要讲点儿礼貌！"

他告罪了：

"请您原谅，我本想说调换修道院哟。"

玛丹找不到什么可以反驳的理由，或者也许是对这种纠正满意，于是闭紧了嘴唇，一面做出了一个庄重的点头致意。

这时候，坐在鸵鸟和乡下老头儿之间的先生，开始对着那三只从篮子里探头探脑的鸭子感兴趣了。随后，在他认为自己已经引起了他的观众的注意的时候，就动手来抚摸这些鸭子的脖子，一面对它们说了许多滑稽的话来替大家解闷：

"离开了我们的小池塘！呱！呱！呱！为的是去见识小铁叉和火焰！呱！呱！呱！"

那些可怜的鸭子都扭动自己的脖子去躲避这种温存，使出最大的气力，想从这个柳条的笼子里逃出来。后来忽然集体地迸出一阵表示抗议和伤心的叫唤："呱！呱！呱……"这时候，一阵无所顾忌的讪笑在这些女人之间爆发了。

　　她们俯下了身子向前争着看，大家发痴似的对于这些鸭子发生了兴趣，而那位先生也使出了他的精明而又啰唆的手段。驼鸟也来参加了，她从她邻座旅客的脚边俯下了身躯，吻着这三个鸭子的脑袋。每一个姑娘像是受到诱惑都要依次来吻它们了，于是那位先生就让她们坐在自己的膝盖上，抱着她们，拧着她们。突然一下和她们用"你"字来做称呼了。那两个比他们的家禽更为惊骇的乡下人，都睁着迷惑的眼睛一动不动。他们那种满是皱纹的脸上没有一点儿微笑，僵硬得很。

　　于是这位推销员先生，用拿几条吊裤子的背带送给这些贵妇人跟他们闹着玩儿，接着从包裹之中取下了一个，打开了它。这原是一种促销的手段，包裹里装的是许多袜子吊带。

　　这些吊带，有些是用蓝绸子做的，有些是用粉红绸子做的，有些是用大红绸子做的，有些是用紫绸子做的，有些是用青莲绸子做的，有些是用闪光的红绸子做的，都有一副用两个互相搂着的镀金爱神镶成的金属圈子。

　　姑娘们先是都欢喜得叫起来了，接着又被女性接触一种装饰物件的天然慎重态度所拘束了，都仔细欣赏这些样品。显然，她们用目光或者耳语来互相询问，也同样互相答复。而玛丹呢，她抚弄着一双橙黄色的，爱不释手。这一双比其余的宽大些也庄严些，的确是女掌柜的袜子吊带。

　　这位先生怀着一种想法在等着，他说道：

　　"快点，小宝贝们，应当试试这些东西。"

　　于是，她们中间起了一阵风浪似的惊叫之声，接着，她们像是怕被什么强暴似的束紧了自己的裙子。他呢，故意地静候时机。他高声说道：

　　"各位不喜欢，我包好就得了。"随后又狡猾地说，"如果谁来试吊带的，我就送一副给她，听凭她自己挑选。"

　　但是她们都不愿意，都很庄重，都重新整理了自己的衣服。然而"两条唧筒"由于他更换了提议像是都很不高兴了。尤其"跷跷板"姑娘，她克制了自己的欲望，明显地有些迟疑。他催促她了："快点来，我的孩子，鼓起勇气出来吧。拿去吧，这双青莲色的，它和你的衣裳很相配。"这一来，她决定尝试一下了。于是，撩起了自己的裙子，露出了那两条勉勉强强箍在粗纱袜子里面像牧童一样的粗腿。

　　只见，那位先生弯下了身子，在她的膝盖下边儿扣好了吊带的圈子，随后又扣好了上边儿。接着轻轻地摸着这姑娘，吓得她突然缩着身子同时发出几声轻微的叫唤。到了系好了的时候，他大方地送掉了这双青莲色的，又问："谁还要试？"大家齐声叫着："我！我！"他从鸵鸟着手了，因为她摆出了一双臃肿得变形的腿，那么圆滚滚的一段儿，没有看见踝骨，正是拉斐尔所谓的"香肠腿"。

费尔南迪身上那两根健壮的柱子叫这推销员也诧异不已，她是听到了他的赞美的。至于犹太美人那双枯瘦大腿就没有什么好说的了。那位叫老母鸡的，把裙子完全罩在这位先生的脑袋上。于是，玛丹为了阻止这种不成局面的丑恶，只好来干涉了。最后玛丹伸直了自己一双有脂肪又有筋肉的诺曼底种的漂亮腿。于是这个谄媚的推销员用优雅的姿势脱下了自己的帽子，以地道的法国骑士的身份来向这条可称为领袖的腿肚子致敬了。

乡下人在昏乱之中冻得发木，用一只眼睛从旁边偷偷地瞧着，他们简直像是两只鸡，以至于这个金黄长髯的汉子立起身来对准着他们的鼻子"咯——咯——里——咯"像雄鸡似的恶作剧般啼了一声。于是，一阵狂欢的风暴再次被重新激起了。

这两个老年人带着篮子、鸭子和雨伞下车了，接着大家听见了那妇人一面走一面对她丈夫愤恨地说道："这又是一些该到巴黎死去的野鸡。"

这个爱开玩笑的推销员太不成体统了，使得玛丹自认应当叫他收敛一下，不过后来他在里昂下了车。她说教似的训道："这是个教训，教会我们初次会面的人应该怎样说话。"走到瓦塞尔，她们换车了，接着在下一站就找着了约瑟夫先生，他正牵着一辆套着白马而且塞满着椅子的大车在那儿等候。

这彬彬有礼的木匠吻过了这些贵妇人，并且扶着她们爬上了车子。三个坐在靠后的椅子上，拉斐尔、玛丹和他的兄弟坐着靠前的那些椅子。至于鸵鸟，没有坐处，只好将就坐在高大的费尔南迪的膝上。随后，大家出发了。

不过，那匹矮小牲口颠簸的快步，车子立刻令人害怕地上下摇动起来。使得那些椅子都错位了，旅客们开始坐着晃荡。他们带着木偶的动作，害怕的神情，伴着由于丧胆及一阵更强烈的动荡左右乱晃。

她们紧紧抓着车子的两边，帽子都滑到脊梁上去了，盖到鼻梁了，或者压着肩头了。然而这匹白马始终跑着，扬起了脑袋，伸直了那条不时打着臀部光秃的尾巴。约瑟夫，一只脚伸在车辕上，另一只脚屈在身躯下边，双肘高高地举起，拉着缰绳，喉管里不时吐出一种类似母鸡召唤雏鸡的声音，使得那匹矮而小的马竖起了双耳，不断地加快了脚步。

公路两侧是碧绿的郊野，开花的油菜正在四散地铺开了一幅黄澄澄的延绵起伏的大地毯，其中到处散出沁人心脾的甜香。在那些已经长大的裸麦丛里，许多矢车菊绽放着浅蓝的小花朵儿，这些妇人看了都想去采，但是他却拒绝停车。

偶尔，一片像是整个浇着鲜血的地里开满了红罂粟花。在那些被盛开的鲜花如此装点的平原中间，那辆大车像是另一簇颜色更热烈的花被白马快速的拉着前进。它偶尔在一座农庄的大树后面隐没，穿过了大树枝叶的掩蔽范围又出现了它的影子，然后重新穿过那些被红颜色或者蓝颜色点缀得多彩多姿的农作物，在日光下边载着那些光彩耀眼的女人飞奔。到了一点钟，他们到了木匠家大门前。

她们都因为旅途劳累而脸色很是不好看了。自从动身以来，没吃什么东西。木匠的太太连忙迎上来，一个一个地扶着她们下了车，给了她们友好的拥抱，并且对于这位被她当作奇葩看待的姑奶奶，她欢迎得更为热烈。大家在木匠工作的房间里吃着东西，那里的工作器具早已因为即将来到的筵席而搬走了。

吃过一份炒鸡蛋和一份炸的肥肠包饺子，再浇上些烈性的苹果酒，于是全体又生龙活虎了。为了表示敬意，木匠拿着一只杯子和大家一一碰杯，而他的妻子则安排一切，下厨、上菜、撤菜，低声在每一个女客耳边说："这东西，您还吃得惯吗？"无数竖在墙跟前的木板和许多扫到墙角落里的刨花散发出一阵新的木头香味，那种深入肺部的树脂香气。

大家问起了那女孩子，但是她到礼堂里去了，傍晚以后才可以回家。

于是，为了参观本地风景，这一行人出门了。

那是一个有一条公路从中间穿过的一个很小很小的市镇。沿着那条唯一的街道排列了十多所的房子包括了当地的商店、肉店、油盐作料店、咖啡馆、皮匠店和面包店。礼拜堂在这条街道的尽头，被一座小小的公墓包围着，整个礼拜堂被四棵种在门外的高大的菩提树覆盖住了。那是用碎石块砌成的，没有任何欣赏价值，并且顶着一座石板盖顶的钟塔。从礼堂再往镇外走，就是郊野了。郊野被一堆堆密密麻麻的树丛所分割的，树丛里还有很多的农庄。

木匠穿着工作服，却大大方方地挽着他姐姐的胳膊走着。他妻子完全被拉斐尔的金光耀眼的裙子吸引了，她钻在拉斐尔和费尔南迪二人之间，圆球似的鸵鸟同着老母鸡露思绮、佛丽娜三个人跟在后面。

镇上的居民都到门外来看热闹了。孩子们停止了他们的游戏。一副被掀起的窗帏让人看见了一个戴着印花布小帽的脑袋，一个几乎失明、撑着拐杖老妇人，像是对着一列宗教游行集会似的在胸前不停地画着"十"字，每个人都久久地用目光追逐着这些来自城里的漂亮贵妇人。因为她们都来参与约瑟夫的女儿第一次领圣体礼，一阵莫名其妙的敬意都集中在木匠的身上了。

经过礼堂的前面，孩子们的歌声飘了出来。但是玛丹不让大家走进堂里去，免得打搅那些可爱的女孩子。

绕着郊野走了一周，又汇报了主要财富——田地的产量和家畜的出笼之后，约瑟夫才领着这群妇人回到家里。

木匠的家很小，只好安排每两个人住一间屋子。

这次，木匠到工作室里的刨花上面去睡。他妻子和他的姐姐同屋，而费尔南迪和拉翡尔住旁边的屋子，露思绮和佛丽娜在摊在厨房地上的褥子上面睡，鸵鸟一个人住在楼梯上面那间乌黑的小屋子里。那个领圣体的女孩子这天夜间就睡在小木阁里。

那女孩子回来的时候，一阵热情的喜爱之情的表达就开始迎接她了。所有的女人们都带着那种体贴的动作要对她祝贺一番，这是一种装模作样的职业习惯。现在，每人都抱着她坐在膝头上，抚弄着她那金黄色的头发，在热烈的亲昵劲儿中抓着她不肯放手。这个很聪明而又一心笃信宗教的女孩子，如同受到赦免令里的封锁一般，忍耐而又深思地任凭她们那么做。

累了一整天了，吃完晚饭之后大家就连忙去睡觉。那种像是具有宗教意味的高尚的田园安静地围在这个小市镇的四周，真是安宁得使人有点不习惯。姑娘们一向习惯了公共场所的喧闹晚会，这时候睡熟了的乡村的宁静反倒使她们心慌。她们有点毛骨悚然了，担不是由于天气冷，而是那种从骚动不安的心里升起的不常有的寂寞使得她们坐立不安。

她们一到床上，就两个互相紧贴来抵抗田园的宁静所带来的深沉的瞌睡的侵袭。但是鸵鸟独自一人躺在小黑屋里，因为不习惯于空着床的另一半睡觉，所以她竟感到一种空虚难耐的不适。她在床上辗转难眠，忽然在她脑袋旁边的隔板后面她听见了有一阵像是孩子哭泣的轻微呜咽之声。她吃惊了，轻轻问着，于是有一道断断续续的小声音答应她。正是那个一直和母亲同睡的小女孩儿，她在小木阁儿里感到很恐惧。

鸵鸟开心极了，悄悄地从床上爬起来，走去找那个孩子。她把她带到自己的暖热的床上来，抱着她靠在自己的胸前，吻着她，体贴入微地保护她，用夸张的表情的爱抚裹住她。随后，自己睡着了。直到天明，这个预备领圣体的女信徒，一整夜都把自己的脑袋紧贴在这个妓女的裸露的胸脯上。

一到5点钟，《早祷曲》的钟声就在礼拜堂的小钟塔上持续地响着，惊醒了这些向来起得很晚的贵妇人。镇里的乡下人已经开始工作了。当地的妇女们都挨家挨户忙着，欢喜地谈着，小心翼翼地捧着好些浆得硬挺挺的像是纸板般的麻纱短裙，或者在很多像是长蜡烛一样的腰上箍着一个金线流苏的绸结子，并且在抓手的地方刻着一圈花纹来做标志。已经当头的太阳照着整个晴朗的天空，而地平线附近却仍留着一层淡红的色彩，像是被黎明之光冲淡的朝霞似的。许多母鸡在各自的门前觅食，有一只戴着朱冠的脑袋的黑颈金毛的雄鸡，拍着翅膀，迎风唱着它的嘹亮歌声。

从附近的村庄里来了好些车子，停在各处的门口下了好些身材魁梧的诺曼底的妇女们，她们都穿着深颜色的裙子，胸前都搭着一条用古式银质装饰品扣住的围巾。男人都在新的方襟大礼服上面或者绿呢的古老晚礼服上面罩着蓝布罩衫。

把驾车的牲口都牵进了马房里以后，由式样不同、年代不同的车子组成的行列沿着公路排成两行，有乡村的四轮运货篷车、两轮敞车、运货敞车、两轮客车、大型运人敞车。这些车子有的前部栽在地上，有的后部靠在地上而车辕朝天。

木匠的家里热闹了。那些贵妇人身上只穿着短衣和短裙，又稀又短的头发披在背上，一起帮助那女孩子穿衣裳。

那女孩子站在桌上一动不动，这时候，玛丹正指挥她的"队伍"的行动。大家替她洗脸、梳头、插戴、穿衣裳，后来，用圆头小针替她端正了裙子上的褶，替她扣紧那个宽大的腰身，替她搭配装饰而有出众的风度。装扮结束之后，大家让她坐下来，一面叮嘱她不要再随便乱动。于是，这队兴致勃勃的女人赶忙跑去打扮自己了。

那座小小的礼堂钟又重新敲了起来。它那口破钟的气息微弱的叮咚声音升上去就迅速地淹没在漫无边际的碧空里。

那些应当去领圣体者从各家的位置向着镇上那栋包括两所小学和镇长办公处的公有建筑物走过去。那建筑物位于本镇的尽头，而"上帝之家"则在方向的另一个头。

那些亲族都穿上了节日的盛装，露着一种呆头呆脑的神情和那些对于终日弯着腰做工的身体不相习惯的动作，跟在各自孩子们的后面走。女孩子们隐没在一阵奶酪花似的透明薄纱的雾霭中间，而男孩子们打扮得像是咖啡馆里的服务生一般，满头涂着亮头油，穿着黑呢裤子叉着两条腿走路。

木匠是胜利了。许多的亲戚从远处赶来，围着小女孩。戴家的部队由女掌柜领着来追随康尼斯丹。并且，她的父亲被姑母挽着胳膊，她母亲陪着拉翡尔，费尔南迪陪着鸵鸟，"两条唧筒"并在一处，这队伍如同一群身着正式大礼服的重要人员堂皇地在镇上走着。

走进了小学里，女孩子们都聚在戴着尖角形的头巾的女修道士的下面，小学校长成为男孩子们的领导人是一个健壮的男人。最后，全体在唱着《诗篇》的声浪之中出发了。

在两行卸下了牲口的车子之间男孩子们延伸了他们的双行列。女孩子们依照相同的秩序跟在后边。所有的居民由于新鲜都对这几位城里来的贵妇人让出了空，这是表示敬意，所以她们紧接在女孩子们的后面也一样排成了双行，这样就延长了宗教游行的行列。三个在左边，三个在右边，彰显了她们那些色彩缤纷的耀眼的打扮。

她们走进礼拜堂的情形真让现场失控了。大众都忙起来，转过身躯，推挤着向前看。并且那些女信徒都被这些穿着比唱诗班的祭服还要花花绿绿的衣裳的贵妇人气昏了，都故意高声谈论着，用眼睛斜视着她们。镇长让出了那条他紧靠着唱诗台右边的第一条凳子，于是玛丹同着她的弟媳，费尔南迪以及拉翡尔都坐下来。鸵鸟和"两条唧筒"由木匠陪着坐在另一条长凳上。

礼拜堂的唱诗台蹲满了跪下来的孩子们，那拿他们手里的蜡烛像是无数东倒西歪的长矛。

在唱诗台上的乐谱架子前，站着三个高声唱着的男子。他们无限地延长着拉丁文的那些嘹亮的缀音，唱到了"阿门"这名词的时候，更用一阵漫无归宿的"阿——阿"音，一阵由蛇形木箫发出来的单调而长时间的"阿——阿"音，使"阿门"这名词的声浪延续不绝。一个孩子的尖细声音开始答唱了。后来，一个坐在唱诗台边的座位上，头戴方形四角帽子的神甫，不得不站起身来口吃地说话然后又重新坐下来。这时候，那三个唱诗者睁大了眼睛对着一本大书来答唱了。这本大书是礼拜堂里常用的《罗马调》，摊在唱诗者的眼前，下面用一只顶在活轴上的木雕展翅老鹰托着。

随后是一片沉默。所有人在一个动作之下都跪下来了，主坛的神甫临驾了。他是个德高望重的人，满头白发，走在他前面的是两个身着红袍的陪祭男人，而追随在旁边的是一群唱诗者。

一只小钟在沉寂之中叮叮当当响起来了。日课开始了。那位神甫从容地在金质的圣体龛子前面逡巡，一次又一次地跪下，用他的年老而发抖的衰弱声音，唱着预备祷告的颂歌。等到他停住的时候，那些唱诗者跟着蛇形木箫突然一下子齐声高唱起来。而许多男子也在台下用没有那么强烈，比较柔和些儿声音开始唱着，用参加礼节的人应有的态度。

突然，从所有的肺部气力和虔诚念头挤出来的希腊文赞美短歌，在空中散开。许多灰尘和许多被白蚁蛀出的木头屑，被呼号声所动摇从古老穹顶上落下来。太阳直直的射在屋顶石板上的把这座小小的礼拜堂变成了一座闷炉。一阵震撼人心的感动，一阵使人忧戚的静候，各种无法形容的神秘境界的接近，抓住了孩子们的心，紧压着母亲们的嗓子。

坐了很久的神甫，重新走上祭坛，光着银发蓬松的脑袋，带着抖抖擞擞的手势，竟有些神道了。他转过脸来对着低下的信徒们了，然后，对着他们伸起了双手先用拉丁文后用法文说道："祷告吧，弟子们，祷告吧，弟子们。"底下的人全开始祷告了。这位年老的神甫也低声含含糊糊念着那些神秘而崇高的语句。那口小钟不住地叮当叮当，虔诚的群众一起高呼上帝了，孩子们因为一种过度的紧张而头晕了。

正是这时候，鸵鸟因为忽然想到她的母亲，她村子里的礼拜堂，她的第一次领圣体而双手抱着额头。她的记忆回到那天了。当年她很矮小，整个儿被包在自己的雪白的裙子里。想到这里，她哭起来。

开始，她只是低声地啜泣，眼泪慢慢地从眼眶里流出来。随后，想到从前的事，她的伤感浸透了心。终于，她呜咽起来。她抽出了手帕，擦着眼睛，掩着鼻子和嘴使自己不至于哭出声来。然而是一切徒劳，从她的喉管里出来了一阵抽泣，接着又来了另外两声深沉得使人肝肠破裂的叹息来回应她。那是两个伏在她左右两侧的露思绮和佛丽娜，也都受着了同样遥远的回忆的折磨，也热泪泉涌一般的开始抽泣。

眼泪都是有传染性的，玛丹不久也感到自己的眼眶湿了。后来，她侧过头来看她的弟媳，她发现她那条凳上的人也正都哭着。

神甫生产了"圣体"。孩子们由于的真诚的信心都在地上平躺，已经都失去知觉了。并且，在唱诗台下，这儿，那儿，一个为人妻者，一个为人母者，一个为人姐者，经受这类伤心感慨的异样同情心的感动，又因为这些跪着的贵妇人的颤抖和抽泣使她受到了动摇，眼泪也浸湿了她的印花方格子手帕，她用左手使劲压住了那颗加速跳动的心。

一点火星如同在枯草场中扔下了火种似的，鸵鸟和她的同伴们的眼泪在一瞬之间引动了整个儿礼拜堂。男女老少、穿着新罩衫的，全都深有所感地哭起来了。并且认为他们的头顶上像是飞翔着什么超于人类的东西，一种博大的爱，一种无从目睹而又万能的生命才能造成的无法想象的影响。

这时候，在台下的合唱队里，清脆地响了一声。是那位女修道士敲着手里的书，这是领圣体的信号。于是，由于感受到一种来自天上的感动力而发抖的孩子们都走到了跟前。

全体跪成一条线。那位老神甫握着那只镀金的银质圣杯，走过他们前面，两指夹着供弥撒的圣面包片递给孩子们。这面包片就是基督的肉体，人世间的协助。他们带着颤抖的动作、灰白的脸色、紧闭的眼睛、神经质的表情，微微张开嘴来接受。而那幅在他们下巴底下铺开的长布单子，抖动得像是有人故意在摇晃似的。

忽然，在唱诗台下，涌动着一种发痴的现象，一种集团骚动，达到癫狂的现象，一阵忍着呼号的呜咽的暴风雨。这近似的暴风雨从成林的树木破空而过。后来神父立着不动，手里夹着一片圣面包，因为自身激动而毫无力气了，心里想着："这是上帝，这是上帝来到我们的道伴中间——我的声音降到这些跪下了的'老百姓'身上。"

最后，他口吃地向着天空表达感激，念了许多呓语样的祈祷文。他无法找着合适的词，念了许多心灵上的祈祷文。

他用一种如此虔诚的信仰带来的兴奋结束了领圣体的礼节，双腿由于久跪几乎立不起来。后来到了他自己饮过了主的血之后，他竟在一种无意识一样的致谢动作中间歪斜下去了。在他的背后，"老百姓"渐渐都平静了。那些已经在雪白祭服的庄严气象之中立起来的唱诗者，重新又用一种不稳定而依然颤抖的声音唱起来，后来蛇形木箫如同自身也曾感动过一般发出干裂的声音。

这时候，神甫举起了双手，告诉他们停止唱诗。那两行领圣体者都因为无限的幸福而感到精神恍惚了。接着，神甫从这两行人中间穿过，一直走到唱诗台的栅栏跟前。

一阵椅子的移动喧噪过后全体都坐下了。现在大家都用手帕包着鼻头使劲擤出鼻涕，看见了神甫，大家都安静了。后来神甫开始用一种低沉迟疑的音调讲起来："亲爱的弟兄们、亲爱的姐妹们、亲爱的孩子们，我从内心深处感谢你们，你们刚才给了我生平最大的快乐。我感到了上帝在我的呼号之下降临到我们身上了。他来过了，他到过这里，他充实了你们的灵魂，教你们放开了眼界。我是本教区里最老的神甫，今天也是最幸福的。刚才在我们道伴当中出现了一次明显的圣迹，一次真实的、一次伟大的、一次至高无上的圣迹。正当耶稣基督首次透入这些孩子们身上的时候，圣灵，天堂的神鸟、上帝的呼吸，曾经降临到你们身上了，抓住了你们，制住了你们，使你们如同和煦阳光之下的芦苇一般都低下了自己的身体。"

随后，他用一道悦耳响亮的声音，侧转身子向着坐在两条长凳上的木匠的宾客们说："特别要感谢你们，我亲爱的姐妹们。你们都从很远的地方来到这里，在我们这儿出席，你们坚定的信心，你们如此活跃的虔诚态度，都是我们的榜样。你们是我的教区里以身作则的人，你们的眼泪温暖了在场的人心。这个伟大的日子，如果缺少了你们，那么或许这个盛会就不会有这种真正完满的结尾了。有时候只需有只卓越的绵羊，就使得上帝打定主意降临到羊群里。"

他突然声嘶力竭了。接着又说道：

"我祝你们必得天佑。阿门。"

最后，他走上祭坛结束了祭礼。

现在大家急于要走了，孩子们骚动起来，由于长久的神经紧张令他们感到疲乏，况且也都饿了。为准备午餐，亲戚们都渐渐走了，他们都等不到最后的福音了。

在礼堂门口，一片闹哄哄的杂乱现象，到处都是诺曼底地方语调的喧嚷而不调和的语言。居民排成了两道人墙，等到自己的孩子们出来的时候，每一家人都把自己的孩子揽到身边。

康尼斯丹被全家的女人们拥上了，围住了。尤其是鸵鸟，她握着康尼斯丹不肯放手。她抓着她一只手，玛丹抓住了另一只，而拉斐尔和费尔南迪拉起了她的麻纱长裙，为了防止在灰尘里扫着。露思绮和佛丽娜陪着里韦夫人走在最后。于是这个被上帝所接引的所渗透的女孩子，在这队荣誉护卫中间上路了。

工作室里的用木马架子托起来的长木板上面的筵席摆好了。

大门临街敞着，任凭镇上的全部快乐气氛涌进来。四处，大家过着节日。从每一个窗口，都能看见许多坐在餐桌边的身穿过节新衣的人，一阵阵的喧哗声从许多微醉而欢乐的房子里传了出来。脱去上装只披着坎肩和衬衣的乡下人举着满杯的苹果酒在畅饮，并且每一组道伴中间，总能看得见不属于一家的两个孩子。这儿，两个女孩子，那儿，两个男孩子，坐在两家中间的某一家吃午饭。

在正午的高温下，一匹身材不大的老马颠颠蹦蹦地拉着一辆排着长凳的敞车穿过镇。偶尔身披布罩衫的赶车的人，对这节日的摆着的酒肉投出了羡慕的目光。在木匠的家里，快乐当中有着一种不尽兴的气象，那是从早上留下的情绪。木匠是唯一最兴奋的人，并且已经喝过了头。玛丹不时留心时间，因为停止了两天生意，她们要去乘三点五十五分那一趟车，这样她们可以在傍晚的时候赶回去。

木匠使尽了全力去改变姐姐的想法，挽留她们住到次日。但是玛丹不好劝，每逢有关买卖的时候，她是从来不肯让步的。

刚刚喝过了咖啡，她立刻吩咐她那些姑娘们赶紧准备。随后，她转过来向她弟弟说："哦，你立刻去套车。"然后她自己开始各种准备。

下楼的时候，她的弟媳正等着和她来谈那女孩子将来的事情，经过了一段长谈，却没有任何结果。这乡下妇人心思诡秘，表面上无限感慨；而玛丹尽管抱着女孩子，但是什么也没有表示，说以后彼此还要见面的。

车子还没来，那些女人也还在楼上。楼上一阵阵的大笑，一阵阵的叫唤，一阵阵的撞击动作，一阵阵的拍掌声。于是，木匠的老婆到马房里去看车子是否回来了。玛丹上楼去看发生了什么。

木匠半光着身子醉得很厉害，费了九牛二虎之力去对那个笑得瘫下来的鸵鸟动手动脚。"两条唧筒"在早上的礼节之后忽然看见这场戏剧，感到自己受了冲撞，于是抓着他的两条胳膊，指望能够制伏他叫安静。但是拉斐尔和费尔南迪把身子笑弯了转不过气来，这对于木匠正是一种刺激，并且这醉汉每用一回力气，她们就发出一阵叫唤。这个怒气冲天满面绯红的男人，衣裳歪歪斜斜，拼命使着蛮劲儿去甩开那两个拉着他的女人，极力拉着鸵鸟的短裙，一面口吃地说："贱人，你不肯？"

玛丹生气了，奔上前去，抓住她兄弟的肩，猛烈地把他向外一扔撞在墙上。

一分钟后，大家听见他在天井里浇着自己的头，等到他驾车子时候，他已经完全平心静气了。大家上路了，那匹白马用它的活泼和跳跃的姿态继续向前走。

吃饭时大家都很克制，但在午后火热的阳光下，他们兴高采烈起来了。现在因为这辆老旧车子的颠簸姑娘们大笑了，彼此挤在一起，不时发出笑声。

一阵耀眼的光线笼罩着田园，而车轮卷起的两道尘土从车身后面飞腾在道路的后面，并久久地不消散。

忽然，素来喜爱音乐的费尔南迪要鸵鸟唱歌。于是她高高兴兴地唱起了《麦同城的胖神父》。但是玛丹立刻制止了她，认为这首歌很不适宜在今天唱。她接着说："你不如唱点儿欢快的东西给我们听听吧。"

于是，鸵鸟在迟疑了三五秒钟以后想到要唱什么歌了。用她那沙哑的嗓子开始唱起《外婆》来：

　　外婆在她过生日那一宵，
　　喝了两小口儿的醇醪，
　　摇着脑袋向我们说道：
　　我的爱人有过多少！
　　现在我真多么懊恼，
　　我的胳膊那么滚圆，
　　我的腿生得那么好，
　　然而光阴却耽误了！

后来，由玛丹亲自领导的姑娘们开始合唱，又唱了一遍：

　　现在我是多么懊恼，
　　我的胳膊那么滚圆，
　　我的腿生得那么好，

然而光阴却耽误了！

木匠受了拍子的感召，他提高嗓门说："这个，这是很不错！"而鸵鸟立刻接着唱道：

妈妈，您从前并不智慧？
不智慧，真的！由于我的娇媚，
我独自学会了做人，十五岁，
因为夜里，我没法好好儿睡。

于是，她们全体狂乱地合唱了一回。木匠用脚在车辕上打起来拍子，用缰绳在白马的脊梁上鞭着拍子。而那牲口如同被旋律的轻快意味感染了一样，跃出了前蹄不断并举的纵步，一种风暴式的纵步，使这些贵妇人颠得乱成一团。

她们如同痴婆子一般都笑得哧哧地站起来了。后来又继续唱了几首歌，在灼人的太阳底下，接近成熟的收获物的中央，车子穿过郊野，像疯子一般狂叫。而那匹异常愤怒的马，这时候正像旅客们一样的兴高采烈，应着每次叠唱的回头就任起性来。于是每次，它都会用前蹄不断并举的纵步跑百十公尺。没到一处，常常有锤石子的工人站起来，透过他们脸上的铁丝面具里往外注视这辆飞驰而狂吼的车子。

他们到了车站，木匠不免伤心起来了："你们走了，真可惜，什么时候再来呢！"玛丹用安慰的态度回答道："会来的，你放心。"

这时，木匠的脑子里蹦出了一个念头，他说道："好的，下个月，我一定去看你们。"他用一副油滑的神情挤眉弄眼地瞧着鸵鸟。于是玛丹告诫道："好好想想吧，一个人应当聪明点儿。如果你愿意，就来吧，不过可不能再闹笑话。"

火车的汽笛响起，他似乎没有听见也没有回答。就开始和大家来拥抱了。轮到了和鸵鸟拥抱的时候，他不顾一切去找她微笑当中紧闭着的嘴唇，可是她用一个迅速偏向一旁的动作躲开了他。他牢牢地用两条胳膊抱住她，不过握在他手里着的那根长鞭子很碍事，每逢他一使劲，鞭子就在鸵鸟的脊梁上面滑稽地乱晃，让他达不到目的。"到里昂的旅客上车！"车站的广播在喊。

她们都陆续地上车了。

汽笛响了一声。紧接着车轮开始慢慢转动，几声雄壮的呼啸由那轰隆隆地发出第一股蒸汽的车头重叠地送出来。

木匠出了车站，跑到站外的栅栏前准备再看鸵鸟一眼。一会儿，那辆满载着旅客的列车在他跟前经过时，他举了举手里的鞭子啪啪地甩起来，一面跳着使出全身的劲儿吼道：

现在我真多么懊恼，
我的胳膊那么滚圆，
我的腿生得那么好，
然而光阴却耽误了！

他看到鸵鸟摇着一块白手帕向他挥手。

三

火车向远处驶去。

她们在车上心满意足地安稳睡着了，一直睡到车到站。后来，回到店里，大家为了当晚的买卖而梳洗的时候，玛丹忍不住说道："这是怎么回事呢，我早已厌倦了店里的空气。"

大家吃过晚饭，就开始等候那些常客了，并且点起了那盏圣母式小风灯，在向路上来往的人表明：羊群已经回到了羊圈里了。

消息眨眼之间就传出去了，没有人知道那是由谁传出去和怎么传出去的。那些这几天来苦苦等候的客人都互相转告。

船行经理魁尔每逢星期日总会同几个弟兄辈的吃饭。这天，他们正喝着咖啡，一个人手里拿着一封信进来了。他颇感惊讶地拆开了信封，不久脸竟变了色。那上面只有这样几个用铅笔写的字：

"船到了岸，祝您发财。请您赶紧来。"

他在自己的几个衣袋里胡乱搜索了一番，给了送信人一点儿钱。忽然脸色潮红，他说道："我该出门了。"

于是，他把这封简单而神秘的信交给他的老婆。他打铃，女佣人走进来，他忙不迭地说："快点儿，我的大衣，快点，还有我的帽子。"刚走到街上，他就一路小跑，一边跑一边吹着一首曲子。但是，路程好像比往常多了一倍，他变得异常急躁。

现在戴家楼酒店真有过节的氛围了。在楼下，船员们的叫嚷声造成了一种令人耳聋的聒噪。露思绮和佛丽娜简直不知道先答复谁好，陪着这个顾客喝酒，又陪着另一个喝。她们从来没有像今天这样和"两条唧筒"这个绰号名副其实了。同时各处座儿上全叫着她们，她们已经应付不来买卖了。所以她们在上半夜很辛苦。

二楼的沙龙一到九点钟就客满了。痴迷熟客只算是玛丹的柏拉图式的恋人，只是在一角落里和她低声地谈天，并且他们如同商量好的，彼此对着微笑。那位前任市长先生，正让鸵鸟骑在自己的膝头上。而她和他鼻子相互对着，那双短短的手儿在这个好好先生的白胡子里不停地穿插。从她的掀起了的黄绸短裙里露出来一段光溜溜的大腿，压在他的黑呢裤子上面。那双红袜子是用推销员送她的那副蓝吊带吊住的。

高个儿的费尔南迪躺在沙发上，两只脚压着税务局长班巴斯先生的肚子，上身靠着那位年轻的飞利浦的马甲，右手搂着他的脖子，左手夹着一支烟。

拉斐尔正和保险公司经理去布伊先生在低声细语地说着什么。后来，她竟用这样的几句话结束了谈话："好的，我的亲爱的，今天晚上，我很愿意。"随后，她独自用快速的步伐子穿过沙龙旋起一曲华尔兹："今天晚上，干什么都可以。"她高声喊着。

泊尔德先生突然出现了。许多兴奋的叫唤爆发了："泊尔德万岁！"而那个快速旋着身子的拉斐尔快要撞倒在他的胸前了。他用一个迅速的搂抱紧紧地箍住了她，没有说一句话，从地上把她像一片鸟羽似的抱起来穿过了沙龙，径直走到了靠里面的门口。终于，在一片嬉笑的掌声中，托着他这一件活包袱，向着那条通向卧室的楼梯上走去。

鸵鸟在挑逗前任市长布莱梅，雨点似的吻着他，并且同时拉着他那两绺长须，彼此保持他的脑袋挺直。她对他说："走，我们也上去吧，你也照他的样做吧！"于是，这个老头儿站起来了，整理过自己的行头，跟在鸵鸟后面走，同时数着自己的衣袋里的钱。

只有费尔南迪和玛丹陪着那四个汉子了。后来飞利浦先生高声叫唤道："我要香槟酒。玛丹，快派人取三瓶来。"

于是，费尔南迪贴着他的耳边儿向他说道："你来引我们跳舞吧，快哦？"他站起来走到老八音琴跟前坐下，那是架在角落里睡熟了的八音琴，从机器的肚子里奏出了一曲哼出来的似哭又像发喘的华尔兹。

这个高个儿的姑娘抱住税务局局长，玛丹靠在华斯立先生的两只臂膊中间，于是这两对一面旋着一面吻着。华斯立先生从前在正式交际场里跳过舞，在这里表现出了许多优美的步法。于是玛丹用一种自居于俘虏之列的崇拜的目光盯着他，用一种比语言更为谨慎又更为期许的目光盯着他。弗里兑里送上香槟酒。瓶塞嘣地一下飞走了。接着飞利浦先生邀请大家表演一场四人对舞。

按照正式交际场中的方式这四个跳舞者端端正正、恭恭敬敬地跳起来了，带着种种手势，种种鞠躬和种种敬礼。

大家喝酒的时候魁尔先生出现了。他满意、舒展，看起来眉开眼笑。他高声说道："我不知道拉斐尔心里在想什么，但是今天晚上她是最完美的。"随后，大家递给他一杯给他。他一口气儿喝干，一面喃喃地说道："好家伙，真不错！"

飞利浦先生当场奏了一曲活跃的波兰舞，于是魁尔先生同那个被他凌空支起脚不着地的犹太美人走进了舞池。班巴斯先生和华斯立先生又摇起了兴奋的舞姿。不时，有一组舞伴在炉台前停下了，在干一杯腾着泡沫的酒。于是这场跳舞不得不往下延长了。

这时候，鸵鸟擎着一支蜡烛推开进来了。她的发髻已经完全散了，她披着一件衬衫，穿着一双便鞋，神色很表情激动，满脸绯红，高声说道："我要跳舞！"拉斐尔问道："那么你的老头儿呢？"她哈哈笑地说："他？已经睡着了，很早就睡着了。"接着她抓起那个躺在矮榻上无所事事的去布伊先生，波兰舞又开始了。

酒瓶子早都空了。"我请大家再喝一瓶。"泊尔德先生喊着。"还有我。"华斯立先生高声说。"我也要请大家。"去布伊先生喊出了他的想法，于是大家开始鼓掌。

组织好场面了，完全变成了地道的舞会。露思绮和佛丽娜不时很快跑过来，很快地跳一圈华尔兹。而每当这时，她们的顾客都不情愿她们离开。随后，她们都带着满腔的懊恼，回到了她们自己的客人那里去。

12点的时候，他们依然跳着。偶尔，姑娘们中的一个有人去找她，要和她亲密地谈一会儿的时候就退出了沙龙。但是却突然发现男人们中也少了一个。

"你们去干什么了？"这时候，飞利浦先生刚好碰到班巴斯先生和费尔南迪从门口进来，就用开玩笑的语气问道。

"看布莱梅先生睡觉去了。"税务局长说。

此话一出，立即出现一种无法预见的效果了。全体轮流，带着姑娘们一起跑上楼去看布莱梅先生睡觉。这天夜里，她们都怀着一种难以理解的殷勤劲往楼上跑。

玛丹则闭着眼睛装作什么都没看见。她和华斯立先生在角落里单独长久地谈了很多次的密语。像是调整一件已经商量好了的买卖似的。

最后，在午夜一点钟的时候，泊尔德先生和班巴斯先生——两个成了家的人说要回去了，要玛丹结账。

结果，今晚戴家楼只算香槟的价钱，并且每瓶还只有六个法郎，而平常的价格是每瓶十个法郎。后来，客人们都为这种便宜价格而感到疑惑不解，玛丹兴高采烈地对他们说：

"哦，可爱的先生们，并不是每天这里都过节哦！"

床边协定

壁炉里的火焰熊熊地燃烧着。两只茶杯摆放在日式的桌子上，在对面一旁的茶壶冒着热气，正对着小高瓶兰姆酒一旁的糖罐子。

舍路尔公爵将他的帽子、手套和皮衣统统都扔到了椅子上，而公爵夫人则脱掉了舞会上穿的衣裳，对着镜子稍微梳理了一下她的头发。她一边用她的纤纤十指的指尖轻轻拍着自己鬓边的鬈发，一边甜甜地对着镜子中的自己微笑。然后，她转身看着她的丈夫。他看了她几秒钟，好像心里有什么事情，他有点儿迟疑了。

最后，他终于开口说话了：

"今天晚上，你够风光了吧。"

她用眼睛回瞅着他，那里面跳动着一种志得意满的光芒。她回答说：

"但愿如此。"

然后，她坐到了自己的座位上。他坐在她对面，撕开一个奶油小面包，接着说：

"这简直有些可笑……那真的有些可笑呢。"

她问道：

"您是不是打算责骂我，就因为刚才这场景？"

"不，亲爱的，我在说沛文先生在您身边几乎闹到了失态的境地，要……要是……要是我有权利……我就会生气的。"

"我亲爱的朋友，直爽点儿。您今天的想法和去年不再一样了，就是那么简单。我知道在您有了一个热爱的情妇后，您根本不会在乎别人是不是在追求我的。"

"现在，我对您说我自己的悲伤，就像今天晚上。我的朋友，您恋上了赛尔维拉太太，您真的很让我痛心，您把我变成了众人的笑柄。您给了我什么？唉！您让我真真切切地体会到我是可有可无的人。在有知识的人之间，婚姻只是一种利益的结合，一种必需的社会联系，而不是一种感情上的关系。"

"哦，这都是真的，没错吧？您曾让我知道您的情妇比我强无数倍，她更有女性的吸引人的魅力。您说过：'更女性些！'我知道所有这些都是由一个有良好教养、广受赞扬的男人以小心谨慎的，最文雅的方式表达出来的。"

"我们可以协商将来不再一起生活，但还住在一套房子里。我们有一个孩子，他构成我们之间的一线联系。是您故意使我看穿您最在乎的只是面子。因此我如果愿意，我可以找一个情夫，只要这种关系是秘密的。我记得您曾冗长地论说妇女们的处世之道，她们维系礼仪的方法等等，而且讲得很好。"

"朋友，我明白了，我完全明白了。您那时是在恋爱，对赛尔维拉太太爱得很深；而我作为合法妻子，我的柔情却成为您的负担。如今，我们要分开生活。我们先一块儿去社交场，然后各自回到自己的房间里。"

"但是，一两个月以来，您采取了一个妒忌自己丈夫的方式，那是什么意思呢？"

"哦，我亲爱的朋友，我一点儿也没妒忌，我只是担心您会连累我自己。您年轻、活泼、敢于冒险……对不起，如果说到冒险，我希望我们能相互比较一下。真的，不要当作玩笑，我求您。我作为朋友对您说话，作为一个谏友。至于您方才所说的，那是过于夸张了。"

"完全没有。您对我承认了你们的关系，这就等于给了我权利去做同样的事情。但是我还没有做到……"

"请不要打断我的话……请让我说下去。我还没有真的去找一个情夫，我还没有……直到现在。我在等待……我在……我……我没有找到。这人应当是……比您更好的。这是我对您说的恭维话，而从此时来看您并没有意识到。亲爱的，所有这些玩笑话都是完全不合适的。但是我不是在取笑。您对我说过 18 世纪，您曾是个'摄政'者。我完全记得，一旦我与别人发生了关系，我就不是今天这样了，我会给您好看的，请您听清楚，如果您自己对此还没有觉察到……就会像别人一样戴了绿帽子。"

"啊！……你怎么能说出这种不堪入耳的话来呢？"

"这么恐怖的字眼？……可是在听到波尔太太说赛尔维拉先生得当了乌龟以后，再到处找他的绿帽子时，您却笑得发了疯。"

"在波尔太太嘴里显得好笑的话，到了您嘴里就不好笑了。完全不是那么回事。"

"只是您对'乌龟'这个字眼用于赛尔维拉先生时感到十分有趣，而用在您身上时，您就认为是错误的了。此外，我并不坚持用这个字。我之所以这么说，只是为的看您是否已经成熟了。"

"成熟……又指的什么呢？"

"只是一个人的表现。如果一个人听到这句话被激怒了，那是他确有其事并被刺痛了。两个月以后，如果我说起……一顶帽子，您会最先笑起来。是的……人在其位，就见怪不怪了。"

"您今天晚上太没礼貌了，我从没有见过您这样呢。"

"啊！那就等着吧……我真的变了……开始变坏了。这一切都是拜你所赐。"

"哦，亲爱的，我们应该好好地谈谈。我求您，我恳求您不要再像您今天晚上这么做，让沛文先生那样无理地骚扰您。"

"您妒忌了。我说得没错，一定是这样。"

"不，不是那样的。我只是希望不要再闹笑话，我不愿意成为别人的笑柄。并且，如果我再看见那位先生和您靠得很近，或者在暗地里说话……那……"

"他在找一个传声喇叭口。"

"我……我会拉他的耳朵。"

"您可能会成为我的情人吗？"

"我和您这样漂亮的女人能配得上吗？"

"瞧，您不就是这样和她在对话吗？可见我已不是您所喜爱的女人了！"

公爵站起身来。他开始绕着小桌子转，在经过他妻子后背的时候，他在她的脖子上深深地吻了一下。她一下子站起来，向他的眼睛深处望进去：

"别再开这样的玩笑了，我们之间已经结束了。我们要分开生活了。"

"瞧，您别生气。其实一直以来，我发现您真的充满了魅力。"

"好啦……好啦……我终于赢了。您也……您发现我……成熟了。"

"我发现您是很迷人的，亲爱的，您的胳膊、脸蛋、双肩……"

"是的，沛文先生也是喜欢的……"

"您真厉害……真的……我从不知道哪个女人比您更迷人。"

"您肚子空了？"

"嗯？"

"我说，您的肚子已经空了。"

"为什么这么说？"

"当一个人饿了肚子空了的时候，人不会注意到吃的东西到底是什么，我就是您要吃的那盘菜……我一直被忽视了，直到您饥饿难耐的时候……就是现在，今天晚上。"

"噢！我的麦格丽特，您从那儿学来的这些？"

"是您教会我的！自从您和赛尔维拉太太断了关系以后，据我所知您有过四个情妇，都是一些浪荡货，浪荡货中的'艺术家'。那么，您要我怎么用……一时肚子空了之外的其他语句来解释……您今晚的一时兴起呢?"

"我知道错了,我恢复对您的一片钟情了,真的是十分强烈。"

"哦,瞧!那么您是想和我重新开始?"

"是的,我亲爱的太太。"

"在今天晚上。"

"是的!玛格丽特!"

"好,我知道您现在还有一肚子气。亲爱的,我们商量一下吧。我现在跟任何人没有任何关系,对吧?我是您的妻子,这是最真实的,但是我是个自由的妻子。您希望得到我的优惠照顾,我们将订立一个新的契约。在对等条件的前提下,我将满足您……"

"我不明白您想说什么。"

"我来给您解释,我是不是和您的当初认识的那些荡妇一个样?请您坦白说。"

"不,您要比她们好一千倍。"

"比最好的还要好吗?"

"是的,真的要好一千倍。"

"那好吧,我问您,您给最好的那个在三个月里花了多少?"

"我再也不再去她那里了。"

"您听我说,您最动人的情妇在三个月里一共花掉了您多少钱?包括钱、首饰、饭、剧院等等全部款待,一共有多少?"

"我怎么知道,我……"

"您应当知道的。一个平均值,节俭的每月也要五千,是吧?"

"嗯,是的……也许差不多吧。"

"好吧。我的朋友,立刻给我五千法郎,我会在一个月里做你的妻子,从今晚算起。"

"哦,您一定是疯了?"

"您真的这么看?哦,好吧,晚安。"

说完,公爵夫人回到了她自己的卧室里。一阵淡淡的芬芳随着公爵夫人也划过空气,并渗进了室内的壁毯。在床铺刚弄好一半的时候,公爵出现在门口。他说:

"这儿真的很好闻。"

"是吗?不过自始至终没有变化过。我一直用的是西班牙的树皮香末。"

"瞧,真的不同一般……真的很好闻。"

"也许是吧,但是您,请您尽快离开吧,因为我要睡了。"

"玛格丽特!"

"请您走开!"

公爵干脆走进来,他在一张围椅上坐下来。

公爵夫人叹了口气说"噢!好吧,就算我真的不对。"

她慢慢脱去了跳舞的上衣,露出了白皙的胳膊。她抬起手来在镜子前解开发饰。于是,在一抹花边下面露出了她黑色丝胸衣下的那粉红色的东西。

公爵看了,站起来,朝她走过去。

公爵夫人说:"请您别靠近我,否则我真的会生气的……"

他一把抓住了她的整个胳膊,并设法去吻上她的嘴唇。但是,她很快地一弯身,在她的梳妆台上抓了一杯漱口用的香水,迅速地向着她丈夫的脸泼洒过去。

他站起来,脸上直淌水。他生气了,厉声道:

"你太不像话了,太过分了!"

"也许吧……您要知道我的条件:五千法郎。"

"那是梦话……"

"为什么……"

"为什么?丈夫付钱和自己的妻子睡觉!"

"啊……您用了多么可耻的字眼!"

"可能是吧。我再重说一遍,付钱给自己的合法妻子,那简直就是白痴!"

"但是,家里有一个合法妻子,却去外边付钱找荡妇,那不是更可耻吗?"

"是的,但是我不愿意成为别人的笑柄!"

公爵夫人坐在一张长椅上,她慢慢地将腿上的袜子翻转着脱下去,像蛇蜕皮一样。她粉红色的腿从淡紫色的丝套露里出来,娇小可爱的脚就放在地毯上。

这次,公爵又略凑近一点儿,温柔地问道:

"你那个怪想法从哪儿来的?"

"你说什么?"

"向我要五千法郎。"

"很简单哦,现在我们彼此是外人了,不是吗?您想要我,但是您不能娶我,因为我们都已结过婚。于是您来买我,可能比别的女人少花一点儿。而且,您想想。这钱不是交到了外人的手里,去做什么我不知道的事,而是仍然留在您家里,在您的财产里。而且,对于一个接受过教育的人,付钱给他的合法妻子难道不是一件更有意义更有创造性的吗？对于非法爱情大家都喜欢高价货，浪费钱。而您作为爱情的一方，在付钱时就给了我们合法的爱情一种新的价值，一种刺激的味道，一种……一种……一种浪荡行动的兴奋剂。难道不好吗？"

她站起来，几乎是光着自己的身体往盥洗室走去。

"先生，现在请您走开，否则我打铃叫女佣了。"

公爵心情有些矛盾地快快地站起来，他不高兴地看着她，突然将皮夹子扔给她。

"瞧，淘气鬼，这是六千……你知道吗？……"

公爵夫人拾起了他的钱，数了数，然后懒洋洋地说道：

"你说什么？"

"我说，你别玩惯了，我的太太。"

她听了，一边哄然大笑一边朝她的丈夫走过去：

"每月五千，先生，我既可以把您送回您的荡妇那里去，当然……如果你认为满意……我请您一定加价。"

我的叔叔于勒

——献给阿希尔·贝努维尔先生

有一个胡子花白的穷苦老人走了过来想要向我们乞讨施舍，我的朋友约瑟夫·达弗朗舍就从口袋里拿出了五法郎给了那个老人。我对他这样的做法感觉非常惊讶，随后他对我说：

"我感觉这人看起来很可怜，看见他我就会不由自主地想起一段往事，现在就让我来讲给你听吧。那是因为这事一直都在我脑际萦绕，事情是这样的……"

我的老家在勒阿弗尔，我的家境并不是很有钱，不过日子还算能过得去，仅此而已。另外我的父亲有工作，但每天晚上都很晚才下班回家，可是挣不了几个大钱。我还有两个姐姐。

我们全家的生活很紧张，对这样的处境母亲心里很伤心，就会在对我父亲说话的时候经常表现得尖酸刻薄而且还很犀利，经常话中有话恶毒埋怨几句。父亲是个可怜人，这时候的样子真让我心酸。这时他就会伸开手掌来摸自己的额头，那个样子好像是在擦汗，但是实际上根本没有汗，而且他总是不作任何回答。我感觉出他心中无可奈何以及十分痛苦。全家基本上对什么都非常细心地算计着，几乎从不接受人家邀请去吃饭，这样也是省得以后要回请人家。我们家的日常生活用品买的都是清仓处理货或者减价便宜货。我的两个姐姐穿的连衣裙也都是她们自己缝的，买一米仅要十五生丁的饰带，她们也会很计较地讨价还价并且还要扯上老半天。连我们的日常饮食也是一些油肉汤加煮牛肉，而且那牛肉全靠各种调汁提味。吃这些东西似乎很有营养，对身体好，但是我还是情愿吃别的东西。

如果在玩闹的时候，我的衣服要是掉了一个扣子，又或者我的裤子被撕破了，那么家人总要把我臭骂一顿。

可是每到星期天，我们全家就都穿得衣冠楚楚，然后到防波堤那边转一圈。我的父亲穿着一身礼服，还会头戴大礼帽，手上戴手套，再伸出胳膊让我母亲挽着。我的母亲也是打扮得非常的漂亮，看起来像是节日挂满彩旗的大船。我的两位姐姐一直都是最先打扮停当，最后只等信号发出就动身。可是在临出门的时候，总会在一家之长的礼服上发现一滴忘记擦掉的污渍，于是马上用抹布蘸上汽油一直擦。

父亲头上戴着一顶大礼帽，他的上身只穿衬衣，还要等把他的礼服擦干净，就在这时我的母亲看起来手忙脚乱的，还要戴上近视眼镜，摘掉手套，害怕再把手套弄脏。

收拾完毕，我们全家上了路，一个个看起来雍容优雅。我的两位姐姐手挽着手走在最前面，那是因为她们都已经到了出嫁的年龄，所以我们家里有意让她们到外面露露面。至于我，就在母亲左边，母亲右边是父亲。到现在我还记得清清楚楚，我可怜的父母只有在星期天每次这样外出散步便容止端详，他的脸一本正经地紧紧绷着，走路的姿势生硬拘板，每跨一步都那么凝滞拘束，全身上下挺直，双腿发僵，似乎有什么非常重要的大事正取决于他们这时候的举止了。

我们每星期天都会看到一艘艘大船从什么遥远陌生的国家返航回来，那时我父亲都会说同样的一句话，那就是：

"噢！要是于勒也在这船上，那可真是让人喜出望外了！"

于勒是我叔叔，同时也是我们家的唯一的希望，但是在很早以前他却是家中的祸害。可以说我是从小就听到家里提起他，就会不由自主地感觉到他那神情我已经非常熟悉，一见到他人我肯定能认出他。家里总是压着嗓门小声说起他去美洲前的所作所为，可是每一个细节我都知道得比较清楚。

那时候好像他品行很不端正，也可以说是大逆不道，他把某一大笔钱全都挥霍了。对穷苦人家来说，这可是不道德，但在富裕人家，一个人吃喝玩乐也就仅仅是犯浑而已，人家会笑眯眯地说他也就是灯红酒绿好寻欢作乐罢了。可是作为贫苦人家的孩子，有这样一个糟蹋父母血本的儿子，那可以说是一个不成才的逆子，是不肖子孙，是浪荡鬼！

虽然是同样一件事情，但却有很多种说法，至于对错，那要看行为严重与否，以及还是要看那种行为最终造成什么样的后果。

总的来说，于勒叔叔不仅把他继承的遗产给消耗完了，而且还把我父亲本以为可以得到的那一份也消损得都所剩无几了。

家里就像当时的习惯做法那样，把他送上一艘从勒阿弗尔开往纽约的船，就这样的把他给送到了美洲。

于勒叔叔刚到美洲的时候就开始做生意了，虽然也不知道他是什么生意，但是没过多久他就写信来说他现在已经挣到一小笔钱了，并且他还想以后能偿还我父亲因为他所造成的一切损失。然后，就可想而知了，这封信让我们全家都感到非常兴奋，于勒本来就像是那俗话所说的是个狗屎不如的人，现在却是一下子变成了诚实规矩的人，而且还是一个有良心的男儿，堂堂正正，像是真正的一名达弗朗舍家的人，并且还很对得起达弗朗舍这个姓，有一个船长有一次给我们说，他现在在美洲还租下了一家大商店，他的生意做得很大。

过了两年的时间，他又寄回来了第二封信，并且还在那信上说："亲爱的菲力普，我写信给你希望你不要为我的健康挂念，而且我现在的生意做得很好，明天我远行去南美洲，可能几年中不给你写信。假如没有信给你，同样你也不要牵挂，一到我发迹致富，我就会马上回勒阿弗尔。我希望这不会为时太长，我们可以一起过上幸福日子了……"

这封信成了我们家的《福音书》，我们会时不时地拿出来读一遍，还拿给所有的人看。

果然就在这接下来的十年里，于勒叔叔再也没有来信，可是我父亲的期望却是随着岁月推移而越来越大，而且我母亲也经常叨唠说：

"要是能等有出息的于勒回来的话，那么我们的家境就会变化一些了，他可是个有办法的能人！"

所以每次一到星期天，我父亲就会一边望着那一艘艘向天空吐出袅袅黑烟，从天际驶来的大轮船，一边说他那句长年累月总挂在嘴上的老话：

"噢！要是于勒也在这船上，那真是太让人喜出望外了！"

全家人一直都会想入非非，而且似乎恍惚看到他正挥动手绢喊着：

"喂！菲力普！"

他回来已经是十拿九稳的事，所以我们全家围绕这事构筑了上千百个打算，甚至想用叔叔的钱在安古维尔附近买一幢别墅，父亲是不是忍住没有同人谈过买房的事，我就不敢肯定了。

我大姐二十八岁，我的二姐二十六岁，可是她们都没有结婚，这成了全家的一大愁事。

到了最后有人向二姐求婚。他是一位普通的职员，虽然说经济并不是很富裕，可是却是一个有身份的体面人，我一直认为那个年轻人最终不再犹豫并且下了决心是一天晚上家里人把于勒叔叔的信拿出来给他看了的原因。我们家里马上同意了他的求婚，还一起决定他们完婚后全家去泽西岛小游一次。

泽西岛那时是我们穷人出游的理想之地，它的路程不是很远，如果坐轮船渡海的话，那就到了外国。因为这小岛属英国人的地界，所以我们法国人可以坐两个钟头的轮船，就来到了邻国，可以领略一下外国风光，还可以去考察一番这挂着英国国旗的小岛上那十分糟糕的风俗习惯——说话喜欢直来直去的人都是这么说的。去泽西岛玩这件事情就成了我们全家的头等大事，成了我们唯一的期待和时刻都放不下的美好的梦想。

终于有一天，我们可以出发去那个小岛上游玩了，到现在我还是记得很清楚，那感觉就好像昨天发生的事情一样。轮船停靠在格朗维尔码头，将要生火待发，记得在那时我的父亲开始手忙脚乱地看着我们的三件行李被搬上船，母亲感觉到非常害怕，紧紧抓住我那位还没有出嫁的姐姐的胳膊。自从在我二姐出嫁以后，感觉大姐似乎魂不守舍一样，就像同窝孵出的小鸡中，她是唯一一只还留在鸡窝里。在我们后面走着的是那对新婚夫妇，他们一直落在最后面，我时不时地扭头去看他们一眼。

轮船鸣响汽笛了，我们上了船，接着那个轮船离开防波堤，开始了在那平如绿色大理石台板的海面上开向远方。我们和那所有难得出门远行的人一样，既高兴又自豪地看着海岸线渐渐消逝。

我父亲挺着礼服下露出的肚子，他的礼服上的斑斑点点还是上午才用汽油擦干净的，那衣服上面还发出一股汽油味。我们全家出门时总会闻到这股气味，另外每当一闻到这股气味我就不由自主地想起星期天又到了。

这时父亲开始注意到在那边站着两位非常优雅的太太，还有两位先生正请她们吃牡蛎。在那儿还有一个衣衫褴褛、上了年纪的水手正用刀一下撬开牡蛎壳，把蛤蜊递给两位先生，再由他们再递给两位太太。看着那两位太太吃的样子很雅致，她们还用精致的手绢托住牡蛎壳伸进嘴里吮，所以这样的吃法就不会弄脏她们身上穿的连衣裙。等到她们把牡蛎汁吮干以后，就会随手把壳扔进海里。

我的父亲看到在行驶的船上那样吃牡蛎真是别有一番风情，他大概还感觉到是非常得有意思，感觉到这种吃法很不错，而且还很雅致而高尚，他就朝我母亲和我的两位姐姐走去，问她们：

"我们要不要去给你们买几只牡蛎吃？"

母亲听到这句话就有些沉吟不决，那是因为她很怕花钱，可是我的两位姐姐却是立刻就答应了。我的母亲气呼呼地说：

"我怕吃了胃难受，你给孩子们买吧，但是可别买太多，你会让他们吃病的。"

母亲转过身来对我说：

"至于约瑟夫，他用不着吃，不能把男孩子惯坏了。"

所以我就只有留在母亲身边，并且我还在心想这样真不公平。我就一直盯着父亲，只见他精神抖擞，自豪地领着两个女儿和女婿朝那个衣衫褴褛上了年纪的水手走去。

刚才还在那吃蛤蜊的那两位太太已经吃完离开了，我的父亲就向两位姐姐讲到底该怎么吃才可以不让里边的汁淌到外面来，他还甚至想先做个样子，随即伸手拿起一只牡蛎。因为我的父亲还想学刚才那两位太太的样子吃，结果刚想吃就把汁全洒到礼服上了，我听到母亲小声嘟哝说：

"这样安静地等着也不错。"

可是我突然发现我的父亲一下子心慌意乱起来，他还朝后退了几步，并且他的两眼还在一直看着那正被女儿和女婿紧紧围住的撬牡蛎的水手，猛地一下朝我们走来。这时我能感觉到我的父亲的脸色一下子变得惨白，他的眼神也显得有些不对劲，他小声对我母亲说：

"这真是太奇怪了，你知道吗？撬牡蛎壳的人和于勒非常的相像。"

母亲一听这话也有些神色慌张了，她问：

"是哪个于勒？"

父亲接着说：

"可不……就是我的弟弟啊……如果要是我不知道他现在在美洲还很顺利地做生意，那么我一定会以为是他。"

母亲这时也大惊失色，嘟嚷着说：

"你是发疯了吗？既然你知道那并不是他，那你还说这些蠢话干什么？"

可是我的父亲却还在一直说：

"你还是去那边看一眼吧，克拉丽斯，我觉得你最好自己看一眼，那样我们的心里还会踏实一些。"

我的母亲站起身，走到我的两个姐姐身边。同时我也注意看那人，只见他看起来非常苍老，身上很邋遢，满脸皱纹，两眼不顾旁边只看着手里干的活儿。

母亲转身回来，我看见我的母亲几乎全身都在不停地在颤抖，慌忙地说："我想肯定是他。你立刻到船长那里去打听，不过你要特别小心，这累赘货现在不管怎么样都不能再沾在我们手上了。"

父亲立刻走开了，我也跟着过去，心中莫名其妙地感到很激动。

船长蓄着长长的颊髯，是一位瘦高个儿的先生，正神气活现地在驾驶台上来回踱步，看着他的神情像是在指挥一艘去印度的大邮轮一样。

随后，我的父亲非常有礼貌地走上前去和他攀谈，一边不断恭维，一边问这问那提一些有关他职业的问题，比如说是泽西岛有多大、风俗习惯怎样、那儿出产什么、有多少人口、土质如何等等。人家可能以为最多也就是扯到美利坚合众国而已。

最后谈到我们乘坐的这艘"快轮"号船，接着扯到船员上来，父亲终于惴惴不安地问：

"贵船有一个卖牡蛎的老头引人注目，他的生平细节，我想您应该有所知道的吧？"

聊到这儿像是把船长惹火了，他冷冰冰地回答说：

"这老家伙是个流浪汉，法国人，我去年在南美的时候遇上他，把他送了回来。好像他在勒阿弗尔有什么亲属，可是他却不想回去找他们，据说是因为他还欠着人家钱。他名字叫于勒……姓达尔旺舍，或者达尔芒舍，反正也就基本上是这么几个字吧。他好像在那边还阔过一阵，可是现在您看他落魄到什么地步。"

父亲听到这句话的时候，我感觉到他的脸色有些灰白，他的两眼慌乱，哽咽着说道：

"啊！啊！很好……太好了……我真是大惊小怪了……我现在非常地感谢您，船长。"

他说完之后就离开了，船长却反倒在一旁发愣，两眼一直看着他离开。

我的父亲回来找母亲，可是他的脸已经完全变了样，吓得母亲对他说：

"你还是先坐下，这样他们就不会看出什么事来。"

父亲就一屁股坐到板凳上，还一直很结巴地说：

"是他，就是他！"

接下来，他问道：

"我们现在怎么办？"

我的母亲很急切地回答说：

"看来我们要让孩子们离远点儿。约瑟夫已经全都知道了，就让他去叫他们回来，不过一定要注意，我们不能让我们女婿起什么疑心。"

父亲惊骇万分，喃喃自语说：

"这可以说是一场飞来横祸！"

我的母亲一下子很生气，接着父亲的话说道：

"我其实早就想到了这骗子是一辈子也干不出什么事业来，到了最后他还会缠上我们的！就好像对达弗朗舍家的人能有什么指望一样的！"

我的父亲还像平常母亲埋怨他的时候那样，只是在不停地伸手摸了摸额头。

母亲接着又说：

"我们把钱给约瑟夫，让他立刻过去把牡蛎的钱付了，如果这叫花子认出我们的话，那么在这艘船上可真有热闹看了。我们现在就到那边船头去，我们一定不能让这家伙靠近我们！"

说完之后，我的母亲就站了起来，他们还另外给了我一枚五法郎的硬币，然后匆匆走开。

在那边等着父亲过去的两个姐姐感觉到很疑惑，因此我对她们说母亲晕船有点不舒服，接着朝那个卖牡蛎的人问："我们应该付您多少钱，先生？"

其实，我真想喊他一声叔叔。

他回答说：

"两个半法郎。"

我就把五法郎的硬币给他，他正要把找头给我。

我这时看了一眼他的手，那完全是穷苦水手布满褶皱的手。我又朝他的脸看了一眼，那满脸愁容，苍老而可怜，疲惫不堪的脸。我两眼望着，心里在说：

"这是我父亲的亲弟弟，我的叔叔，噢，叔叔！"

我之后给了他半个法郎的小费，他立刻谢我说：

"年轻的先生，上帝保佑您。"

听着他说话的口气像是和穷苦人得到施舍时说的一样，我想他在美洲那边很有可能也乞讨过！

我的两位姐姐在一旁看着，看我这样慷慨感觉非常惊讶，她们肯定不会明白。

剩下的两法郎被我还给父亲，我的母亲感觉很惊讶，她就问道：

"吃了三法郎？这怎么不可能。"

我很干脆利落地说：

"我给了他半个法郎的小费。"

我的母亲听到我这样说之后气得直跳，她还狠狠地望着我说：

"你肯定是疯了！把半个法郎给这人，给这无赖！"

父亲马上就使眼色，其实在提醒她注意女婿，所以她才没有多说什么。大家都沉默了。面朝大海向前看过去，我们看见了在那天际似乎有一团紫色的影子从海中升起，这就是泽西岛了。

等到船快驶到防波堤的时候，我的心忽然就冒出一股强烈的愿望，很想再看一眼我的叔叔于勒，如果可以的话，我会走到他身边，对他说几句宽慰温存的话。

可是没有人再想吃牡蛎了，他在这时也已经消失不见了，可怜人也许是已经回到他住的肮脏污秽的底舱去了。

回来的时候担心再碰上他，我们打算改乘"圣马洛"号船，一路上我母亲简直都要愁死了。

我父亲的这位弟弟，后来我一直没有再见到。

所以，有的时候你还会再看到我给这些流浪汉五法郎的钱。

小酒桶

——献给阿道夫·塔韦尼埃

埃普勒维尔镇的客栈店主希科老板把双轮小马车停在了玛格卢瓦老妈妈的大院前。这位老板大约四十岁上下，是个高个儿，大腹便便，满面红光，可以说是一个精明人。他把马拴在栅栏的木桩上之后就走进了那个院子。而且他还有一块地紧挨着玛格卢瓦老妈妈的地。他看上人家那块地已经有好些年头了，他其实有很多次打算想要把那地买下来，可是那个玛格卢瓦老妈妈却就是不卖给他。

"以前我就是出生在这个地方的，而且以后我也一定也要在这块地上死。"老妈妈说。

他一进院子就可以看到那个老妈妈在门口削土豆。那个老人今年已经是七十二岁了，而且还长得又干又瘦的，看着那满脸皱纹，人已经佝偻，可总像大姑娘似的干活不知道累。希科在老妈妈的背上亲切地拍了拍，随后紧挨着她在一张小板凳上坐了下来。

"老妈妈，您的身子骨一直好吧？"

"现在还可以，您呢，普鲁斯佩老板？"

"呃，呃，最近好像闹点小毛病，要不真是可以说很满意了。"

"嗯，这就好。"

她就不说话了，希科就在旁边看她干活二。我看见她的手指好像是钩子一样，还疙疙瘩瘩像是长了结节，那个硬邦邦的看起来就像螃蟹爪，当她抓柳条筐中青灰色土豆的时候活像什么钳子一样。看着她一手捏土豆飞快旋转，还一手拿一把旧刀削，他的刀锋下卷出一长条一长条的皮来。那土豆被削成一色黄时，她就把它们扔到水中。这时就会有三只胆大的母鸡一只接着一只过来，它们一直走到她的裙子下面啄土豆皮，啄到一块皮就叼在嘴里马上很慌张地跑开。

希科有些面色难看了，他还有些犹豫不决，同时还忐忑不安，就好像有什么话已经到嘴边上了，可是就是说不出口。到了最后他终于横了心开口说：

"您说，玛格卢瓦老妈妈……"

"您来找我有什么事吗？"

"还是那块地的事情，您真的不想卖给我？"

"这事，肯定不行。我还是劝你别打这主意。我现在已经说得很清楚了，而且早就说清楚了，我看您还是不要再提了。"

"我另外还想到了一个办法，我感觉肯定两全其美对我们谁都合适。"

"那是什么办法？"

"可以这么说，您还是会把地卖给我，卖完地还是归您留着。您听明白了吗？您听我说下去。"

老太婆这时停下不削土豆了，那布满皱纹的眼皮耷拉着，那双有神的眼睛一直紧紧盯着客栈老板。然后希科老板就又接着说："我接下来，还要仔细给您说说。那么我每个月会给您一百五十法郎。您这回可一定要听明白，每个月我坐我的双轮马车过来，就会交您三十枚银币，而且还是每枚是五法郎。其他都不会动的，真的是什么都不会动。您还在您这儿待着，另外您也不需要管我，您也不欠我什么。您只拿我的钱就可以了，您说这样可以吗？"

希科老板两眼望着老妈妈，并且还是乐呵呵地一副好心情的样子。

老太婆听了之后就表示很怀疑，开始打量起希科老板，她也是想清楚这里有什么圈套。她问道：

"你刚才的这些话似乎实际上都是在为我怎么着，可您呢，这地还是没有给您？"

希科接着说：

"那么这件事情就不需要您操心了。上帝让您活多久，那么您就在这儿待多久。这是在您自己家里。不过，您还要去公证人那儿做张文书证明，就说等您百年后地归我。因为您没有儿女，还有几个侄子您也不怎么放在心上。您看这样行吗？您活到什么时候，那么您的产业就留到什么时候，而且另外我还会每月给您一百五十法郎。您拿这钱真是进账。"

老太婆其实也有些不知所措了，还是疑虑重重，不过心有点被说动了，她回答说：

"我看这样不是不行，可是我还是要琢磨出个理来才行。那么我们等到下个星期的时候再谈吧，我有什么主意到时候告诉您。"

希科老板走了，而且看起来他的心里高兴得像国王征服了一个国家一样。

玛格卢瓦老妈妈等他走后一直都在思考着这件事情，当天夜里一夜没有合眼。整整四天她烦躁不安，总是拿不定主意。她嗅出这里面肯定有什么坏点子，然而想想每月有三十枚银币，这叮当作响的、白花花的银币可以说是从天上掉下来一样，然后滚到她的围裙中来，可是她自己却什么也不用干，每次一想到这儿，她馋得心里直发痒，最后再也忍不住了。她就去找公证人，她把这事说了一遍。那个公证人就劝她答应希科说的办法，可是那钱不应该是三十枚银币，而是五法郎一枚的五十枚银币，那是因为她的地少说也值六万法郎。

"如果您还有十五年好生活的话，"那个公证人说，"要是按照我这样计算的话，他也就只付了四万五千法郎。"

那个老太婆想能每月拿到五法郎一枚的五十枚银币，忍不住簌簌颤抖起来。可是她却看起来还是一副疑神疑鬼的样子，她其实就是害怕以后会弄出一大堆事先没有想到的事情，而且还很害怕能有什么偷奸耍滑的地方，她就这样问了一个又一个问题，到了晚上她还是下不了决心。到了最后她还是让公证人准备文书，自己却是昏头昏脑回了家，看起来就好像喝了四大罐新酿的苹果酒一样。

希科过来听回话，老太婆先让人家求了半天，可是她的嘴上却是一直都在说不愿意，但是她的心里却还是这样的七上八落害怕希科不肯给五法郎一枚的五十枚银币。可是在这个时候希科一个劲儿地求她同意，到了最后老太婆把她的意思挑明了。

希科这时急得跳了起来，他有些失望，之后就一口回绝了。

为了让希科同意，那个老太婆就开始说她的道理，说她还可能活多少年头。

"我活不过五六年，这是肯定的。而且我现在就已经是我七十三岁了，到这年纪身子骨也不是很好了。在那天晚上我都感觉到自己要过去了，几乎是全身上下都像是都被掏空发软一样，也就只有人家抬我上了床。"

希科却是不会轻易上当。

"行了，行了，老东西，我看您身子结实得就像教堂的钟楼，我想肯定是可以活到一百一十岁，也许我死了您还能给我送葬，真的。"

谈来谈去就这样磨蹭了她一整天，到了最后老太婆到底也没有让，最后客栈老板就答应给五十枚银币。

第二天他们就签了文书，玛格卢瓦老妈妈还拿走了十枚银币的酒钱。

等到差不多三年过去了，可是老太婆却好像有魔法保护一样，她的身体一直很好，好像没有减过一天寿。希科非常着急了，感觉到这一个年头他付了足有五十年了，他觉得自己好像上当受骗了，并且是倾家荡产一样。几乎他会每隔一些日子他就过去看看老太婆，那样子就好像是 7 月到地里看看麦子是不是熟透可以开镰收割一样。可是那个老太婆就在家招呼他，在那个老太婆的眼里还是会有一丝狡黠的神情，那真的可以说在老太婆心中好得意，就感觉到自己向他要的这一手确实高明。希科总是扭头上了他的双轮马车，嘴里嘟嘟囔囔地说：

"老菜帮子，看来你死不了啦！"

他不知道到底要该怎么办才可以了，每次看见她的时候就真的想要把她掐死，恨得咬牙切齿，可又不敢发作，农民被偷以后的恨就是这样子。于是他琢磨怎么对付。终于有一天他搓着双手来看老太婆，那神情同他当初第一次来谈这笔生意的时候一模一样。大约闲聊了几分钟之后他说道：

"您说，老妈妈，每次当您路过埃普勒维尔镇的时候，您为什么不到我店里吃顿饭？要不然可能到时候大家就有闲话可说了，而且还说什么我们好像早闹别扭了，您知道吗？我听了真伤心。您也是明白的，您来我店里吃还不需要你付钱，我又不是那种连顿饭都舍不得的人。您就什么时候想来就来，不要客气，您来我还是会很高兴的。"

玛格卢瓦老妈妈真的一点儿也不客气，就在第三天她赶集的时候，她就去了，并且还雇工人塞勒斯坦给她赶车，到了希科老板的客栈，她还大摇大摆地把马牵进马厩，叫店里把老板说好的饭端上来。

老板还是满脸的笑容，那样子似乎要把她当贵妇一样来招待，出人意料地给她上了羊后腿以及肥肉炖卷心菜，鸡、带猪血的和带猪下水的两种香肠。可她几乎没有怎么动，她自小省吃俭用，只要有浓汤和抹黄油的面包皮吃就够了。

希科有点失望了，他一直请她吃。可是她却是滴酒不沾，甚至连咖啡也不喝。他问道：

"您来一小杯总是可以吧？"

"啊！一小杯，行，我看也可以。"

希科扯开嗓子，冲着整个店堂喊了起来：

"罗萨莉，拿白兰地，要拿好的，最高档的。"

女仆走了过来，在她的手里拿了一只细长的瓶子，瓶子上贴了一片纸剪的葡萄叶。

希科斟了满满两小杯。

"尝尝，老妈妈，这真是好酒。"

老太婆就慢条斯理地小口抿起来，还抿一口待半天，好像是在慢慢品滋味。等把一杯都喝完了，她把杯子扣过来显示喝得干净了，然后说：

"不错，是白兰地。"

她刚说完话，希科就已经给她斟上第二杯了。她想拦也来不及了，所以就不得不像喝第一杯那样，慢悠悠地把酒喝干。

希科要给她斟上第三杯酒，可是这次她却是无论如何都不肯再喝了。希科盛情劝酒说：

"这酒，就像牛奶一样，您看吧，我能喝十杯，十二杯，啥事也没有。喝到嘴里像糖似的，不伤胃，也不上头，真可以说到舌头上就化了。而且对身体好，那真是什么也比不上这酒！"

其实在老太婆的心里她还是想喝，所以她也就不再推迟了，只喝了半杯。

这时希科大发慷慨，高声喊道：

"好呀，既然您这么喜欢喝的话，那么我就送您一小桶，同时也好让您看看，我们俩永远是好朋友。"

老太婆带着一丝醉意，什么也没有说就走了。

第二天，客栈老板又来到玛格卢瓦老妈妈家的院子，他把一只箍了铁圈的小木桶从马车上卸下。他接着让老太婆尝桶里的酒，好叫老人家知道桶里的是跟昨天一模一样的白兰地。他们两人都喝了三杯，他走的时候说：

"还有一句话，您是知道的，喝完了还是会有的，您就不用客气。我这人不小气，这酒喝得越快，我心里越高兴。"随后，他登上他的双轮马车走了。

等到了四天后，他就又来了。这时老太婆还在门口，只是忙着把面包一小块一小块地切开，吃的时候蘸浓汤。

希科走了过来，还是先问了一声好，然后冲着她鼻子闻，想乘机闻闻她呼出的气有什么味没有，果然他闻到一股酒气，他立刻眯眯笑开了。

"您难道不请我喝一杯？"他说道。

他们就在一起喝了两三杯。

没有过多久在当地就传开了，还说玛格卢瓦老妈妈自己一个人经常酗酒，而且经常喝得烂醉如泥，有时会倒在她家厨房，有时会倒在她家院子，还有时会倒在附近路上，看上去就好像死人一样没有一点儿活气，所以只得抬她回家。

希科从那以后没有再去她家，而其他人对他讲起这乡下老妇人的时候，他就总是愁容满面的样子，还一边嗫嚅着说道：

"到她这把年纪染上这种恶习，可以说是很不幸啊？您看看，人老无药可救了，她到了最后还是要倒大霉的！"

果然到了后来，她倒了大霉。第二年快要过圣诞节的时候，她喝醉后倒在雪地上死了。

希科老板就接过她那块地，他还说：

"这老妈妈，她要是不好喝酒，准能多活十年。"

贝洛姆老板的虫子

开往勒阿弗尔地方的公共马车马上就要从克里克托出发了，乘客全都在小马朗兰德经营的贸易客栈前的院子里等待着，因为马上就要点名上车了。

这其实是一辆黄颜色的马车，那辆马车的车轮刚开始也是黄颜色，只是上面积满了泥土，看上去基本上都要变成了灰颜色的了。而且那辆马车的四只轮子却是前轮小，后轮高大而单薄，那上面架的车厢非常难看，并且鼓鼓囊囊的，看上去就好像是一个牲口的大肚子。那车厢的前面还另外套着三匹白色劣马，这样一眼望去只见三只大脑袋和又圆又粗的膝盖，这几匹劣马要拉的车粗大笨重，那模样看起来很吓人。套在这么一辆不伦不类的车厢前，那几匹马看着好像都要睡着了一样。

车夫叫塞泽尔·奥拉维尔，他是个小个子，但是肚子却是又肥又大，不过因为总要在车轮上登上登下，在车厢上爬上爬下，可以看得出人是非常灵活的。旷野上风大，另外再加上大雨淋，狂风刮，他自己还喜欢喝几小杯，所以他的脸长得红不拉叽的。更有甚者是他的两只眼睛不论风吹和雹子一直都在眨巴。他会一边用手背擦嘴，还会来到客栈门口。几个农妇在那儿木头人似的呆着，脚前放了好几只又圆又粗的篮子，在那里面还装满了惊恐万状的鸡鸭。塞泽尔就会把这些篮子直接提起放到车厢顶上，再接着往顶上放鸡蛋篮子，放的时候却是非常的小心谨慎，然后从下面往上扔几只不大的谷物口袋以及用手巾、布片或者纸包起来的小包，最后他把那车厢的后门给打开了，从口袋掏出一张名单开始点名：

"戈尔热维尔村的神甫先生!"

神甫走过去,是高个儿,身强力壮,虎背熊腰,脸色绛红,一副和蔼可亲的样子。他像女人撩裙子似的撩起身上穿的长袍,抬脚钻进车厢。

"罗勒博斯克村小学的老师!"

老师也是一个瘦高个儿,还穿一身拖到膝盖的长礼服,看起来非常胆怯,急忙走到了前面,跟着打开的车门上了车厢。

"普瓦雷老板,两个座位!"

普瓦雷走过去,他的个子很高,还佝偻着腰,另外他扶犁耕地累得背都驼了,就是因为不舍得吃东西,所以人长得瘦骨嶙峋。他平时不会想起来洗澡,所以他的皮肤看起来一直都是又干又瘪。他妻子长得很瘦小,活像一只疲惫不堪的母山羊,两手捧着一把绿颜色的大伞紧紧地跟着。

"拉博老板,两个座位!"

拉博生性优柔寡断,忍不住地迟疑起来,问道:

"你是在叫我吗?"

车夫外号叫作机灵鬼,想要去作弄一下,然后拉博把脑袋伸进车门,他的妻子就从后面一推,所以他趁势登了上去。他妻子身材很魁梧,而且长得四四方方的,粗大圆鼓的肚子像只木桶,她的两只手大得像洗衣服的棒槌。

拉博像耗子钻回洞似的钻进车厢。

"卡尼沃老板!"

一个比牛还要重的大块头的庄稼人钻进黄颜色车厢,把那车厢的弹簧都压弯了。

"贝洛姆老板!"

又高又瘦的贝洛姆走过去,他的脖子朝一边歪着,一副龇牙咧嘴痛苦的样子,他的耳朵上还扎了一条手巾,看样子他正牙疼得受不了。

这里的人都穿蓝罩衫,还是那种怪里怪气的老式呢上衣,有的是暗青色的,有的是黑色的,这其实都是他们准备到勒阿弗尔大街上露在外面的礼服。它们的脑袋上戴了一顶像塔一样高高耸起的丝绸鸭舌帽,实际上这是诺曼底乡下非常优雅的打扮。

塞泽尔·奥拉维尔关上了那个车厢的门,爬上自己的座位,啪的一声抽响了鞭子。那三匹马就好像是睡醒了一样,他们的脖子来回晃动着,发出一阵隐隐约约的铃铛声。车夫声嘶力竭地吆喝起来:"驾!"之后用鞭子接连抽那几匹马。那些马都被抽急了,用劲儿地在一瘸一拐地非常慢地跑起来。后面车厢上的玻璃框以及弹簧上的铁片一直在晃动,还响起一阵阵吓人的敲打铁皮和玻璃的声音,那些在车上坐着的一排排乘客全部都颠得抛起落下,颠得东倒西歪的，车子颠簸着，他们也就跟着晃动。

因为有神甫在，所以大家非常拘谨，出于对他的尊重一开始谁也没有说话。神甫这个人的脾气却是很温和的，非常爱说话，他最先开口说了起来。

"怎么样，卡尼沃老板，"他说道，"您这样感觉还称心吗？"

粗壮的庄稼人不论是块头，还是脖子或者肚子都同神甫不相上下，他笑眯眯地回答说：

"还可以，神甫先生，还可以，您呢？"

"噢！我一直都很好。"

"您呢，普瓦雷老板？"神甫又问道。

"噢！我吗，还算是不错吧，也就只是今年油菜也许不会有什么可收的了，这件事情，怎么说也是要想办法捞回来才行。"

"这真是天不由人，今年天气不好。"

"你说得太对了，今年的天气真是非常的糟糕。"拉博老板的大块头老婆说道，而且她的嗓门大得好像是宪兵在说话。这女人就是附近村子的人，所以神甫只知道她叫什么名字。

"是您，拉布隆代尔？"他说道。

"没错，拉博娶的是我。"

有些干瘪枯瘦的拉博感觉到有点不好意思，可是却还是感觉到很得意，微微笑着点头，他的头直往前面弯下去，好像是要说："拉布隆代尔正是嫁给我拉博做老婆。"

贝洛姆老板一直都在拿手巾捂着耳朵，忽然痛苦地哼哼起来，一边"哟……哟……"地喊，而且他还一边跺脚，那意思像是在说他这时疼得非常难受。

"您是不是牙疼？"神甫问道。

贝洛姆老板忽然就不发出声音了，回答说：

"不是，神甫先生……我并不是牙疼，是耳朵疼，耳朵里面疼。"

"您耳朵里不会有什么东西吧？那是不是耳屎啊？"

"我不知道是不是耳屎，不过我的心里还是有数的，这是一条虫子，一条很大的虫子钻到耳朵里去了，那是由于我在干草房躺在草垛上睡了一觉。"

"虫子？您不会是搞错了吧？"

"我怎么会弄错啊？我是不会弄错的，神甫先生，它其实一直在我耳朵里啃，那感觉简直是想要把我脑袋瓜吃了一样！噢！哟……哟……哟……哟……"他又开始跺起脚来。

车上的人全都来了兴致。

大家都说出了自己的办法。小学老师说是条毛虫，普瓦雷说里面也许是蜘蛛。他在奥恩省的尚普米雷生活了六年，也是头一回看见这样的事情，毛虫钻进脑袋，又从鼻子钻出来。从那以后那人一只耳朵就聋了，因为耳膜破了。

"像是什么小虫子。"神甫说道。

贝洛姆头朝一边歪着靠在车门上，他是最后一个上的车，嘴里还在不停地哼哼。

"噢！哟……哟……哟……我感觉应该是一只蚂蚁，肯定是一只大蚂蚁，蜇得真狠……噢，神甫先生……正在跑……正在跑……噢！哟……哟……哟……疼死了！"

"你有没有去看医生？"卡尼沃问。

"我才不去呢！"

"为什么？"

贝洛姆非常害怕医生，心里一怕这病似乎治好了。

他立刻站了起来，不过还用手巾捂着耳朵。

"为什么？你有钱给他们吗，给这些游手好闲的人吗？去了一次，还得去二次，三次，四次，五次！这就是十法郎……可这游手好闲的家伙干什么了？你说吧，这游手好闲的家伙，你说，他干什么了，你知道吗？"

卡尼沃嘻嘻笑了起来。

"我不知道，我什么都不知道。那你现在去哪儿？"

"我去勒阿弗尔找尚布勒朗。"

"尚布勒朗是谁？"

"他是个方士。"

"方士是什么人？"

"方士治好了我爹的病。"

"你爹？"

"是的，我爹，那都是很久以前的事情了。"

"你爹患的是什么病啊？"

"他的背上受了一股风，他的脚和腿都不能动了。"

"你那位尚布勒朗是怎么给他治好的？"

"他就像是揉面一样，在他背上开始揉，当然了也是用两只手揉！揉了足足有两个钟头！"

贝洛姆是非常了解的，当时尚布勒朗还在一边念咒语，不过当着神甫的面，他却是不敢再说这样的话了。卡尼沃开始笑着说："会不会是什么兔子钻到你耳朵里了吧？一看草垛上面乱七八糟的东西，那个兔子肯定是把这个窟窿当成窝了。等着，我这就来把它轰出来。"

卡尼沃把手放在了嘴边还做成喇叭的样子，然后就开始了学猎犬发现猎物时的叫声，一会儿大声吼，一会儿叽叽地哼哼，一会儿又是汪汪地喊，一会儿尖声叫。坐在车上的人全都哈哈笑了，就连平时从不笑的老师也笑了。

但是，贝洛姆却好像是生气了，他感觉到大家都在嘲讽他一样，神甫马上就把话题岔开，问拉博的大块头老婆：

"你们家人一定很多吧？"

"您说对了，神甫先生……养活这一大家可不容易！"

拉博也点头同意，像是想说："噢！没错，太不容易了。"

"几个孩子？"

她摆出一副郑重其事的样子，大声而又自信地回答说：

"十六个孩子，神甫先生，十五个是我男人的！"

拉博点点头，笑得更美了，他，拉博，一个人就养活了十五个孩子！他老婆全部都承认了！所以，这没有什么可以是值得怀疑的，他感到自豪，真的！

这第十六个是谁？她没有说，我估计十有八九是老大吧？也许大家都知道，因为大家都没有觉得奇怪，就连那个卡尼沃也是若无其事的样子。

这时候贝洛姆又开始哼哼起来：

"噢！哟……哟……哟……看它又在里面蜇我了！噢！疼死了！"

马车在博利特咖啡馆前停了下来，神甫说：

"让我来给您耳朵里灌一点水，也许这样做就可以把那个东西给弄出来了，您要不要试试？"

"那当然可以了！我试。"

车上的人都下车了，他们都聚到了一起去看怎么灌水。

神甫问人家要了一个脸盆，一条毛巾和一只水杯，叫老师按住病人的头，水一流进耳朵管就猛地一下把头转过来。

卡尼沃看看贝洛姆的耳朵眼儿，他这回是一定要去看那只用肉眼都看不见的小虫子，这时喊道：

"真是活见鬼，那里面看看都成什么酱了！还是先把这酱掏出来，老伙计！要不然，我看你那兔子是没有办法从酱里爬出来了，因为那酱把它四只爪子都粘住了。"

神甫也跟着很认真地看了看耳朵眼儿，神甫也说他的耳朵眼儿太窄，在那里面还塞满了黏糊糊的东西，真的没有办法能够把小虫轰出来。老师就用火柴棍和小布把耳朵眼儿擦干净。大家非常不安地看着，之后神甫朝这已经擦干净的耳朵眼儿倒了半杯水，大家看过了一会儿之后，那水顺着贝洛姆的脸流进他的头发，而且还流到他的脖子上。老师就一下子把脑袋朝脸盆转过去，好像是要把这脑袋旋下来一样似的。几滴水滴进白脸盆，全车的人都把脸凑过去看，其实根本没有什么虫子从里面爬出来。

这时贝洛姆非常大声说："我现在感觉那里面没有东西了。"神甫非常得意地说："没错，这虫子看起来已经淹死了！"大家都很高兴，随后全都上了车。

可是就在车刚要出发的时候，贝洛姆又开始了哇哇叫起来。虫子也许苏醒过来了，变得非常凶恶。他还很严重地说虫子钻进他脑袋瓜，好像正在嗑他的脑子。他开始在嘴里吼，他的身子还在不停地来回扭，那个普瓦雷的老师还认为他被魔鬼缠身，他忍不住呜呜哭起来，于是马上在自己的胸前画了一个"十"字。之后就疼得受不了了，他说这东西在他耳朵里转圈，他还会用手指学那虫子转圈的样子，仿佛是他看见了一样，还看见它怎么转："你们看，又往上爬了……哟……哟……哟……疼死了！"

卡尼沃真的烦了："肯定是刚刚往耳朵里面倒的水让这虫子气疯的，它说不定喜欢喝酒。"

大家听到他说的话就都笑了起来，他还接着说："到布尔伯咖啡馆，给它来点烈酒，也许它就不会再不动了，我在这里可以向你发誓。"

贝洛姆已经疼得不能忍受了，感觉就好像是在揪他魂似的号了起来，神甫就不得不去扶住他的脑袋。大家叫塞泽尔·奥拉维尔见到有房子的地方就停下来。

马车停在路边的一家庄园。大家一起把贝洛姆抬进庄园，让他躺在餐桌上，准备再给他弄弄。卡尼沃一直说要在水里掺点儿烈酒，这样就可以把虫子给灌醉了，让它睡着，也许就可以把它杀死了。神甫感觉还是掺醋好。这一次就把掺了醋的水一滴一滴往耳朵里灌，让水一直流到最里面，让水在这有虫子的耳朵里闷了几分钟。脸盆就再一次地端了过来，神甫和卡尼沃两个大胖子一下子把贝洛姆反转了过来，老师就用手指弹那只好的耳朵，还想把另外一只耳朵里的东西弹出来。

塞泽尔·奥拉维尔一手握着鞭子，走进来看热闹。

大家忽然就看见了那个脸盆里有一个黑不溜秋的小点，比葱头籽大不了多少，真是不能想到啊，就这小点自己还在动。再仔细一看，原来是一只跳蚤！把大家都惊得纷纷嚷了起来，然后就紧接着哄地一阵大笑。原来是只跳蚤！哈哈！这跳蚤还活蹦乱跳，一点事都没有！卡尼沃乐得直拍大腿，塞泽尔·奥拉维尔竟抽起鞭子来，神甫像嗷嗷直叫的驴。

这时贝洛姆就又开始大声说："我这回是真的感觉那里面没有东西了。"神甫非常得意地说："没错，虫子确实已经淹死了！"大家都很高兴，全都上了车。

贝洛姆就坐在桌子上，两手捧着脸盆，绷着脸看那个小虫子，而且还从他的眼睛里流露出又是恨又是高兴的眼神，这小虫最后终于被制伏了，这时只见它在水滴中直打转。

他还是在不停地嘟囔着说："你出来啦，你这个该死的东西！"然后在说完之后猛地一下子把它碾得粉碎。

车夫开心得就快要疯了，他还一直不停地说："一只跳蚤，一只跳蚤，哈哈！你现在可以成为跳蚤爷了，跳蚤爷，跳蚤爷！"

接着他稍微安静了一点儿，又喊了起来："走，上路！这已经耽误不少工夫了！"

乘客们也在不停地笑，之后他们就都一个个朝马车走过去了。

可是，贝洛姆走在最后面，这时喊道："我得回克里克托，这个时候我去勒阿弗尔也没有什么事情了。"车夫对他说："如果你要是回去的话没有关系，不过你得付路费！""我可以给你半价，那是因为我还没有走完一半路。""不对，你得付全价额，因为你定的位子是全程的。"两人就开始争起来，他们就吵得脸红耳赤都急了，贝洛姆就发誓说只给二十苏，塞泽尔·奥拉维尔一口咬定说得他四十苏。

两人开始眼对着眼，鼻子对着鼻子，直嚷嚷。

卡尼沃跳下了车。

"你得给神甫四十苏，你听见了吗？并且你还得请大家喝一杯，这样就算五十五苏，之后你再给塞泽尔二十苏。这样可以吧，机灵鬼？"

车夫看到这样贝洛姆得付三法郎七十五苏，他很高兴，回答说：

"行！"

"喂，那就付钱吧。"

"我才不要付钱呢，第一，神甫并不是什么医生！"

"你如果不愿意付钱的话，那么我就会把你扔到塞泽尔的车上，再把你拉到勒阿弗尔去。"

大块头一下子拦腰一把抱住贝洛姆，感觉就像是举个小孩一样地把他举了起来。

贝洛姆一看自己只有答应才付钱，于是掏出钱包付钱。

马车接着上路去勒阿弗尔，贝洛姆则转身回克里克托。这时车上的乘客谁也不说话，望着那庄稼人倒着一双长腿往前走，只见白茫茫的路上蓝罩衫一摇一晃。

老 人

秋阳越过沟边一棵棵高耸的山毛榉树顶，照在农家小院地上，感觉一片温煦和暖。有头母牛已把地上的青草啃平，刚刚下过一场雨，草根下的泥地这时也吸足了水，潮乎乎透着湿气，若是脚一踩就会出现一个坑，同时唧咕一下响起水的响声。苹果树上挂满了果子，菁菁牧草绿中带墨，嫩绿的苹果星罗棋布点缀其间，给人一种安静祥和的感觉。

四只并排拴着的牛犊正在津津有味地吃草，时不时地朝屋子哞地叫一声。牛栏前面的一群鸡在不停地来回走动着，圈肥堆中不仅有了生气，另外还多了几分鲜艳。母鸡在一边咯咯叫，还一边在用爪子在地上又是翻又是刨的，两只公鸡悠闲地啼鸣，同时不忘记忙着为母鸡找小虫吃，找到虫子便急忙咯咯地叫母鸡过去。

木栅栏的门被打开了，这时走进来一个男人。他是四十岁左右的人，可是那样子却是老得都已经像是六十岁了，看上去满脸褶皱，腰弯的很，走路的步子却是非常的大，但是非常慢悠悠地走路，他的脚步还是非常重，脚上穿的木鞋不但很笨重，而且在那里面还都填满了干草。他的两只手臂非常长，就那样耷拉在身体两侧往下垂着。等到他快走到院子的时候，拴在一棵高大梨树下的小黄狗，挨着边上当狗窝用的木桶直摇晃尾巴，然后就又汪汪叫了起来，表现出一副欢快的样子。男人大喊一声：

"坐地上，菲诺！"

小黄狗就马上不叫唤了。

这时从屋子里走出来一个农妇。她穿了一件小腰身的羊毛短上衣，这样的就把她那瘦骨嶙峋的身子显得又扁又宽。不过她那灰色的裙子有些短小了，只可以遮了半截大腿，裙子下面穿的就是蓝颜色的长筒袜，脚上穿的是塞满干草的木鞋。稀稀拉拉的几缕头发紧紧地贴在脑袋上，戴得白颜色的无边软帽已经发黄了。她的脸还是又黄又瘦，长得特别难看，并且她的牙也掉了，看起来就是一副乡下人那种粗野愚鲁的模样。

男人问：

"他怎么样？"

女人回答说：

"神甫先生说就等咽气了，估计今天夜里他都过不了。"

他们两人一起进了屋。

他们穿过厨房，然后就进了睡觉的屋子。这个屋子又矮又黑，只是靠了一块窗玻璃才勉强可以让屋子里有些光亮，玻璃上还搭着一件非常破破烂烂的诺曼底印花布衣服。另外那个横架在两边墙上的几根房梁已经年久发黄，而且还被烟熏得黑不溜秋的，托着一层薄木板，同时在那上面是小阁楼，白天黑夜总是有成群的耗子在那上面走来走去。

凹凸不平的地潮乎乎的，就好像是涂了一层油，在那个屋子最里边是床，白不呲咧模模糊糊。从这黑黢黢睡人的房间传出一阵阵不紧不慢的嘶哑声，似乎有人在非常艰难地喘气，呼哧呼哧之外还能听到咕噜咕噜的声音，好像什么破汲筒正在抽水，原来那儿躺了一个快要咽气的老人，他就是那个农妇的父亲。

男人和女人走了过去，很无奈同时又很平静地朝临死的人看了一眼。

女婿说：

"这一次就真的没救了，他过不了今天夜里。"

农妇接着也说：

"从中午就开在不停地这样呼哧呼哧地倒气。"

接下来，那两人就没有再说些什么了。躺在床上的那个老人一直闭着眼睛，他的脸色看起来就像是泥土一样，整个人干得像是木柴一样。他的嘴还在微微地张着，并且艰难地发出了一阵咕噜咕噜的声音，他的嘴里还在喘一口气，那蒙在胸腔上的布毯就往上隆起一下。

女婿说：

"看来我们就只能等他自己咽气了，我可是什么办法也没有了。但是不管怎么说，这可要耽误移油菜秧了，天这么好，地里的秧明天必须得移栽，如果不去的话，该耽误收成了。"

他的妻子想起这事也有些犯难了，她想了一会儿，然后就对她的丈夫说：

"他很快要不行了，不过要是在星期六以前还葬不了，你明天一天可以去弄油菜秧。"

庄稼人想了想，说：

"是呀，可是我们还要请了亲戚来才能埋人，请他们都来，我就得需要五六个钟头从图尔维尔到玛内托走一趟。"

女人想了大约有两三分钟，说：

"现在没有到三点钟吧，你今天夜里就可以开始去报丧了，图尔维尔这一边先跑完，你就说他已经过去，反正他几乎没有可能缓过来了，今天夜里就该去世了。"

男人有些心神不定的。呆呆站了一会儿，他的心里一直在琢磨这主意到底是好还是不好，到了最后他说："那好，那我现在就去。"他正要走的时候，又回转身，一阵犹豫之后说："你现在其实也没有什么事情要做，还不如先去摘那些熟透了的苹果吧，做上四十来个苹果团子，就可以在埋的时候请人来就用这招待他们，压榨机棚下面那捆小细柴已经干了，你给炉子生火就用这柴吧。"

他从睡觉的屋子出来就又回到厨房，接下来打开橱柜拿了一块六斤重的面包，小心仔细地切了一段下来，把掉在桌上的面包屑拢进手心一下扔进嘴里吃了，那样子，真是舍不得糟蹋一点儿面包屑。随后，他用随身带的刀子尖伸进一只棕色的瓦罐底，并且还挑了一点咸黄油往面包上抹，抹完之后慢条斯理地吃起来，他做什么事都是不慌不忙的。

等到吃完之后他穿过院子，小狗又尖声叫起来，他呵斥一声狗，那条狗就不叫了。他大步走出院子，上了旁边贴着土沟的小路朝图尔维尔方向走去。

女人一人留在家里，立刻开始干起活儿来。她打开面粉箱，准备和面做苹果团子。光是揉面她就花了很长时间，翻过来转过去，又是压又是挤，一遍一遍地揉，最后揉成淡黄色的一大团放到桌子角上。

她摘苹果。不用长杆打，那是因为害怕把树打坏，她踩着木凳爬上树开始摘苹果。她非常仔细地去挑熟透的果子摘，摘下就用自己的围裙兜住。路上响起一个声音喊她""喂，希科太太！"她马上转过身去，原来是住她家附近的村长奥西姆·法韦先生，他正吊着双腿坐在运肥车上，正要往自己家的地里送肥料去。她转身回答说：

"奥西姆先生，有什么事情吗？"

"你家那老头怎么样了？"

她喊道：

"几乎快要咽气了，唉，再加上地里的秧催得紧，星期六七点就该下葬埋了。"

邻人说：

"行，只要顺利就不错了，您自己多注意。"

人家是客气话，她也就很随意地回答说：

"谢您了，大家都要顺利啊，您也多注意。"

接着，她又摘起苹果来。摘完苹果回家她先去看一眼父亲，刚开始她以为他已经死了。可是就在她刚走到门口时，就听见他那倒气的一成不变的呼哧声，感觉用不着白耽误工夫走到床边看了，她又开始做起了自己的苹果团子。

她把苹果一个挨着一个地用薄薄的一层面裹上，整整齐齐码在桌子边上。她今天一口气做了四十八个团子，每十二个摆成一排，一排接一排码好。她想该做晚饭的浓汤了，她就把锅子放到火上煮土豆，她想这一天不需要把炉子点着，等到明天把所有的苹果团子烤出来还来得及。

在五点钟时，她男人回来了，他一步迈进门槛就问：

"他咽气了吗？"

她回答说：

"没有，他一直在那儿不停地呼哧呼哧地倒气。"

两人一起过去看，老头完全还是原先的那副样子。从他嘴里发出来的气息还是非常的嘶哑，并且不紧不慢的，就像是座钟来回摆着的钟摆，不会加快，也不会有所减慢。滴答一秒他也就呼哧喘息一次，只不过他的声音因为胸膛里的气有进有出而有所不同。

女婿看了老头一眼，接着说：

"他在和那蜡烛一样，我们不去想他，那么他自己就灭了。"

两人一起回到厨房，没说一句话，只顾着埋头吃晚饭。他们喝完浓汤，他又吃了一块抹黄油的面包，吃完之后他把碟子一一收拾完毕，他们再一次地来到临终老人躺着的房间。

女人拿了一盏灯芯直冒烟的小油灯朝她父亲脸上照了一圈，如果不是因为他还在喘气，那么谁看了都会说他已经咽气了。

夫妻俩的床在房间的另外一头，藏在一块凹进去的地方。两人静静地上了床，再把灯灭了，闭上眼睛。不一会儿就响起两个不一样的鼾声，一个尖声细气，一个闷声闷气，垂死老人呼哧呼哧的倒气声也总在一旁响着。

阁楼上的耗子又在东奔西窜地跑个不停。

等到天刚蒙蒙亮时，男人就醒了，看到他的老丈人还活着，老头子挺着不死弄得他心神不定了，他把妻子推醒。

"你说，菲妮，他根本不愿意断气，你说怎么办？"

他知道妻子这时肯定会有好点子。

她回答说：

"他一定过不了今天，真的，这没有什么好发愁的了。村长没有说明天下葬是不行的，而且那个雷纳尔老爹也是在第二天才被下葬的，因为他死时正好是下种季节。"

这理说得明白，他心服口服，然后就下地干活儿去了。

妻子继续在家烤苹果团子，之后干家里的活儿。

到了中午时，老头子还是没有死。雇来移秧的短工一群一群地进来看这迟迟不肯断气的老家伙，每个人都说了几句，然后回到地里干活。

晚上六点钟快要收工的时候，当他们回到家一看老爷子还在倒气，女婿终于开始慌了：

"都拖到这个时候了，那你说我们怎么办呢？菲妮？"

实际上，她也是不知道应该怎么办才好。他们去找村长问应该怎么办？可是那个村长却说他睁一眼闭一眼就这样算了，还答应他们明天就可以下葬。他们又去找村医，村医也肯给希科老哥帮忙，同时答应开死亡证书时把日期提前。听到了这样的回答之后夫妻两人这才放心回了家。

他们就和昨天一样上床睡了，他们响亮的呼气声同老人微弱的倒气声此起彼落响个不停。

然而在第二天他们睡醒了之后，老人还是没有死。

这一下，他们可真没有什么主意了。他们站在老爷子床头，并且两只眼睛直盯着他，他们的心中还是疑神疑鬼的，就像是老人在恶作剧欺诈他们，存心气他们，作弄他们，他们对老人最恨的是他竟然耽误了他们这么多工夫。女婿问："这到底是该怎么办？"她这时也没有了着数，只好回答说："说来说去真是烦人！"请的客人眼看就要来了，现在再去告诉他们已经来不及，所以他们夫妻俩就决定等客人来了再说，那样的话就可以当面把事情解释清楚。

等到七点差十分，来了第一拨客人。他们中所有的女人都穿了黑衣服，她们的头上蒙了大面纱，过来的时候一个个哀伤悲痛紧绷着脸。男人都穿了呢子上衣很不自在，走路的样子看起来也很别扭，他们两个两个地走，一边走一边聊什么事情。

希科老板夫妻俩感觉忐忑不安，一边唉声叹气，一边招呼客人。在第一拨客人搭着话时，夫妻两人突然同时哭了起来。他们一边搬椅子招呼客人坐下，一边说太意外了，又讲他们如何为难。他们一个劲儿地说，也在为自己开脱，一心想表明不管是谁遇到这种事都会像他们这样一样，都会这样做的，他们变得喋喋不休，也不让任何人回话。

他们跟这个人说完接着又找那个人再说一遍。

"我们无论如何都不会想到会是这样的，我们真是想不到他竟然可以能这么硬挺着。"

客人们一个个目瞪口呆，像是有点失望，也像是错过了一心盼着的大典似的，都不知道该怎么办，只是呆呆地站着或坐着。有几个人想走，希科老哥把他们拦住。

"总得吃点儿东西吧，我们烤了苹果团子，大家总该尝尝。"

一想到有苹果团子吃时，那一张张脸全都笑开了。大家很小声地聊了起来，小院慢慢地挤满了人，那些早来的人对后到的人说了说是个什么情况。解释过了之后大家都在交头接耳说话，但一说还有苹果团子吃，所有的人都喜笑颜开。

女人进屋看了一眼快要死的人，站在床前画"十"字，并且还要唧唧咕咕祈祷一句，走了出来。男人对这种事就没有那么耐心了，只是透过打开的窗口朝里面瞟了一眼。

希科太太又向客人说老头那将死不死到底是怎么一回事。

"记得从前天起他一直都这么地倒气，没有变快也没有变慢，声音就这样一直没有变高也没有变低，你说像不像抽不上水的汲筒？"

客人看过临终的老人，想起应该吃东西了。但是来人太多，厨房没有多余的地方，只有把桌子搬到门口前面。放在两只大盘里的四十多个苹果团子黄灿灿，闻起来香喷喷，另外还勾得所有人的眼睛都朝那边看去。每个人都着急地伸长胳膊赶紧拿了自己的一份，他们只怕份数不够大家吃，可是到了最后吃完还剩下四个团子。

希科老板嘴里塞得满满的，说道：

"老爷子要是见我们吃得这样开心，他肯定会伤心的，他在活着的时候非常喜欢吃苹果团子了。"

一个胖墩墩乐呵呵的庄稼人接着说：

"现在他估计吃不上了，可是谁都有这时候。"

他这话不仅没有引起客人伤心，反而把大家都逗乐了。现在也该是轮到他们吃苹果团子的时候。

希科太太真为这样开销非常心疼，可是还是要不停地去放吃的东西的小屋子取苹果酒。苹果酒被一罐接一罐拿了过来，接着又一罐接一罐喝得底朝天。这时大家嘻嘻哈哈的，大声地说话，像吃酒席一样大声嚷了起来。

一个上了岁数的农妇一直在垂死老人边上守着，可是每当一想到眼前的事在不久之后也会轮到自己身上，她就胆战心惊几乎动不了，这时她忽然走到窗口大声地喊叫道：

"他过去了！他过去了！"

所有人都沉默了，女人们纷纷站起急忙跑去看。

他这回真的死了，已经不喘气了。男人就彼此看了看然后都垂下双眼，一个个都很不自在。嘴里的团子都还没有嚼完，这老东西咽气也不挑个好时候。

希科两口子这时候反而不会哭泣了，现在就是一了百了。他们感觉踏实了，开始絮絮叨叨地说了起来：

"我们早知道他拖不过去的，昨天夜里他要是下这个横心的话，那么也就不会弄得这样乱七八糟了。"

反正这些就是一了百了的事情了。就等星期天给他入土，顶多到时候再烤一回苹果团子。

客人还在说这事，他们这回是看也看了，吃也吃了，到了最后终于高高兴兴地全都走了。

等到只剩下夫妻两人面对面待着的时候，女人愁眉苦脸地说：

"又得烤四十来个团子！他要是在昨天夜里下狠心走那该多好啊！"

男人是个能逆来顺受人的，他回答说：

"这种事情不是天天都有的。"

骑　马

这对可怜的夫妇日子其实过得很不容易，基本上全靠丈夫的微薄薪水来支撑着。他们结过婚之后，就添了两个孩子，他们以前的生活特别紧张，现在则是更到了一种非常寒微的地步了，这样过日子自愧不如人家，也就一定要遮遮盖盖，这种窘迫就是和所有穷贵族一样，明明已经捉襟见肘了，可是偏偏想要保住他们的高贵身份。

埃克托尔·德·格里伯兰从小在外省他父亲的小庄园中长大，而教他的是一位专做家庭教师的老神甫。那时候他的家庭生活并不是很富裕，但在表面上还能应该过得去。

后来二十岁的那一年，他们家里就给他谋到了一个职位，他进了海军部当了一名科员，可以拿一千五百法郎的薪俸。可是他这块暗礁上搁浅了，对生活中的艰辛如果不从小就开始磨炼的那些人，那些看待人生就好像是雾中看花的一些人，他们既不懂其中的诀窍，同时也不知道如何做出反抗，也不会有那从小就可以培养让他拿过武器拿过工具的那些人，那些特有的才能以及那些特定的本领，不会培养刚烈顽强的斗争魄力的那些人；都会这样在半路上搁浅。

他在当科员时，那三年可把他磨苦了。

后来，他遇到了几位世交好友，他们都是一些落伍的老人，他们的家境也不是很富裕，他们都住在圣日耳曼区的贵族街，但是他总算有一个可以走走的熟人圈了。

这些居贫的贵族和现代的生活几乎是不能相容的，他们既自卑同时也有些自傲，就是要住在死寂廓落的高楼顶层。这种楼里从上到下的住户都是有贵族头衔的人家，可是不管是一层的还是六层的都是穷困落拓。

这些人家以前都是非常有名，可是到了后来落得个无所作为而败落，在他们的脑中萦绕的还是那些没有穷尽的偏见，心中挂念的是他们的地位，发愁的是如何才不至于那样贫穷。埃克托尔·德格里伯兰在一天遇见一位与他一样清苦的贵族小姐，最后和她结了婚。结婚以后的四年内，他们生了两个孩子。

后来的四年内，这一家人因为自己的穷困潦倒而感到非常发愁，唯一的消遣就是星期日到香榭丽舍大街上去散散步，到了大冬天晚上偶然靠一位同事送的优待券去看一两次戏。

可是在这一年冬春之交的时候，他的上司交给他办了一份额外的差事，于是他就会得到一笔三百法郎的额外奖赏。他把这笔钱拿回家的时候对妻子说：

"亲爱的亨丽埃特，我们这回一定得犒劳犒劳我们自己了，比如说带孩子们出去玩一次。"

在经过了一番长时间的讨论之后，他们决定全家到乡下野餐……

"噢，"埃克托尔喊道，"偶一为之未尝不可，我们租一辆四轮无篷大马车，你自己、孩子们，还有我们家的女佣全都坐上去，我还会向驯马场租匹马骑，我想一定会感到很受用的。"

整整一个星期，他们全家几乎都是在谈论着关于将要去郊游的事。

每天晚上，埃克托尔在办公回家后总要把他大儿子给抱起来，让他骑在自己大腿上，还会使劲地抖腿晃他，一边对孩子说：

"等到星期天郊游的时候，爸爸就是像你这样骑马的。"

他的儿子一天到晚都在骑跨着坐在椅子上，拖着椅子满屋子地转，一边喊着：

"爸爸骑马！"

连他们家的女佣也在想马车边上会有先生骑马跟随着，忍不住就用那赞叹的眼光看起先生来了，每一次吃饭的时候，她就会只听得先生一个人在大谈骑马的学问，还会讲他过去在他父亲那儿的辉煌。噢！原来先生在以前认真学过骑马，他两腿一夹马背骑起来，那就好像是入无人之境，说实在的也没有什么好害怕的！他好几次搓着双手，很得意地对妻子说：

"他们要是可以给我提供一匹很难驾驭的一匹马，那到时候我就会非常高兴。你就看我怎么上马吧，如果你要是有兴趣的话，从布洛涅森林回来的时候，我们就可以到香榭丽舍大街绕一圈。可以想一下的那时候的我们该有多风光啊，如果再碰上部里什么人那才叫好啊，凭借自己的这个本领，我的上司一定会很器重我。"

到了郊游的那一天，马车和马同时来到家门口。他立刻从楼上下来看他的那匹坐骑，而且骑马用的裤脚带他也很早就让家里人给她缝好了，就拿手里挥舞的马鞭也是头天买了准备好的。

他把四条马腿逐一抬起拍了拍，还在脖子上、两肋上和小腿上按了按，用手指弹了弹腰，扳开嘴看了一下牙口，很快可以说出马的岁数。这时全家人都在楼下了，他正好给大家作了一席很小的讲座，既谈理论又谈实践，很简单地谈论那些一般的马，最后专门讲这一匹他已经了如指掌的马。

家里人这时全都上了马车坐好，他一直都在检查那些马鞍子的肚带，然后踩在马镫上一下子就起来了，一下扑倒在马背上。马被这么一压立刻奔跳了起来，差一点儿就把上面骑着的人摔下来。埃克托尔感觉很慌张了，使劲想把马稳住。

"行了，别急，我的朋友，不要着急。"

马驮着人老实了，人在马背上也坐稳了，他问道：

"你们准备好了没有？"

大家就一起说：

"准备好了。"

他一声令下：

"出发！"

这时一路人马浩浩荡荡地出发了。

一双双眼睛都盯着他，只见他学英国人骑马一路小跑，还故意在马背上纵身抬屁股，屁股一落到马背上，人接着就高高跃起，仿佛他要腾空飞起来似的。好几次他都像是快要趴倒在马脖子上了，他的两眼直直地朝前望着，脸上有些苍白，龇牙咧嘴。

他的妻子在她的膝盖上还抱着一个孩子，女佣抱着另外一个，两人一直不停地说：

"看你爸，看你爸！"

车走人动时，这个队伍看起来非常乐融融喜滋滋的，空气也非常清新，两个小家伙这时开心得乐不可支，并且还一直尖声叽喳乱叫。马被这叽喳乱叫吓坏了，忽地一下子狂奔起来，骑马人拼命想要让马停下来，可是偏偏帽子忽然滚到了地上，使马车夫不得不从座位上跳下去捡，埃克托尔伸出双手一边接过帽子，一边远远地冲着妻子喊：

"你要管住孩子不要让他们乱叫，你这不是催我骑马狂奔吗?!"

到达韦西内树林之后，他们全家在草地上野餐，吃的东西全都用大大小小的盒子带来了。那几匹马虽然有车夫照顾它们，可是埃克托尔还会时不时地站起身，甚至走过去看看他骑的那匹马会不会缺什么。他站在那里一边给马吃面包，吃蛋糕，一边抚摸马脖子，还给它吃方块糖，玩得不亦乐乎。

他说道：

"这家伙一路小跑过来真够呛，刚开始那一会儿可真把我颠坏了，不过你也许是看到了吧，我很快就把它镇静自若，它撞见高手服气了，现在不敢乱蹦乱跳了。"

按照他的主意，也就是在回来的时候绕道，之后就又去了香榭丽舍大街。

宽敞的香榭丽舍大街到处都是马车，马路两旁行人也是黑压压一片，看上去很像两条黑缎带，从凯旋门一直拖到协和广场。那个地方还是阳光四射，照得满街透亮，只见那街道上行驶的一辆辆马车上的油漆流光溢彩，车门上的把手和钢做的鞍辔金光闪亮。

密密匝匝的人群、马匹和车流全都在蠕动，全都凫趋雀跃雄姿英发，站在一旁的方尖碑高高耸立，像是直插进金灿灿的蒙蒙雾气之中一样的。

埃克托尔骑的马经过凯旋门忽然再次抖起精神来，不顾骑手如何拼命叫它安分下来，一直在那滚滚车轮之间穿梭狂奔，朝前面的马房直冲过去。

他们的马车已经落在后面，已经落得很远了，那匹马走到实业大厦对面的时候，看到前面的一片开阔地，立刻向右一拐，疾驰起来。

一个系围裙的老妇人正在慢慢地横穿马路，埃克托尔却像追风逐电般冲过来的时候，她正好走到前面，埃克托尔已经控制不住他骑的马，只好拼命喊了起来：

"喂！喂！喂！那边！快点去看马！"

她也许是一个聋老婆子吧，因为她还是那么不紧不慢地走她的路，马像火车头猛冲过来，前胸一下把老妇人撞倒，她脚朝天头着地连打三个滚，冲出十步远。边上立刻响起一片喊声："你快点去拦住他！"埃克托尔已经被吓得都快没有魂儿了，死命抓住马脖子，同时大声地喊叫："救人啊！"他感觉自己猛地一震，然后他自己就好像是一颗子弹那样从马耳朵上面飞了出去，说时迟那时快，一下子扑到正迎头赶来的一个宪兵怀里。

过来了一群愤怒的人，他被团团围住了，挥拳头的挥拳头，叫骂的叫骂。

一位老先生走过来，他的身上还挂着一枚大圆勋章，他的胡子已经全都发白了，就显得非常气愤，说道：

"这还了得吗？这样的笨手笨脚就应该老实地待在家里！要是不会骑马就别到街上来害人。"

四个男人抬着老妇人过来了。她似乎已经死了，她的脸色发黄，软帽歪在一边，浑身上下全是灰土。

"你们抬这女人找药房去吧，"这个老先生开始吩咐道，"我们去找警长。"

埃克托尔被夹在两个警察中间走，另外一个警察牵着他的马，在它们后面还跟了一大群人。就在这时他忽然看到他们那辆四轮无篷大马车开了过来，他妻子急切地跑过来，一旁的女佣被吓昏了头，两个孩子又在叽喳乱叫。他对家人说他回家需要过一会儿，因为他把一个老妇人给撞倒了。幸好到最后没有什么大碍。家人一听慌了神，只得先走了。

到了警察分局时，没有费多少工夫就把事情说清楚了。之后他还报上了自己的姓名，他的名字叫埃克托尔·德·格里伯兰，目前在海军部供职。正在等撞伤的人有什么消息。被派去了解情况的警察回来了。老妇人已经苏醒，根据她自己说的，她的身子骨里边疼得很难忍受。老妇人是一个做女佣的，名字叫西蒙，六十五岁。

埃克托尔听说她没有死，立刻感觉有了希望，答应承担老妇人的一切医疗费用，然后急忙去了药房。

药房门口闹哄哄地挤了一大堆人。老婆子正仰靠在一张椅子上，在她的嘴里还是一直哼哼唧唧，她的两只手已经不能动弹了，看起来就是一副半死不活的样子。两名医生正在替她做检查，医生怕有什么内伤，虽然四肢都没有摔断。

埃克托尔上去同老婆子说话：

"您是不是疼得非常厉害啊？"

"噢！不错。"

"那到底是哪儿疼？"

"我感觉自己的肚子里好像有团火。"

一位医生走了过来。

"这就是您闯的祸，先生？"

"是的，医生。"

"这位妇人我想应该被送疗养院，我认识一家，每天收六法郎，要不要我为你效劳？"

埃克托尔立刻喜出望外并且赶快道谢，然后才如释重负回了家。

他的妻子正等他回来，已经哭得像泪人一样，他安慰妻子说：

"其实没有什么事，这西蒙老婆子已经好多了，等过了三天之后基本上什么事情都解决了。我已经把她送到一家疗养院，没有什么事。"

的确没有什么事！

等到第二天，他办公完毕就去打听西蒙太太的情况，他发现老婆子正很满足地在那儿吃肉汤。

"您现在感觉到怎么样了？"他问。

她回答说：

"噢，可怜的先生，一直都是这样，一点儿起色都没有，我几乎能感觉到自己都快不中用了。"

医生对他说还得等等看，这也许有可能出现并发症。

他就这样的再次等了三天，又过来。老婆子看起来脸色红润，她的两眼炯炯有神，一见他过来就立刻哼唧起来。

"我不能动弹了，动不了，可怜的先生，到死都这样了。"

一阵寒战直往埃克托尔心里钻，然后他就去问医生，医生举起双臂说：

"实在拿她没有办法，目前我也不知道怎么办，先生。每次想抬她起来，她就哇哇直叫唤，连挪动一下她坐着的椅子，她都会撕心裂肺地大声吼叫。我不得不相信她自己说的，先生。我给她看病又不是钻到她肚子里看，我不能说她有什么撒谎的话，只要我没有亲眼看见她下地走路。"

老婆子躺在边上一直待着没有不动，可是她的耳朵听着，从她的眼中露出狡黠的神情。

一个星期过去了，半个月也过去了，再之后就是一个月。西蒙太太一直都不离开她的椅子，她就这样从早到晚不停嘴地吃，人也变得胖了，同别的病人聊得有滋有味，好像这样待着一动也不动的日子她过得很习惯。五十年来她收拾床垫，上楼下楼，甚至还要一层一层地爬上楼送煤炭，同时又要扫地又要擦洗，现在理所当然是该歇歇了。

埃克托尔有些心慌意乱了，几乎是每天都来，但是每天都看到老婆子在消停自在，很心安理得，嘴里还一个劲儿地说：

"我不能再动弹了，我那可怜的先生，我的确不能再动弹了。"

因此，每天晚上格里伯兰夫人都很忧心忡忡地问上一遍：

"西蒙太太现在感觉怎么样了呢？怎么样啦？"

每一次他都是垂头丧气地回答说：

"现在看起来还是没有一点儿的起色，一点儿迹象都没有！"

他们不得不把女佣辞退了，因为他们已经无法负担女佣的工钱了。过日子更加节衣缩食，就连那笔额外的赏金全都搭了进去。

埃克托尔为给老太婆会诊请来四位名医，她乖乖地听任医生检查，任由他们又是摸又是按，她那狡黠的眼睛却在偷偷看着他们。

"我们应该让她下地走走。"一位医生说。

她马上喊了起来：

"我真的不能走路了，亲爱的先生，我真的不能再走路了！"

他们很用力地拽着把她抬起来，再硬拉着她走了几步，但她从他们胳膊上滑落出来，扑通倒在地上，大声叫喊，他们只得小心翼翼地把她重新抬到椅子上。

他们开始字斟句酌地谈各自的看法，不过诊断的结论是无法干活儿。

埃克托尔把这消息告诉妻子，他的妻子立马瘫倒在椅子上，喃喃说道：

"我看你还是把她接到家里来吧，也许这样我们开销小一点儿。"

他一听这话马上就蹦了起来：

"上我们家，你就这么想的吗？"

可是她却没有立刻答话，现在她只得听天由命，她眼泪汪汪地说：

"我的朋友，你说怎么办吧，这可不是我的过错……"

偷窃犯

"因为我还是要对您说吧，你们是根本不可能会相信有这种事情的。"

"你还是开始讲吧。"

"我当时想要给你说了，可是我却感觉现在才是非常有这个必要，一定得先向各位说明白，说实在的我这故事虽然听起来有些让人不敢相信，但是从头至尾都是事实。我看也就只有那些画家才不会对这样的事情感到惊讶，尤其是那些上了岁数的更不会感觉到有什么奇怪的了，那因为他们经历过这个荒唐的思想猖獗的年代，那年代滥告无辜，弄得一遇到情况严重的时候，这种思想就会一直紧紧缠住我们。"

年老的画家这时骑跨着坐在椅子上，他们在一个巴比松村的一家旅馆的餐厅里。

他接着说：

就在这一天晚上，我们一起在索里厄家吃饭，可怜的索里厄今天也来了，当时我们那些人中就数他最为兴奋激动。在那天就我们三个人，也就是索里厄，我，还有就是勒普瓦特万，我想是吧，可是我却不能很肯定是他。当然我说的是同样已经去世的那个海景画家欧仁·勒普瓦特万，却不是现在那位仍然健在，充满才华的风景画家。

我们吃了晚饭在索里厄家，意思也就是说我几乎都喝得有些半醉不醒了，这时只是勒普瓦特万没有糊涂，他是有一点点晕乎，不过还明白事理。那时我们几个人都还年轻，我们就躺在小房间的地毯上开始胡言乱语高谈阔论，在那旁边的就是画室了。索里厄两只脚跷在一把椅子上，仰身躺在地上，还在那很大声地说些什么打仗的事，夸夸其谈地说帝国时代的军装是怎样的威武，正讲着，忽然就站起来，取出一套完整的轻骑兵制服穿上从他放服饰小零碎的大柜子里。穿好后他又逼勒普瓦特万穿投弹手的军装，勒普瓦特一点都不愿意，所以我们两人就按住他，把他的衣服脱掉，强迫给他套上又肥又大的制服，他整个人被肥大的制服遮盖起来。

我自己也装扮成重骑兵。索里厄还在一边指挥我们做了一套复杂的操练，他高声道："我们就应该像大兵那样喝个痛快，因为今晚我们已经成了大兵！"

我们把潘趣酒加热，盛满朗姆酒的大碗被点上火，我们接着扯着嗓门唱起老歌，其实也都是一些往昔我们伟大军队的老兵高唱入云的老歌。

突然勒普瓦特万叫我们别出声，他还算保持清醒，即使不管怎么闹，过了一会儿他悄声地说："我敢确定画室里有人在走动。"索里厄好不容易站了起来，大声说："有贼！那太妙了！"说完他就唱起《马赛曲》：

"拿起武器，公民们！"

他一边唱，并且还一边朝放置各种各样的武器的架子走去，根据我们各自的军装给我们配备武器。我随手拿到一支枪——像是火枪，另外还有一把军刀，勒普瓦特万拿到一支带刺刀的长枪，但是索里厄却没有找到合适的武器，只好随手拿了一把马枪挂在腰带上，又拿上一把钩斧胡乱地挥舞起来。他小心翼翼地把画室门打开，我们这支队伍就可以进入可疑地带。

我们来到这间宽敞大屋的正中间，屋里到处堆满了各种大幅画布，而且还有各种家具以及我们想都想不到的稀奇古怪的东西，索里厄对我们说："我担任将军，现在我们召开作战会议。你，重骑兵部队，你切断敌人退路，也就是说把门锁上。你，投弹兵部队，你负责护送我。"

"遵照命令完成动作。"然后立即返回追上正在进行侦察的大部队。

我正走到一扇大屏风后面，在快要追上大部队的时候，忽然哗啦一声巨响。我马上就冲上去，在我的手里同时还举着蜡烛。最后我们才明白，原来勒普瓦特万一刺刀狠狠地扎进一个人体模型的胸膛，脑袋被索里厄连砍几斧砍了下来。这时却发现弄错了，将军命令说："我们应该临事谨饬。"部队再次开始行动。

大约有二十分钟过去了，在画室的各个角落，以及角角落落全都被搜遍，却没有什么收获，这时勒普瓦特万突然冒出一个主意。并且还把硕大的壁橱打开。打开之后看着那里面黑黢黢的，深不见底，我把举着蜡烛的手臂伸过去，吓得我赶紧往后退，里面有人，一个大活人，正瞪着两眼看着我。

我立刻把壁橱门关上了，再连转两圈把锁锁上，我们又开了一次作战计划的会议。

大家的意见有些不一致，勒普瓦特万说让他饿着，索里厄说一定要用烟熏这窃贼，可是我提议用火药炸壁橱。

最后勒普瓦特万的建议占了上风。然后他拿着他那支长枪站岗，我们去找我们那几只烟斗和剩下的潘趣酒，在紧紧关着的壁橱门前安顿下来，为俘虏干杯。

大约过了半个钟头，索里厄开始说：接下来不管怎么样，我都要仔细地看看他长什么模样。我们用武力夺取他，怎么样？

我喊道："那真是太好了！"我们每个人冲过去拿起武器，这时壁橱门被打开了，索里厄把他那支马枪推上膛，第一个冲了上去，其实枪里没有上子弹。

我在后面吼着冲过去，这时大家都在黑暗中推推搡搡了一阵，经过五分钟的荒唐可笑的搏斗之后，我们终于把盗贼拉到外面来，原来是一个老家伙，头发也都已经花白了，肮脏不堪，身上破衣烂衫。

我们把他手脚都捆好，然后把他绑在椅子上，他却一句话也不说。

这时索里厄酒性大发，转过身来对我们说：

"现在我们一起来审判这浑蛋。"

我感觉也已经头晕得厉害，但还是认为这主意太自然不过了。

勒普瓦特万负责替被告辩护，我就负责支持控方。

偷窃犯被判处死刑，可是除缺一票外，也就是除缺被告方辩护人一票外，判决就获得所有人通过了。

"我们立刻处决罪犯。"索里厄说。可是说完之后他又迟疑起来："这人死之前一定要去做哈桑纳尔圣事，我们去找一位神甫来，怎么样？"我不同意，说时候已经太晚了。索里厄提议说让我来替他做圣事，最后他还叫罪犯向我一人忏悔。

那人感觉惊慌失措了，他的两只眼睛开始滴溜溜地转了差不多有五分钟，心里不停地纳闷到底碰到的究竟是什么人。他喷出一股酒气，浊声浊气地说："你们是在闹着玩吧？"索里厄把他按跪下了，他又怕那人父母想要省事不曾给他做洗礼，所以就在他头顶上浇了一杯朗姆酒。索里厄说：

"快来向这位先生做忏悔吧，你的最后时刻已经敲响！"

老无赖开始慌了，还高声喊了起来："救命！"他喊得声嘶力竭，为了不让附近人家听见，我们必须把他嘴巴塞住。他就倒在地上开始打滚，他的身子一边滚一边扭动，把画家的家具都弄得翻倒在地上，画布也被撕破。最后索里厄也有些烦了，他大声地喊了一声："还是把他结果了算了！"看到那混蛋横躺在地上，他就要扣他马枪的扳机，击铁咔嚓响了一下，我也就跟着学，接着开枪了。我那枝火枪装的全都是石头子，却真的打出火花来，把我吓了一跳。

这时勒普瓦特万郑重其事地说：

"我们现在真的有权杀死这人吗？"

索里厄也有些瞠目结舌，但还是回答说："可我们已经判处他死刑了！"

不想勒普瓦特万接着又说："平民是不允许被枪决的，这家伙应该交刽子手行刑，所以得把他送岗亭。"

我们感觉到他这话不容置疑。就把那人扶起来，可是他已经不能走路了，所以就只好把他抬到一块模特板上，而且严严实实地绑好，勒普瓦特万和我两个人来抬，索里厄在后面拿上他的全套武器压阵。

到了岗亭前，我们被哨兵拦住。班长听到声音就认出是我们。他几乎每天都会看见我们那些瞎折腾、胡闹、莫名其妙的新名堂，他只是在那笑了笑，但是拒绝接收我们的俘虏。

索里厄坚持一定要他收，那个哨兵非常严肃地请我们不要喧闹，立刻回我们屋子。

我们这支队又开始重新上路，回到画室，我问道："我们到底要怎么处置这偷窃犯？"

勒普瓦特万开始起了同情心，于是说这人大概已经非常累了。果然，他身上缠着绳子，严严实实地被绑在板子上，嘴里还塞着东西，那样子简直就像快要咽气似的。

我也起了强烈的同情心，这是醉鬼的同情心，我把塞在他嘴里的东西拿掉，一边问他："呃，现在怎么样，可怜的老家伙？"

他嘟嘟囔囔地说："我都快受不了啦，妈的！"索里厄变得仁慈起来，然后把绑在老家伙身上的绳子都给解开了，扶他坐好，对他说话也随和了。同时为了让他振作起来，我们三人准备起新的潘趣酒。那个偷窃犯这时安安静静地坐在椅子上看着我们，潘趣酒一调好，我们就给他递了一杯，我们真想让他开怀畅饮，于是大家一起碰杯。

这俘虏喝酒时就像牛饮一样，可是在天开始蒙蒙有些发亮时，他站起身，还很心平气和地说："我不得不离开各位了，因为我必须回家。"

我们真的舍不得他走，真想把他留下来，可是他说什么也不愿意再待下去。

这时大家就开始握手告别，在经过门厅的时候，索里厄举着蜡烛给他照亮，一边大声说："过大门的时候一定要小心台阶！"

大家由衷地冲着讲故事的人笑了，他站了起来，点燃烟斗，然后站到我们面前说：

"可我这故事最滑稽的就是，我讲的全是真人真事。"

图 瓦 纳

在这方圆几十里几乎谁都认识图瓦纳老爹。就是这个大胖子图瓦纳，他的大名叫作图瓦纳·马什布莱的，而他的绰号叫白兰地图瓦纳，另外他还叫加糖热烧酒，他在回风村开了一个很小的酒铺。

因为他让这小村子非常出名。这个村子缩在山谷的一条小缝深处，而那个山谷要是再往下的话呢那就是大海了。在那个时候，那个村子真的是非常穷的，几乎全是庄户人家，一共只有十幢诺曼底式的房子，每幢房子四周都挖了护沟，另外还栽了树。

这个小山谷里的房子就好像全部都蜷缩在那里一样，那是因为在这个山谷里还长满了茅草和荆豆。在这个山谷前面是条弯弯曲曲的山梁，回风村的名字也正是从这山梁得来的。山谷里的房子原来就是在这儿盖的，那就好像大风天鸟躲进田垄里一样，在那儿找个躲避海风的旮旯。这个时候风就从大海直吹过来，又硬又咸，那看起来就好像是火一样，非常灼热，能把地吹干，同时又好像是冬天严霜的把庄稼全都毁了。

可是这个小村子几乎整个儿都是图瓦纳·马什布莱的家产。而他的绰号叫加糖热烧酒，平常的时候大家就叫他图瓦纳，也有人叫他白兰地图瓦纳，那是因为他嘴边总挂着一句口头禅：

"我的白兰地真的在全法国都是要数第一。"

他的白兰地，当然也是和科涅克产的白兰地是一个样子的。

　　几乎就在这二十年来的时间里，他的白兰地和加糖热烧酒让当地人喝了个够，因为每当人家问他："图瓦纳老爹，我到底喝什么好呢？"他总是一成不变地回答说："喝加糖热烧酒，我的姑爷，喝了不仅会暖肚子还清脑子，要说对身体好，别的什么都不如这酒。"

　　这也是他的老习惯，因为没有女儿，既没有已经出嫁的，也没有待嫁的，他见谁都叫"我的姑爷"。

　　噢，那真是一点儿都不错，几乎是每天都会有人认识他——加糖热烧酒图瓦纳，因为他几乎是全乡，并且还几乎是全区最肥的大胖子。他家的房子又矮又小，快装不下他这个人了，因此他几乎是恨死一天到晚一直都站在自家门口，别的人家一看到他这模样，都不禁纳闷他是怎么钻进自家屋子的。但是一有喝酒的客人过来，他就一直就想着要进屋，因为人家在他这儿不论要喝什么，白兰地图瓦纳理所当然应邀作陪，领头儿先喝一小杯。

　　他呢，要开的酒铺子的名字就叫作会友酒馆，而他图瓦纳老爹事实上也真的是当地的众人之友。费康和蒙蒂维利耶这两个村都会有人赶来看他，听他在一直说笑逗乐，因为他这胖家伙说起话来连墓碑都能被逗乐。而且他说话的时候还是很有门道，他就是既能戏弄人同时也是又不招人生气，而且他嘴上要是不说话的时候，他会眨眨眼表示出来这个时候，他要是最开心的时候，他会一直都在拍大腿，而且，每拍一下，一定是会让你不由得笑破肚皮。不过，光看他喝酒的样子就非常有意思的。如果是有人请他的话，那他是一定会喝的，而且他什么酒都可以喝，从他那狡黠的眼睛中还会闪烁出某种喜悦的情感，那是一种出自他双重兴致的喜悦。第一是有酒喝，解了馋，第二就是不仅喝了酒还能大把大把地赚到钱。

　　当地爱开玩笑的人，就会经常说他：

　　"那你为什么不把大海也全部都喝完呢？图瓦纳老爹。"

　　而他就回答道：

　　"那是因为有两件事我是不会干的，第一是海水发咸，第二是装了瓶才能喝。你看我这肚子不能弯下腰了，没法够着这杯子！"

　　另外，他和他的老婆吵架也是可以值得听一听的！这真的就好像是在演戏一样，就算是买票看也是愿意的。他们基本上结婚三十年以来天天都在吵架，而图瓦纳还是嘻嘻哈哈的，但是他的老婆却是很气恼的，他妻子是一个大块头乡下女人，就连走路的步子大得像长脚鹬，他的脑袋还长得就像是一个气鼓鼓的猫头鹰脑袋一样。她的时间基本上全部都用来到酒铺后面的一个小院子里养鸡了，而且她还知道到底该如何把那些鸡给催肥，所以也是个有名气的人。

费康那边大户人家都在请客，一个个地看起来都吃得有滋有味，都要吃图瓦纳大妈养的鸡。

但是她却生来就是一副坏脾气，而且还看什么都不顺心。她对全世界看起来都有气，对她丈夫更是一肚子火。而她的丈夫却还是一副乐呵呵的样子，并且在方圆几里有名气，身板结实，肚子又肥又大，让她心里窝火，还会骂他是废物，因为他几乎是什么也不干。可是却很会赚钱，还会骂他是饭桶，因为他的饭量酒量抵得上十个平常人。几乎每一天要是他不对的话，她就会怒气冲冲地嚷嚷：

"你就一直都这么吃饭，我看你还是到猪圈待着更好，看你那一身肥肉，真是太让人恶心了。"

她另外还会还冲着他的脸喊：

"你就等着吧，就等着好看吧。这件事情我是一定会看到，一定会看到！你这大胖子活像装满粮食的口袋，迟早会撑破完事！"

图瓦纳听到了这真的是从心底感到高兴，然后就哈哈笑了起来，手还在拍着肚子，嘴里回答说：

"好呀！我的老母鸡，还有我那干瘪老婆子，想法子把你的鸡催肥了，你试试看！"

然后他就会撸起袖子，露出他那硕大无比的胳膊。

"这真的可以说是鸡翅，我的老婆子，那就是真正的鸡翅！"

这个时候那个铺子里喝酒的客人一个个笑得前仰后合，又是拍桌子又是跺脚，开心得直朝地上吐唾沫。

老婆子怒不可遏，回嘴骂道：

"等着吧……我们在这个时候，就等着吧……这事我会看到……那真的是迟早会像粮食口袋一样，撑破完事……"

这个时候铺子里就开始有人大声地笑了，她气鼓鼓地走了。

图瓦纳这个时候的样子，真的是非常的吓人，长得肥头大耳，他满脸赤红，一直呼哧呼哧地直喘气。看着他那个肥硕无比的大块头，就好像是死神在拿他来消遣一样，还会耍小心眼儿作弄人，他一会儿自己开心得手舞足蹈，然后一会儿又会做出插科打诨逗人直乐的样子。死神本来是非常沉稳的在毁灭生命，可是到了这个时候，却是在这儿看着他那模样。真是让人忍俊不禁的滑稽戏。那个死神可能是一个荡妇，在别人那儿大显威风。瘦骨嶙峋的身躯，钻进日益虚弱憔悴的身躯，就会钻进皱纹，在接着的时候，又会钻进白发，这样呢，就会让人感觉不停地在哆嗦，让人感叹："天哪！他都变成这模样了！"可是，死神在这儿却不是这样，他一边津津乐道把这家伙催肥，让他长成一个硕大无朋的怪物，一边给他涂红抹绿光润油亮，还会给他一个劲儿地吹气，让他显出一副虎背熊腰健壮非凡的模样。死神还会让其他人变成各种非常奇怪的形状，既寒碜又可怜，同样是奇形怪状，在这家伙身上却是滑稽可笑。"还是等着吧，"图瓦纳大妈常常说，"这事我会看到的。"

这个时候出事了，那个图瓦纳中风瘫了。在经过了一番安排后，让这大块头睡在小酒铺隔扇后面的小房间里，那是因为只有这样的话，他能听见旁边的说话声，能和朋友聊天，因为他脑子不是非常清楚，他那肥胖的身子动弹不了，不能抬起来，已经完全瘫痪掉了。在刚开始的时候，大家还是会盼望着他的两只粗腿可以很快恢复过来多少有点劲。但是，没过多长时间大家已经失望了，白兰地图瓦纳白天黑夜就这样一直都在床上躺着。他的床一星期才收拾一次，还是每次都得求四个邻人帮忙，在替他翻草褥子的时候，得有四个人抓住胳膊大腿把他抬起来。

他看起来很开心，不过这快乐的样子却和以前都不一样了，现在不怎么的张扬了，同样也不怎么地神气了。就是在妻子面前，他也像小孩那样畏畏缩缩，因为妻子成天都在喋喋不休地嚷嚷：

"这不是就是一个大饭桶吗？这看起来不是废物一个吗？还是个胖酒鬼，他还能干什么呢？这下可好了，这下可好了！"

他还是一句话也不说，趁老婆子背朝他的时候，还眨巴一下眼睛，并且在床上翻个身，其实这是他现在唯一可以做的动作了，他还把这动作叫作"朝北走"和"朝南走"。

现在呢，他最大的消遣就是听人家在酒铺里说话，当他听出是朋友说话的声音的时候，他就会隔着隔扇同人家聊上几句，大声喊起来：

"唉，是你吗，塞莱斯坦我的姑爷？"

塞莱斯坦·马卢瓦塞尔回答说：

"是我，图瓦纳老爹，你又能跑了，你这肥兔子？"

白兰地图瓦纳说：

"说跑，现在还是有点困难的，不过，我可一点儿也没有瘦，中气还足着呢。"

没过多少时候，他就叫他最亲近的几个朋友到他房间来，大家也就过来陪他，他看着人家喝酒没有自己的份儿，心里不是个滋味，絮叨起来：

"其实让我伤心呢也是这事，我的姑爷，我真的是再也不能喝我自己的白兰地了，他妈的！别的我暂且就算是苦中作乐吧，可是呢，这酒一点儿也不能喝，真让我伤心透了。"

这时候，图瓦纳大妈的那张好像是猫头鹰一样的脸就从窗口冒了出来，只听得她喊道：

"你们快点来看他，你们快点来看他，到了现在这时候，他这胖子也还是什么也不干，同时还得给他吃，给他洗，给他涮，这不就像养猪吗?!"

等到了那个老太婆不在的时候，那一只红毛公鸡有的时候会飞到窗台上来，还会睁着它那圆眼好奇地朝房间里看上一阵，喔喔高声啼叫。有的时候，还会有一两只母鸡飞到床脚边啄地上的面包屑吃。

没过多少日子后，白兰地图瓦纳的朋友也不会再去到那酒铺子了，基本上到了每天下午的时候就会直接到大胖子床边陪他聊天。图瓦纳躺在床上，还是爱说爱笑，逗得那些朋友直乐。这家伙脑子贼灵，就是魔鬼他也可以逗乐。这个时候有三个人天天都来，一个是塞莱斯坦·马卢瓦塞尔，他还是瘦高个，背有点驼，像苹果树干似的。另一个是普罗斯帕·奥拉维尔，非常的干瘪瘦小，并且他的鼻子还长得像白鼬鼠，滑头滑脑，机灵得就好像是一只狐狸。第三个是塞泽尔·波梅勒，他几乎是从不开口说话，却还是会照样非常的开心。

他们会从院子里搬了一块木板进来，还会搁在床沿上玩多米诺骨牌，而且会玩得有板有眼，像模像样，从两点钟一直玩到六点钟。

但是好景不长，过不久之后，那个图瓦纳大妈那脾气就让人受不了。她不能忍受她那个无所事事的大胖子男人就这样的瘫在床上还玩多米诺骨牌消遣，

几乎是每次看见一局又要开始的时候，她会气呼呼地冲了过来，把木板给掀翻了，拿起骨牌走进铺子，嚷嚷地说养了这么一个好吃懒做，肥肥胖胖的家伙让人受不了，她这个时候才不想人家还想解闷消遣，这可以说是在嘲弄那些终日干活的可怜人。

然后，塞莱斯坦·马卢瓦塞尔和塞泽尔·波梅勒两人低下了头，

可是这个普罗斯帕·奥拉维尔还是会经常地逗老婆子生气玩，并且还会故意气她。

在这一天他会看到老婆子的火气比平常大，于是对她说：

"呃，大妈，您知道要是我换了您怎么办吗?"

然后，那个老太婆那双好像是猫头鹰一样的眼睛就那样一直盯着他，等他把话说清楚。

他接着说：

"您男人就这样一直躺着不下床，热得就像炉子，呃，要是我，我就让他孵小鸡。"

她这个时候一下愣住了，以为人家嘲弄她，两眼直打量这庄稼人那张狡

猾的小薄脸，然后就会听得庄稼人接着说：

"我一定要等到让母鸡抱窝的那一天，而且还会在他这只胳膊下放五只蛋，在那只胳膊下再放五只蛋。鸡一定会孵出来。等蛋破壳钻出小鸡，我就让你男人孵的小鸡给你的母鸡抱过去，你就多一窝鸡了，大妈。"

那个老太婆听傻了，不禁问道：

"这样行吗？"

那家伙肯定就会回答说：

"一定是可以的！为什么不行呢？人家要是孵小鸡的话，就会用暖箱，难道用床就不能孵吗？"

也就是这番道理把她说动了，她马上就消了气，并且还会一边琢磨一边走开。

过了一个星期，她兜了满满一围裙的鸡蛋走进图瓦纳的房间，她说：

"在刚才的时候我在黄鸡的窝里放了十个蛋让它抱窝，这十个是替你预备的，你可一定要小心啊，千万不要再把蛋压碎了。"

图瓦纳这个时候就会很吃惊地问道：

"你想要做什么呢？"

她回答说：

"我要你孵小鸡，你真是一个废物啊。"

他刚开始的时候还会哈哈大笑，可是后来，看到老婆子一个劲儿这么说，他就有些生气了，还会一直坚决顶着，并且说什么也不答应在他胖胳膊下放这些鸡蛋让他孵出鸡来。

但是那个老太婆却横眉立目地说：

"你要是不孵这些鸡蛋的话，你就不要想着吃饭了，我这回倒要看看你最后怎么着。"

图瓦纳听了这之后，就感到自己有些心慌意乱，再没说什么。

中午十二点的时候他听见钟声敲响，于是喊了起来：

"喂，老婆子，那个浓汤做好了没有？"

老婆子在厨房里喊道：

"浓汤肯定是没有你的份儿，谁让你这样的又胖又懒！"

图瓦纳其实还以为老婆子是在拿他寻开心，等了一会儿，接着又求了起来，那样子就好像是在苦苦哀求一样。他又是发誓赌咒，同时也好似非常的痛苦地"朝北走"和"朝南走"，用拳头捶墙壁，但最后他只得屈服了，乖乖答应在他身子左边放五只蛋孵起来，他这才喝上浓汤。

这个时候，他的朋友就会全都过来，还会感觉到他病得不轻，看见他哭不出笑不出，一副怪样。

到了后来的时候，大家还是每天玩骨牌，可是图瓦纳好像一点兴致都没有，手伸出来的时候就会一直都慢条斯理，战战兢兢。

"你的胳膊是不是捆住了？"奥拉维尔问道。

图瓦纳回答说：

"我觉得肩膀好像有点沉。"

在这个时候，忽然听到小酒铺里进来什么人，然后，那些玩骨牌的人也就都不说话了。

原来那是村长和村长副手两个人，他们要了两杯白兰地，接着谈村里的公务。他们说话的声音非常小，加糖热烧酒图瓦纳想把耳朵贴到墙上仔细听，他这个时候也忘了孵蛋的事了，一下子"朝北走"，身下的鸡蛋全成了黄泥汤。

那个图瓦纳大妈一听到他的咒骂声就是会跑过来，马上就明白他闯出了什么大祸，然后一下子把被窝掀开。她先是愣站在那儿一动不动，看到男人身上那黏糊糊沾了这么一片黄泥汤，气得都噎住说不出话了。

再然后她气得浑身哆嗦，朝这瘫痪病人扑过去，左一下右一下地不停地捶那肚子，那就好像她在池塘边上洗衣服时使劲捶一样，两只手接二连三地打，发出一声声沉闷的响声，快得像兔子用脚击鼓一样。

图瓦纳的三个朋友，这个时候，也笑得透不过气气，又是咳嗽、又是打喷嚏、又是叫喊，这胖人已经毛骨悚然战战兢兢地躲着老婆的拳头，很怕把身子另一边的五只鸡蛋再压碎了。

图瓦纳就这样的被制伏了，还会乖乖地孵小鸡，这个时候基本上是多米诺骨牌也不敢再玩了，就是躺在床上，并且会一动也不敢动，因为只要他压碎一只鸡蛋，那老婆子就气急败坏不让他吃饭。

他还是这样一直仰躺着，眼睛一直都望着天花板，并且他的身子还是一动不动，他的那两只胳膊就好像是翅膀一样微微抬起，贴在粉白的蛋壳上，给里面的小鸡胚胎窝暖。

他连说话的时候，还会压低了嗓门，看着就好像是他既怕动弹又怕弄出什么声响来。同时他还会一直念叨着那只正在抱窝的黄鸡，那是因为那黄鸡待在鸡窝干的是和他一样的活。他问他老婆：

"黄鸡有在夜里吃东西吗？"

那个老婆子在看完她喂的那些鸡后来看她男人的时候，还有就是在看完她男人再去看鸡之后，他的心中还是会一直都在挂念正在床上和正在鸡窝里孵的小鸡长得怎么样了。

附近知道这事的人就会一直打听图瓦纳的消息，并且一个个都那么认真，又都那么好奇。他们进屋的时候动作很轻，就好像是来看望什么病人，而且还会很兴致勃勃地问："怎么样，行吗？"图瓦纳回答说："要说行也真行，只是把我热得够呛，我就是觉得痒痒，就好像是皮肤上有什么蚂蚁在乱爬。"

后来在一天早上，他妻子就会兴冲冲地进来说道：

"黄鸡孵出七只小鸡，但是却有三只蛋是坏的。"

图瓦纳这个时候，就会感到自己还会一阵心跳，他能看到孵出几只呢？

他问：

"是不是就很快了呢？"问的口气就好像一个正要临产的女人。

老婆子就会心神不定，担心事情会弄砸，她没好气地回答说：

"应该是吧！"

他们只得等着。朋友们听说快到时候了，于是全都赶来了，他们也都是一个个捏着一把汗。

其实家家都在叨叨这事，还到邻居家问这问那。

等到了下午三点钟的时候，图瓦纳正在打盹，他在白天也会睡上半天。一下子就醒了过来，这个时候，就会感觉到自己的右胳膊下面好像有些发痒，他马上会伸过左手去摸，抓出一只毛茸茸，并且还是那种全身都是一色黄的小东西，在他手里活蹦乱跳。

他非常开心并且还很大声地喊了起来，那之后，把小鸡放开，那个小鸡就会在他胸口上嘣嘣乱跑。这个时候在那酒铺子里就会挤满了人，而且那些原本喝酒的人也都急忙拥到房间，看起来就好像看什么街头艺人表演似的围成一圈。老婆子已经在那儿了，这个时候，就会很小心地就把缩在他男人胡子底下的小家伙摸出来。

这个时候在那个房间里谁都不说话。这一天也正是4月份天热的时候，窗户都开着，会听到黄毛母鸡正在咯咯呼唤刚孵出的小鸡。

然后那个图瓦纳就会既神气激扬，又焦虑着急，再加上惶恐不安，身上一直都在冒汗，喃喃说道：

"我的左胳膊下这时候从下面就又钻出一只。"

他妻子这时候就会把她那只瘦骨嶙峋的大手伸进被窝，像接生婆一样非常小心地就地从里面掏出第二只雏鸡。

那些邻居们很想亲眼看看，于是大家把这雏鸡传来传去，把它当成什么稀罕之物，还非常仔细地就打量一番。

大约二十分钟过去了，再没有钻出什么小鸡，但后来又有四只同时钻出蛋壳。

这时候那旁边看热闹的人立马就开始七嘴八舌说开了，而图瓦纳这时对他的大功告成感到非常的满意，并且还会感觉到自己竟当上了这样的爹，不禁神气起来，不管怎么说，像他这种事毕竟少见，这家伙看起来真是邪了！

然后，他就会大声嚷嚷说道：

"在这儿的一共是六只，他妈的，那么这回，做洗礼可热闹了！"

满屋子人听到这话之后，就马上哄堂大笑起来，酒铺里也挤满了人，还有人在门口等着看好戏，纷纷问：

"一共是几只？"

"六只。"

图瓦纳大妈，就会把这一窝刚孵出的小鸡抱到母鸡那儿，母鸡咯咯一阵乱叫，鸡毛全都竖起，两只翅膀大张着，一心掩护它这一群越来越多的小家伙。

"看！那还又出来一只！"图瓦纳喊道。

他好像是怕弄错了一样，这次实际上是有三只！这可是大获全胜！最后一只是在晚上七点钟的时候破壳出来的，所有的蛋全都好好的孵出了鸡！图瓦纳高兴得都要疯了，他终于得到解脱，而且感到光彩，用嘴亲那脆弱的小生命的背脊，而他的嘴唇还会差一点儿把它憋死。他看着这由他孵育诞生的小小生命，就会有一股慈母之心油然而起，很想把最后一只留在床上。等一会儿再拿走，但是房间里谁都不说话，就在这一天，4 月份天热的时候，那个窗户还开着，会听到那个黄毛母鸡一直都在咯咯呼唤刚孵出的小鸡。

残 疾 人

这其实是我在 1882 年前后遇上的一件事。

我在一节空荡荡的车厢角上安顿下来，把车门关上，正想一个人就这样待着，可是就在这时候那个车门被一下子突然打开，我听到一个声音说：

"还请留神，先生，这儿其实就是那铁轨交叉的地方，车厢踏板很高。"

另外一个声音回答说：

"不需要担心的，洛朗，我现在抓着扶手了。"

然后，露出一个戴圆礼帽的脑袋，还又看到有两只手这时候正抓着车另外门的两边的皮带和呢子绷带。这个时候，过来了一个肥胖的身躯正在慢慢地出来，只听到脚踩在踏板上的声音就仿佛是拐杖敲地一般的声响。

等到那人上半身进入车厢之后，我看到了他的一条宽松肥大的裤腿，在那下面露出了那涂了漆黑的木质假腿末端，接下来就是另外一条一模一样的木质假腿也提了上来。

这个时候就在一个旅客身后，又冒出一个脑袋，问道：

"这儿可以吗？先生。"

"现在是很好的，伙计。"

"那好，这是您的包裹和拐杖。"

这时候又一个看起来像是老兵的仆人也跟着他们上了车，怀里抱着一堆用黑纸和黄纸包好的东西，还很认真地把那东西都绑了绳子，然后他把东西一样接一样放到主人头顶上的行李网架上，说：

"先生，这所有的东西全部都在这里，加起来一共是五件，糖果、布娃娃、鼓、枪和鹅肝糜。"

"非常好，伙计。"

"希望先生可以路途愉快。"

"谢谢，洛朗，祝您身体健康！"

然后那个人就下车了，并把车门推上，我转眼朝身旁这位旅客看去。

他好像三十五岁的样子，但头发几乎全白了。胸佩勋章，蓄着小胡子，长得又壮又胖，还患肥胖喘息症。其实他原本是一个身强力壮好动的人，有残疾动弹不了以后得这种病。

他又擦了擦额头，还一直都呼哧呼哧地喘气，他的两眼直盯着看我：

"吸烟是会妨碍您吗，先生？"

"嗯，不是的，不妨碍，先生。"

这脸孔，这眼神，这嗓音，我都非常的熟悉，但在什么地方，而且又是在什么时候我们见到过呢？我可以很肯定地说一定是见过这个人的，还同他说过话，握过手。这可能是很久远的往事，其实也是很久很久以前的事了。好像是坠入烟海那样的影影绰绰，这个时候，我心中就好像是如堕云雾，回想一下这件往事，这往事又好像是一个飘悠的鬼魂，就是想去抓住却抓不住。

他也是一样的，在这个时候，会一直目不转睛地打量我，看着好像他突然就能想起点什么，可是却又记得不完全清楚。

我们就一直这样呆头呆脑地面对面望着，所以这样大家都感觉到非常的不舒服，就都把目光转向一边，但是还没有几秒钟的工夫，大家都能隐隐约约地想非把这往事弄清楚，我们两双眼睛又碰到一起了。我于是说道：

"上帝呀，先生，我们都要再这样的花上一个钟头来偷偷打量，还是一起来想想我们以前是在什么地方见过面，那不是更好吗？"

这个时候坐在旁边先生听了很高兴，回答说：

"您说得非常有道理，先生。"

我先自报家门：

"本人亨利·邦克莱尔，法官。"

他也就稍微有了一丝犹豫，两眼茫然，并且还聚精会神地凝思，接下来就坚定地说：

"啊！是这样的，我在普安塞安他们家里见到过您，有年头了，那是在战前，都有 12 年了！"

"是的，先生……啊！啊……您是勒瓦利耶尔中尉？"

"是的……我就是勒瓦利耶尔，到了后来就升上尉，直到我失去双腿……一发炮弹飞来，这双腿一下子就没了。"

这个时候，我们都认出对方了，于是又一次面对面地打量起来。

我这时候完全想起来了，记得刚开始的时候，见面时他还很年轻很英俊，并且身材修长，领跳沙龙舞，他看起来非常的洒脱飘逸，舞姿翩翩，人家给他取了一个雅号，叫他"龙卷风"。他当时的形象现在全部都出现在了我的眼前，但是在这形象之外，还有某种难以捉摸的东西在飘浮，那一段我以前是知道的，可后来完全都忘了的故事。对这种故事一般都是很关注，可是时间却不长，过后脑子里只留下一点影影绰绰的印象。

这故事中，还有一番两情缱绻的意境。我的记忆深处好像又找到了一种很奇怪的感觉，那就好像是狗鼻子嗅到猎物的爪子在地上散发出的气味。

但是，现在那种模糊的影子变得慢慢地清楚了，这个时候有一位姑娘的身影在我眼前浮现。接着，脑中仿佛响起一声鞭炮，她的名字随即蹦了出来：德·芒达尔小姐。现在我已经完全想起来了。这其实也就是一段爱情故事，只不过很平淡无奇。我见到小伙子的时候，姑娘就已经钟情于他，大家都说他们不久就要结婚。小伙子本人好像也是一片痴情，而且还满面春风。

我举眼朝上面的行李网架又看了一下，那个仆人替旁边这位先生拿上车的行李都在那儿，随着列车的晃动而在很轻微地晃动。这时，那个仆人的声音再一次地在我耳边回响，就好像是话音刚刚落下一样。只听得他说："先生，所有的东西都在这里，一共是五件，糖果、布娃娃、鼓、枪和鹅肝糜。"

之后，就在那弹指之间，写成了一部小说，在我脑中都呈现了出来。另外，这部小说和我读过的所有的小说其实都是一样的，读起来都差不多，就是什么男女相爱，基本上都是命途多舛，又或者说是什么意外破财，九死一生，到了最后还是男的娶了未婚妻，而那个女的嫁了未婚夫。因此，眼前这位军官在战争中失去双腿，到了战后和姑娘重逢，姑娘以前就已向他许了终身，这时还是很忠贞不贰，与他喜结良缘。

我认为这的确是一个花好月圆的故事。却又感觉到非常的平淡无奇，那感觉，就好像是大家都感觉到小说和戏剧中那些海枯石烂的故事是非常肤浅的。当我们读到又或者是听到这些高风亮节的教诲时，好像都会慷慨激昂，立刻就会有那种甘愿作出自我牺牲的精神。但是到了第二天，有穷朋友来借点钱，却又如槁木死灰一般消失了。

再然后，忽然就可以想起另外一种假设，那就是没有那么多的诗情画意可以替换刚才的那个假设。或许是在战争爆发之前，在这飞来横祸以前，他这个时候就已经结婚了，妻子虽然痛苦万分，但也只好听天由命，守在丈夫身边，安慰他、侍奉他、照料他。丈夫以前身强力壮，而且一表人才，可是到了战后回来却是双腿残疾，成了一具丑陋的活死尸，自己不能动弹，最后不可避免得上肥胖症。

他这么说来到底是幸福，还是为生活所煎熬呢？这个时候，我心里还是有些痒痒，起初还是感觉有些模糊，可是到了后来感觉越来越强烈，到了最后竟然再也忍不住。然后，我忍不住想知道他的遭遇，哪怕只是其中主要的几段也行，我也是因为这样就可以猜出他不便说出或不想说出的事了。

我当时在一边胡思乱想一边同他说话。其实这个时候我们已经闲谈了一阵，我两眼望着行李网架，并在心里想："看样子他有三个孩子，那糖果其实是给他妻子的，那个布娃娃是给他小女儿的，还有那个鼓和枪是给他两个儿子的，那么，这鹅肝糜是给他自己的。"

我这个时候，就忽然朝他问了一句：

"您有孩子了吧，先生？"

他回答说：

"没有，先生。"

然后，我马上会感觉到自己当时真是非常的尴尬，好像说了很不得体的话，我就接着说：

"还要请你原谅，因为在刚开始的时候您仆人提到玩具的事，我正好听见，也就这么揣摩，无意间听到一句话就想当然了。"

他微微一笑，但是，接下来嗫嚅道：

"不，我到现在都没有结婚，不过以前也只是说要准备结婚而已。"

我这个时候就显出一副一下子就想起来了的样子：

"啊！是的，在我们刚认识的时候，您已经订婚了，我想，您未婚妻是德·芒达尔小姐吧。"

"是的，先生，您的记性好极了。"

我不顾不管地紧接着说：

"对，我还是记得清听说德·芒达尔小姐后来嫁给了另一位先生，是……"

他非常心平气和地说出了那个名字：

"德·弗勒雷尔先生。"

"对，没错，就是这个名字！……我竟然还记得，当时谈这事时还听人说过您受到了什么伤害。"

我就这样一直盯着他，之后他的脸涨红了。

那是因为他长期充血的原因，他那浮肿虚胖的脸本来就赤红了，可是就在这时候就显得更加通红了。

他一下子就感觉到自己神气激扬，然后非常着急回答，看着那样子就好像是在为什么案子辩护一样，虽然这案子刚开始的时候注定要输，而且在精神上思想上都已经注定要输，可是他要在舆论面前赢得胜利。

"即使把我的名字同德·弗勒雷尔夫人的名字放在一起，先生，这未免不妥了。等我打完仗回来的时候，我就已经失去我的双腿了，看起来那真是太让人伤心了！可是我无论如何都不可能答应她成为我的妻子。那么这接下来可怎么办呢？一个女人结婚，先生，可不是来炫耀自己，而是为了生活，并且还是为了每日每时，甚至是每分每秒都要和某一男人生活在一起。假如这男人是一个像我一样的年轻人的话，那么女人嫁给他可以说是自投苦海，还可以说是至死方休！噢！这个我是可以理解的，同时我也非常的敬佩牺牲和忠贞，可是任何事情都要有一个限度，我不能答应一个女人为了满足公众舆论的赞赏而舍弃她所希望得到的幸福生活，舍弃她的一切欢乐和追求。当我在房间中听到我的两只假肢和拐杖敲得地板一直在不停地发响的时候，并且还是听到这活像磨碾机发出的咯噔声，我真是非常得生气，非常的想要去把我的仆人活活掐死。自己不能忍受这样的痛苦了，却要一个女人容忍，那么您认为这样的事能做吗？另外，也希望你可以想一想，难道我这双木头做的腿就这么漂亮吗？"

他停下，没有继续再说下去。可是这个时候能对他说什么呢？我能感觉到，他说的真的是非常有道理的！对这女人，难道我能去责怪她吗？能去蔑视她吗？甚至说是可以去骂她伤天害理吗？当然不能。但是如果站在了另一面来说呢？通常还是符合常规的结局，正常的结局，实事求是的结局以及可能的结局，这都不能满足我富有诗意的浪漫情趣。这致残的双腿可歌可泣，正呼唤一种壮烈的牺牲精神，然而我却无缘见识，不禁感到失望。

我蓦地问他：

"德·弗勒雷尔夫人有孩子吗？"

"嗯，有的，一个女儿，两个男孩，并且这些玩具全部都是给他们带的。她丈夫和她本人也对我非常好。"

火车爬上圣日耳曼坡道，穿过几个隧道，然后进站停了下来。我这时候只要伸出手臂就能帮这位残疾军官下车，可是就在这个时候从已经打开的车门朝他伸来两只手。

"您好，亲爱的勒瓦利耶尔！"

"啊！您好，弗勒雷尔！"

妻子这时候站在丈夫身后，看起来一直都是笑吟吟的，容光焕发，一副柔情媚态，戴着手套的手正在挥动示意问好。一个小姑娘站在她身旁，看起来高兴得又蹦又跳，两个男孩还很贪恋地望着鼓和枪从行李网架上取下递到他们父亲手中。

残疾人下车到了站台上，这时候那孩子们纷纷走上去同他拥抱。接着他们上了路，这个小姑娘为了表示亲热，把小手搭在他一根拐杖的涂漆横档上，就像拉着这位大朋友的大拇指，紧挨着他一起走。

小 步 舞

——献给保罗·布尔热

让·布里代勒这个人就是一个老单身汉，并且还会感到他是颇有怀疑论者，他说：

大灾大难真的是很难让我产生伤感，我以前就身临其境目睹战争，并且还抬腿跨过一具又一具死尸，但从来都没有产生任何怜悯之情。其实大自然或人类都是为所欲为，而且还会让我们发出那种很恐怖，或者很愤怒的喊叫，可是却不可能让我们在目睹某些令人伤心的小事那样感到颤抖不已。

这时候那人生中最大的痛苦也不会比孩子失去母亲和母亲失去孩子更加的痛苦了，这种痛苦真的是非常的悲怆凄厉，而且还很可怕可恶，还会让人感到黯然销魂，五内俱裂。可是这好像是和那血淋淋的巨大伤口一样是可以愈合，可是那种厄运造成的这一类创伤需要时间来愈合。但是，就是一些邂逅，或者就是某些隐约看见又或者是可以幻想的事情，那些只在心中暗暗作痛的哀愁，还有就是那些命运的某种摆布，这都可能会让我们的内心感觉到有些凄怆，就像是突然之间慢慢地开启我们心灵上的那扇非常神秘的大门，而且还有那千丝万缕根本没办法医治的悲戚，纷纷都表露了出来。而且，这些哀痛越看似细小和缓，越刻骨铭心；还有，越看似虚无缥缈，越看似捕风捉影，反而越根深蒂固，越犀利辛辣。这些痛苦在我们心灵上还是会留下一丝哀愁，一股苦涩，一种看破人世的感受，我们很久都不会再从中摆脱。

现在有两三件事总在我眼前出现，要是换了别人的话，肯定不会把这些事放在心上，但是，这些事像又长又细的针深深扎在我心尖，到了最后，却是怎么也拔不走了。

你们这时候可能不会深刻地体会到这些短暂的印象，但是会让我感觉到百感丛生，我这时候只同你们说说这其中的一个印象。其实这也是很久以前的事情了，可是感觉到好像是在昨天才发生的一样，是如此的真实。也可能我只是非常喜欢幻想而已，才会如此的缠绵悱恻。

我到了现在已经是五十岁的人了，记得当时我还很年轻，正在攻读法律。我多少有点郁郁寡欢，还会凝思冥想，基本上，我满脑子都是那种很忧伤的哲学。而且我既不喜欢喧闹的咖啡馆、吵吵嚷嚷的同学，也不喜欢看起来很愚蠢的人。每天早上，我都会起得很早，而且我最大的乐趣就是早上八点前后一个人在卢森堡公园中的苗圃散步。

我想，你们每一位都不知道这个苗圃吧。其实这是 19 世纪的一个公园，只是很早就被人遗忘了，而且那时公园韶秀明丽就好像是老妇人的微笑。公园清幽恬静，两侧绿树成墙，修剪得周正规则，扶疏葱郁的树篱划出条条匀整平直的小径。有园丁用大剪刀不时修剪，这一道道绿墙全都平整修直，几乎是每隔一段距离，就可以看见花坛和宛若学生成群结队踏青漫游一样的一排排小树，还有一丛丛姹紫嫣红的玫瑰，也有一片又一片的果树。

这片树林让人陶醉其中，在其中一个角落满蜜蜂。木板上排着一个又一个用干草做成的蜂窝，彼此相隔了有一定距离，而且还是布置得出神入化，蜂窝的一个个出口这个时候就是在那阳光的照射下就好像是一只只针箍。然后就会沿这儿的小路朝前走去，在之后，随时都可以看到蜜蜂飞舞，看着那静谧的小径就好像是在走廊，而且那个路上还会听到一片嗡嗡声，并且还有就是这些金黄色的蜜蜂其实才是这儿真正的主人，也只有这些蜜蜂才真正是在这儿漫游戏耍。

几乎是每天早上，我都要来这儿，一般我坐在长凳上看书，有时会听任手中的书滑落到膝盖上遐想起来，出神倾听传到我身旁的巴黎闹市中的车马喧嚣声。

可是没有过多少时间我忽然就看见了，等到那公园栅栏门被打开的时候，马上就赶到这儿来的其实也并不是我一个人，有的时候我会在一片树丛的拐角遇见一位离奇古怪的矮小老头儿。

他的脚上会穿一双银搭扣的鞋，并且他的下身还是短裤，而且他的上身还是那种棕褐色的大礼服，在他的胸前还另外披一条花边带算是领带，并且他的头上还会一直都戴着一顶老古董一般的宽边长绒帽。

他的身材有些瘦，而且非常瘦，真的是可以用瘦骨嶙峋来形容了。他的脸上好像在扮什么怪相，但又是一副笑吟吟的样子。不过他那两只眼睛倒是炯炯有神，闪闪发亮，可是他会一直不停地眨眼睛，眼珠也不断转动。另外他的手上还会一直拿着一根精美的拐杖，我想那一定是一种很宝贵的纪念品。

说实话刚看见那个老人的时候，着实让我吃了一惊，可是后来他又引起我很大的兴趣。我会透过绿篱的枝叶偷偷看他，或者远远盯着他，同时为了不让他看见，我就躲在树林的拐角上偷看。

等到了一天早上，他以为就他一个人在那儿，就做出一些稀奇古怪的动作。先是小步跳了几下，然后又做了一个好像是行屈膝礼的动作。接下来，那纤弱的腿就这样的跳起，两脚脚尖前后交叉多次，灵敏地做了一个击脚跳的舞蹈动作，再接着便是优雅地旋转，看起来真的是非常滑稽地跳起和扭动，他在朝向观众的脸上挂着微笑，一副欣然愉悦的样子。然后他会双臂抱成圆形，看着那像是木偶一样的可怜的身子就这样来回地不停地扭动，而且会在这寂寂空地上微微欠身，一连做好几个敬礼的动作，看着他真是让人感到心酸，同时又让人觉得可笑。原来他是在跳舞！

我这个时候，目瞪口呆，不禁问自己究竟是谁疯了，是他还是我？

但是，他一下子就停了下来，我看着他就像是在舞台上的演员一样朝前走了走，脸上带着优雅的笑容，另外还会一边鞠躬一边后退，同时伸出颤颤发抖的手，看起来就好像是一个女演员在朝边上两排修剪整齐的绿树抛去一个又一个吻一样。

然后，他就非常凝重端庄地继续散步。

几乎是从这一天起我就会一直注意他，而他每天早上都要把这套神乎其神的动作做一遍。

这时候我心中真的是直发痒，很想和他认真地谈谈。我也真的贸然去找了他，先朝他鞠了一躬，然后说：

"今天天气很好，先生。"

他也鞠了一躬。

"是的，先生，完全是以往那种好天气。"

然后过了一星期，我们成了朋友，我也知道了他的身世。在路易十五执政期间，他做过巴黎歌剧院的舞蹈教师，而他那根精美的手杖，就是德·克莱蒙伯爵送给他的礼物。几乎是每次和他说起舞蹈，他就会滔滔不绝。

终于有一天他对我深谈了起来：

"我妻子是拉·卡斯特里，先生。如果您想的话，我可以介绍她同您认识，不过她得过一会儿才来。这花园，您就看见了吧，其实这是我们两人的欢乐，也是我们两人的生命。以前给我们留下的就是这个花园，假如连这花园都没了，我们肯定会感觉到在这世上活不下去了。这里古朴典雅，是不是？我觉得这儿能吸到我年轻时的气息，真是没有一点儿变化。我和妻子两人每天下午都来这里住着，不过其实我早上就来了，因为我起得很早。"

等到我一吃完午饭，我就急忙地回到卢森堡公园，还没过一会儿，我就看到我那位朋友雍容优雅地挽着一位身材矮小，身着黑装的老妇人走来，他替我们做了介绍。眼前的就是拉·卡斯特里，她是个非常著名的大舞蹈家，深得侯门和国王宠爱，而且还深得风流时代的宠爱，这风流时代给世人留下的气息是疏狂浪漫。

我们在一张长凳上坐下，这个时候正是 5 月，明净的小径上到处都飘逸着馥馥花香，明媚的阳光透过树叶照下，在我们身上洒下点点春光，还照得拉·卡斯特里的黑色连衣裙宛若一池清水碧波粼粼。

花园这个时候清幽无人，只隐约听见远处出租马车隆隆走过。

"请您给我讲讲小步舞到底是怎么跳的，可以吗？"我对那个年迈的舞蹈家说。这时候还是看见他一阵颤抖。"小步舞，先生，这是舞之王后，为王后所舞，您懂吗？现在已经没有国王，也就没有小步舞一说了。"

然后他用华丽的词藻讲了起来，并且还一唱三叹，对小步舞赞赏有加，但是到了最后我还是听得如坠云里雾中。然后我另外请他描述一下小步舞的步法、动作和姿势，可是他却是越讲越乱，到了最后，非常的气恼，一直为自己笨口拙舌而干着急。

这个时候他会马上转身朝他的舞伴看去，她虽然一直都不说话，可神情却很端庄。他说道：

"爱莉丝，你看这样好不好，我们是不是要给这位先生表演一下这到底是怎么回事？"

她诚惶诚恐地朝四周看了一眼，马上站起身，还是一句话也没说就走过去站到他面前。

我亲眼看了一次终生难忘的表演。

他们就好像是装腔作势的孩子，并且还时而进时而退，两人含笑相视，忽而弓身弯腰，忽而上下蹦跳，忽而左摇右摆，就像是用老式机器开动的两个布娃娃，只不过这个机器有点磨损，但当初是由一名非常灵巧的工人按照当时的式样组装起来的。

我两眼要是一看见他们就会跳，而且自己心中还会有一片纷扰，会感觉自己有一种怪诞不经的感受，还有一种难以言表的忧伤就会油然而起，令我百感交集。我这时候就看到了一种悲怆而又滑稽的幻象，看到了另一个时代的陈旧过时的影子。我真想笑，又想哭。

突然他们停了下了，原来他们已经把小步舞的动作全部表演完毕。他们面对面站了几秒钟，一副愁眉紧锁的样子，不禁让人有些吃惊，然后他们紧紧抱着呜咽了起来。

三天后我去了外省，那以后我就再也没见过他们。两年后，我又回到巴黎，但这个时候苗圃早已被拆毁了，还失去了以前心爱的花园，园中扑朔迷离的小径，往昔园中的芳香，还有园中迂回曲折的绿篱，而他们会是什么样呢？

他们会不会是已经死亡了？或者他们就好像是一个失去希望的可怜人流落他乡，却依然在现代通衢中徘徊？这两个怪诞可笑的幽灵是不是还在墓地的柏树丛中，沿着两旁布满坟墓的小径，趁着悠悠月色跳他们那妙不可言的小步舞？

我还是会偶尔想起他们，怀念他们，为他们而伤感。这份萦怀竟成了我的一个心病。出于什么原因？我也说不清楚。

我想，你们会觉得这未免太滑稽可笑了吧？

狼

德·拉威尔男爵家为圣于贝尔节举行的晚宴快要结束了，这时候年迈的德·阿尔维尔侯爵就讲起故事来。

白天的时候，大家都在追一头鹿，但是客人中有一个没有跟大家一起追，那就是侯爵本人，他从来不打猎。

这个宴席从开始到结束几乎都在谈论着同一个话题，那就是打猎杀戮动物，虽然这些故事有一股血腥味，并且还有许多的似是而非，但是就连那些太太小姐们也都会听得津津有味，又是举胳膊，又是扯着嗓门，那声音听起来就像是打雷，接着，又开始讲人和动物如何相互攻击，又如何厮杀搏斗。

德·阿尔维尔先生的故事讲得很生动形象，并且会带有某种略显夸张的诗意，但听起来却非常的曲尽其妙。虽然这个故事他很有可能已经被讲过多次，但是我们听他讲得非常流畅紧凑，而且没有任何犹豫停顿，并且用词巧妙，绘影绘声。

"先生们，我几乎从来不想去打猎，而且我父亲、祖父乃至曾祖父也从不打猎。但是我曾祖父的父亲很喜欢打猎，而且打猎的次数都在诸位之上。他死于 1764 年，接下来我就给各位说说他是怎么死的：

他名字叫让，是在成家后生下的孩子，就是本人的曾祖父，他和他弟弟弗朗索瓦。那时候，他们在我家洛林的城堡生活，城堡地处森林。

弗朗索瓦·德·阿尔维尔非常喜欢打猎，而且一直都没有娶妻。

他们两人就是这样，一年的时间都在打猎，他们几乎不休息，不停顿，而且从来都不会感觉到厌烦。他们只爱打猎，别的事情一概不懂，说话三句不离打猎，打猎成了他们生活的唯一内容了。

打猎是他们心中的激情，也可以说他们至死迷它，雷打不动。

这股激情使他们雄姿英发，以至于再也容不下任何情趣。

他们打猎的时候，不管别人有什么理由，都不可以打扰他们。我曾祖父出生的时候，让·阿尔维尔正好在追赶一头狐狸，这位父亲不但没有停下来，而且还大骂了起来："真是活见鬼，这浑小子，等狐狸被围住以后出来也不晚啊！"

他弟弟弗朗索瓦的个性，比他还急躁。早上起来第一件事就是去看看他的那几条猎犬到底如何，猎人看完之后，就去看犬，再看马，最后会在城堡四周打鸟，等打完一阵，便出发去追赶大的野兽。

当地人管他们两人叫侯爵先生和老二先生，那时候的贵族跟当今廉价贵族是不同的，他们每天都无所事事，在头衔上搞一套用不着的依次递减的等级规定，因为侯爵的儿子几乎是没有可能成为伯爵的，子爵的儿子也没有可能成为男爵，这个道理就像是将军的儿子生下便不可能是上校一样。不过时下好沽名钓誉，他们都认为这种安排大有好处。

我们言归正传，讲讲我家祖上的故事吧。

他们两人身材非常魁梧，骨骼粗壮，汗毛又浓又密，身手矫健刚劲，性情粗犷暴烈。而弟弟长得比哥哥还要高，说话的声音好像洪钟一样嘹亮，还有一个说法，他自己会引以为豪，他一声吼叫就能让棵棵大树上的叶子跟着簌簌发颤。

他们两个跨上马鞍准备出发打猎的时候，就像看见两个巨人骑着两匹高头大马，景象十分壮观。

其实这个故事还得从 1764 年的隆冬说起，那时候天寒地冻，冷得出奇，狼也变得非常凶悍残忍。

那些狼甚至会攻击晚归的农民，整个晚上都会在一排排的房子附近不停地转悠，从太阳落山嗥起到太阳出来才停，厩里的牲口也日渐稀少。

没过多久，到处都在传说，说在哪儿出了一头非常大的狼，看着明明是大灰狼，但它身上的毛却完全是一片白色，还说已经吃了两个小孩，咬掉了一个女人的胳膊，把当地所有看家狗咬死，还依然大摇大摆，闯进围得严严实实的院子里，把鼻子探到门底下一直嗅个不停。当地人都说自己已经感觉到狼就在边上喘气，而且把蜡烛火苗吹得直摇曳。很快，整个地区被闹得人心惶惶，每个人的心里都充满了恐惧，天一黑就没有人敢出门了，好像墨墨黑夜中无处都有这畜生的影子……

德·阿尔维尔兄弟两人知道了这种情况，下定决心要找到这只狼，为民除害，他们曾经很多次邀请当地绅士一起来大规模围捕。

可是最后总是事与愿违。森林搜过了，所有的荆棘丛也都找过了，但还是一无所获。根本没有见到这只狼。狼是打死了几只，但都不是这一只。而且每次搜捕之后，这畜生像要存心报复，当晚就在离搜捕很远的地方攻击牲口。

终于，在一天夜里，它钻进德·阿尔维尔城堡的猪圈，把最后的两只小猪吃了。

兄弟两人怒气冲冲，他们认为这次攻击是狼有意来顶撞的，这是赤裸裸的侮辱，是挑衅。他们带上所有善于追逐猛兽的精壮猎犬，怒不可遏地上路捉狼。

从清晨开始追起，一直到紫红色的夕阳落在光秃秃的大树背后，他们把所有的灌木林都搜过了，但什么也没有找到。

最后，他们两人非常气愤，骑在马上沿着小径慢慢往回走，那条小径两旁几乎都是矮矮的灌木丛，他们感到诧异，这只狼竟能识破他们的伎俩，两人马上就产生了一种神秘的恐惧感。"

哥哥说：

"这头畜生真不一般，简直可以说它跟人一样会思考。"

弟弟回答说：

"恐怕真的得让我们那位当主教的表兄给子弹念念经，要不然请位神甫念几句经文也好。"

接着，两人都沉默了。

后来让又说了一句：

"你看这太阳红得很，我想今天夜里这只大恶狼可能就会出来惹祸。"

他还没有说完，他的马一下子就直立起来，之后，弗朗索瓦的马也开始尥蹶子。就在那旁边一大片灌木丛上面，盖了一层枯叶，就在这个时候在他们面前露出一条缝，接着就看见从里面蹿出一只硕大无比，一身灰的野兽，刺棱一下穿过树林逃走了。

两人这时候非常高兴，不约而同地哼了一声，马上弯腰贴在他们两匹高头大马的脖子上，整个人朝前扑，又是喊，又是挥鞭，又是蹬马刺，把两匹马吓得像追风逐电一样冲了出去，两个矫健的骑手用双腿把沉重的大马夹起一样，带着它们一路飞奔。

他们风驰电掣，看见矮树丛就穿，看见沟壑就越，看见山口就冲，看见山坡就上，还会用尽全部力气吹响号角，召唤手下和猎犬跟上。

就在他们疯狂追赶的时候，我曾祖父忽然一下子撞在了一根粗大的树枝上，之后，他的头颅一下被劈开了，人直挺挺地栽倒在地上断了气，而他的那匹马也失魂落魄狂跑不止，冲进深林不见影踪。

弟弟马上跳下马，把哥哥抱在怀里，只见哥哥的脑浆和血几乎全都流了出来。"

这个时候，他挨着尸体坐下，把那血肉模糊的脑袋搁在自己膝盖上，一边凝神地望着哥哥这张早已麻木的脸，一边等人过来。他慢慢开始害怕了，对于他来说这种恐惧，他还从不曾有过，现在他竟然非常害怕，他害怕孤独，害怕树林，害怕黑暗，也害怕刚把他哥哥杀死，向他们报复的这只狼精。

天色越发晦暝，寒气凛冽，树木被冻裂，听得噼啪直响。弗朗索瓦站了起来，浑身上下都在发颤，他不能再在这儿待下去了，他感觉自己快要晕倒。这时候周围一片岑寂，既听不到狗吠声，也听不到打猎的号角声，茫茫黑暗万籁俱寂，奄奄黄昏凛冽萧索，可是又有某种怪诞不经的东西，令人心胆俱裂。

他用他那巨人一般的双手把他哥哥庞大的身躯扶了起来，平躺到马鞍上，准备送回城堡。接着重新上路，这次走还是很慢，脑子昏昏沉沉，像是喝醉了酒一样，那些令人骇然的可怕幻象总在脑中浮现。

夜色幽幽，这时候小路上突然穿过一个巨大黑影，看着像是一头畜生。猎人一阵惊悚，直觉后背发凉，像是有滴冷水滴到了背上。这恐怖的家伙在那到处游荡，现在却突然返回了，真把这个猎人吓得心胆俱裂，不由得就像一个被魔鬼缠身的修士，立刻在胸前画了一个"十"字。然而他的眼神却不由自主地落在身前一直平躺着的一动不动的尸体上，这时候，他的惧怕顷刻变为愤恨，他怒不可遏，浑身颤抖。

就在那时，他的双腿在马身上一夹，飞似的冲过去追那只狼。

就这样，他一路穷追不舍，越过一条条溪流，穿过一排排矮树林，又穿过一座座乔木林，再穿过一片又一片他从未到过的树林，两眼一直盯着那在茫茫夜色中夺路奔逃的白蒙蒙的影子。

他的马也一样，就在一瞬间，被一种闻所未闻，见所未见的力量和激情所激励，昂首向前疾驰。可是，马背上平躺着的死人脑袋和两只脚时而撞到岩石上，时而撞到树上，头发还挂着荆棘，立刻就被揪下，他的脸撞上粗大的树干顷刻鲜血直溅，他脚上套着的马刺刮上树皮便可马上把树皮撕裂。

马驮着骑手穿出树林，冲入一条小山谷，只见月亮高高悬挂在山峰上。山谷中全是石头，四周重峦叠嶂，不见有任何出口，这时候那只狼已经没有去路，只得掉转身来。

弗朗索瓦非常兴奋，喜出望外地大吼一声，一声接一声的回音犹如雷鸣在山谷中回荡。他跳下马，一手拿着弯刀。

这时候，狼全身的毛都倒竖起来，他的背也高高弓起，正等他过去，两只狼眼仿佛两颗星星闪闪发光。那个猎人英姿勃勃，发起攻击之前，一把抱住他哥哥，把他放到一块大石上坐正，用石块把他那颗早已血肉模糊的脑袋卡住，之后就像是在和聋人说话，对着他的耳朵大声喊道："好好看着，让，好好看着！"

他猛地一下子向那狼精扑去。感觉自己雄姿英发，石头都能捏碎，高山也能推倒。接着，那只狼想要去咬他，正要去抓他的肚子，他却不用刀，赤手空拳一把抓住狼脖子，不慌不忙地渐渐掐紧，听得喉咙里的出气声和心脏跳动声最终停止。这时候他非常高兴，放声大笑，看着那双可怕的大手越捏越紧，他一阵狂喜，大声喊了起来："快看，让，快看！"挣扎反抗彻底完结，狼的身子这时候已是软绵绵一团，它死了。

之后，弗朗索瓦提起了那只狼，揪着走过去，扔到他哥哥脚下，连声哀叹："看吧，看吧，看吧，亲爱的让，它在这儿。"

他把两具死尸摞在一起放到马鞍上，又重新上路。

等到他回到城堡，又是笑又是哭，就像是巨人卡冈都亚看到他儿子庞大固埃出生的时候那副模样，说到那畜生如何死的时候，便开始扬扬得意大喊大叫，高兴得直跺脚，但在说他哥哥如何死的时候，却连连叹气，直揪自己的胡子。

后来他只要一提起这一天，就会含着眼泪说："可怜的让要是能看一眼我怎么把那畜生掐死就好了，他会死而无怨，真的。"

我高祖母守寡，那之后就告诉她那失去父亲的儿子说打猎太可怕了，这个观念就这样代代相传，一直传到我。

德·阿尔维尔侯爵讲到这儿就停了，有人问道：

"这是民间传说吧？"

德·阿尔维尔侯爵回答说：

"我在这里可以向您发誓，从头至尾全都是真事。"

这时一位夫人轻声轻气地说：

"是不是都一样，有此激情便能出神入化。"